LORI HANDELAND

Die Phoenix-Chroniken

Fluch

Zu diesem Buch

Nachdem Elizabeth Phoenix ihren Geliebten, den Magier Sawyer, mit ihren eigenen Händen töten musste, sucht dieser sie in ihren Träumen heim. Er schenkt ihr neue übernatürliche Kräfte im Kampf gegen das Böse. Doch Sawyer hinterlässt ihr auch etwas, mit dem Liz nicht gerechnet hätte und das ihr Leben für immer verändern wird: ein Baby – ausgesetzt auf ihrer Türschwelle. Sawyer ist eindeutig der Vater, doch auf die Mutter gibt es keinen Hinweis. Liz ist wenig begeistert von dem unerwarteten Kindersegen und von der Situation völlig überfordert. Als dann noch zwielichtige Gestalten auftauchen und dem Kind nach dem Leben trachten, verlangt Liz nach Antworten. Und dafür gibt es nur eine Möglichkeit: Sie muss Sawyer wiedererwecken und ihn befragen. Doch das Unterfangen gestaltet sich schwieriger als gedacht. Denn als sie Sawyer zurückholen will, kommt ihr Exfreund Jimmy Sanducci ihr in die Quere. Und Liz muss feststellen, dass sie noch immer tiefe Gefühle für ihn hegt …

Die Autorin

Lori Handeland feiert mit ihren historischen und fantastischen Romanen nicht nur in den USA große Bestseller-Erfolge. Ihre Werwolf-Serie wurde mit Begeisterung aufgenommen und mit dem RITA Award ausgezeichnet. Mit den *Phoenix-Chroniken* stößt sie in das Gebiet der Urban Fantasy vor. Lori Handeland lebt mit ihrer Familie in Wisconsin. Weitere Informationen unter: www.lorihandeland.com

Lori Handelands Romane um Elizabeth Phoenix:

1. Die Phoenix-Chroniken. Asche
2. Die Phoenix-Chroniken. Glut
3. Die Phoenix-Chroniken. Blut
4. Die Phoenix-Chroniken. Fluch

Die Werwolf-Serie:

1. Wolfskuss 2. Wolfsgesang 3. Wolfsglut 4. Wolfsfieber 5. Wolfsbann 6. Wolfspfade 7. Wolfsdunkel 8. Wolfsschatten 9. Wolfsfeuer 10. Wolfsmagie *(erscheint Dezember 2012)*

Und außerdem bei LYX:

Shakespeare Undead – Der Untoten Zähmung

Weitere Romane von Lori Handeland sind bei LYX in Vorbereitung.

Lori Handeland

FLUCH

DIE PHŒNIX CHRONIKEN

Roman

Ins Deutsche übertragen von Cornelia Röser

LYX EGMONT

Die Originalausgabe erschien 2010
unter dem Titel *Phoenix-Chronicles. Chaos bites* bei St. Martin's Press,
New York.

Taschenbuchausgabe © Oktober 2012 bei LYX,
verlegt durch EGMONT Verlagsgesellschaften mbH,
Gertrudenstraße 30–36, 50667 Köln

Dieses Werk wurde im Auftrag von St. Martin's Press LLC durch die
Literarische Agentur Thomas Schlück GmbH, 30827 Garbsen vermittelt.

1. Auflage
Redaktion: Joern Rauser
Umschlaggestaltung: Birgit Gitschier, Augsburg
www.hildendesign.de
Umschlagillustration: © HildenDesign unter Verwendung eines
Motivs von Dmitrijs Dmitrijevs/shutterstock
Satz: Greiner & Reichel, Köln
Printed in Germany (670421)
ISBN 978-3-8025-8892-1

www.egmont-lyx.de

Dies ist ein fiktionales Werk. Alle Charaktere, Organisationen und Ereignisse, die in diesem Roman dargestellt werden, entstammen entweder der Fantasie der Autorin oder werden in einem fiktionalen Kontext verwendet.

I

Die Anführerin der übernatürlichen Mächte des Guten zu sein ist längst nicht so cool, wie es klingen mag. Zum Beispiel hat die Welt immer oberste Priorität, alles andere kommt an zweiter, dritter und vierhundertneunundfünfzigster Stelle. Und ich spreche von so wichtigen Dingen wie Liebe, Freundschaft und Familie. Letztlich hat das dazu geführt, dass ich den Mann getötet habe, den ich liebte. Schon wieder.

Oh nein, ich habe ihn nicht zweimal umgebracht. Ich meinte vielmehr: Ich habe zwei Männer getötet. Der eine ist nicht tot geblieben, und der andere … bei dem bin ich mir nicht so sicher.

Ja, ich liebe zwei Männer. Das war mir auch neu. Dazu kommt noch der Anfang vom Ende der Welt – und schon ist das Chaos komplett. Als jemand, der sich damit auskennt, kann ich nur sagen: Chaos kann einem wirklich auf die Nerven gehen!

Seit der Nacht, in der meine Pflegemutter in meinen Armen starb und mir die Verantwortung für die Apokalypse hinterließ, war das Chaos für mich der Normalzustand.

Einige Wochen, nachdem ich Sawyer getötet hatte, tauchte er in meinen Träumen wieder auf. Er war ein Navajo-Fellläufer gewesen – Hexer und Gestaltwandler in einem, also ein Zauberer mit einer unvorstellbaren Macht. Leider hatten diese Kräfte seinen eigenen Tod nicht verhindern können. Ich glaube allerdings kaum, dass überhaupt irgendetwas das vermocht hätte, denn er hatte ja sterben wollen. Ich fühlte mich trotzdem schuldig. Was daran liegen könnte, dass ich ihm mit bloßen Händen das Herz herausgerissen hatte.

Es war ein erotischer Traum, wie meist, wenn Sawyer darin vorkam. Er war eine Art Katalysator-Telepath: Er brachte die übernatürlichen Fähigkeiten anderer durch Sex zum Vorschein. Es hatte etwas damit zu tun, sich zu öffnen, und zwar sich selbst gegenüber, dem Universum und den magischen Möglichkeiten darin – laberlaber, blablabla.

Ich habe nie ganz kapiert, was er da getan hat oder wie er es getan hat. Aber es funktionierte. Nach einer Nacht mit Sawyer hatte ich so viele Kräfte, dass ich kaum noch wusste, wohin damit.

Im Traum befand ich mich in meinem Apartment in Friedenberg, einer Vorstadt im Norden von Milwaukee, im Bett. Sawyer lag in der Löffelchenstellung hinter mir. Seine Hand ruhte auf meiner Hüfte. Da wir etwa gleich groß waren, spürte ich seinen Atem in meinem Nacken, sein Haar ergoss sich lang, schwarz und seidig über meine Haut. Ich legte meine Hand auf seine und wollte mich umdrehen.

Dabei kamen sich unsere Beine in die Quere. Er machte seine ganz steif und hielt mich an der Hüfte fest. »Nicht«, sagte er mit einer unendlich tiefen und befehlenden Stimme.

»Aber …«

Er knabberte sanft an meiner Halsbeuge, und ich schnappte nach Luft – sowohl vor Überraschung als auch vor Erregung. Ich wusste zwar, dass es ein Traum war, aber mein Körper reagierte, als wäre es keiner.

Alles fühlte sich so lebendig an – seine geschmeidigen, festen Muskeln spielten tatsächlich unter der glatten, heißen Haut. Sawyer war ausnehmend gut gebaut. In den Jahrhunderten, die er schon auf dieser Erde weilte, hatte er mehr als genug Zeit gehabt, jede einzelne Muskelgruppe mehrere Jahrzehnte lang zu trainieren und jeden Zentimeter so perfekt zu formen, dass Frauen bei seinem Anblick geradezu anfingen zu sabbern. Er wäre mir sogar ganz vollkommen erschienen, wären da nicht diese Tattoos gewesen, die seinen gesamten Körper bedeckten.

Fellläufer benutzen für ihre Verwandlung einen Umhang, auf dem ihr Tierwesen abgebildet ist. Sawyer brauchte keinen solchen Umhang, stattdessen waren auf seiner Haut die Abbilder vieler Raubtiere verewigt. Im Feuerschein schienen sie manchmal zu tanzen.

»Warum bist du hier?«, fragte ich.

»Was glaubst du?« Er schob die Hüfte vor und drückte seine Erektion gegen mich. Ich konnte nicht anders, als mich an ihn zu schmiegen. Okay, es war erst ein paar Wochen her, aber ich vermisste ihn trotzdem schon. Ich würde ihn für den Rest meines Lebens vermissen.

Ohne Sawyer steckten die Mächte des Guten – auch die Föderation genannt – ziemlich tief in der Scheiße. Natürlich war ich auch einigermaßen mächtig und sogar gerade dabei, noch mächtiger zu werden. Aber ich war auch recht unvorbereitet in diese Situation geraten. Ich kam mir wie ein magischer Elefant in einem ziemlich vollen Porzellanladen vor: stapfte durch die Gegend und machte Dinge und Menschen kaputt. Bis jetzt hatte ich gerade noch verhindern können, dass meine Leute ausgelöscht wurden, allerdings auch nur, weil ich dabei Hilfe gehabt hatte.

Von Sawyer.

»Ist ein ganz schön weiter Weg aus der Hölle, nur für ein Schäferstündchen«, murmelte ich.

Seine Zunge kitzelte meinen Hals genau an der Stelle, an der er eben geknabbert hatte. »Ich bin nicht in der Hölle.«

»Wo bist du dann?«

Er ließ seine Hand von meiner Hüfte zu meiner Brust wandern. »Wonach fühlt es sich denn an?« Er strich mit dem Daumen über meine Brustwarze. Das Gefühl jagte mir ein Kribbeln durch den ganzen Körper.

»Ich weiß, dass du nicht hier bist«, sagte ich. »Du wirst nie wieder hier sein.«

Meine Stimme drohte zu brechen, aber ich ließ es nicht zu. Das machte mich stolz. Ich konnte keine Schwäche zeigen, nicht einmal vor ihm.

Sawyer sagte nichts, er strich nur weiter mit seinem Daumen hin und her, hin und her. Dann seufzte er und hörte auf. Ich biss mir auf die Lippen, um ihn nicht anflehen zu müssen, weiterzumachen.

Seine geschmeidigen, äußerst geschickten Finger strichen über die Kette an meinem Hals und griffen nach dem Türkis, der daran hing. »Du trägst sie wieder?«

Sawyer hatte mir diese Kette vor Jahren geschenkt, und erst vor kurzer Zeit hatte ich sie ablegen müssen. Seit seinem Tod trug ich den Türkis nun aber wieder, denn er war alles, was mir von Sawyer geblieben war. Das hoffte ich jedenfalls.

»Ich …« Ich verstummte, weil ich nicht wusste, was ich sagen sollte. Ich wollte einfach nicht, dass er wusste, wie sehr er mir fehlte, so sehr nämlich, dass ich mindestens ein Dutzend Mal am Tag über den glatten Stein strich und an ihn dachte.

»Ich bin ja froh darüber«, sagte er sanft. »Er hat mich zu dir geführt.«

Anfangs hatte ich noch geglaubt, die Kette wäre nichts weiter als ein Schmuckstück. Doch dann hatte sich herausgestellt, dass sie magische Kräfte besaß, mich als Sawyers Eigentum auswies und mir sogar schon einmal das Leben gerettet hatte. Außerdem wusste er dadurch jederzeit, wo ich war.

Er ließ den Türkis wieder zwischen meine Brüste fallen. »Weißt du noch, was das Letzte war, das ich zu dir gesagt habe?«

Ich verspannte mich so abrupt, dass ich mit dem Hinterkopf gegen seine Nase stieß. Der Zusammenprall und das Zischen, das Sawyer dabei ausstieß, klangen ziemlich real, ebenso wie das dumpfe Pochen, das nun in meinem Kopf einsetzte.

»Phoenix«, sagte Sawyer eindringlich. »Erinnerst du dich ...?«

»Beschütze diese Gabe des Glaubens«, wiederholte ich sofort.

Er fuhr mit der Handfläche über meine Schulter. »Ja, richtig.«

»Was bedeutet das?«

»Das wirst du schon sehen.«

Ich schloss die Augen und atmete tief ein. Unmittelbar vor diesem Satz hatte Sawyer noch etwas anderes gesagt. Worte, die mich ebenso um den Schlaf gebracht hatten wie sein Tod:

Ich beschließe, ein Kind zu hinterlassen.

Die Erinnerung an das, was kurz vor und nach diesen Äußerungen geschehen war, blendete ich aus. Er war in mein Zimmer geschlichen, wo ich als Gefangene meiner eigenen, längst totgeglaubten Mutter ans Bett gekettet war. Sie war ein echter Hauptgewinn. Schon nach fünf Minuten in ihrer Gesellschaft bedauerte ich nicht mehr, als Waise aufgewachsen zu sein.

Die Situation war zwar abscheulich gewesen, aber Sawyer hatte mich trotz allem verführt. Ich hatte nicht mehr darüber nachgedacht – bis er verschwunden war. Nun legte ich die Hand auf meinen noch immer flachen Bauch. Hatte er tatsächlich ein Kind gezeugt?

»Sawyer«, begann ich. Ich hatte so viele Fragen. Aber ich kam gar nicht dazu, auch nur eine von ihnen zu stellen.

»Du musst jetzt aufwachen.«

»Warte, ich ...«

»Phoenix«, sagte er, und dann sanfter: »Elizabeth.«

Die meisten nannten mich Liz, aber Sawyer hatte das nie getan.

»Jemand ist hier.«

Im nächsten Augenblick fiel ich in die Realität zurück, und der

Klang seiner Stimme, das Gewicht seiner Hand und die Wärme seines Körpers schwanden dahin.

»Jemand oder etwas?«, fragte ich.

»Beides«, antwortete er noch, und dann war er verschwunden.

Ich schlug die Augen auf und griff schon nach dem silbernen Messer unter meinem Kissen.

Die Welt war nicht das, wonach sie aussah. In vielen Menschen verbargen sich Halbdämonen, die nur darauf aus waren, uns zu vernichten. Sie hießen Nephilim und mussten als die Nachkommen von gefallenen Engeln und Menschentöchtern gelten.

Es gab sie bereits seit dem Anbeginn der Zeit, in früheren Zeiten wurden sie häufiger gesichtet, damals, als Wolfsmenschen und Frauen aus Rauch noch ganz alltäglich waren. Auf ihnen basierten die Legenden, die man heute fast ausschließlich auf den Kinoleinwänden zu sehen bekam. Es sei denn, man war *ich*. Dann kamen sie zu einem in die Wohnung.

Die Finger fest um den Griff des Messers geschlossen, wartete ich regungslos auf das leichte Summen, das dem Auftauchen einer bösartigen, unheimlichen Kreatur vorausging. Doch es kam nicht.

Ich saß mit zusammengekniffenen Augen und gespitzten Ohren auf dem Rand der Matratze, dann atmete ich tief ein und ein Kribbeln lief mir über die Haut. Das Bett roch nach Sawyer – nach Schnee in den Bergen, nach Blättern im Wind, nach Feuer, Rauch und Hitze.

»Von wegen Traum«, murmelte ich.

Unten vor dem Haus hörte ich ein dumpfes Geräusch, dann ein Kratzen von etwas Festem auf dem Gehweg. War das ein Schuh? Ein Fuß? Eine Klaue?

Als ich das Zimmer durchquerte, hätte ich schwören können, dass etwas Pelziges mein Bein streifte. Ich blickte nach unten, sah aber nur den Stoff meiner weiten Baumwollshorts, die ich zusammen mit dem abgetragenen und verwaschenen Milwaukee-Brewers-T-Shirt als Schlafanzug trug.

Ich hörte ein merkwürdiges Heulen und ging zum Fenster, wo ich mich so hinstellte, dass man mich von außen nicht sehen konnte. Es war Neumond und der Himmel dunkel. Hier, in der Nähe der Stadt, spendeten auch die Sterne nur wenig Licht. Die einzige Straßenlaterne in Friedenberg beleuchtete nichts als leere Bürgersteige und dunkle Schaufenster. Das hatte gar nichts zu bedeuten. Nephilim benutzten nur selten die Vordertür. Das hatten sie gar nicht nötig.

Mit einem mulmigen Gefühl sah ich nach oben, aber auch auf den Dächern waren nur Schatten zu erkennen. Diese Schatten konnten jedoch alles Mögliche bedeuten.

»Psst. Junge.«

Ich trat gegen das Kinderbett, das in einer Ecke an die Wand gedrängt stand. Meine Wohnung war ein kleines Apartment direkt über einem Nippesladen. Das Haus gehörte mir, ich hatte das Erdgeschoss vermietet und auch schon mit dem Gedanken gespielt, den ersten Stock ebenfalls zu vermieten. Zurzeit war ich nämlich kaum in der Stadt. Und auch jetzt war ich nur hier, weil ich meiner besten Freundin versprochen hatte, zum neunten Geburtstag ihrer Tochter zu kommen. Ich schuldete Megan so viel, da war es das Mindeste, wenigstens ein Mal da zu sein, wenn sie mich darum bat.

»Luther!« Wieder stieß ich gegen das Kinderbett. Ich wollte ihn nicht berühren, wenn es sich irgendwie vermeiden ließ.

Meine übersinnlichen Kräfte hatte ich schon von Geburt an, so vermute ich. Jedenfalls kann ich mich an keine Zeit erinnern, in der ich nicht anhand einer einzigen Berührung hatte sehen können, wo Menschen gewesen waren und was sie getan hatten. Bei Nephilim konnte ich erkennen, was sie in Wirklichkeit waren. Oder jedenfalls hatte ich das bis vor kurzer Zeit noch gekonnt. Jetzt hatte ich dafür ja Luther.

»Wa…? Häh?« Luther rieb sich seine glatte braune Gesichtshaut. Das wirre goldbraune Haar stand ihm noch wilder vom Kopf ab als sonst.

»Empfängst du eigentlich irgendwelche Bösewichter-Schwingungen?«, fragte ich.

Der Junge war sofort hellwach. Respekt. »Nein«, sagte er langsam, mit schiefgelegtem Kopf und zusammengekniffenen Augen.

»Du hast ja einen ziemlich tiefen Schlaf.« Das hatten alle Kinder, soweit ich wusste – auch wenn Luther darauf bestand, dass er kein Kind mehr war, sondern ein Mann.

Er behauptete, achtzehn Jahre alt zu sein, aber ich hatte da so meine Zweifel. Er war groß und schlaksig, seine Hände und Füße wirkten riesig. Viele Nephilim hatten sich von seiner ungelenken Erscheinung täuschen lassen und ihn für langsam und tollpatschig gehalten. Dabei bewegte sich Luther so schnell und geschmeidig wie der Löwe, in den er sich verwandeln konnte.

Der Junge war nämlich eine Kreuzung – Nachkomme eines Nephilim und eines Menschen. Weil er zum Teil Dämon war, hatte er übernatürliche Kräfte. Da er aber zum größeren Teil Mensch war, hatte er sich dafür entscheiden können, auf der Seite des Guten zu kämpfen. Viele Kreuzungen taten das.

»Ich würde es hören, wenn Ruthie versucht, mir etwas zu sagen. Egal ob ich schlafe oder nicht.«

Ruthie Kane, meine Pflegemutter, war früher mal die Anführerin des Lichts gewesen. Jetzt war ich das. Anfangs hatte sie im Wind, in meinen Träumen oder Visionen zu mir gesprochen, um mir mitzuteilen, welche Spielart des Bösen sich hinter dem menschlichen Gesicht eines Nephilim verbarg. Jetzt aber sprach sie durch Luther. Ich hatte nämlich ein Dämonenproblem.

»Da draußen ist etwas«, sagte ich.

Luther zog sein Silbermesser genauso schnell, wie ich vorhin meins gezogen hatte. Die meisten Gestaltwandler kann man mit Silber töten, und selbst wenn nicht, so hält es sie zumindest auf.

»Spricht Ruthie wieder mit dir?« Luther war schon auf dem Weg zur Tür, die zur Hintertreppe führte.

»Nein.« Ich blieb stehen, um Luthers und mein Gewehr vom Nachttisch zu nehmen – wenn ein Silbermesser wirkte, war eine Silberkugel noch besser –, dann eilte ich ihm nach.

Wir warfen unsere Messer auf den Küchentisch. Der Junge griff nach der Türklinke, doch ich schob mich vor ihn. Luther war ein Neuling. Nicht, dass ich selbst ein alter Hase gewesen wäre. Ich machte diesen Job noch keine vier Monate. Aber ich war die Anführerin, und das bedeutete eben, dass ich als Erste durch die Tür musste.

Früher hatte ein Seher – jemand mit der übersinnlichen Fähigkeit, Nephilim in ihrer menschlichen Gestalt zu erkennen – mit mehreren Dämonenjägern zusammengearbeitet. Diese Regelung war aber beim Teufel, seit die Nephilim die Föderation infiltriert und drei Viertel der Gruppe ausgelöscht hatten. Die verbleibenden Mitglieder taten nun alles, was in ihrer Macht stand. Seher wurden zu Dämonenjägern, Dämonenjäger zu Sehern, und jeder tötete einfach alles, was ihm in die Quere kam.

»Wenn Ruthie noch immer nicht zu dir spricht, woher weißt du dann, dass da draußen etwas ist?«, fragte Luther verständlicherweise.

Ich hatte nicht vor, ihm zu erzählen, dass ich im Traum Besuch von den Toten gehabt hatte. Nicht, dass ihn diese Nachricht schockiert hätte. Luther bekam schließlich jeden verdammten Tag Besuch von den Toten. Aber ich wollte jetzt nicht darüber sprechen. Jetzt wollte ich nur wissen, was sich da draußen befand. Und dann wollte ich es töten.

Auf bloßen Füßen schlich ich fast lautlos die Treppe hinunter. Luther war sogar noch leiser. Er war zur Hälfte Löwe, da konnte er gar nicht anders.

Eine Tür führte auf den Parkplatz hinter dem Haus. Ich öffnete sie, ging jedoch nicht hinaus. Stattdessen lauschte ich. Luther schnupperte, dann trafen sich unsere Blicke. Nichts zu erkennen.

»Erschieß niemanden, dessen Leiche ich nachher wegschaffen muss«, ermahnte ich ihn. Eine Variation von *Schieß erst, wenn du das Weiße im Auge sehen kannst*, oder im Föderationsjargon: *Bring nicht versehentlich einen Menschen um*.

Nephilim zerfielen zu Asche, wenn man sie auf die richtige Weise tötete. So kamen keine Fragen auf, die wir nicht beantworten konnten, und wir mussten uns auch nicht um die nervige Beseitigung blutverschmierter Leichen kümmern. Bei Menschen war das etwas anderes.

Luthers einzige Reaktion auf meine Warnung war das typische Teenagergrinsen, gepaart mit einem genervten Augenrollen. Ich musste ihn nicht berühren, um seine Gedanken zu kennen.

Ich bin doch nicht blöd!

Wir gingen nach draußen. Niemand schoss auf uns – nicht, dass eine Kugel viel angerichtet hätte. Übernatürliche Wesen – selbst solche wie Luther und ich, die mehr Mensch als irgendwas anderes waren – konnten fast alle Verletzungen heilen. Bis auf eine ganz bestimmte, die für jede Spezies einzigartig war. Der Angreifer musste also die einzig richtige Methode kennen.

Ich bedeutete Luther mit dem Kinn, dass er links um das Haus herumgehen solle, während ich zur rechten Seite ging. Wir würden uns wieder hier hinten treffen, um dann gemeinsam die dunkle Böschung am anderen Ende des Parkplatzes zu untersuchen, wo der Milwaukee River fröhlich vorbeiplätscherte.

An dieser Stelle blieb mein Blick hängen. Dort hätte sich etwas – oder mehrere Etwasse – verstecken können. Aber ohne Ruthies Warnungen ging ich erst einmal davon aus, dass alle Geräusche, die ich hörte, von Menschen stammten. Natürlich konnten uns auch Menschen das Leben schwer machen. Das taten sie meistens. Und ganz besonders solche, die sich hier im Dunkeln herumtrieben.

Als ich mich mit dem Rücken zur Wand am Haus entlangschob, hörte ich in der Nähe des Flusses ein Geräusch und fuhr herum, das Gewehr schussbereit. Für einen Augenblick hätte ich schwören können, in Bodennähe etwas Schwarzes, Vierbeiniges entlangschleichen zu sehen.

Ich blinzelte, und der Schatten war nur noch ein Schatten, vielleicht ein Baumstamm mit vier Ästen oder die Spiegelung einer weit entfernten Straßenlaterne auf dem Fluss. Es gab in Friedenberg auch Füchse, ein paar Kojoten und jede Menge Hunde. Aber das hier hatte wie ein Wolf ausgesehen.

»Sawyer«, flüsterte ich. Die einzige Antwort war das Heulen einer Windböe.

Ich hielt mein Gesicht in die Nacht hinein, um meine Haut von der Brise kühlen zu lassen. Stattdessen umgab mich schwülwarme Luft ohne die leiseste Bewegung. Kein Wind also, aber definitiv ein Heulen.

Scheiße. Luther.

Ich rannte zur Frontseite des Hauses. Obwohl mir all meine Instinkte befahlen, wild um mich schießend um die Ecke zu stürmen, blieb ich stehen und überprüfte zuerst die Straße. Blindlings auf offenes Gelände zu rennen, das war höchstens eine effektive Methode, sich den Kopf wegblasen zu lassen. Wahrscheinlich hätte mich zwar nicht einmal das töten können, aber die Heilung würde doch ziemlich lange dauern. Bis dahin konnte Luther tot sein.

Außerdem waren da noch die zusätzlichen Bedenken wegen

meiner möglichen Schwangerschaft. Ich wollte nicht schwanger sein, konnte mir kaum etwas vorstellen, das ich weniger hätte gebrauchen können – außer vielleicht einen langsamen, qualvollen Tod durch einen Nephilim. Aber ich konnte nun mal nichts daran ändern. Wenn ich Sawyers Kind in mir trug, war er, sie oder es alles, was von seiner Magie übrig geblieben war – neben dem, was er an mich weitergegeben hatte. Ich musste diese Gabe beschützen. Das hatte ich versprochen.

Es war vier Uhr früh an einem Freitagmorgen und die Hauptstraße menschenleer. Friedenberg brüstete sich mit seinen zahlreichen Kneipen – es war immerhin Wisconsin. Aber sie hatten pünktlich geschlossen, und inzwischen waren alle längst schon wieder zu Hause.

Keine Spur von Luther. Verdammt.

»Junge?« Ich wollte nicht laut rufen, aber bald würde mir nichts anderes übrig bleiben.

Ich eilte an der Vorderseite des Nippesladens vorbei, so konzentriert auf die nächste Ecke, dass ich fast übersehen hätte, was da eingehüllt im Hauseingang lag. Ich war schon daran vorbeigelaufen, als mir klar wurde, was ich gesehen hatte. Also bremste ich ab und ging ein paar Schritte zurück.

Auf der obersten Treppenstufe stand, in eine Decke gewickelt, ein Korb. Obwohl es in der Türnische dunkel und die Decke nicht gerade farbenfroh war – entweder schwarz oder dunkelblau –, konnte ich unter der Decke eine Bewegung ausmachen.

Ich spürte ein Kribbeln im Nacken und kämpfte gegen den Drang an, dort eine imaginäre Stechmücke zu erschlagen. Ich wagte nicht, diese Stelle zu berühren, wenn ich es nicht wirklich wollte. Sawyer war nicht der Einzige, der Tattoos hatte – und sie benutzen konnte.

Hatte mir jemand einen Korb mit giftigen Schlangen, Taranteln oder Gila-Krustenechsen vor die Tür gestellt? Vielleicht eine neue Züchtung, wie einen Landhai, eine Trockenqualle oder einen winzigen Minivampir? Oh, ich habe auch schon weit merkwürdigere Dinge gesehen.

Das Heulen, das ich vorhin gehört hatte, erklang erneut – es kam aus dem Körbchen. Ich beugte mich vor und hob die Decke an einem Ende mit dem Lauf meiner Glock ein wenig an. Was ich darunter entdeckte, ließ mein Herz schneller schlagen, als es jeder Vampir vermocht hätte. Ich ließ die Decke wieder fallen und stolperte fast über meine eigenen Füße, so eilig wich ich zurück.

»Schöne Scheiße«, murmelte ich.

Jemand hatte mir ein Baby vermacht.

2

Das Kind fing jetzt richtig zu weinen an, dieses Geräusch konnte man beim besten Willen nicht mehr für den Wind halten. Schon bald würde jemand aus seinem Haus kommen und fragen, warum ich hier mit einem Gewehr herumschlich. Dieser Jemand würde auch wissen wollen, warum auf der Treppe zu meinem Haus ein Baby in einem Korb lag. Das hätte ich selbst ziemlich gern gewusst.

Ich näherte mich vorsichtig und zog die Decke weg – diesmal mit der Hand. Das Kind blinzelte. Lange, dunkle Wimpern rahmten seine hellen Augen ein, deren genaue Farbe ich in der Nacht nicht erkennen konnte. Das runde Gesicht verfinsterte sich, als das Baby tief einatmete, bevor es dann so richtig loslegte.

»Nimm sie hoch.«

Ich fuhr so heftig zusammen, dass ich beinahe das Gewehr fallen gelassen hätte. Vorsichtig nahm mir Luther die Waffe aus der Hand.

»Sie?«, fragte ich, worauf er mit den Schultern zuckte.

»Sieht doch wie eine Sie aus, oder?«

Das Kind trug zwar nur eine Wegwerfwindel, die allerdings war rosa. Das hätte ich als ersten Anhaltspunkt nehmen können.

»Nimm sie auf den Arm, Liz, bevor mir der Kopf platzt.«

»Warum nimmst *du* sie denn nicht auf den Arm?« Ich versuchte, ihm die Gewehre abzunehmen, aber Luther hielt sie über seinen Kopf. Obwohl ich mit knapp eins achtzig ziemlich groß war, kam ich da nicht ran. Wenn Luther seine Wachstumsphase abgeschlossen hatte, könnte er von der Größe her mit LeBron James konkurrieren.

»Keine Chance«, sagte er.

»Mist«, murmelte ich.

Scheiße, dachte ich.

Ich beugte mich über den Korb und schob die Hände unter das Baby. Es war warm und wand sich, ein bisschen wie ein Welpe, nur eben ohne Fell. Die Kleine wog vielleicht fünf Kilo und war etwa siebzig Zentimeter groß. Ich hatte keine Ahnung, wie alt sie sein mochte, aber sie sah sehr jung aus – klein, hilflos und zerbrechlich. Sie jagte mir eine Scheißangst ein.

Als ich sie hochnahm, schrie sie weiter. Ich konnte es ihr nicht verdenken. Ich war selbst auf einer Türschwelle ausgesetzt worden. Wenn ich damals gewusst hätte, was mich in den folgenden Jahrzehnten erwartete, hätte ich geschrien, bis mir der Kopf weggeflogen wäre. Scheiße, vielleicht hatte ich das ja sogar wirklich getan.

»Irgendeine Nachricht?«

Luther starrte in die Tiefen des Korbs. »Nö.«

»Na fabelhaft.« Ich hatte ziemlich mit dem Kind zu kämpfen, das sich so in meinen Armen wand, als wolle es, dass ich es fallen lasse.

»Mensch«, sagte Luther. »Pass auf ihren Kopf auf.«

Er hielt beide Gewehre in einer seiner riesigen Pranken und nahm mit der anderen meine Hand, um mir zu zeigen, wie ich ihren Kopf mit den Fingern umfassen sollte, während ich gleichzeitig mit der Handfläche ihren Nacken stützte.

»Leg sie dir an die Schulter.« Er machte die Bewegung vor, dann streckte er die Hand aus und klopfte ihr auf den Rücken. »Manchmal mögen sie das.«

Das Baby machte ein Bäuerchen, dann noch eins, und holte tief Luft. Ich verspannte mich, weil ich erwartete, dass mir der nächste Schrei das Trommelfell zerreißen würde. Stattdessen wackelte sie mit dem Po, kuschelte sich an mich und nuckelte an meinem T-Shirt.

»Woher weißt du so viel über Babys?«, fragte ich.

»Ich hatte schon mal eins auf dem Arm. Was ist deine Entschuldigung?«

»Ist mein erstes Mal.«

»Du hast noch nie ein Baby auf dem Arm gehabt?« Luthers Stimme klang genauso ungläubig, wie sein Gesicht aussah. »Wie hast du das denn hingekriegt?«

»War nicht einfach«, murmelte ich.

Ich war zwar im Pflegeheim zusammen mit anderen Kindern aufgewachsen, aber Ruthie hatte nun mal nicht besonders viele Babys aufgenommen. Die brauchten einfach zu viel Fürsorge, und Ruthies Spezialgebiet waren Kinder zwischen zehn und zwölf, die in Schwierigkeiten steckten. Die meisten glaubten, dass Ruthie die Heranwachsenden bevorzugte, weil sie gut mit ihnen umgehen konnte. Das konnte sie auch wirklich. Aber in Wahrheit ging es um die übernatürlichen Kräfte von Kreuzungen, die sich erst in der Pubertät entwickelten oder verstärkten.

Ruthie leitete dieses Pflegeheim weniger zum Wohle derjenigen, die sie dort aufnahm, als vielmehr zum Wohle der Föderation. Auf diese Weise rekrutierte sie den Nachwuchs. Dass ihretwegen zahllosen Kindern ein Leben auf der Straße oder in einer furchtbaren Pflegefamilie erspart blieb, war nichts weiter als ein glücklicher Zufall.

»Hat denn keiner deiner Freunde Kinder?«, hakte Luther nach.

Ich hatte eine Freundin, Megan. Sie hatte drei Kinder. Aber als sie noch Babys gewesen waren, hatte ich mich in ihrer Nähe so unwohl gefühlt, dass Megan mir nicht erlaubt hatte, sie anzufassen. Sicher hatte sie befürchtet, dass ich die Kleinen auf den Kopf fallen ließe.

»Wir sollten reingehen«, sagte ich und ignorierte Luthers Frage. »Schnapp dir den Korb.«

Luther legte die Waffen auf dem Boden ab und nahm die Babytrage auf. Dabei kam auf der Treppe eine rosafarbene Decke zum Vorschein. Luther hob den Stoff auf, der sich dabei entfaltete und weich herabfiel. Winzige Kätzchen sprangen auf dem Flanell herum.

»Vielleicht ist es das, was sie wollte.« Sanft legte Luther dem Baby die Decke um.

Licht blitzte auf, und zwar so hell, dass es den ganzen Himmel auszufüllen schien. Das Kind in meinen Armen drehte und wand sich. Ich hielt es fester, weil ich fürchtete, es könnte mir entgleiten.

»Pssst«, flüsterte ich und hoffte, die Kleine finge nicht wieder zu schreien an.

Miau, sagte sie.

Ich sah nach unten. Jetzt hielt ich ein flaumiges schwarzes Katzenbaby auf dem Arm.

Ein Streifenwagen bog an der einzigen, blinkenden Ampel nach links ab und kam auf uns zu. Bei nur dreitausend Einwohnern in diesem winzigen Vorort am Fluss, von denen die meisten ziemlich wohlhabende Zwei-Einkommen-Familien mit Kindern waren, hatten die Bullen in Friedenberg kaum etwas zu tun, außer Teenager zu schikanieren und mit den Anwohnern zu plaudern. Obwohl ein Kätzchen weitaus leichter plausibel zu machen gewesen wäre als ein Baby und unsere Gewehre sicher außer Sichtweite standen, lief ich eilig zur Hintertür.

Ich war zwar selbst mal eine von ihnen gewesen, trotzdem machten mich Bullen immer nervös. Das konnte damit zusammenhängen, dass ich jeden Tag gegen das Gesetz verstieß. Und damit meine ich nicht, dass ich bei Rot über die Straße ging oder im Halteverbot parkte. Ich beging Morde. Hinzu kamen noch diverse Betrugsfälle und ab und zu eine Entführung. Die Erklärung, dass die *Menschen*, die ich tötete, eigentlich gar keine Menschen waren, würde mich statt ins Frauengefängnis für lange Zeit in die Psychiatrie bringen.

Natürlich käme ich da wieder raus. Es würde mich nicht mal viel Mühe kosten. Aber als flüchtiger Sträfling hätte ich nicht nur die Nephilim auf den Fersen, sondern auch noch die örtlichen Vollzugsbehörden. Sobald ich die Staatsgrenzen überquerte, wäre es ein Fall für die Bundespolizei, und das Chaos wäre an allen Fronten komplett.

Ich musste mich ungehindert mit allen möglichen Verkehrsmitteln durchs ganze Land bewegen können, auch per Flugzeug. Mein Gesicht und mein Name auf einer Fahndungsliste wären dabei nicht gerade hilfreich.

Ich polterte die Treppen hinauf und schloss die Tür hinter uns ab. Das Kätzchen wand sich, und als ich es festhalten wollte, kratzte es mich. Also ließ ich es herunter. Sofort flitzte es unters Bett.

»Wessen Kind das ist, brauchen wir uns wohl nicht zu fragen.« Luther sah ein wenig mitgenommen aus. Seine Augen waren riesig, und er starrte noch immer auf die Stelle, an der das Kätzchen verschwunden war, so als wartete er darauf, dass es wieder hervorgekrabbelt kam – auf menschlichen Händen und Knien. Vielleicht würde es das sogar tun. Ich wunderte mich über seine Nervosität, schließlich hatte er schon mitangesehen, wie Menschen sich in alles Mögliche verwandelten. Aber natürlich hatte er noch nie gesehen, wie sich ein Baby in ein Katzenjunges verwandelt.

Das hatte ich auch nicht.

Ich warf die Decke und die leere rosa Windel auf den Tisch. »Wohl nicht, nein.«

»Was glaubst du, wie sie heißt?«

Ich hörte wieder Sawyers Worte, als stünde er direkt neben mir: Beschütze diese Gabe des Glaubens.

»Faith«, platzte ich heraus. »Ihr Name ist Faith.« Englisch für Glaube.

»Sicher?«

Ich seufzte. »Ja.«

»Wer ist ihre Mama?«

»Keine Ahnung.« Bei Sawyer kam da so ziemlich jede infrage.

»Glaubst du, sie war es, die Faith hierhergebracht hat?«, fuhr Luther fort.

»Ihre Mutter?« Ich runzelte die Stirn. »Warum sollte sie das tun?«

Luthers knochige, löwenartige Schultern zeichneten sich unter der Haut ab, als er die Achseln zuckte. »Vielleicht ist sie in Schwierigkeiten.«

»Willkommen im Club«, murmelte ich, während ich nachdenklich das Augenpaar betrachtete, das unter dem Bett glühte. In dem Moment, als Faith aus meinen Armen gesprungen war, hatte ich gesehen, dass ihre Augen grau waren, wie die von Sawyer. »Was soll ich nur mit einem Baby anfangen?«

»Es beschützen.« Ich warf Luther einen Seitenblick aus zusammengekniffenen Augen zu, und er hob beschwichtigend die Hände. »Das tust du doch?«

»Natürlich. Aber …«

An jeder Ecke warteten Halbdämonen darauf, ums Leben gebracht zu werden. Dabei konnte ich keinen Kinderwagen vor mir herschieben. Ich könnte Faith in ihre Decke wickeln und in einen Käfig stecken.

Ich wand mich. Wohl kaum.

»Hol Ruthie«, befahl ich.

Luther widersprach nicht. Er schloss einfach die Augen und

tat, was auch immer er tun musste, um Ruthie herbeizurufen. Als er die Augen Sekunden später wieder öffnete, blickte mich Ruthie daraus an.

Das war das Merkwürdigste. Luthers Augen waren haselnussfarben oder, wenn sein Löwe sich drohend bemerkbar machte, auch bernsteinfarben. Aber wenn er als Medium für Ruthie fungierte, wurde seine Iris jeweils dunkelbraun. Er bewegte sich auch anders – an die Stelle der großen Gesten und schnellen Schritte des Teenagers traten die anmutigen Bewegungen und der gemessene Schritt einer alten Frau.

»Ich wollte gerade zu dir kommen, mein Kind.« Ruthies Stimme kam aus Luthers Mund.

»Warum?«

»Ich habe einen neuen Fellläufer für uns gefunden. Er heißt Sani.«

Sawyers Wissen über die Magie war mit ihm gestorben. Zwar hatte ich jetzt seine Kräfte, aber ich hatte überhaupt keinen Schimmer, wie ich sie anwenden sollte. Deshalb hatte Ruthie ja auch nach jemandem von meiner Art gesucht. Sawyer hatte mit den Toten sprechen können, und das war in diesem Moment … genau das, was ich brauchte.

»Der Mann hat Sawyer alles beigebracht, was er wusste«, fuhr sie fort.

»Der Typ lebt also noch?« Da Sawyer schon antik war, musste Sani sozusagen mesozoisch sein.

Ruthie warf mir aus Luthers Gesicht einen langen Blick zu. Ein Fellläufer starb nur, wenn er sich auch dafür entschied, deshalb waren die meisten von ihnen wohl steinalt. Buchstäblich.

»Wie komme ich zu ihm?«, fragte ich.

»Du biegst bei den Badlands rechts ab und fährst dann immer weiter geradeaus, bis du zu den Black Hills kommst. Der Ort heißt Inyan Kara. Ein heiliger Berg der Lakota.«

»Fellläufer sind Navajo. Was zum Teufel macht einer von denen im Lakota-Gebiet?«

»Ein heiliger Berg ist ein heiliger Berg. Und jeder Fellläufer braucht einen eigenen. Mount Taylor gehörte Sawyer seit …«

»Dem Anbeginn der Zeit«, vermutete ich.

»Fast.«

»Wenn dieser Mann Sawyer alles beigebracht hat, warum hat er sich Mount Taylor dann nicht selbst unter den Nagel gerissen?«

»Das hat er ja auch.«

»Aber er ist trotzdem in South Dakota.«

»Wyoming«, korrigierte sie mich. »Der Inyan Kara liegt in dem Teil der Black Hills, der zu Wyoming gehört. Er bildet mit dem Bear Butte und dem Devil's Tower ein heiliges Dreieck. Mächtige Magie.«

»Lakota-Magie.«

Luthers knochige Schultern hoben und senkten sich erneut. »Sani kann die Magie aus jedem Berg nutzen.«

»Ich verstehe noch immer nicht, warum er Mount Taylor eigentlich aufgegeben hat.«

»Er hat ihn ja gar nicht aufgegeben«, sagte Ruthie, und irgendetwas in ihrer Stimme verriet mir die Wahrheit.

»Sawyer hatte ihm den Berg weggenommen.«

Luthers Kinn sackte bestätigend auf die Brust.

»Der Typ wird ja vor Begeisterung ausflippen, dass er mir beim Beschwören gerade des Mannes helfen soll, der ihm seinen Zauberberg gestohlen hat«, murmelte ich. Indianer waren verständlicherweise empfindlich, wenn es um das Wegschnappen von Land ging.

»Sani wird dir helfen. Er muss es tun.«

»Warum?«

»Am Ende deiner Reise wirst du alles wissen, was du wissen musst.«

Ich hasste es, wenn Ruthie solchen Scheiß redete.

Doch ich sparte mir die Mühe, sie darüber auszufragen, was ich denn nun auf dieser Reise lernen mochte. Selbst wenn sie es gewusst hätte, sie hätte es mir nicht verraten. Der Weg war eben ein Teil des … Weges.

»Was bedeutet ›Sani‹?«, fragte ich.

»Der Alte.«

»Wie hat man ihn genannt, als er noch jung war?«

»Sani war nie jung.«

Ich öffnete den Mund und schloss ihn wieder. Das wollte ich jetzt wirklich nicht wissen.

»Was ist los?«, fragte Ruthie. »Ich dachte, du würdest deine Tasche schnappen und wärst schon aus der Tür, bevor ich überhaupt dazu käme, dir den Ort zu nennen.«

Das hätte ich auch gedacht. Doch auch wenn ich keine Fragen zu meiner Reise stellen würde, so hatte ich doch einige Fragen zu einem anderen Thema.

»Ich habe ein kleines Problem«, sagte ich. Dann ging ich auf die Knie und zog das fauchende, spuckende Kätzchen unter dem Bett hervor.

Ruthie starrte es eine Minute lang an, dann hob sie den Blick. »Wir haben keine Zeit für ein Haustier.«

»Das hier war vor zehn Minuten noch ein Baby.«

»Nein.«

»Doch.«

Ruthie schnaubte. »Okay. Wie ist das passiert?«

Ich ließ das Kätzchen wieder unters Bett flitzen und griff nach der Decke, hielt den weichen Stoff hoch, damit sie die Wahrheit erkennen konnte. »Du verstehst?«

Luthers Augen weiteten sich. »Kein Scherz?«

»Du hast es nicht gewusst?«

»Nein.«

Ich wusste nicht, ob ich ihr glauben sollte. Ruthie befand sich zurzeit in ihrem eigenen, ganz privaten Himmel, wo die Sonne immer schien und es niemals – wirklich niemals – regnete. Sie kümmerte sich um Kinder, die diese Welt zu früh und in der Regel gewaltsam verlassen mussten, und ließ ihnen noch eine Extraportion Liebe und Aufmerksamkeit zukommen, bevor sie sie auf ihren Weg ins Licht schickte.

Außerdem führte sie aus dem Jenseits unsere Seite des Krieges an. Ich trug zwar den Titel *Anführerin des Lichts*, doch die wahre Anführerin war Ruthie und würde es immer bleiben.

Manchmal jedoch hielt sie Dinge vor uns geheim. Sie hatte auch ihre Gründe dafür, das behauptete sie jedenfalls. Außerdem manipulierte sie uns, log uns an und spielte mit uns wie mit lebendigen Schachfiguren. Es gab eine Zeit, da hatte ich sie dafür gehasst. Aber schließlich hatte ich verstanden, dass sie alles tun würde, um die Welt zu retten. Genauso wie ich.

»Du hast keine Ahnung, wer ihre Mutter sein könnte?« Das machte mir mehr und mehr Sorgen. Die Mutter. Wer war sie? Wo war sie? Und was am wichtigsten war:

Was war sie?

»Keine Ahnung«, antwortete Ruthie.

»Ah.« Ich wusste nicht recht, was ich in dieser Angelegenheit unternehmen sollte. Soweit ich wusste, hatte Sawyer kein kleines schwarzes Buch geführt.

»Wir müssen uns etwas für das Kind überlegen«, sagte Ruthie. »Du musst zu Sani gehen. Er verlässt den Inyan Kara nicht mehr.«

»Ein Fluch?« Bis vor kurzer Zeit hatte Sawyer das Navajo-Gebiet nicht als Mensch verlassen können, weil ihn die wahnsinnige, von allen bösen Geistern besessene Schlampe, die sich seine Mutter schimpfte, verflucht hatte. Und kaum war der Fluch gebrochen, und er konnte auf zwei statt vier Beinen gehen, wohin er wollte, da musste ich ihn auch schon töten. Das nennt man wohl Pech.

»Ja.« Ruthie schüttelte den Kopf. »Nein. Nun, du wirst schon sehen.«

Ich fand es einfach großartig, wenn ich so genau wusste, was auf mich zukam.

»Was soll ich mit ihr«, ich deutete mit dem Daumen auf das Bett, »denn jetzt anstellen?«

»Sie beschützen.«

Oh Mann, was hätte ich dafür gegeben, dass mal jemand eine andere Platte auflegte.

»Wie?«

»Du brauchst einen starken Partner, der schon lange gegen Dämonen kämpft und der sehr, sehr gut im Töten ist. Jemand, der alles für dich tun würde, nur weil du es bist, und der eher bereit wäre zu sterben, als dich im Stich zu lassen.«

»Au Scheiße«, murmelte ich. »Nicht er.«

3

»Genau«, sagte Ruthie. »Er. Gib das Kind zu Jimmy.«

Jimmy Sanducci und ich, wir hatten eine gemeinsame Vergangenheit – sogar jede Menge davon. Wir hatten uns geliebt und uns verloren, und dann …

Ich wusste nicht genau, wie ich das nennen sollte, was zuletzt zwischen uns vorgefallen war. Ich liebte ihn noch immer. Aber er glaubte wohl irgendwie, er würde mich hassen. Das konnte ich ihm nicht einmal verdenken, aber es tat mir immer noch weh. Und dass ich vor dem ganzen Universum herausposaunt hatte, auch Sawyer zu lieben, hatte unsere Situation nicht gerade verbessert.

Jimmy und Sawyer hatten sich nicht besonders gemocht. Sanducci zu bitten, sich um Sawyers Kind zu kümmern, das dürfte in etwa so viel Spaß machen, wie bei seinem Chef um eine Gehaltserhöhung anzufragen, nachdem man gerade den Firmenwagen zu Schrott gefahren hat.

»Es muss einen einfacheren Weg geben.«

»Denk mal zurück, Lizbeth. Hat es jemals einen einfacheren Weg gegeben?«

»Nein.«

»Du kannst niemand anderen zum Inyan Kara schicken. Du bist diejenige, die dorthin gehen muss.«

Soweit ich wusste, konnten nur Fellläufer Geister heraufbeschwören. Ich war zu einem geworden, als ich das erste Mal mit Sawyer geschlafen hatte. Außer einem Hellseher mit latenten medialen Fähigkeiten war ich auch noch ein sexueller Empath –

durch Sex nahm ich übernatürliche Kräfte auf. Das konnte ein ziemlicher Stimmungskiller sein.

Obwohl ich vermutlich über die Fähigkeit verfügte, Geister heraufzubeschwören, war es mir bei Sawyer nicht gelungen. Ein weiteres Häkchen auf unserer *Warum-wir-einen-Fellläufer-brauchen*-Liste. Ich hoffte, dass Sani herausfand, was ich verkehrt machte.

»Ich nehme Faith mit«, sagte ich.

»Keine gute Idee.« Luthers riesige Hand hob sich, um meinem unausweichlichen *Warum?* zuvorzukommen. »Sawyer hat ihm seinen Berg gestohlen, Kind. Glaubst du wirklich, Sani wird ihm das vergeben? Glaubst du, er wird die Chance auf Rache ungenutzt verstreichen lassen?«

»Ich kann sie beschützen.«

»Vielleicht. Vielleicht auch nicht. Du weißt nicht, welche Art von Magie der Alte oben auf diesem Lakota-Berg gefunden hat. Willst du riskieren, dass er stark genug ist, an dir vorbei und zu ihr zu kommen?«

»Also gut«, seufzte ich. »Ich lasse sie bei Luther.«

»Er ist selbst noch ein Kind.«

»Lass ihn das bloß nicht hören.«

Ruthie verzog die Lippen zu einem Lächeln. »Ich habe viele Kinder großgezogen, Lizbeth. Dabei habe ich eine Menge über männliche Teenager und ihre Egos gelernt.«

»Du könntest nach ihr sehen. Bleib doch einfach …«, ich deutete vage auf Luthers Körper, »da drin.«

Aber Ruthie schüttelte bereits Luthers Kopf. »Ich habe Kinder zu Hause, die mich brauchen. Ich kann sie nicht einfach sich selbst überlassen, so, wie sie ums Leben gekommen sind.«

»Das wird Jimmy nicht gefallen«, sagte ich.

»Ihm gefällt in letzter Zeit ohnehin nicht viel. Was bedeutet da eine Sache mehr oder weniger?«

Ruthie hatte recht. Ich konnte keinem Teenager ein Baby überlassen – ganz egal, wie verantwortungsbewusst Luther auch war und wie bösartig er werden konnte. Und der einzige noch lebende Mensch, dem ich ein gestaltwandelndes Kind anvertrauen würde, war Sanducci.

»Wo ist er?«, fragte ich.

»In den Badlands.«

Ich zog die Brauen zusammen. »Wie praktisch.«

»Praktischer Zufall oder Fügung?« Luthers Schultern hoben und senkten sich. »Entscheide selbst.«

»Warum ist er dort?«

»Ein Iya-Nest.«

»Eine Vampirart?«

Jimmy war ein Dhampir – der Sohn eines Vampirs und einer Frau. Sein Vater war ein Arschloch – ich meine, ein Strega (Übersetzung: italienischer Vampir-Hexer) – gewesen. Niemand wusste, was seine Mutter gewesen war. Vermutlich ein Mittagessen.

Dhampire können Vampire spüren und sind ziemlich geschickt darin, sie zu vernichten. Jimmy war superschnell, megastark und verdammt schwer zu töten. Und aufgrund der sexuellen Empathie galt das auch für mich.

»Sturmmonster der Lakota«, erklärte Ruthie. »Mit einem Hunger, der nicht durch Nahrung gestillt werden kann, sondern nur durch Blut.«

Klang für mich doch ziemlich stark nach einem Vampir. »Was noch?«

»Wo sie gehen und stehen, folgt ihnen der Winter auf dem Fuß. Sie tragen die Köpfe ihrer Opfer als Trophäen.«

»Wie genau stellen sie es an, nicht aufzufallen?«

Luther verzog den Mund. »Sie sind menschlich, wenn sie wollen. Nur im Kampf werden sie zu Iyas, den gesichtslosen Monstern des Sturms.«

»Wie bringt man sie um?«

»Sonnenlicht.«

Irgendwie logisch bei einem Vampir-Sturmmonster.

»Wir brechen heute Nachmittag auf«, sagte ich. Ich würde Luther mitschleppen müssen, denn allein käme ich mit Faith nicht zurecht.

»Warum nicht jetzt?«

»Ich habe Megan versprochen, zur Geburtstagsfeier ihrer Tochter zu kommen.«

»Sag ihr doch, du schaffst es nicht.«

»Nein«, erklärte ich bestimmt.

»Lizbeth …«

»Nein«, wiederholte ich. »Ich werde nicht die ganze Zeit dableiben, aber ich werde hingehen.«

Einmal schon hatte ich ein Versprechen gebrochen, das ich Megan gegeben hatte. Ich hatte nicht auf ihren Mann aufgepasst, und dann war er meinetwegen getötet worden. Ich hatte also geschworen, ihr gegenüber niemals wieder ein Versprechen zu brechen, wenn es in meiner Macht stand.

Max Murphy war mein Partner gewesen. Er hatte sich auf meine *Instinkte* verlassen und war ihretwegen gestorben. Meinetwegen.

Ich hatte es nicht über mich gebracht, nach dieser Sache weiterhin Polizistin zu bleiben, also hatte ich in der Kneipe, die seiner Witwe gehörte, den Job als Kellnerin angenommen. Es war das Mindeste gewesen, das ich hatte tun können.

»Okay«, stimmte Ruthie zu. »Wie lange wird es dauern, bis du am Inyan Kara eintriffst?«

»Einen Tag oder so. Ich werde fahren müssen.«

Zwar konnte ich meine Gestalt verwandeln, und Luther ebenfalls, aber ich wollte nicht so gern mit einem kleinen Kätzchen im Maul bis nach South Dakota laufen. Außerdem hätte ein Löwe, der so die Straße entlangtrabte, sicher für Aufruhr gesorgt.

Wir hätten auch fliegen können, aber ich kannte die Regeln für Babys an Bord nicht so genau. Ich hatte keine Papiere für die Kleine, und die würden wir schon brauchen. Und wenn wir dann am nächsten Flughafen ankämen, der höchstwahrscheinlich nicht gerade nah an unserem Zielort lag, müssten wir ohnehin einen Wagen mieten. Dann konnten wir auch gleich mit dem Auto fahren – und es mit den Waffen vollpacken, die ich gern in meiner Nähe hatte.

»Können wir den Impala nehmen?«

Das war wieder Luthers Stimme. Seine haselnussbraunen Augen leuchteten begeistert. Er liebte diesen Wagen fast so sehr wie ich. Zu schade, dass der blassblaue '57er Chevy eigentlich nicht mir gehörte.

»Klar.« Ich griff nach meinem Seesack, der immer noch gepackt neben meinem Bett auf dem Boden lag.

»Kann ich fahren?«

»Nein.«

»Aber Liz …«

»Kein Führerschein, keine Chance.«

»Wenn ich eine prähistorische Werfledermaus …«

»Camazotz«, korrigierte ich ihn. »Ein Gestaltwandler der Maya.«

Letzte Woche waren Luther und ich auf einen Sprung nach Mexiko rübergeflogen, und ich hatte ihm bei der Jagd nach dem fledermausköpfigen Monster die Führung überlassen. Er hatte es gleich mit dem ersten Schuss erlegt.

»Wenn ich einen Camazotz«, er verdrehte die Augen, »töten kann, indem ich einen Pfeil mit Bronzespitze aus einem Holzbogen auf ihn abschieße, dann werde ich wohl auch mit einem Schaltgetriebe fertig.«

Ich hatte geahnt, dass mir die Entscheidung, ihn dieses Ding töten zu lassen, noch Kopfschmerzen bereiten würde. Jetzt glaubte er nämlich, er könnte alles.

»Du musst das Baby halten.«

»Sie ist kein Baby«, murmelte er.

»Kätzchen. Kind. Was auch immer.«

Eine Stunde später hatten wir geduscht, gegessen und gepackt. Ich versuchte, Faith dazu zu bringen, festere Nahrung als eine Schale Milch zu sich zu nehmen, doch über die Dose Saupiquet, die ich aus einem Schrank gekramt hatte, rümpfte sie nur die Nase.

»Du kannst einem Baby doch keinen Thunfisch geben!«, warf mir Luther vor, während er sich die Korkenzieherlocken mit einem Handtuch trocken rubbelte.

»Du hast gesagt, sie ist kein Baby.«

»Haha.« Er warf das Handtuch ins Bad. Mit einem feuchten Klatschen landete es auf dem Boden.

»Ist das dein Ernst?«, fragte ich, woraufhin er mit aufgesetztem Seufzen in den dunstigen Raum schlurfte und das Handtuch auf den Halter hängte.

»Wie wird sie denn wieder zu einem Baby?«, wollte Luther wissen. »Die Decke verwandelt sie in ein Kätzchen, aber …« Er winkte Faith zu, die gerade in einem Streifen Sonnenlicht auf dem Fußboden Staubflocken jagte. »Wie verwandelt sie sich zurück?«

Ich runzelte die Stirn.

»Wir müssen uns unsere menschliche Gestalt vorstellen«, fuhr Luther fort. »Aber sie ist noch so klein. Ich glaube nicht, dass sie weiß, wie das geht. Und wir können es ihr auch nicht einfach erklären, wenn ihr Wortschatz lediglich aus miau und grrr besteht.«

»Scheiße«, murmelte ich. Genau aus diesem Grund war es

nicht mein Ding, mich um Gestaltwandlerbabys zu kümmern: Ich wusste einfach nicht, wie sie funktionierten.

»Du wirst ein bisschen auf deine Wortwahl achten müssen, sonst wird ihr erstes Wort noch …«

Ich hob die Hand. »Hab's kapiert.«

Ich hatte nicht vor, so lange in Faiths Nähe zu bleiben. Ich war auf dem Weg zum Inyan Kara, um so viel wie möglich von Sani zu lernen, dann Sawyers Geist heraufzubeschwören und die Antworten auf ein paar sehr wichtige Fragen zu bekommen.

Zum Beispiel: Wer war sein nächster Angehöriger?

Auf gar keinen Fall würde ich ein Kätzchen-Kind großziehen.

Megan wohnte im Osten Milwaukees, etwa zwanzig Minuten von Friedenberg entfernt, in einem dicht bebauten Viertel mit älteren Häusern und einigen Eckkneipen. Seinerzeit hatte hier fast jede Straße ihre eigene Kneipe gehabt – zumindest in Wisconsin. Und das Murphy's war eine davon gewesen.

Heute war es hauptsächlich eine Bullenkneipe, obwohl auch viele Anwohner ihre Zeit dort verbrachten. Neben alkoholischen Getränken servierte Megan Sandwiches und solche herzinfarktförderlichen Snacks wie frittierten Käse. Für die gesundheitsbewussten Gäste hatte sie eine große Auswahl an frittiertem Gemüse im Angebot. Und wen *das* noch nicht umgebracht hatte, der konnte beim Nachtisch noch zwischen frittierten Oreos, Twinkies und Käsekuchen wählen. Die waren wirklich ziemlich gut.

Für die Party ihrer Tochter Anna hatte Megan jedoch Pizza, Limonade und eine Geburtstagstorte angekündigt – nicht frittiert. Das Fest begann um elf Uhr morgens, da Megan nachmittags um drei zur Arbeit musste. An Sonntagabenden war im Murphy's immer viel los, und wie jeder Kneipenbesitzer wusste auch Megan: Nur wenn sie selbst da war, konnte sie ganz sicher sein, dass alles glattlief und niemand in die Kasse griff.

Auf unser Klopfen hin öffnete Megan die Tür, warf einen Blick auf das Kätzchen in meinem Arm – und schlug uns die Tür vor der Nase zu. Ich blinzelte, sah Luther an, zuckte die Achseln und drückte auf die Klingel.

»Geh weg!«, rief sie durch die Tür.

»Du hast mich doch herbestellt.«

Die Tür flog mit einer solchen Wucht auf, dass die verdrängte Luft Megan die lockigen roten Haare aus dem süßen, kleinen Gesicht wehte. Sollte sie jemals herausfinden, dass ich sie süß fand, würde sie mir eine reinhauen. Megan hatte nie zu schätzen gewusst, wie wunderschön sie eigentlich war. Sie wollte lieber groß und üppig sein, dunkel und exotisch – so wie ich.

»Hast du dir das Hirn amputieren lassen?« Die leuchtend blauen Augen in Megans blassem irischen Gesicht blickten mich finster an. »Hier gibt es Regeln.« Sie hob einen Finger. »Keine Nagetiere.« Dann einen weiteren. »Keine Reptilien.« Einen dritten. »Keine Tiere, die grrr machen.«

Ich sah auf das Kätzchen in meinen Armen herab. »Oh.«

»Genau. Bring das genau dahin zurück, wo du es herhast.«

»Ich … ähm. Also, weißt du … äh, das kann ich nicht.«

»Du wirst. Du kannst meiner Tochter doch kein …«

Auf das plötzliche, gleißende Licht folgte ein hörbares Zischen, und das Kätzchen auf meinem Arm war wieder ein Mensch. Megans Augen wurden so groß wie Tortenplatten, als sie ihren Satz beendete: »… Baby schenken.«

Besagtes Baby warf fröhlich die Arme in die Luft und giggelte.

»Das hast du absichtlich gemacht«, warf ich ihm vor.

Megan erholte sich schnell von der Überraschung und lachte los, auch wenn es ein wenig angestrengt klang. Wer konnte ihr das verdenken? »Das ist ein Baby, Liz. Oder jedenfalls glaube ich das. Die machen nicht viel mit Absicht. Obwohl man manchmal den Eindruck bekommen könnte, sie wären mit dem Teufel im Bunde.«

Ich wand mich.

»Oh, entschuldige.« Megan hatte schon über die Nephilim Bescheid gewusst, bevor ich ihr davon erzählt hatte. Ihre Erklärung dafür? Sie war Irin. Die glaubten an all diesen Gruselkram. »Ist sie …?«

»Nein.« Jedenfalls glaubte ich nicht, dass sie mit dem Teufel im Bunde war. Noch nicht.

Fast hätte ich das Baby fallen gelassen, als es versuchte, sich kopfüber auf Luther zu stürzen, der neben mir stand. Ich murmelte einen Fluch, der mir sowohl von Luther als auch von Megan ein Stirnrunzeln einbrachte, dann fasste ich Faith fester und versuchte, sie ruhig zu halten. Sie streckte die Arme weiter nach Luther aus. Ich drehte mich gerade in dem Moment um, als er ihr die Kätzchendecke hinhielt.

»Waaah!« Ich riss ihm den Stoff aus der Hand, nur einen Augenblick, bevor sie ihn berühren konnte. »O nein, lass das! Böses Kätzchen. Ich meine, böses Mädchen.« Ich warf Luther das Ding zu. »Leg es in den Wagen.«

Er gehorchte. Faith schrie.

»Gib ihr doch die Schmusedecke, Liz.« Megan hielt sich die Ohren zu. »Bist du irre?«

Ich ging ins Haus. »Du etwa? Willst du, dass sie sich hier vor all deinen Freunden und Verwandten vom Kätzchen in ein Baby und wieder zurückverwandelt? Sie ist doch kein Partyspielzeug.«

Megan hob eine Augenbraue. »Und was ist sie?«

Da ich Megan noch nie von Sawyer erzählt hatte und das auch jetzt nicht wollte, beschloss ich, mich an die grundlegenden Fakten zu halten. »Ein Gestaltwandler.«

»Nein, im Ernst. Ist es …?«

»Ist es was?«, wiederholte ich abwesend, während ich immer

noch vollauf damit beschäftigt war, diesen sich windenden und schlüpfrigen Fellläufer nicht fallen zu lassen.

»… dein Kind?«

Ich sah auf. »Häh?«

Faith nutzte meine Verwirrung, um einen Satz nach hinten zu machen, und wäre fast Hals über Kopf aus meinen Armen geflogen.

Megan nahm mir das Baby ab und drehte es so, dass sein Rücken an ihrer Seite lehnte, der Kinderpopo auf ihrer Hüfte saß und ihr Unterarm über der Brust des Babys lag, während sie mit der Hand sein gegenüberliegendes Bein festhielt. So konnte Faith nicht mehr ausbüxen. Sie hörte auf, sich zu winden, und lächelte mich aus ihrem zahnlosen Mund verschmitzt an.

»Also?«, fragte Megan.

»Du glaubst, ich könnte mir in den paar Wochen, die wir uns nicht gesehen haben, ein Baby rausquetschen?«

»Ich glaube, du könntest so ziemlich alles.«

»Leicht übertrieben«, murmelte ich. Megan hob eine Augenbraue und ich zischte verzweifelt: »Ich kann sicherlich nicht mit Schallgeschwindigkeit einen Braten in der Röhre gar kriegen.« Jedenfalls glaubte ich nicht, dass ich das konnte.

Seit Faith auf meiner Türschwelle ausgesetzt worden war, hatte ich mich so auf sie konzentriert, dass ich gar keine Zeit gehabt hatte, einen Freudentanz aufzuführen, weil ich selbst nicht schwanger war. Ich hatte immer noch nicht viel Zeit, also tanzte ich schnell in Gedanken los.

»Warum grinst du so?«, fragte Megan. »Und wessen Kind ist es, wenn nicht deins?«

Luther öffnete die Tür und kam ins Haus.

Megan zog die Brauen zusammen. »Seins?«

»Nei-en!« Abwehrend hob Luther seine riesigen Hände. »Bestimmt nicht.«

»Ist auch besser so. Du rasierst dich ja noch nicht einmal.«

»Tu ich doch.«

Ich hielt ihm meinen erhobenen Zeigefinger unter die Nase. »Stopp!«, befahl ich. Diese *Ich-bin-ein-Mann*-Diskussion würde ich nicht noch einmal mit Luther führen. »Meg, das ist Luther Vincent. Luther, das ist meine beste Freundin Megan Murphy.«

Megan nickte. Sie hatte die Hände voller Baby. Luther nickte zurück.

»In der Küche gibt es Limonade«, sagte Megan. »Etwas zum Essen steht auf dem Tisch.« Luther war verschwunden, bevor sie das letzte Wort ausgesprochen hatte. »Wo hast du ihn her?«

»Indiana.«

»Eltern?«

»Tot.«

»Mensch?«

»Ein bisschen.«

Megan machte mit dem Zeigefinger ihrer freien Hand eine Nun-geh-schon-weiter-Geste. Am anderen Zeigefinger nuckelte Faith.

»Luther ist ein Marbas. Seine Mutter war ein Nachfahre des Dämons Barbas – eines Löwen, der sich in einen Menschen verwandeln konnte. Sein Vater war ein Zauberer, der die magische Fähigkeit hatte, sie in diesem Zustand zu halten.«

»Was kann Luther?«

»Sich in einen Löwen verwandeln, Dämonen bekämpfen, seine Wunden heilen.« Ich biss mir auf die Lippen und beschloss, ihr reinen Wein einzuschenken. »Er kann auch Kontakt mit Ruthie aufnehmen.«

Megan runzelte die Stirn. »Ich dachte immer, *du* könntest das?«

»Das konnte ich auch, bis …«

Meine Stimme versagte. Noch etwas, das ich nicht zugeben wollte.

»Komm mit«, sagte sie und legte auf dem Weg durchs Haus einen Zwischenstopp in der Küche ein, wo sie aus einer Kühlbox neben der Tür zwei Flaschen Miller Lite nahm. Dann trat sie auf die Betonplatte hinaus, die im Garten hinter dem Haus als Terrasse diente.

Luther war mit einem Teller Käse, Salami und Oliven beschäftigt. Ich hoffte sehr, dass noch etwas übrig sein würde, wenn die anderen Gäste eintrafen.

Ich saß neben Megan im Liegestuhl. »Wo sind eigentlich die Kinder?«

»Eine Freundin passt heute Vormittag auf sie auf, damit ich die Party vorbereiten kann.«

Megan hatte noch andere Freunde außer mir? Das war aber neu. Dass sie so viele Stunden in der Kneipe verbrachte, war sozialen Kontakten nicht gerade förderlich – nicht, dass sie welche gewollt hätte. Ich konnte an einer Hand abzählen, wie oft sie in den Jahren nach Max' Tod einen Babysitter engagiert hatte, um etwas anderes zu tun, als zu arbeiten.

»Aber genug von mir«, sagte sie. »Warum kann der Prinz des Dschungels Ruthie hören – und du nicht?«

»Ich hab … mir was eingefangen.« Ich brachte es einfach nicht über die Lippen.

»Eine Erkältung?«, fragte Megan. »Grippe?«

»Einen Dämon.«

4

Megan, die sich zu mir herübergebeugt hatte, schreckte zurück. Faith gab ein überraschtes Huh von sich. Ich dachte, sie würde gleich anfangen zu schreien. Stattdessen sah sie Megan prüfend an und machte sich dann wieder daran, an der Hand meiner Freundin herumzukauen. Zum Glück hatte sie noch keine Zähne.

»Lass mich …«

Megan kam hastig auf die Füße und schob ihren Stuhl zwischen uns.

»… das erklären«, beendete ich den Satz.

»F…fass mich nicht an. Ich werde … Luther!«, schrie sie. Mit fettverschmiertem Mund – von den Kartoffelchips – kam Luther zur Tür. »Hmm?«

»Weißt du, wie man sie tötet?«

Er machte große Augen und sah mich an. »Liz?«

»Megan, beruhige dich«, sagte ich.

»Oh, das würde dir gefallen, nicht wahr? Mich beruhigen, damit du … was auch immer du mit den Leuten machst, bevor du sie tötest.«

Ich seufzte. »Ich bin nicht böse.« Jedenfalls nicht in diesem Moment. Ich legte die Hand auf das edelsteinbesetzte Band, das um meinen Hals lag. »Hast du das hier nicht bemerkt?«

»Natürlich. Ich dachte, du wärst eine Goth geworden.«

Da mein Halsband so aussah wie das eines Pudels, ergab das überhaupt keinen Sinn.

»Sie ist ein Vamp geworden«, sagte Luther. Die Tür schlug hinter ihm zu, als er zu uns nach draußen kam.

Ich warf ihm einen wütenden Blick zu. »Hilf mir bitte nicht.«

Luther zuckte die Achseln.

»Du bist ein Vampir?«, kreischte Megan. Das Baby maunzte. Es klang jetzt mehr nach einer Katze als vorhin. Da war es aber eine gewesen …

»Nicht so laut«, sagte ich. »Du regst unser Miezekätzchen auf, und glaub mir, das willst du nicht. Die Lungen dieses Kindes zerfetzen dir das Trommelfell.«

»Das ist mir egal«, fuhr mich Megan an, senkte aber trotzdem die Stimme. »Sag mir einfach, was los ist, bevor ich dir den Kopf abschlage und dir Knoblauch in den Mund stopfe.«

Ich hob die Brauen. Sie hatte also recherchiert, wie man einen Vampir umbrachte. Gut für sie.

»Jemandem den Kopf abzuschlagen ist gar nicht so leicht, wie du glaubst.« Ohne das richtige Werkzeug war es sogar so gut wie unmöglich. Und in diesem Moment befand sich nur ein Buttermesser in Reichweite.

Megan starrte Luther an. »Warum hast du sie nicht umgebracht?«

Er ließ einen halben Cupcake in seinem Mund verschwinden, kaute dreimal und schluckte. »Weil sie nicht böse ist, solange sie dieses Halsband trägt.«

»Und wenn sie es nicht trägt?«

»Versteck dich«, sagte Luther.

Megan kaute auf ihrer Lippe herum und betrachtete dabei erst mich, dann Luther und dann wieder mich. Das Baby schrie jetzt richtig laut, und Megan wippte es automatisch auf und ab, was aus irgendeinem unerfindlichen Grund sogar Wirkung zeigte. Wenn ich schlechte Laune hätte, würde mir Wippen echt auf den Geist gehen.

»Wie bist du zu einem Vampir geworden?«, fragte sie.

»Ich hatte dir doch erzählt, wie ich Kräfte aufnehme.«

Sie rümpfte die Nase. »Du hast mit einem Vampir geschlafen?«

»Ja und nein.«

»Das ist eine Ja-oder-Nein-Frage. Entscheide dich.«

»Das ist nicht so einfach.«

»Das ist es bei dir nie.« Sie setzte sich in den Liegestuhl und sah Luther an. »Geh und spiel im Internet. Der Computer steht im Wohnzimmer.«

»Alles klar!« Luther ging davon.

»Keine Pornos!«, rief Megan. »Wegen der Zwerge.«

»Ja ja.« Die Tür schlug hinter ihm zu.

Megan wandte sich wieder zu mir. »Spuck's aus.«

»Alles fing mit der Frau aus Rauch an.«

Megan wurde bleich. Sie hatte die Naye'i, die Frau aus Rauch, auch kennengelernt. Diese böse Navajo-Geisterhexe war früher die Anführerin der Dunkelheit gewesen. Außerdem war sie Sawyers Mutter, was im Hinblick auf ihn eine Menge erklärte.

Die Naye'i hatte sich um den Job als Antichrist gerissen. Sie hätte ihn auch bekommen, wenn ich sie nicht umgebracht hätte. So aber hatte sie die Tore zur Hölle geöffnet, und all die gefallenen Engel, die zu Dämonen geworden waren, konnten entfliehen. Sie schwärmten also aus und bevölkerten die Erde erneut mit Nephilim, bis ich sie wieder zurückschicken konnte. Jetzt waren sie uns zahlenmäßig deutlich überlegen.

»Ich dachte, du hättest diese Schlampe umgebracht«, sagte Megan.

»Das habe ich auch. Aber um dafür stark genug zu sein, musste ich …«, ich holte tief Luft, »… selbst so böse werden wie sie.«

»Und deshalb hast du einen Vampir gebumst?«

»Ja und nein«, wiederholte ich. Ich hatte mit einem Vampir geschlafen. Aber das hatte mir nicht meinen inneren Dämon eingebracht. »Jimmy ist ein Dhampir.«

»Halb Vampir, halb Mensch«, sagte Megan. Ich war mir nicht

sicher, ob sie das von mir wusste oder ob sie es wohl selbst herausgefunden hatte. Eigentlich war es auch nicht wichtig. »Stärker, schneller, besser.«

Das hörte sich an, als mache sie Werbung für den Sechs-Millionen-Dollar-Mann.

»Warum konnte er die Naye'i nicht töten?« Sie runzelte die Stirn. »Beziehungsweise warum konntest du es nicht? Nach allem, was du mir über Jimmy erzählt hast, müsstest du jetzt auch ein Dhampir sein.«

»Das bin ich.« Megan kannte mich so gut. »Aber so mächtig Dhampire auch sind, sie sind doch nicht mächtig genug. Sie sind nämlich nur teilweise Dämonen.«

»So ein Schrott«, murmelte sie. »Du hättest sie einfach wegbomben sollen.«

»Das hätte nicht funktioniert. Normalerweise gibt es genau *einen* Weg, diese Wesen zu töten, und zwar nur diesen einen Weg. Bei der Naye'i musste ich das Böse in alle vier Himmelsrichtungen verstreuen.«

»Wie hast du das angestellt?«

»Ich habe sie in vier Stücke gerissen und diese per Express-Luftpost« – ich warf die Arme in die Luft und öffnete dabei die Hände, als würde ich etwas wegwerfen – »in die entferntesten Ecken der Welt geschickt.«

Stille nistete sich zwischen uns ein. Megan brach sie schließlich. »Das hätte ich zu gerne gesehen.«

»Hättest du nicht.«

Zu diesem Zeitpunkt war ich ein Vampir gewesen – rasend vor Wut, mordlüstern und in Blut getränkt.

»Wenn du nicht mit einem Vampir geschlafen hast, wie bist du dann zu einem geworden?«

»Dhampire können zu Vampiren werden, indem sie ihr Blut mit dem anderer Vampire vermischen.«

Erst vor ein paar Monaten hatte Jimmys Papi diese Familientradition an seinem Sohn fortgeführt.

»Ih.« Megan rümpfte die Nase.

»Genau.« Ich starrte in den strahlend blauen Himmel und rief mir in Erinnerung, wie dunkel er gewesen war und wie der Vollmond von ihm herabgeschienen hatte, als ich mich, um die Welt zu retten, in ein Monster verwandelt hatte.

»War Sanducci damit einverstanden?«

»Nicht direkt. Er hat die Kooperation verweigert. Also habe ich ihn … verführt.« Das hatte er mir bis heute nicht verziehen. Ich wusste nicht, ob er es jemals tun würde, könnte oder überhaupt sollte.

Jimmy hatte mich angefleht, nicht wie er zu werden. Er hatte gesagt, es würde Unheil bringen – für uns beide. Aber ich war bereit gewesen, dieses Risiko einzugehen.

»Liz«, sagte Megan leise. Ich sah auf. In ihrem Blick lag Mitgefühl. Schon immer hatte sie auch das hören können, was ich nicht auszusprechen vermochte.

Ich war gezwungen gewesen, mich zwischen Jimmys *Seele* und dem Leben von Millionen von Menschen zu entscheiden, also hatte ich eigentlich keine Wahl gehabt. Jimmy war am Boden zerstört aus dieser Sache hervorgegangen. Er konnte es kaum noch ertragen, mich anzusehen. Ich musste mit meiner Entscheidung und meinen Taten leben – und mit dem Bewusstsein, dass ich, wenn ich eine zweite Chance hätte, alles noch einmal genauso machen würde.

»Du liebst ihn immer noch«, sagte sie. Es war keine Frage, also konnte ich mir die Antwort ruhig sparen.

Ich hatte nicht viel von Jimmy erzählt, aber Megan kannte die Wahrheit. Ganz gleich, was er auch tat oder was ich tat oder wie viele andere wir sonst noch lieben mochten, bis zum Tage meines Todes würde ich für Jimmy Sanducci dasselbe empfinden, was ich schon mit siebzehn Jahren für ihn empfunden hatte. Ich konnte nichts dagegen tun.

Jimmy und ich hatten eine ähnliche Kindheit gehabt, und zwar nicht erst, seit ich mit zwölf aus einer weiteren Pflegefamilie, die mich nicht haben wollte, geradewegs zu Ruthie gekommen war. Auch ich hatte eine Zeitlang auf der Straße gelebt und dieses Leben sogar zahllosen Familien, bei denen ich gelebt hatte, vorgezogen. Die Straße war zwar rau, aber sie war immerhin ehrlich.

Bei Ruthie war Jimmy der Anführer gewesen, und der fand es nicht gerade toll, zu einem der anderen Jungs ins Zimmer ziehen zu müssen, damit ich seins bekam. Als Willkommensgruß steckte er mir eine Ringelnatter ins Bett. Ich setzte die Natter in einen Käfig, nannte sie James und verpasste Jimmy ein paar lose Zähne.

Darauf folgten fünf Jahre, in denen wir im selben Haus wohnten und so taten, als würden wir einander hassen, während sich unsere wahren Gefühle aber in eine ganz andere Richtung entwickelten. Schon bald nachdem das Verlangen in uns erwacht war, verliebten wir uns ineinander. Jimmy hätte alles für mich getan. Erst Jahre später sollte ich herausfinden, dass er es auch wirklich getan hatte.

»Das spielt keine Rolle.« Ich hob die Hände. »Jedes Mal, wenn er mich sieht, wird er wieder an Dinge erinnert, die er lieber vergessen würde.«

»Das erklärt auch, warum du jetzt nicht mit Sanducci, sondern mit Luther arbeitest.«

Eigentlich war das nicht der Grund. Jimmy und ich hatten noch nach der Sache mit der Naye'i zusammengearbeitet. Auseinandergebracht hatte uns etwas ganz anderes.

»Jemand muss den Jungen ausbilden«, sagte ich. Und nach Sawyers Tod war dieser Jemand eben ich.

»Dann erklär mir bitte, warum du nicht ganz Milwaukee

das Blut ausgesaugt hast, um dich anschließend über Chicago herzumachen.«

Faiths Augen waren schwer geworden. Fast war sie auf Megans Schoß eingeschlafen.

»Ich habe ein Kontrollmittel.« Ich tippte auf das Halsband. »Es ist verzaubert. Wenn ich es trage, bin ich *ich* und der Dämon ist unter Verschluss.«

Megan nickte, als bekäme sie tagtäglich Geschichten von magischen Halsketten zu hören. »Und das Tattoo?«

Ich wünschte mir inständig längere Haare. Dafür müsste ich allerdings damit aufhören, mit jedem scharfen Gegenstand, der mir in die Finger kam, daran herumzuschnibbeln, sobald sie auch nur einen Zentimeter gewachsen waren. Sie sollten wenigstens bis über meine Schultern fallen, um das Abbild des Phönix zu verdecken, das auf meinem Nacken prangte.

»Ist eine lange Geschichte«, sagte ich.

Megan sah auf die Uhr. »Wir haben noch fünfzehn Minuten. Beeil dich.«

»Meine Mutter …«

»Waaah! Ich dachte, die wäre tot.«

»Sie ist auferstanden.« Und dann war sie herumgelaufen und hatte andere aus ihren Gräbern geholt. Sie hießen Wiedergänger und waren ganz begierig darauf, die Befehle meiner Mutter auszuführen.

»Nach deinem Gesichtsausdruck zu urteilen war das nichts Gutes.«

»Das ist es selten.« Mal ehrlich, wie oft ist es denn gut gegangen, jemanden von den Toten aufzuerwecken – bis auf jenes eine Mal? »Um es kurz zu machen: Sie war böse, ich musste sie töten.« Zusammen mit ihren Zombie-Freunden.

»Solche Sachen passieren dir ziemlich oft.«

»Und es wird wahrscheinlich auch so weitergehen«, murmelte

ich. »Jetzt bin ich ein Dhampir, ein Vampir und ein Fellläufer.« Mit meinem rötlich braunen Finger zeigte ich auf das Tattoo. »Ich kann meine Gestalt verwandeln.«

Erkenntnis blitzte in Megans Augen auf. »Wie das Baby?« Ich nickte. »Aber sie ist nicht dein Kind?«, fragte sie. Ich schüttelte den Kopf. »Aber du hast mit ihrem Vater geschlafen.«

Ich drehte die Handflächen nach oben und antwortete nicht.

»Durch das Tattoo kannst du dich in einen Vogel verwandeln«, sagte Megan. »Ziemlich praktisch.«

»Bisher schon.«

Es klingelte an der Tür. Megan stand auf und übergab mir die schlafende Faith. »Showtime«, sagte sie.

»Ich muss früh wieder aufbrechen und mich auf den Weg nach Westen machen, um mit Faiths Vater zu sprechen.«

»Warum rufst du ihn nicht einfach an?«

»Er ist tot.«

Megan rieb sich mit dem Daumen die Nasenwurzel. »Warum überrascht mich das nicht?«

5

Megan ging an die Tür. Faith schmiegte sich an mich – so wie das Kätzchen, in das sie sich verwandeln konnte. Ihr sanfter Atem strich über meinen Arm. Der dunkle Schwung ihrer Wimpern und die steil abfallenden Wangen erinnerten mich so sehr an ihren Vater, dass sich mir das Herz zusammenzog. Niemand würde ihr etwas zuleide tun, solange ich in der Nähe war.

Wenige Minuten später stürmten Anna, Aaron und Ben in den Garten. Sie waren acht, sechs und fünf Jahre alt – beziehungsweise neun, sechs und fünf, schließlich war heute Annas Geburtstag.

»Tante Liz!« Vorsichtig streichelte Anna Faiths Knie. »Woher hast du ein Baby?«

Ihre Stimme war sanft, und auf ihrem Gesicht lag ein verzückter Ausdruck. Sahen alle kleinen Mädchen Babys so an, als wären sie die tollsten Puppen der Welt? Auf mich traf das nicht zu, aber ich war auch kein besonders typisches kleines Mädchen gewesen.

»Wie heißt sie?«, schrie Ben. Schreien war Bens normale Lautstärke.

»Halt den Mund, Blödmann!« Das war Aaron, dessen Stimme kein Stück leiser war als Bens. »Du weckst sie noch auf.«

Anna schlug beiden auf den Hinterkopf. Rechts, links, patsch, patsch. Als sie sich zu ihr umdrehten, lag Meuterei in ihren Blicken. Megan kam aus der Hintertür.

»Aufhören«, befahl sie. Dann zeigte sie auf den Fußball, der im Gras lag. »Los!«

Die Jungs trollten sich, jedoch nicht, ohne ihrer Schwester über die Schulter wütende Blicke zuzuwerfen. Die schien sich keine Sorgen zu machen.

»Wie heißt sie denn nun?«, fragte Anna.

»Faith.«

»Hübsch.« Ich war nicht sicher, ob sie den Namen oder das Baby meinte. »Wo hast du sie her?«, fragte Anna wieder, als hätte ich Faith im Internet bestellt, und sie wollte wissen, wo.

Wenigstens sah mich Anna nicht an, als hielte sie Faith für mein Baby. Megans Tochter war zwar erst neun, aber sie wusste schon, wie die Sache mit den Kindern funktionierte und dass es bei Menschen etwas länger als einen Monat dauerte, bis eines auf die Welt kam. Was sie allerdings nicht wusste, war, dass Tante Liz nicht ganz menschlich war. Ich hatte vor, es dabei zu belassen.

»Ich passe für eine Freundin auf sie auf«, sagte ich.

Sie fuhr fort, Faiths Knie zu streicheln. Das Baby seufzte und lächelte im Schlaf. Fast hätte ich Oooh gesagt.

»Warum bringst du sie nicht nach oben?«, fragte Megan, als sie hinter meinem Stuhl auftauchte. »Leg sie hin, damit sie besser schlafen kann.«

Ich wusste nicht, ob das Kind überhaupt ein Nickerchen machen sollte oder nicht. Wäre es dann nicht die ganze Nacht lang wach? Ich wäre es aber. Ich war mir auch nicht sicher, ob ich es überhaupt aus den Augen lassen konnte. Wer wusste schon, was Faith außer dem Gestaltwandeln sonst noch so alles konnte?

»Na komm.« Megan nahm mich am Ellbogen und zog mich ins Haus. »Ich hab noch einen Laufstall aus der Zeit, als meine Kinder klein waren. Darin wird sie gut schlafen, und sie kann nicht herausklettern.«

Ich schnaubte.

»Oh«, Megan hielt inne. »Ich hab auch noch ein Babyfon. Dann kannst du hören, wenn sie aufwacht.«

»Ich weiß nicht …«

»Sie muss schlafen. Und dann muss sie essen.« Megan musterte Faith. »Sie bekommt wahrscheinlich noch Säuglingsnahrung. Was hast du ihr gegeben?«

»Thunfisch.« Megans Gesicht nahm einen derart entsetzten Ausdruck an, dass ich halblaut hinzufügte: »Sie hat es nicht gegessen.«

»Was in aller Welt ist nur in dich gefahren?«

»Sie war eine Katze!« Ich sah mich verstohlen nach den Kindern um. Die Jungs spielten, aber Anna starrte mich neugierig an, also senkte ich die Stimme. »Was hätte ich ihr denn geben sollen? Eine Maus?«

»Scheiße, wenn ich das wüsste.« Megan öffnete die Hintertür und ging in die Küche, wo sie eine Dose aus einem Schrank holte. »Milchpulver. Meine Cousine hat es neulich hier vergessen, als sie mit ihrem kleinen Baby zu Besuch war. Du kannst es haben, und auch ein paar Fläschchen.« Megan betrachtete Faith, die ja nur mit einer Windel bekleidet war. »Ich hab auch noch eine Packung Windeln und kann dir ein paar von Annas alten Anziehsachen raussuchen.«

»Du hast den ganzen Krempel aufgehoben?«

Megan zuckte die Schultern, vermied es aber, mich dabei anzusehen. Plötzlich begriff ich, dass sie es nicht fertigbrachte, sich von irgendetwas zu trennen, das sie an ihr gemeinsames Leben mit Max erinnerte.

Ich hielt das zwar nicht für gesund, aber ich war auch nicht in der Position, das beurteilen zu können. Von mir aus sollte Megan alles tun, was nötig war, um ohne ihn weiterzuleben. Ich jedenfalls tat es.

Megan holte den Laufstall aus einem Schrank im Zimmer der Jungen. Ich legte Faith auf den gepolsterten Boden und nahm die Decke entgegen, die Megan mir hinhielt. Ich beugte mich vor, um das Baby zuzudecken, fuhr in letzter Sekunde jedoch zurück.

»Waaah!« Blaue Elefanten marschierten von links nach rechts über den Baumwollstoff. Ich warf das Ding weit, weit weg.

»Hey!«, rief Megan. »Was zum Teufel soll das?«

Ich hielt sie am Arm fest, bevor sie die Decke zurückholen konnte. »Du darfst sie mit nichts anderem als unifarbenem Stoff zudecken.« Auf Megans immer noch verständnislosen Gesichtsausdruck hin sagte ich: »Kätzchen-Decke, Kätzchen-Faith.«

»Oh.« Megan schlug sich mit der Handfläche vor die Stirn. »Verdammt!«

»Auch ein Babyelefant hätte deinen Laufstall ziemlich deformiert.«

»Und ein Loch in die Zimmerdecke gerammt.«

Das hatte ich nicht bedacht. Ich würde dieses Kind und alles in seiner Umgebung sehr genau im Auge behalten müssen.

»Vielleicht solltest du Faith einfach hierlassen«, murmelte Megan.

»Was? Nein!«

»Traust du mir nicht zu, dass ich mich um sie kümmere?«

»Nein. Ich meine, ja, doch. Nein.« Ich fuhr mir durch die zerzausten Haare. »Sie ist kein normales Baby, Meg.«

»Ich möchte dir helfen. Du hast genug auf deiner Liste. Und seien wir ehrlich, Liz, du bist nicht Mary Poppins.«

»Echt? Glaubst du, das bin ich nicht?« Ich seufzte und deutete mit dem Kopf in Richtung Flur. Diese Unterhaltung könnte noch hitzig werden, und ich wollte Faith um keinen Preis aufwecken. Megan und ich verließen das Zimmer und zogen die Tür hinter uns zu.

»Luther kann gut mit ihr umgehen«, fing ich an.

»Was ist, wenn du von etwas angegriffen wirst? Soll der eine Faith halten, während der andere kämpft?«

»Wenn es sein muss.« Ich hatte gar nicht vor, mich angreifen zu lassen. Ich hatte vor, den ganzen Weg bis in die Badlands zu rasen – und zwar wie der Teufel.

»Hör zu, ich weiß dein Angebot wirklich zu schätzen, aber wer hat denn überhaupt eine Ahnung, in was sie sich alles verwandeln könnte? Wer weiß, wozu sie fähig ist? Ihr Vater war ein Fellläufer, aber ihre Mutter … keine Ahnung.«

Megan runzelte die Stirn. »Ich komme damit schon zurecht.«

»Da bin ich sicher. Aber du musst auch arbeiten.«

»Der Babysitter kostet für vier Kinder auch nicht viel mehr.«

»Und wie erklärst du dem, dass sich das Baby in eine Giraffe verwandelt?« Megans Blick verdüsterte sich zusehends. »Was ist, wenn sie heißhungrig aufwacht und ein Tiger-T-Shirt in die Finger bekommt? Ich könnte es nicht ertragen, wenn deinen Kindern etwas zustieße.«

Megan ließ die Schultern hängen. »Ich auch nicht.«

»Ich weiß dein Angebot wirklich zu schätzen, aber ich bin für sie verantwortlich.« Wieder klingelte es an der Tür. »Geh schon«, sagte ich. »Ich komm in einer Minute nach.«

Megan ließ mich allein. Ich ging ins Schlafzimmer, wo ich einen Blick in den Laufstall warf – sie schlief noch –, mir den Empfänger des Babyfons schnappte und mich versicherte, dass der Sender auch eingeschaltet war. Wieder im Flur, spürte ich, dass ich nicht allein war.

Da ich auf einem Kindergeburtstag schlecht mit einem Messer am Gürtel herumlaufen konnte, hatte ich es mir unter der Jeans um die Wade geschnallt. Ich ging in die Knie, als wollte ich mir einen Schuh binden, und bewegte meine Finger dabei unter dem Saum langsam auf das Messer zu.

»Du hast Sandalen an, Liebes.«

Als ich die Stimme hörte, atmete ich erleichtert aus und stand auf. »Quinn.«

Am anderen Ende des Flurs löste sich ein Mann aus den Schatten. »Herrin.«

Quinn Fitzpatrick war groß und geschmeidig, hatte glänzendes schwarzes Haar und unheimliche, gelbgrüne Augen. Außerdem war er ein Gargoyle, auch wenn man ihm das erst nicht anmerkte. Er war gut aussehend, fast schon umwerfend, warm, irgendwie reell und lebendig. Aber wenn er seine Arbeit in der Bar beendet hatte, ging er in Megans Garten, um es sich, buchstäblich zu Stein erstarrt, gemütlich zu machen.

Damals, als Gott die Grigori in den Höllenschlund verbannte, hatte er auch die perlmuttbesetzte Himmelspforte zugeschmettert. Doch nicht alle Engel hatten gegen die Regeln verstoßen. Diese Engel, einerseits zu gut, um zur Hölle zu fahren, andererseits aber von der Erde zu verdorben, um in den Himmel zurückzukehren, wurden zu Feen.

Zurückgelassen auf der Erde, schienen sie verloren zu sein. Plötzlich waren sie Menschen und hatten keine Ahnung, wie sie das anstellen sollten. Sie hätten keine Überlebenschance gehabt, wenn sie nicht Hilfe von den wilden Tieren bekommen hätten. Als Belohnung erhielten diese Tiere, die ihre Unterstützung anboten, die Gabe zu fliegen und ihre Gestalt zu wandeln. Sie konnten sich Flügel wachsen lassen und – sie konnten sich in Stein verwandeln.

Als die Feen dann allein zurechtkamen, begannen die Gargoyles, die Schwachen und Unvorsichtigen vor Dämonenangriffen zu beschützen. Je mehr Menschen sie retteten, desto menschlicher wurden sie selbst.

Mit der Anmut des Schwarzen Panthers, in den er sich verwandeln konnte, bewegte sich Quinn vorwärts.

»Ich hab dir doch gesagt, du sollst mich Liz nennen«, erinnerte ich ihn.

Ich war zwar die Anführerin des Lichts, aber mir lag nicht sonderlich viel daran, mit Herrin oder dergleichen angesprochen zu werden. Allerdings waren viele meiner Leute steinalt und fanden diese Titel vollkommen selbstverständlich.

Quinns Blick schweifte zu den Stufen, die Megan gerade hinuntergegangen war. Ich hörte das leise Murmeln ihrer Stimme, als sie die Gäste begrüßte.

»Sie hätte gern wieder ein Baby im Haus«, murmelte er mit leicht irischem Tonfall. Er war schon lange genug auf dieser Seite des Atlantiks – wahrscheinlich sogar Jahrhunderte –, um den Großteil seines Akzents verloren zu haben.

»Oh nein, tu das nicht«, sagte ich.

»Was soll ich nicht tun?« Er starrte noch immer in die Richtung, aus der Megans Stimme kam.

»Du bist hier, um sie zu beschützen, nicht, um sie zu schwängern«, flüsterte ich wütend.

Aus seiner Brust drang ein leises Grollen. »Ich würde ihr niemals wehtun.«

»Wenn es aber doch wehtut«, sagte ich, »dann machst du was verkehrt.«

»Herrin …« Er fing meinen drohenden Blick auf und begann noch einmal. »Liz, ich weiß, wo mein Platz und was meine Aufgabe ist.«

Ich hatte ihn geschickt, um auf Megan aufzupassen, nachdem auf meiner Türschwelle eine Seherin ermordet worden war. Für den Fall, dass ein weiterer Nephilim auftauchen und nach mir suchen würde. Wer konnte denn ahnen, auf welche Ideen sie kämen, wenn sie zwar mich nicht fanden, dafür aber Megan? Ich hatte jedenfalls nicht vor, es darauf ankommen zu lassen – deshalb also war Quinn hier.

Dass er sich offenbar in Megan verliebt hatte, war umso besser. Er würde sein Leben geben, um sie zu beschützen. Wenn ich schon nicht selbst hier sein konnte, war Quinn Fitzpatrick die nächstbeste Wahl.

»Glaubt sie eigentlich immer noch, dass du nichts weiter bist als der etwas ungeschickte Kellner aus der Tagesschicht?«, fragte ich. Um einen menschlicheren Anschein zu erwecken, ließ Quinn ziemlich viele Sachen fallen.

Seine Schultern sanken herab. »Ja.«

Megan hatte tatsächlich keinen Schimmer davon, wer oder was Quinn sein mochte – oder dass er in sie verliebt war. Mit drei Kindern und einem gut laufenden Lokal war Megan an den meisten Tagen schon froh, wenn sie sich an ihren eigenen Namen erinnerte.

»Hast du noch mehr Nephilim erwischt, die sich hier herumgetrieben haben?«, fragte ich.

Quinn hob den Kopf. »Ein halbes Dutzend, seit du das letzte Mal hier warst, Her… Liz.« Er straffte die Schultern. »Alle sind Asche.«

Je mehr Nephilim Quinn zu Asche zerfallen ließ, desto menschlicher wurde er. In seinem jetzigen Zustand musste er eine bestimmte Anzahl an Stunden pro Tag als Panther verbringen – sei es als Statue oder in Fleisch und Blut. Aber diese Stunden wurden jedes Mal weniger, wenn er einen Unschuldigen beschützte. Schon bald würde er ganz und gar zum Menschen werden. Sagte er jedenfalls.

»Du kannst das Kind bei Megan lassen. Solange ich hier bin, wird ihm nichts geschehen.«

»Da bin ich mir sicher. Und du würdest die doppelte Punktzahl bekommen, stimmt's?«

»Ich verstehe nicht …«

»Ein Baby zu beschützen, also das Unschuldigste, was man sich überhaupt vorstellen kann, bringt dir doch bestimmt ein paar Lose mehr in der großen Schnell-Mensch-werden-Lotterie ein.«

Quinn versteifte sich. »Ich würde es nicht zu meinem eigenen Vorteil beschützen.«

»Nein?«

»Nein.« Jetzt wirkte er tatsächlich verletzt. »Es ist doch noch ein Kind. Was wäre ich denn für ein Mann, wenn ich eine Gegenleistung dafür erwartete, dass ich ihm helfe?«

»Du bist ja noch kein Mann.«

»Und wenn ich ein solcher Mann wäre, würde ich es nicht verdienen, einer zu sein.«

Dieser Quinn wurde mir allmählich mit jedem Treffen sympathischer.

»Danke für das Angebot«, sagte ich, »aber ich kann sie nicht hier zurücklassen.«

Ich ratterte dieselben Gründe herunter, die ich Megan bereits genannt hatte, und Quinn nickte. »Die Mutter des Kindes könnte so ziemlich jeder sein. Sogar Sawyers eigene.«

Daran hatte ich noch gar nicht gedacht. Aber hätte Sawyer nicht ... Was? Faith in einem Leinensack ertränkt? Wohl kaum.

Trotzdem war seine Mutter das Böseste vom Bösen gewesen, das Abscheulichste vom Abscheulichen. Wenn es danach ging, konnte sie durchaus das Kind ihres eigenen Sohnes zur Welt gebracht haben.

Sawyer hätte es mir zumindest gesagt. Es sei denn, sein Verstand hätte sich dieser Vorstellung ebenso rigoros verweigert, wie meiner es tat. Und jetzt mal im Ernst, was sprach eigentlich dagegen?

»Er wollte, dass sie beschützt wird«, murmelte ich. Ich glaubte nicht, dass er sich darum Gedanken gemacht hätte, wenn das Kind die Tochter der Psychoschlampe aus der Hölle gewesen wäre.

Aber vielleicht irrte ich mich da auch.

6

»Ey, Kumpel. Wer bist du?«

Luther stand oben auf dem Treppenabsatz. Seine Augen leuchteten bernsteinfarben. Sein Haar bauschte sich in einem nicht vorhandenen Wind.

»Wer bist *du*?«, gab Quinn zurück, in seinem Blick flackerte mehr Gelb als Grün. »Kumpel?«

»Ganz ruhig, Jungs«, befahl ich. »Wir sind hier alle Freunde.«

Luther legte den Kopf schief und horchte auf eine Stimme, die nur er hören konnte. Erkenntnis hellte sein Gesicht auf. »Gargoyle«, sagte er.

»Psst«, zischten Quinn und ich gleichzeitig.

»Warum?«

»Megan weiß nichts davon«, flüsterte ich. »Sie wird mir in den Arsch treten, wenn sie herausfindet, dass ich in ihrer Kneipe einen Aufpasser platziert habe.«

Die Augen des Jungen hörten auf zu leuchten und wurden wieder haselnussbraun. »Okay.«

»Ein neuer Assistent?«, fragte Quinn.

»Nein«, antwortete Luther.

»Ja«, sagte ich im selben Moment.

Dann sahen wir uns böse an.

»Ich bin dein Seher«, beharrte Luther, »du bist mein Assistent.«

»Ich bin die Anführerin der ganzen Föderation, ich bin niemandes Assistent.«

»Das glaubst du auch immer noch«, murmelte Luther.

Quinn lachte, ich kochte. Ich führte nicht gern Befehle aus, aber in letzter Zeit blieb mir oft keine andere Wahl. Wenn Luther sagte *Komm*, dann kam ich. Wenn Luther sagte *Töte*, dann tötete ich. Wenn Luther sagte *Spring von einer Klippe*, dann übte ich den freien Fall.

»Was ist hier los?« Megan kam die Treppe herauf, wobei der Teppich das Klatschen ihrer Flip-Flops dämpfte. Als sie den Absatz erreichte, sah sie uns drei stirnrunzelnd an. »Gibt es ein Problem?«

»Wir stellen uns nur vor. Quinn und Luther kannten sich noch nicht.«

Megan hatte in ihrem Leben genug Lügen gehört – sie hatte Kinder und leitete eine Kneipe –, genug, um eine aus einem fliegenden Spaceshuttle heraus zu erkennen. Obwohl ich als Anführerin des Lichts schon viel geschickter darin geworden war, Unwahrheiten glaubwürdig zu konstruieren, konnte ich Megan Murphy doch nichts vormachen.

»Und weiter?«, fragte sie.

Ich machte große Augen. »Sie haben sich die Hand gegeben.«

Megan zog eine Braue hoch. »Sie haben sich auf die Schulter geklopft, über Sport gequatscht, und dann hat Quinn einen Playboy rausgeholt, und sie haben das Aktfoto in der Mitte ausgeklappt und zusammen angesehen. Sie wollten sich gerade ein Bier holen und dann ein bisschen Spucken üben. Sie haben jetzt wirklich Freundschaft geschlossen.«

Megans Augenbrauen zogen sich zusammen. Scheiße. Warum hatte ich nicht die Klappe halten können? Ausführlichkeit machte eine Lüge nicht besser. Weniger war mehr, und ganz besonders, wenn es um Schwachsinn ging.

»Wir sollten nach unten gehen.« Quinn setzte sich in Bewegung. »Ich habe versprochen, mich um die Getränke zu kümmern. Bei dieser Hitze werden die Leute sicher Durst haben.«

Megan öffnete den Mund, um zu widersprechen, und ich verspannte mich. Wenn sie mir lange genug zusetzte, würde ich alles ausplaudern, da wäre ich machtlos. Aber gerade als Quinn den Treppenabsatz erreichte, blieb er mit der Schuhspitze am Teppich hängen und stolperte.

Luther und ich machten einen Satz auf ihn zu, aber Megan war näher dran und schaffte es, ihn von den Stufen zurückzureißen, bevor er einen Sturzflug hinlegte.

»Wow.« Er lehnte sich leicht gegen sie. Es sah aus, als würde er zittern. »Danke.«

Interessant, wie anders sich Quinn in Megans Gegenwart verhielt. Seine Sprache wirkte jetzt moderner und weniger formell, und sein Akzent war, ebenso wie seine Anmut, vollkommen verschwunden.

»Pssst, Fitzpatrick.« Megan gab ihm einen Klaps zwischen die Schulterblätter. »Spuck das Kaugummi aus, damit du laufen kannst.«

»Ja«, er lachte schwach. »Gute Idee.«

Gemeinsam gingen sie die Treppe hinunter. Megan schien ihren Verdacht völlig vergessen zu haben – worin auch immer er bestanden haben mochte.

Sie erreichten den Fuß der Treppe, und Megan verschwand um die Ecke in Richtung Küche. Quinn sah sich zu mir um und zwinkerte.

An den Maßstäben einer Neunjährigen gemessen war die Party ein voller Erfolg. Jede Menge rosafarbene Ausbeute. Aus zwei Lautsprechern an den rückwärtigen Fenstern dröhnte Musik, die einen in den Wahnsinn treiben konnte. Es gab Pizza bis zum Erbrechen (wörtlich), dazu Limo, um den Pizzageschmack herunterzuspülen, gefolgt von ausreichend Kuchen mit rosafarbenem Zuckerguss, damit auch wirklich jeder Bauchschmerzen bekam.

Faith schlief trotz des Lärms durch. Ich stopfte Essen in mich hinein, bis ich fast platzte. Schließlich war nicht abzusehen, wann ich das nächste Mal die Gelegenheit haben würde, etwas zu essen.

Gegen eins war aus dem Babyfon, das ich mir fast die ganze Zeit über ans Ohr gepresst hatte, ein Murmeln zu hören. Mein Blick fiel auf Luther. Er hatte so viel Zuckerguss auf seiner Oberlippe, dass er schon aussah wie aus der *Die-Milch-macht's*-Kampagne entsprungen.

Solche Momente führten mir wieder vor Augen, wie jung Luther wirklich war – zwar wusste ich es nicht genau, aber er war noch kein Mann, ganz gleich, wie sehr er einer sein wollte. Sicher war er reifer als die meisten Jungen in seinem Alter – wenn man in Pflegefamilien oder ganz auf sich allein gestellt lebte, trug das seinen Teil dazu bei. Aber nach den Maßstäben meiner Welt war er doch immer noch ein Kind.

Ich fand es furchtbar, ein Kind in den Kampf zu schicken. Und ich fand es ebenso furchtbar, dass ich ohne Zweifel noch viele weitere von ihnen auf die gleiche Mission schicken musste. Dass es in der Regel die Kinder waren, die am meisten unter den Auswirkungen des Krieges litten, machte es für mich kein Stückchen leichter. Etwas Schlimmes wurde nicht dadurch besser, dass auf der anderen Seite noch Schlimmeres geschah.

Ich wedelte mit dem Babyfon und deutete mit dem Kopf in Richtung Haus. Luther nickte. Ich hatte ihm gesagt, dass wir aufbrechen würden, sobald Faith erwachte.

Wir schlüpften hinaus. Niemand schien davon Notiz zu nehmen. Die Kinder spielten unter Quinns Anleitung Partyspiele. Er ging richtig toll mit ihnen um. Megan räumte währenddessen auf und servierte eine zweite und dann sogar noch eine dritte Ladung Kuchen.

Als wir die Treppe hinaufeilten, schwoll Faiths Gemurmel zu

einem Weinen an, das in dem Augenblick aufhörte, als sie uns sah. Der ernste Blick aus ihren grauen Augen ruhte auf meinem Gesicht. Für einen Moment hätte ich schwören können, dass Sawyer mich aus ihnen anblickte. Ich fröstelte.

»Sie ist klatschnass«, sagte Luther.

Ich schüttelte das unheimliche Gefühl ab. »Wieso?« Ich griff in den Laufstall und berührte sie am Arm und am Bauch. Faith kicherte und strampelte. Versuchte sie etwa, niedlich zu sein? Ich brauchte ihr fröhliches Glucksen nur zu hören, um selbst glücklich zu sein.

»Die Windel, Liz.« Luther reichte mir eine frische aus der Packung, die auf dem Bett lag.

Ich schob sie zu ihm zurück. »Tu dir keinen Zwang an.«

»Vergiss es.« Er warf die Windel in die Luft, sodass mir nur die Wahl blieb, sie aufzufangen oder vom Boden aufzuheben. Ich fing sie.

»Ich weiß nicht genau, wie …«

»Das ist gar nicht so kompliziert.«

Das war es wirklich nicht. Runter mit der alten, und drauf mit der neuen. Die größere Hälfte nach hinten, und dann die Klebestreifen an der richtigen Stelle befestigen. Und ratzfatz hat man ein sauberes, trockenes Baby.

»Hätte gar nicht gedacht, dass du das draufhast.« Megans Stimme kam aus dem Flur.

»Das ist ja auch weniger kompliziert, als ich dachte«, sagte ich. Luther schnaubte.

»Wä-hä-wääh!« Faiths Gesicht färbte sich rot. In fieberhafter Eile nahm ich sie auf den Arm. Sie zupfte an dem hauchdünnen gelben Mieder, das ich zu diesem besonderen Anlass angezogen hatte.

»Hier.« Megan hielt mir ein Fläschchen mit Milchnahrung hin. »Da, wo sie sucht, wird sie wohl kaum etwas finden.«

Ich sah an mir herab. Ganz klar, das Baby versuchte alles, um meine Brust aus dem Oberteil zu befreien. Wie der Vater, so die Tochter – in mehr als einer Hinsicht. »Woher weiß sie das?«

»Du wärst überrascht, *was* sie alles weiß.«

»Aber hätte sie dafür nicht irgendwann mal gestillt worden sein müssen?«

»Bei einem Menschenbaby würde ich sagen, ja, aber bei ihr …« Megan hob eine Schulter und ließ sie wieder sinken. Faith sah das Fläschchen und hechtete darauf zu. Wieder hätte ich sie fast fallen gelassen.

Luther nahm Faith und das Fläschchen. Er hielt das Baby in einem Arm und steckte ihm den Sauger in den Mund. Dann setzte er sich auf eines der Betten der Zwillinge, das mit einer Green-Bay-Packers-Tagesdecke überzogen war. In seinen riesigen Händen sah Faith geradezu winzig aus.

»Wolltet ihr euch davonschleichen, ohne euch zu verabschieden?«, fragte Megan.

Ich hatte allerdings mit diesem Gedanken gespielt. Von Abschieden bekam ich Ausschlag. Allerdings …

»Du hattest die Säuglingsnahrung.«

»Ich bin doch nicht blöd.« Megan lächelte. Sie kannte mich besser als irgendjemand sonst. »Hier.« Sie hielt mir eine riesige Handtasche aus Jeansstoff hin.

»Scheußlich!« Ich winkte ab. »Außerdem habe ich nicht viel für Handtaschen übrig.« Sie neigten dazu, im Weg zu sein, wenn ich einem Dämon in den Arsch treten wollte.

Megans Mundwinkel hoben sich. »Das ist eine Wickeltasche, Liz.«

»Oh.« Ich nahm sie entgegen. »Danke.«

»Ich habe alles hineingetan, was ich noch hatte. Milchnahrung, Flaschen, eine Flaschenbürste, Feuchttücher, Stoffwindeln, Lätzchen, Handtücher, ein paar Waschlappen.«

Ich hob die Hand. »Braucht sie das alles denn wirklich?«

»Und noch mehr.« Megan zog einen Rollkoffer hervor.

Wann hatte sie diesen ganzen Kram bloß zusammengepackt? In den letzten beiden Stunden hatte sie fast dreißig Leute unterhalten. Diese Frau hörte tatsächlich nie auf, mich zu überraschen.

»Was ist da drin?«, fragte ich. »Winzige Diademe, klitzekleine High Heels, Mini-Miniröcke?« Dieses Kind würde gewiss Diva-Allüren in epischen Dimensionen entwickeln.

»Kleidung, Liz. Sie kann doch nicht nur in einer Windel herumlaufen.«

»Sie kann überhaupt nicht herumlaufen.«

»Du weißt schon, was ich meine.«

Ich wusste es wirklich nicht.

»Faith ist ein Baby«, sagte ich. »Es macht ihr überhaupt nichts aus, nackt zu sein. Wahrscheinlich ist es ihr sogar lieber.«

»Man trägt Kinder nicht einfach nur mit einer Windel bekleidet durch die Gegend. Ganz besonders kleine Mädchen nicht.«

»Warum nicht?«

»Weil kleine Mädchen wahre Magneten für Kleidung sind. Jeder, der etwas Hübsches zum Anziehen für sie findet, kauft es und bringt es ihnen mit. Ihre Kleiderschränke sehen aus, als wäre ein Klamottenladen explodiert.«

»Nur weil ein Kind achttausend Röcke hat, heißt das noch lange nicht, dass es sie auch tragen muss.«

»Nein, aber irgendetwas muss sie doch tragen. Sonst fällst du auf. Wenn du mit einem Baby herumläufst, das ganz offensichtlich nichts besitzt, was man nicht im nächsten Supermarkt kaufen kann, sieht es aus, als hättest du es entführt.«

Daran hatte ich nicht gedacht.

»Gut. Such halt irgendwas raus und zieh es ihr an.«

Megan griff in den Koffer und warf etwas Rosafarbenes – war

eigentlich alles, was Anna jemals besessen hatte, rosa? – in meine Richtung. »Du musst dich daran gewöhnen, sie zu versorgen.«

Ich betrachtete das Stück, das wie ein modisches T-Shirt aussah. Es war unten mit Druckknöpfen versehen, hatte kurze Ärmel und Spitze am Kragen. Ich konnte kein Anzeichen von einem Tier entdecken.

Ich warf Luther den Body zu, doch er war noch immer damit beschäftigt, das Baby zu füttern. Der Body traf ihn im Gesicht.

»Was zum Teufel soll das?«, fragte er.

»Wortwahl«, sagte ich abwesend. »Zieh ihr das an, wenn sie fertig gegessen hat.«

»Nein.« Er stellte die Flasche auf dem Nachttisch ab und legte Faith aufs Bett. »Ich bin ein Mann, und sie ist das nicht.«

»Sie ist ein Baby.«

Ein Schatten glitt über sein Gesicht. »Das macht für viele Leute keinen Unterschied«, sagte er und verließ das Zimmer.

Luther war in seinen Pflegefamilien das Opfer noch abscheulicherer Erfahrungen geworden, als ich sie hatte machen müssen. Er hatte einen seiner Pflegeväter in Stücke gerissen und im ganzen Garten verteilt. Nach dem zu urteilen, was ich in Luthers Vergangenheit gesehen hatte, als ich ihn berührt hatte, war der Typ sogar noch glimpflich davongekommen.

»Die Welt ist so verdorben«, murmelte Megan.

»Du hast ja keine Ahnung.«

»Belassen wir es dabei«, sagte Megan. »Lass sie jetzt lieber aufstoßen, sonst fängt sie wieder an zu schreien.« Als sie meinen Gesichtsausdruck sah, wirkte sie gleichzeitig amüsiert und verärgert. »Nimm sie auf den Arm, leg sie dir über die Schulter und klopf ihr auf den Rücken, bis sie ein Bäuerchen macht.«

Plötzlich weiteten sich Megans Augen, und sie ging mit zwei schnellen Schritten auf das Bett zu. Ich fuhr herum, doch Faith lag immer noch in der Mitte des Bettes, sie hatte sich nur vom

Rücken auf den Bauch gedreht und sich dann auf die Hände gestützt, um uns sehen zu können.

»Sie ist okay«, sagte ich, ebenso zu meiner eigenen Beruhigung wie zu Megans.

»Ja«, sagte Megan langsam. »Bis auf …«

»Bis auf was?« Ich setzte mich aufs Bett und suchte nach einer Stecknadel, einer Heftklammer oder etwas anderem, das Megans Besorgnis erklärt hätte.

»Sie dürfte das nicht können.«

»Was können?« Soweit ich das mitbekommen hatte, konnte das Baby ganz wunderbar schreien und sabbern, aber sonst nicht allzu viel.

»Sich umdrehen, sich aufstützen und auf diese Weise den Kopf heben. Wie alt ist sie? Zwei, drei Monate?

»Ich habe keine Ahnung, wie alt sie ist.« Aber als Megan das jetzt erwähnte, fiel mir ein, dass Faiths Kopf heute Morgen noch überhaupt keinen Halt gehabt hatte. Ich hatte ihn stützen müssen, als ich sie auf dem Arm hielt. Offenbar entwickelten sich ihre Fähigkeiten mit Lichtgeschwindigkeit.

»Vielleicht ist sie auch einfach nur etwas klein für ihr Alter«, sagte Megan, doch sie klang nicht überzeugt.

Auch ich war es nicht. Faith war ein Fellläufer. Meiner Einschätzung nach könnte sie sogar nächste Woche schon ein Teenager sein … und wäre das nicht fabelhaft?

Aber vielleicht wäre es wirklich gar nicht so übel. Mit Teenagern konnte ich gut umgehen, mit ihrer negativen Einstellung und dem ganzen Drum und Dran. Ich hatte ja selbst eine ziemlich negative Einstellung.

»Lass sie ein Bäuerchen machen«, forderte mich Megan wieder auf. »Denk daran, das jedes Mal zu machen, wenn sie etwas gegessen hat, sonst wirst du es bereuen.«

Da ich schon so vieles bereute, tat ich einfach, was Megan

sagte, und wurde mit einem Rülpser belohnt, auf den jeder NFL-Spieler stolz gewesen wäre.

Megan packte das Fläschchen und die Windeln in die Tasche. »Du wirst mich öfter anrufen, okay?«

»Klar.«

Sie zog eine Augenbraue hoch. »Wirst du nicht.«

»Vielleicht.« Ich jonglierte das Baby und die Wickeltasche. Faith äußerte ihren Unmut, indem sie mir weißes Schmierzeug auf den Hals spuckte. »Ich bin nicht so gut in so was, Meg. Ich brauche Rat und Hilfe.«

»Erster Rat: Wisch dir das Zeug vom Hals.« Sie gab mir ein Tuch.

»Das hätte ich auch noch selbst herausgefunden.« Ich wischte die Spucke mit dem Tuch ab und reichte es ihr zurück.

Megan legte mir die Hand auf den Arm. »Ich werde da sein. Wann immer du mich brauchst, rund um die Uhr.«

»Ich weiß.« Ich ging auf die Stufen zu, bevor sie mich umarmen konnte oder so. Ich war nicht besonders gut in öffentlichen Gefühlsäußerungen. Sie machten mich eher nervös.

Luther hatte den Koffer des Babys im Kofferraum verstaut. Er stand auf dem schmalen Streifen Gras zwischen Gehweg und Bordsteinkante und lehnte sich an die offene Tür des Impala.

»Woher hast du den Wagen?«, fragte Megan.

»Konfisziert. Von einer verräterischen Fee.«

Megan öffnete den Mund, schloss ihn wieder und sagte dann klugerweise überhaupt nichts.

In der Zwischenzeit war auf wunderbare Weise auch ein Kindersitz aufgetaucht. »Daran hätte ich im Leben nicht gedacht.«

»Verständlich, schließlich war sie eine Katze, als du mit ihr herkamst. Aber es wäre gesetzeswidrig, gefährlich und auch noch unbequem für Luther, wenn er sie einfach auf dem Arm hielte, den ganzen Weg nach …« Fragend hob Megan die Hände und wartete darauf, dass ich den Satz beendete. Doch das tat ich nicht.

»Okay, vielen Dank«, sagte ich und kletterte ungeschickt in den Wagen. Ein Bein war im Wagen, das andere draußen, während ich mein Bestes tat, um das Baby mit den verschiedenen Gurten und Schnallen im Sitz festzuzurren.

Als ich fertig war, sah Faith mich genauso wütend an, wie ihr Vater es getan hätte. Mit dem Unterschied, dass mich ihr Vater mit einer kleinen Bewegung aus dem Handgelenk zwei Meter weit wegschleudern konnte, ohne mich auch nur zu berühren. Ich hoffte inständig, diese Fähigkeit möge bei Faith nicht schon in allzu naher Zukunft erwachen.

Als ich mich langsam aus dem Wagen schob und mich streckte, warf sich Faith zur Seite und streckte sich nach etwas, das ihre Aufmerksamkeit erregt hatte. Da ich annahm, es wäre ein Sonnenstrahl oder ein Staubkorn, vielleicht auch die glänzende Schnalle des anderen Sicherheitsgurts, hätte ich sie fast gewähren lassen. Doch dann sah ich ein Fitzelchen rosa Flanell.

»Scheibenkleister!«, rief ich und schaffte es, die Kätzchenschmusedecke in die Finger zu bekommen, bevor es Faith gelang.

Faith heulte. Ich kam mir wie ein Ungeheuer vor, und das umso mehr, als ich von der Rückbank kletterte, mich aufrichtete und ein Paar im mittleren Alter entdeckte, das auf dem Fußweg spazieren ging. Ihre Blicke wanderten von dem rosa Stoff zu meinem Gesicht, und sie runzelten die Stirn.

»Sie … äh … hat sich darauf übergeben.« Ich knüllte das Ding zu einem Ball zusammen und warf es Luther zu. »Tu das in den Kofferraum.«

Auf diese Anweisung hin runzelte er genervt die Stirn, tat aber, was ich gesagt hatte. Das Paar ging langsam weiter, nicht jedoch, ohne erst mir und dann auch Luther einen seltsam angewiderten Blick zuzuwerfen.

Megan sah ihnen nach und wandte sich daraufhin mit einem Grinsen zu mir. »Die dachten, sie wäre deine Tochter.«

»Das passiert mir öfter«, murmelte ich.

Sie senkte ihre Stimme zu einem Flüstern. »Und seine.«

Ich machte große Augen. »Igitt! Er ist vielleicht vierzehn.«

»Ist er nicht.« Megans Lächeln verschwand. »Vergiss das nicht.«

»Und wieder: Igitt.«

»Ich habe das nicht gesagt, weil ich glaube, du würdest ihn anfassen.« Ich machte Würgegeräusche, und Megan boxte mir gegen den Oberarm. »Ich meine nur, dass auch andere Leute das denken werden und euch Ärger machen könnten. Nicht nur wegen seines Alters, sondern auch … na ja, du weißt schon.«

Ich runzelte die Stirn. »Tu ich nicht. Also es wissen. Wovon redest du?«

»Er ist … ähm …«

»Schwarz.« Luther warf die Kofferraumklappe zu. Sein Superduper-Gehör funktionierte einwandfrei. »Ich bin schwarz, Liz. Und du nicht.«

»Ich bin aber auch nicht weiß.« Ich war zur Hälfte Ägypterin und zur anderen Hälfte weiß-der-Teufel-was.

»Deine Augen«, sagte er. »Die sind ziemlich weiß.«

Meine Augen waren blau, und in diesem nicht-ganz-weißen Gesicht sahen sie ungewöhnlich aus. Das galt allerdings auch für Luthers Augen.

»Wir beide sind irgendetwas anderes als weiß. Und das Baby ebenfalls.«

»Genau das meine ich«, sagte Megan. »In manchen Teilen des Landes handelst du dir dadurch Ärger ein.«

»Immer noch?«, fragte ich.

»Immer noch«, antwortete Luther.

7

Die Fahrt von Milwaukee nach South Dakota verlief ziemlich ereignislos. Wir passierten Madison und La Crosse, überquerten den Mississippi und fuhren dann nach Westen, um in Sioux Falls zu übernachten.

Faith hatte sich fantastisch gehalten, aber sie war fix und fertig, und ich ebenfalls. Wenn Luther und ich allein gewesen wären, hätte ich die Fahrt über die pechschwarzen, unbekannten Straßen in die Badlands fortgesetzt. Aber die Versorgung von Faith hatte mich ausgelaugt, auch wenn ich mich nicht selbst darum kümmern musste. Die ganze Zeit über rechnete ich damit, dass sie aufwachte, wimmerte, weinte oder schrie. Die anhaltende Nackenverspannung, die sich daraus ergab, hatte sich inzwischen in ausgewachsene Schmerzen verwandelt, die mir von den Schultern aus direkt ins Hirn schossen.

Im Westteil der Stadt fanden wir ein billiges, aber sauberes Motel, das mit kostenlosem W-LAN warb. Ich buchte ein Zimmer für uns alle, und als der Rezeptionist seinen Blick von mir zu Luther, zu Faith und wieder zurückwandern ließ, nahm sein Gesicht tatsächlich diesen schmutzigen Ausdruck an, auf den ich schon fast gewartet hatte.

»Zweite Ehe«, flüsterte ich verschwörerisch.

Man hätte meinen können, ich hätte ihm einen Schürhaken in den Allerwertesten gerammt. Ich konnte wohl von Glück sagen, dass er uns überhaupt ein Zimmer vermietete.

»Ich organisiere uns was zum Essen, und du badest sie in der Zwischenzeit.« Luther schnappte sich den Zimmerschlüssel.

»Was? Nein. Hey!« Das letzte Wort schrie ich, als er die Tür zu unserem Zimmer öffnete. »Warum kann *ich* nicht das Essen holen?«

Luther verdrehte nur die Augen. Richtig. Keine nackten Babymädchen in der Nähe des Jungen.

»Muss sie wirklich gebadet werden?«, fragte ich. »Es ist ja nicht so, dass sie den Tag mit Joggen oder Wrestling verbracht hätte.«

»Das letzte Bad könnte schon eine Weile her sein. Sie müffelt ein bisschen.«

»Okay.« Ich winkte ab. »Dann geh.«

Fast schon an der Tür, hielt er inne und sah mich über die Schulter an. »Du weißt, dass du sie in der Wanne nicht allein lassen darfst?«

»Sag bloß.«

»Du darfst sie keine Sekunde loslassen. Das Wasser braucht nur zwei, drei Zentimeter tief zu sein. Nicht zu heiß. Aber selbst in zwei Zentimetern könnte sie ertrinken.«

»Bist du sicher, dass du nicht doch …?«

Er ging aus dem Zimmer und zog die Tür hinter sich zu.

»Sieht so aus.«

Faith führte eine sehr wichtige Unterhaltung mit ihren Zehen. Ich nutzte diese Atempause, um die Wickeltasche eilig nach etwas zu durchsuchen, das nach Badeutensilien aussah. Schließlich gab ich auf, nahm Tasche und Baby und ging ins Badezimmer.

Fünf Minuten später war ich so bereit, wie ich überhaupt sein konnte. Ich hatte etwa zweieinhalb Zentimeter Wasser in die Wanne eingelassen – nicht zu heiß. Ich hatte die Wickeltasche ausgekippt und einen Waschlappen, ein Handtuch sowie Babyshampoo gefunden. Ich hatte es geschafft, Faith den Body und die Windel auszuziehen, ohne dass sie zu schreien anfing.

Ich hob sie hoch und setzte sie ins Wasser. Faith machte große Augen und hielt den Atem an. Wenn sie jetzt schrie, würde dies das kürzeste Bad der Welt werden. Stattdessen gurgelte und strampelte sie, planschte, gurrte und …

Grrr.

Knurrte?

Ich beäugte den Waschlappen, mit dem ich über ihren rundlichen, glitschigen Körper strich. Kein Hund in Sicht. Auch nichts auf der Shampooflasche, außer dem unvermeidlichen engelsgesichtigen Kind, das den Kopf voller Seifenschaum hatte. Keine Anti-Rutsch-Aufkleber auf dem Boden der Wanne. Was in Teufels Namen war es dann?

Vielleicht imitierte sie einfach Luther. Allerdings konnte ich mich nicht daran erinnern, dass er in ihrer Gegenwart geknurrt hätte. Aber er hätte es natürlich tun können, als ich nicht dabei gewesen war. Konnten so junge Babys schon Geräusche nachahmen? Es gab nur eine Möglichkeit, das herauszufinden.

»Kannst du *Liz* sagen?«, flötete ich, was Faith dazu brachte, mit dem Strampeln aufzuhören und mich mit großen Augen anzusehen. Ich konnte es ihr nicht verdenken.

»Liz«, versuchte ich es erneut.

Faith blinzelte. Vielleicht war Liz zu schwierig. Es musste einen Grund geben, warum Kinder zuerst Da-Da oder Ma-Ma sagten.

»Luther? Sag Luther. Lu-lu-lu.«

»Glurg«, machte Faith. Ich kam mir wie ein Idiot vor.

Schnell wusch ich sie und trocknete sie ab. Ich legte ihr eine frische Windel an und fand einen Einteiler mit Füßchen, der sich von Kopf bis Fuß knöpfen ließ. Es war weich und gelb und sah in meinen Augen eher nach einem Schlafanzug aus.

Faith fing wieder an, an meinem T-Shirt zu zerren, also schnappte ich mir eine frische Flasche und die Dose Milchnahrung, las die Anweisungen und schaffte es, sie zu füttern, bevor Luther zurückkam.

Sie war gerade auf meinem Schoß eingeschlafen, als er ins Zimmer trat. »Wenn du sie aufweckst, wirst du tausend Tode sterben«, flüsterte ich.

Er grinste, bevor er die Tüten vom Imbiss – dem Geruch nach waren es Hamburger und Fritten – auf der Kommode abstellte. »Gut gemacht.«

»Kinderspiel.«

»Ich werde sie hinlegen.« Er beugte sich über mich, um Faith hochzunehmen, doch ich hielt sie fest.

»Es geht ihr gut. Fang schon mal an zu essen.«

»Hast du keinen Hunger?«

»Ich warte noch.«

Ich hätte nicht sagen können, warum, aber ich wollte Faith jetzt nicht hergeben. Sie war so warm und weich. Sie war ganz ruhig. Sie nuckelte noch weiter, obwohl die Flasche schon gar nicht mehr in der Nähe war. Als sie ihre Wange an meiner Brust rieb, stieg der Duft von Wasser und Bäumen zu mir auf.

Meine Augen brannten. Wie konnte es sein, dass sie genauso roch wie Sawyer?

Ich hielt sie eine ganze Stunde lang. Ihr gleichmäßiger Atem beruhigte mich. So friedlich hatte sich die Welt nicht mehr angefühlt, seit … So friedlich hatte sich die Welt noch nie angefühlt. Mein Leben war ein einziges langes, heilloses Chaos.

Als ich Faith in den Armen hielt, öffnete ich meinen Geist und versuchte, so viel wie möglich zu sehen. Aber sie war ein Baby. Sie lebte im Jetzt. Alles, was ich in ihrem Kopf sehen konnte, war ein Strudel von Gesichtern – meins, Luthers, Megans, Annas, Quinns, dann das Fläschchen und die Schmusedecke. Keine Spur von Mami oder Papi. Es musste schön sein, so einfache Träume zu haben.

Luther duschte und kroch dann ins Bett. Er schaltete den Fernseher ein und stellte den Ton ganz leise. Bevor ich auf dem

Stuhl einschlief, legte ich Faith in die Mitte meiner Matratze und aß schnell einen kalten Hamburger, während ich ein paar Dinge im Internet recherchierte. Dann zog ich meine Jeans aus und kletterte ins Bett. An der offenen Bettseite reihte ich Kissen aneinander, dann rollte ich mich so zusammen, dass ich Faith mit meinem Körper schützen konnte.

»Sawyer«, flüsterte ich, »warum zur Hölle hast du das hier für eine gute Idee gehalten?«

Ich erwachte in vollständiger Dunkelheit. Sofort begriff ich, dass der Strom ausgefallen sein musste. Nur eine dünne Mondsichel glänzte am Himmel. Alle Sicherheitslichter auf dem Parkplatz waren ausgestellt, die Neonreklame war kalt und trüb, der Schein des Nachtlichts längst erloschen.

»Liz?«, hauchte Luther. Das war leiser als ein Flüstern.

»Psst.«

Ich horchte nach dem Tosen des Windes oder dem Peitschen von Regen, nach Donner in der Ferne. Wenn ein Sturm über uns hinweggefegt war, würde das den Stromausfall erklären. Auch wenn ich mir nicht vorstellen konnte, dass ich ihn verschlafen hätte.

Das hatte ich auch nicht. Jemand war im Zimmer. Ich konnte es fühlen, fast sogar riechen.

Ich legte den Kopf schief und lauschte auf das verräterische Summen, das einen Nephilim verriet, doch ich hörte nichts. Das sollte ein verlässliches Anzeichen dafür sein, dass der Eindringling ein Mensch war. Andererseits hatten Nephilim auch in der Vergangenheit schon Wege gefunden, ihr Wesen zu verbergen.

Und ob sie nun Dämonen oder Menschen waren, sowohl die Abwesenheit von Licht als auch der schlichte Umstand, dass sie hier herumschlichen, anstatt anzuklopfen, sagte mir ziemlich deutlich, dass sie nicht in friedlicher Absicht gekommen waren.

Zum ersten Mal, seit ich es hatte, lag mein Messer nicht unter dem Kissen. Ich hatte es einfach nicht über mich gebracht, es mit zu dem Baby ins Bett zu nehmen. Wie das wohl kam?

Mein Gewehr lag auf dem Nachttisch, aber anstatt nach ihm zu greifen, hob ich die Kätzchendecke vom Boden auf. Dann hob ich das Federbett an, warf die Decke über Faith und zog das Federbett wieder darüber, um den Blitz, der ihre Verwandlung begleitete, zu dämpfen. Im nächsten Moment leuchtete mir jemand mit einer Lampe in die Augen und blendete mich.

Luther knurrte und griff nach seiner Waffe.

Einer der dunklen Schatten schlug ihm mit der Faust ins Gesicht. Seine Nase knackte wie rohe Spaghetti.

Als ich vom Bett aufstand, legte sich etwas um meinen Hals und zerrte mich mit einem Ruck wieder nach unten. Ich kam so heftig auf, dass ich ein paarmal von der Matratze zurückgefedert wurde. Mein Hals brannte, als wäre das Seil in Säure getaucht worden. Bevor ich versuchen konnte, mich davon zu befreien, wurden meine Handgelenke gefesselt, und dann meine Knöchel. Wo mich die Fesseln berührten, explodierten Schmerzen.

Diese Eindringlinge wussten mehr über mich, als mir lieb war. Sie hatten goldene Ketten dabei, um einen Dhampir damit zu fesseln.

Luthers Löwe grollte knapp unter der Oberfläche. Ich sah in seine Richtung und zischte, als die Kette bei der Bewegung über eine Stelle rieb, an der ich bereits wund war. Der Junge lag so still, dass ich ihn für bewusstlos gehalten hätte, wenn er nicht gefaucht hätte. Auch er musste gefesselt worden sein.

»Verwandle dich«, befahl ich.

»Kann nicht.« Die Worte klangen erstickt und voller Schmerz. Was auch immer sie getan hatten, es hatte ihn nicht nur kampfunfähig gemacht, sondern hinderte ihn auch daran, sich zu verwandeln.

Ich zählte vier Schatten. Groß und massig. Vielleicht waren es Männer, vielleicht auch nicht.

»Dafür werde ich euch umbringen«, sagte ich. Wenn auch nicht gerade jetzt. Jetzt lag ich hier und hatte Schmerzen.

Jemand lachte. Ein Mann. »Wir wollen nur das Kind, dann lassen wir dich in Ruhe.«

Die Stimme hatte einen weichen, fast vornehmen Klang mit südlichem Akzent, der in merkwürdigem Kontrast zur Größe und zum Verhalten ihres Besitzers stand.

Ich atmete tief ein und versuchte, die Witterung von Löwen aufzunehmen. Die Gestaltwandler, die Luthers Eltern getötet hatten, suchten noch immer nach ihm. Er hatte einige von ihnen getötet, doch mit Sicherheit gab es noch mehr. Ich nahm an, dass sie das waren. Woher sonst konnten sie das Geheimnis kennen, das diesen Jungen davon abhielt, seine Krallen auszufahren?

»Daran hättest du denken sollen, bevor du ihm die Nase gebrochen hast«, sagte ich.

»Nicht ihn. Sie.«

»Was für eine Sie?«, fragte ich.

Ein anderer Schatten schlug mir mit dem Handrücken ins Gesicht. Ich riss mir die Lippe an den Zähnen auf und schmeckte Blut. Mein Magen rumorte. Wenn mein Dämon auch von dem Halsband gefangen gehalten wurde, so kauerte er doch in mir, und Blut war wie Sirenengesang auf dem weiten Ozean für ihn.

Ich wünschte mir, genug über Magie zu wissen, um das Halsband ohne die Hilfe meiner Hände öffnen zu können. Von diesen Typen würde nicht mehr als die Zehennägel übrig bleiben. Wenn mein Dämon allerdings erst einmal frei war, würde es leider auch Faith und Luther nicht anders ergehen.

»Wir sind wegen des Babys hier.«

»Sehe ich wie jemand aus, der ein Baby mit sich rumschleppt?«

»Und was ist dann das?« Er stieß mit dem Gewehr gegen die

Wölbung in der Bettdecke. Ein dritter Schatten griff nach der Decke und riss sie von der Matratze. Die Wölbung unter der Kätzchendecke wackelte. Das Gewehr wurde entsichert, das Geräusch hallte in der plötzlich schweren Stille des Zimmers wider.

»Bist du irre?« Ich musste den Typen, der meine Leine hielt, überrascht haben, denn ich schaffte es, mich über die Wölbung zu werfen, als das Gewehr losging.

Ein Schmerz durchfuhr meine Schulter. Mir blieb keine Zeit, mich näher mit diesem Schmerz zu beschäftigen, denn die Kette um meinen Hals wurde enger gezogen. Sie schnitt mir erfolgreich die Luft ab, versengte meine Haut und zog mich vom Bett.

Ich wand mich, trat um mich und landete mit dem Gesicht voran auf dem Teppich. Dann brach auch *meine* Nase, und das Blut strömte wie ein Regenguss heraus.

Im Zimmer wurde es still. Meine Schulter brannte, aber das Gewehr war offenbar nicht mit Gold geladen gewesen, und der Schmerz schien erträglich zu sein. Ich kam mühsam auf die Knie – das ist nicht so einfach, wenn man an Händen und Füßen gefesselt ist – und stellte fest, dass ich, als sie mich von der Matratze gezerrt hatten, die Decke von dem Baby heruntergezogen hatte. Nun konnte jeder sehen, dass es überhaupt kein Baby war.

Das bezaubernde schwarze Kätzchen gähnte, blinzelte ins helle Licht und putzte sich die Pfote mit seiner hübschen, rosa Zunge.

»Das ist eine … Katze. Wo ist das Baby?«

»Ich weiß nicht, woher du deine Informationen hast, Kumpel, aber das hier«, ich deutete mit dem Kinn auf das Kätzchen, wobei ein paar Tropfen Blut durch die Luft flogen, »kommt von allem, was ich in den letzten Jahren so gesehen habe, einem Baby noch am nächsten.«

Zum Glück hatte ich die Wickeltasche wieder eingeräumt.

Jetzt stand sie auf der Kommode und sah wie eine ganz normale, wenn auch hässliche Handtasche aus. Wenn sie jedoch den Müll durchsuchten, würden sie eine benutzte Windel finden. Ich würde zwar versuchen, mich da irgendwie herauszureden, aber ich rechnete nicht damit, dass sie es mir abkaufen mochten.

»Wie kommt ihr eigentlich auf die Idee, dass ich ein Baby habe?«, fragte ich schnell. Solange sie redeten, durchsuchten sie nämlich nicht das Zimmer. »Und warum wollt ihr überhaupt eins?«

»Ich tue nur, was mir aufgetragen wurde, Schätzchen. Ich stelle keine Fragen. Auf diese Weise hab ich auch so lange überlebt.«

Ich runzelte die Stirn. »Wie lange?«

Der Mann lachte wieder. Außer dem Umriss seines Gesichts und seiner Größe konnte ich nichts erkennen. Das Licht, das mir in die Augen schien, verhinderte, dass ich solche Einzelheiten wie die Haarfarbe oder die Größe der Nase erkennen konnte. Aber an diese Stimme und das Lachen würde ich mich lange Zeit erinnern.

»Lasst uns gehen, Jungs.«

»Sollten wir nicht …«, begann einer der anderen, doch er wurde unterbrochen.

»Ich bin nur dafür bezahlt worden, das Baby zu holen, sonst nichts.«

Ich hob die Schulter – die, in der noch immer die Kugel steckte. »Du bist nicht dafür bezahlt worden, es zu holen, sondern es zu töten.«

»Man hat mir gesagt, du wärst clever«, sagte er, und dann war er verschwunden.

Sobald die Tür hinter ihm zugefallen war, rappelte ich mich auf und eilte zu Luther, der – zwar immer noch knurrend, aber doch – reglos wie eine Leiche auf dem Bett lag. Faith streckte sich, gähnte, steckte die Nase unter ihren Schwanz und schlief wieder ein.

»Warum hast du sie nicht kommen sehen?«, fragte ich. »Hat Ruthie dich nicht gewarnt?«

Meine Hände und Knöchel waren mit goldenen Handschellen gefesselt. Aber das Wichtigste zuerst. Ich musste Luther befreien.

Mit Händen und Zähnen bearbeitete ich die Stricke – Gott sei Dank waren es nur Stricke und keine Ketten. Allerdings schmeckten sie wie Matschsuppe mit Pfeffer. Das Blut aus meiner gebrochenen Nase trocknete auf meiner Haut und bröckelte ab. Wie rostroter Staub fiel es auf die weißen Laken. Sobald Luther befreit war, löste er die goldene Kette von meinem Hals.

»Du musst sie verfolgen«, sagte ich. »Ich werde …«, ich hob die Hände in den Handschellen, »erst mal einen Schlosser rufen.«

Luther schnappte sich sein Messer und versuchte, die Schlösser aufzukriegen. »Luther! Geh!«

Er schüttelte den Kopf, wobei seine Locken hin und her flogen. Da er noch immer keine meiner Fragen beantwortet hatte, stellte ich eine davon erneut. »Was hat Ruthie gesagt? Was sind das für …?«

»Sie hat überhaupt nichts gesagt.«

Mein Herz raste panisch. »Was haben sie mit dir gemacht?« Er hatte sich ja nicht mehr in einen Löwen verwandeln können, aber womöglich … »Haben sie dir all deine Kräfte genommen?«

»Nein. Sie haben die Stricke nur mit Kava-Kava eingerieben. So konnte ich mich nicht verwandeln.«

»Was ist Kava-Kava?«

»Eine Pflanze aus der Südsee. Wird meistens zur Entspannung eingesetzt. Bei Gestaltwandlern macht es die Muskeln aber zu schlaff für eine Verwandlung.«

Warum wusste er solche Dinge und ich nicht? Das machte mich rasend.

»Wenn du immer noch all deine Kräfte hast, warum weißt du dann nicht, was das für Typen waren?«

»Oh, ich weiß, was sie waren«, murmelte Luther. Klick. Die Handschellen fielen zu Boden, und Luther sah mich aus seinen flammenden bernsteinfarbenen Augen an. »Es waren Menschen, Liz. Keine Nephilim.«

8

»Menschen?« Luther nickte mit zusammengepressten Lippen, während er sich am Schloss meiner Fußschellen zu schaffen machte. »Bist du sicher?«

»Hast du irgendwelche Vibrationen gespürt? Ich nämlich nicht.«

Wenn sich etwas Böses in der Nähe befand, lag üblicherweise ein Summen in der Luft. Nicht sehr aufdringlich, nur ein Vibrieren, das man spüren und hören konnte wie einen Schwarm von tausend Bienen oder einen sehr großen Rasenmäher in nächster Nähe. Aber ich hatte es nicht gespürt, und Luther ebenso wenig.

Mit einem gedämpften Klirren fielen meine Fußschellen auf den Teppich. »Nicht schlecht«, sagte ich. Der Junge hatte offenbar Erfahrung.

Ich eilte zur Tür und starrte nach draußen. Der Strom war immer noch weg, aber das Silberlicht des Mondes spiegelte sich auf der Betonfläche des Parkplatzes und auf den Motorhauben der zahlreichen Autos – gerade genug Licht, um zu erkennen, dass niemand da war.

»Du blutest, Liz.« Luther stand hinter mir und sah mir über die Schulter. Seine Augen leuchteten topasfarben, und er blähte die Nasenflügel, um die Witterung der Nacht aufzunehmen. Er schüttelte den Kopf. Er glaubte ebenso wenig, dass noch jemand in der Nähe war.

»Du auch.« Seine Nase war schief, ich würde sie richten müssen. Das würde weh tun.

»Ich habe eine Taschenlampe.« Er wandte sich von der Tür

ab, ich schob sie zu und schloss ab. Wie auch immer sie hereingekommen waren, aufgebrochen hatten sie jedenfalls nichts.

Am liebsten hätte ich Luther gesagt, dass wir die Erste Hilfe auf den Morgen verschieben sollten. Ich bezweifelte ohnehin, dass er nur im Licht der Taschenlampe die Kugel aus meiner Schulter entfernen konnte. Dann ging mit einem dumpfen Geräusch der Strom wieder an. In der Mitte des Fernsehbildschirms blitzte ein blauer Funke auf, bevor in einer Infomercial-Sendung die hundert größten Hardrock-Lovesongs – gab es überhaupt so viele? – beworben wurden.

Im Vorbeigehen ließ Luther seine Faust auf die AUS-Taste hinabsausen. Ich bezweifelte, dass dieser Fernseher jemals wieder funktionieren würde.

Wieder starrte ich nach draußen. Der Parkplatz war beleuchtet wie ein Festumzug. Ein Lastwagen der kommunalen Energieversorgung stand mit laufendem Motor auf der Straße.

Im Bad starrten Luther und ich nebeneinander in den Spiegel. Unsere Nasen waren schief und geschwollen, unsere Gesichter mit Blut bespritzt. Wären wir Menschen gewesen, hätten wir morgen blaue Augen gehabt. Da wir es aber nicht waren, gingen die Schwellungen schon wieder zurück.

Damit unsere Wunden noch schneller heilten, mussten wir uns verwandeln, und genau das hatte ich vor, und zwar so bald wie möglich. Am nächsten Morgen würde dann niemand auf die Idee kommen, dass Luther und ich irgendetwas anderes als eine ereignislose Nacht hinter uns hatten.

Bevor ich zu viel darüber nachdenken konnte, richtete ich mit einem Ruck meine Nase. Scharfe Splitter aus Schmerz durchzuckten mein Hirn, ich beugte mich vor und atmete durch den Mund, während mir das Wasser aus den Augen strömte. »Verdammt, tut das weh!« Aber als ich mich aufrichtete, sah mein Gesicht wieder ganz so aus, wie es sollte.

Ich hatte mir oft genug sagen lassen, dass ich eine exotische Schönheit ausstrahle. Das lag wahrscheinlich an dem Kontrast zwischen meinen leuchtend blauen Augen und der Hautfarbe, die etwas dunkler als die eines durchschnittlichen Weißen war.

Ich hatte hohe Wangenknochen und – normalerweise – eine gerade geschnittene Nase. Ich war groß und schlank und konnte auch ein ordentliches Paar Brüste vorweisen.

Die Kerle standen auf mich, auch wenn ich in den allermeisten Fällen nicht viel mit ihnen anfangen konnte.

Seit ich alt genug war, um von solchen Dingen zu wissen, hatte ich auch gewusst, dass Äußerlichkeiten täuschten. Unter einem schönen Äußeren verbarg sich oft genug ein hässlicher Kern. Menschen, die mich nach dem ersten Blick wegen meines Äußeren kennenlernen wollten, bekamen gar nicht erst die Chance dazu.

»Jetzt du.« Ich streckte die Hände nach Luthers zerquetschter Nase aus.

Mit einem lautlosen Knurren bleckte er die Zähne und rückte seine Nase selbst wieder zurecht. Die Knochen knackten vernehmlich, und plötzlich war sein Knurren überhaupt nicht mehr lautlos.

Ich zog mein ruiniertes Gaze-Top aus und drehte mich so, dass ich meine Schulter sehen konnte. Die Haut zog sich schon wieder über dem Loch zusammen. »Die Kugel muss raus.«

Eine Infektion würde mich zwar nicht umbringen, aber ich würde mich auch nicht gerade toll fühlen, während mein Körper gegen sie ankämpfte.

Unsere Blicke trafen sich im Spiegel. »Ich glaube nicht, dass ich das allein hinkriegen werde.«

In meinem Seesack schleppte ich immer einen voll ausgestatteten Verbandskasten mit mir herum. Luther sterilisierte das Skalpell mit Alkohol und presste dann ein getränktes Stück Mull auf das Loch. Ich biss die Zähne zusammen, bis das höllische Brennen endlich nachließ.

»Setz dich lieber hin.« Luther deutete auf den Klodeckel. »Vielleicht ziehst du besser den BH aus, sonst ist der nachher hinüber.«

»Netter Versuch, großer Junge. Der BH bleibt an.«

Luther schnaubte und zog dann mit einem scharfen Zischen die Luft ein. Seine Nase mochte wieder normal aussehen, doch verheilt war sie nicht. Noch nicht.

Als der Junge immer noch zögerte, sah ich auf. »Tu es einfach, Luther. Je schneller, desto besser, okay?« Er nickte. Dann tat er es. Wenn ich das Richten meiner Nase für schmerzhaft gehalten hatte, dann hatte ich mich geirrt. Im Vergleich zu dem hier war das ein Mückenstich gewesen.

Wenigstens war der Junge schnell. Weniger als eine Minute später klirrte die Kugel im Waschbecken, dann drückte er ein weiteres Stück alkoholgetränkten Mull auf die Wunde. Ich fluchte vor mich hin, bis die hellen Lichtblitze am Rande meines Gesichtsfeldes verschwanden.

Luther griff nach einer Mullbinde, doch ich hob abwehrend die Hand. Da gab es doch noch eine bessere Möglichkeit.

Der erste Tod meiner Mutter hatte mir das Leben geschenkt. Es gab immer nur einen Phönix auf der Welt, und der wurde aus der Asche seines Vorgängers geboren. Aber eine Kombination aus schwarzer und weißer Magie hatte meine Mutter in der Schwebe gehalten – so war sie zwar tot genug, dass ich geboren werden konnte, aber mit dem Versprechen in der Tasche, wieder zum Leben erweckt zu werden, wenn sich das Jüngste Gericht dem Armageddon näherte. Durch diese Magie hatte sie ihre Kräfte behalten, und ich hatte gar nichts von meinem Erbe gewusst.

Doch jetzt war ich der Phönix. Unter anderem. Ich sollte also in

wie man einen Fellläufer tötete, waren selbst Fellläufer. Und in Bezug auf dieses Thema waren sie verständlicherweise recht schweigsam.

»Sie wussten, wie sie uns schnell außer Gefecht setzen konnten, ohne uns zu töten.« Luther legte die Stirn in Falten.

»Ich frage mich, wer ihnen das gesagt hat.«

»Und ich frage mich, wie lange ich brauchen werde, um sie zu finden und zu töten.« Auf mein Stirnrunzeln hin ballte Luther die Hände zu Fäusten. »Wir können diese Typen doch nicht einfach da draußen herumlaufen lassen. Sie wissen viel zu viel.«

Hinter seiner Coolness verbarg sich Angst. Kreuzungen konnte man nur schwer töten, aber sie waren nicht unbesiegbar. Zum ersten Mal zeichnete sich dieses Wissen auf Luthers Gesicht ab. Armer Junge.

»Zuerst müssen wir noch andere Dinge erledigen«, sagte ich, um ihn abzulenken.

»Dazu brauchst du mich nicht.«

Ich ahmte das Mööp-Geräusch aus Quizsendungen nach und drückte einen imaginären Buzzer in der Luft. »Falsche Antwort. Möchten Sie es noch einmal versuchen, Mr Vincent?«

»Liz, es ist doch nur logisch, dass ich sie verfolge, den Namen ihres Auftraggebers aus ihnen herausprügele und …«

»Was?«, unterbrach ich ihn. »Dass du vier Menschen umbringst? Das riecht mir stark nach Mord, Luther.«

»Aber sie sind …«

»Menschen.«

»Arschlöcher sind das«, murmelte er.

»Wenn wir jedes Arschloch auf der Erde umbringen wollten, hätten wir keine Zeit mehr für die Nephilim.«

Er musste grinsen, wurde aber sofort wieder ernst. »Das sind Killer. Du kannst mir nicht erzählen, dies hier wäre ihr erster Auftrag gewesen. Dafür waren sie zu gut.«

»Wir sind aber nicht die Polizei.« Ich hob die Hand, um seinem Widerspruch zuvorzukommen. »Und wir sind auch keine Bürgerwehr. Wir haben unsere Kräfte bekommen, um Nephilim zu töten. So einfach ist das.«

Luther ließ den Kopf hängen. Die Haare fielen ihm ins Gesicht, und die Schulterknochen, die sich deutlich unter dem T-Shirt abzeichneten, ließen ihn unvorstellbar jung aussehen. Wieder kamen Schuldgefühle in mir auf. Er gehörte einfach nicht hierher.

»Und wenn sie zurückkommen?«, flüsterte er.

Er hatte wirklich Angst gehabt. Gefesselt, ohne die Möglichkeit, Zugang zur Quelle seiner eigentlichen Möglichkeiten zu finden, war er hilflos gewesen – und das hatte zweifelsfrei Erinnerungen an Zeiten wachgerufen, in denen er ebenfalls hilflos gewesen war und die Stärkeren das auf furchtbare Weise ausgenutzt hatten.

Bei vielen Kreuzungen erwachte die Magie erst relativ spät – so auch bei Luther. Aus diesem Grund hatte er in seiner Kindheit viele ähnliche Erfahrungen gemacht wie Jimmy und ich – noch zwei Spätentwickler.

»Hey«, ich legte Luther die Hand auf den Arm, wurde mit Bildern überflutet, die ich nicht sehen wollte, und zog sie wieder zurück.

Luther hatte nicht nur Angst, er schämte sich auch. Er war überrumpelt worden und hatte weder mich noch das Baby beschützen können. Diese Scham, die ihn jetzt antrieb, machte ihn wütend und rachsüchtig.

Sollten sich die Kerle in der nächsten Zeit noch einmal hier blicken lassen, würden sie jedenfalls bald Hackfleisch sein.

Der Gedanke an ihren Tod war zwar reizvoll – schließlich hatten sie versucht, das Baby zu erschießen, verdammt noch mal! –, aber damit würden sie zu leicht davonkommen. Außerdem wollte ich Luther da nicht mit hineinziehen.

»Wenn sie zurückkommen, mache ich sie fertig«, sagte ich. »Das werden sie bitter bereuen.«

Er sah mich prüfend an. »Aber ich …«

»Du wirst dich da raushalten. Das ist mein Ernst, Luther. Menschen stehen nicht in deiner Stellenbeschreibung.«

»Aber in deiner?«

Ich sah Faith an. »Jetzt schon.«

Wir beschlossen, noch ein paar Stunden zu schlafen. Es hatte eine Menge Energie gekostet, gefangen genommen, bedroht und verwundet zu werden und sich dann per Gestaltwandlung zu heilen.

Außerdem wollten wir Wache halten. Ich glaubte zwar nicht, dass die angeheuerten Killer zurückkommen würden, aber vielleicht irgendetwas anderes.

Luther bestand darauf, die erste Schicht zu übernehmen, weil ich schlimmer verletzt gewesen war als er und deshalb auch mehr Energie auf die Heilung verwenden musste. Da er recht hatte, ließ ich ihn.

Ich fiel ins Bett, in den Schlaf und dann in einen Traum.

Ich bin auf dem Mount Taylor, auf einem der vier heiligen Berge, die die Grenzen des Navajo-Landes markieren. Sie nennen ihn den Heiligen Berg des Südens oder auch Türkisberg. Dort hatte Sawyer den Stein gefunden, den ich um den Hals trug. Dieser Berg war magisch und gehörte ihm.

Er hat einen geheimen Ort am Ufer eines klaren, kühlen Bergsees, wo er Rituale durchführt, weil er es an keinem anderen Ort wagt. Vielleicht ist es das, was mich hierhergezogen hat, ein Ritual, ein Zauber, Magie.

Ich stehe in der Nacht am See und lausche auf das Rumoren des Berges. Vor ein paar Millionen Jahren war Mount Taylor ein aktiver Vulkan, und immer noch erbebt er manchmal, wenn Sawyer über seine Oberfläche geht. Ich warte darauf, dass er –

wie schon so oft – zwischen den Bäumen hervortritt, doch er tut es nicht.

»Sawyer?«, flüstere ich.

Der Wind fährt mir durchs Gesicht und bringt den Geruch von Wasser, Kiefern und Erde mit sich. Das ist Sawyers Geruch, aber auch der der Berge. Ist er nun hier oder nicht?

Dann erhasche ich eine Spur von Rauch. Mit den Augen suche ich die Dunkelheit ab, doch nirgendwo ist das verräterische Glimmen zu sehen. Ich atme ein. Kein Waldbrand, nicht einmal ein Lagerfeuer, sondern Zigarettenrauch.

»Ich weiß, dass du da bist.«

Ein Streichholz wird angerissen; das Aufflackern der Flamme zieht meinen Blick auf sich. Bevor das winzige Feuer wieder erlischt, sehe ich für einen kurzen Augenblick den Schatten …

… eines Wolfes.

Sawyer kann sich in viele verschiedene wilde Tiere verwandeln, doch der Wolf ist sein Geisttier. Vielleicht steht ihm jetzt als Geist nur noch diese Gestalt zur Verfügung.

Der Zigarettenrauch zieht weiter in meine Richtung. Ich atme ihn gierig ein wie ein lebenslanger Raucher nach zwei Jahren Abstinenz.

Ich nehme an, dass Sawyer schon raucht, seit die Mayas den Tabak erfunden haben. Wahrscheinlich hat er ihnen überhaupt erst gezeigt, wo sie ihn finden konnten. Deshalb bin ich auch nicht überrascht, dass er sogar im Tod noch über eine Zigarette verfügt.

Ein winziges orangefarbenes Glühen lenkt meinen Blick auf den Wald. Ohne nachzudenken laufe ich los, aber bevor ich dort ankomme, ist es schon verschwunden.

In einiger Entfernung setzt das leise Brummen eines Motors ein. Meine Brust wird plötzlich schwer, als würde sie von etwas niedergedrückt werden. Verzweiflung vielleicht. Jedes Mal, wenn

Sawyer verschwindet, erinnert mich das an den Tag, an dem er starb. Denn er hat sich in Luft aufgelöst, gleich nachdem ich ihn umgebracht hatte.

Er war tot und verschwunden. Keine Leiche, keine Asche, kein Sawyer.

Ich wende mich wieder zum See. Auf der Oberfläche spiegeln sich Wolken in Form eines Wolfes, aber als ich dann nach oben sehe, sind die Wolken ebenso verschwunden, wie Sawyer es zu sein scheint.

»Wo bist du?«, schreie ich.

»Überall.«

Die Stimme kommt von rechts hinter mir. Ich fahre herum. Wieder nichts als Rauch.

»Bin ich in deinem Traum?«

»Tote träumen nicht, Phoenix.«

»Nenn mich nicht so.«

Er hatte mich schon immer so genannt, und es hatte mich nie gestört. Doch dann hatte ich meine Mutter kennengelernt und gehört, dass er sie bei demselben Namen rief. Und ich hatte herausgefunden, dass die beiden ein Paar gewesen waren und dass er sie hatte umbringen müssen.

Sein Seufzen ist der Wind, in dem eine Spur von Regen liegt. »Wie soll ich dich denn sonst nennen? Lizzy?«

»Du willst mich wirklich Lizzy nennen?« Jimmy ist der Einzige, der mich jemals so genannt hat.

Der Berg rumpelt unter meinen Füßen. Also eher nicht.

»Wenn ich nicht in deinem Traum bin, was ist das hier dann?«

»Nur ein Traum … Elizabeth.«

Der Name streicht mir durch die Haare, als würde Sawyer selbst sie berühren. Lehrer, Bibliothekare, Sozialarbeiter, Anwälte, Polizisten – Menschen, die mich nicht kennen, und von denen ich das auch nicht will, nennen mich Elizabeth. Aber Sawyer kennt mich doch. Wahrscheinlich sogar besser als irgendjemand sonst. Wenn er Elizabeth murmelt, gefällt mir das.

»Also« – genau an der Stelle fahre ich mit den Fingerspitzen über meine Haare, wo ich ihn zu spüren geglaubt habe – »bist du nur in meinem Kopf?«

»Wo möchtest du mich denn sonst haben?«

Ich kann seine Wärme an meinem Rücken spüren, als wäre er hier bei mir. Ich lehne mich an ihn, und die Wärme und der Druck nehmen zu. Er fühlt sich so unfassbar *da* an. Aber wenn ich mich umdrehe und versuche, ihn zu sehen, wird er verschwunden sein. Stattdessen schließe ich die Augen und wünsche mir, dass er mich festhält.

Mir war nicht bewusst gewesen, wie allein ich mich gefühlt hatte, seit Sawyer von dieser Welt gegangen ist. Wir waren kein Liebespaar, nicht im klassischen Sinn. Ich glaubte gar nicht, dass Sawyer lieben konnte – jedenfalls nicht mehr. Ich hatte meine Liebe zu ihm erst entdeckt, nachdem ich durch seinen Tod seine Magie empfangen hatte.

Fellläufer waren sowohl Hexen als auch Gestaltwandler. Mit dem Gestaltwandeln wurde man geboren, die Magie kam später hinzu – wenn der Fellläufer jemanden ermordete, den er liebte.

Sawyer hatte seine Magie erhalten, indem er meine Mutter umgebracht hatte. Ich wiederum hatte all diese Kräfte, mit denen ich noch nicht einmal umzugehen wusste, erst bekommen, nachdem ich ihn getötet hatte.

Ich konnte einen Sturm herbeirufen, dem Blitz gebieten, Menschen mit einer kleinen Bewegung aus dem Handgelenk quer durchs Zimmer schleudern. Und noch viel mehr. Aber was dieses *noch mehr* eigentlich sein sollte … davon hatte ich keinen Schimmer. Dass ich die Magie bekommen hatte, hieß noch lange nicht, dass ich auch wusste, wie ich sie einsetzen konnte oder welche Kräfte ich überhaupt besaß. Da Sawyer tot war, musste ich aus mehr als einem Grund mit einem anderen Fellläufer sprechen.

Er legt die Arme um mich, seine Lippen streifen meinen Hals. Sawyer hatte immer gesagt, er könne keine Gedanken lesen, sondern nur Gesichter, und meines wäre besonders leicht zu entziffern. Kann er denn mein Verlangen aus meinem Gesichtsausdruck ablesen? Vielleicht empfindet er es aber auch selbst.

Mein Kopf sinkt an seine Schulter. Wenn Sawyer gar nicht wirklich hier ist, geschieht auch das eigentlich nicht. Es ist mir egal. Wenn dies hier ein Traum ist, dann soll es ein guter Traum werden.

Ich stelle mir vor, dass ich nackt bin, und schon bin ich es. Dann lasse ich die Hände sinken und lege sie auf seine, die auf meinem Bauch ruhen. Als ich seine Hände anhebe und ihm zeige, was er damit tun soll, spüre ich die Wärme seiner Haut, die Form seiner Knochen und die Bewegungen seiner Muskeln.

Gemeinsam umfassen wir meine Brüste, heben sie wie eine Opfergabe zum Mond empor. Auch ohne meine Anregung streichelt er meine Brustwarzen und reizt ihre Spitzen ganz sanft mit dem Fingernagel.

Ich fröstele trotz der Hitze der Nacht, trotz seiner Wärme, ich zittere, als seine Haare über mein Schlüsselbein streichen, sich so weich und duftend wie ein Sommerregen über meine Haut ergießen. Die Wellen auf dem See schlagen ans Ufer, und das beruhigende Geräusch steht in seltsamem Kontrast zu dem Aufruhr im Inneren.

Seine Erektion pulsiert in der Wölbung meines Rückens. Er schiebt seine Hüften nach vorn – einmal, zweimal, noch einmal – und gleitet in die Spalte zwischen meinen Pobacken. Das ist ein so schönes Gefühl, dass es fast wehtut.

Ich hebe die Arme und schlinge sie um seinen Hals. Er fühlt sich so fest und lebendig an, aber ich werde meine Augen garantiert nicht öffnen. Wenn er in diesem Moment verschwindet, dann will ich selbst auch nicht mehr leben.

Sein Haar fällt über meine Handgelenke, die Muskeln seiner Schultern spielen unter meinen Knöcheln. Die Stellung ist merkwürdig, ich mit dem Rücken zu ihm, die Arme wie eine Ballerina nach oben gedreht und hinter seinen Kopf gelegt – andererseits werden wir so an einigen exquisiten Stellen aneinandergedrückt. Ich bewege die Schultern und reibe meine kribbelnde Haut an seiner schlanken, kräftigen Brust.

Die Bewegung bewirkt auch eine Reibung zwischen seinen Händen und meinen Brüsten, seinem Penis und meinem Po. Sein Mund auf meinem Hals ist jetzt hart statt weich, ein Biss statt einer Liebkosung, Zähne statt Lippen, grob statt sanft. Und ich will es so.

Eine Hand streicht über die Wölbung meiner Brust, die Kurve der Taille entlang. Ein Daumen zeichnet jede einzelne meiner Rippen nach, bevor seine Finger meinen Bauch entlangfahren, um den Nabel kreisen und dann in die darunterliegenden Locken eintauchen.

Zielsicher findet er meine Mitte, streicht erst so zart darüber, dass ich nach Atem ringen muss, dann reibt er das geschwollene Fleisch prüfend zwischen seinem Daumen und meinem Schambein und rollt es hin und her.

Einer seiner langen Finger wagt sich noch weiter vor und simuliert den eigentlichen Akt. Ich bewege meine Hüften vor und zurück, nehme den Finger erst ganz in mich auf und lasse ihn wieder ganz hinausgleiten, während sich seine Erektion von hinten rhythmisch gegen mich drängt.

Ich muss ihn in mir spüren, also beuge ich mich vor und greife hinter mich, taste und greife, finde und führe ihn. Er stützt mich mit dem Arm, über den ich mich beuge, und reizt mich mit dem Finger immer weiter. Er hält die Spannung kurz vor der

Explosion, bis er schließlich in mich eindringt. Dabei sind seine Bewegungen langsam, fast zärtlich. Beinahe fange ich an zu weinen. Ich bin verdammt kurz davor.

»Sawyer«, sage ich, und in meiner Stimme liegt alles, was ich fühle.

Beim Klang seines Namens schwillt er an, wird größer, füllt mich aus, ergießt sich in mich. Ein letztes Mal streichelt er mich zwischen meinen Beinen, und ich komme ebenfalls, das Pulsieren seines Orgasmus lässt mich meinen eigenen intensiver, noch intensiver und dann noch viel intensiver erleben.

Erschöpft vor Befriedigung kann ich mich kaum auf den Beinen halten, aber ich zwinge mich dazu, mich aufzurichten. Dann drehe ich den Kopf zu ihm, die Augen noch immer geschlossen.

»Elizabeth«, flüstert er, während sein Atem meinen Hals liebkost.

»Ja.« Ich reibe mein Gesicht an seinem. Er hat nie Bartstoppeln. Seine Haut ist so seidig glatt wie sein Haar.

»Du hast mein Geschenk gefunden?«

Das Motorengeräusch in der Ferne wird plötzlich lauter. Das Gewicht auf meiner Brust verlagert sich. Winzige Nadeln aus Schmerz durchfahren mich, ich wache allmählich auf.

Und kämpfe dagegen an. Ich kann noch nicht gehen. Da sind Dinge, die ich wissen muss. Es ist zwar nur ein Traum, aber nur in den seltensten Fällen haben meine Träume keine Bedeutung.

Ich werfe einen kurzen Blick auf die Oberfläche von Sawyers See, doch der Wolf, die Wolken und selbst der Mond sind verschwunden. Dieser einzige Blick reicht aus, um wieder ganz in jene Welt einzutauchen. Dennoch muss ich mich beeilen. Die andere Welt ruft mich nach Hause zurück.

»Ich habe dein Geschenk gefunden«, antworte ich. »Jemand hat versucht, sie umzubringen.«

»Das musste ja so kommen.«

»Wegen ihrer Mutter?«

Er schweigt einen Augenblick. »Wie kommst du darauf?«

»Sie wussten nicht, dass sie ihre Gestalt verwandeln konnte. Sie dachten, die Katze wäre nur eine Katze. Das heißt, sie waren nicht hinter ihr her, weil sie wie du ist.«

Sawyer atmet tief ein, seine Brust drückt sich gegen meinen Rücken, so warm und lebendig, dass ich die Hände zu Fäusten balle, um mich nicht zu ihm umzudrehen und ihn anzufassen.

»Du hast recht«, sagt er. »Sie sind gar nicht wegen der, die sie ist, hinter ihr her, sondern wegen der, die sie einmal sein wird.«

9

Ich schlug die Augen auf und sah dicht vor mir ein anderes Augenpaar, das mich direkt anstarrte. Faith saß auf meiner Brust, knetete ihre Pfoten und pikste mich immer wieder mit ihren Katzenkinderkrallen. Dabei schnurrte sie laut genug, um, wenn nicht die Toten, so doch zumindest mich aufzuwecken.

Das graue Licht des frühen Morgens wagte sich an den Vorhängen vorbei. Luther saß in einem Sessel am Fenster und starrte auf den Parkplatz.

»Du hast gar nicht geschlafen.«

»Ich war nicht müde.« Er starrte weiter nach draußen.

»Das wirst du aber werden.«

»Ich kann ja im Wagen schlafen.«

Das konnte er tatsächlich, denn ich würde ihn garantiert nicht ans Steuer lassen. Mit einem Gewehr umgehen, ein Messer führen, einem Drachen gegenübertreten? Nur zu, Junge. Aber Auto fahren? Irgendwo musste ich schließlich Grenzen ziehen.

»Du hast dich ganz schön hin und her gewälzt.« Luther sah mich an. »Und hast gemurmelt und geseufzt.«

Verdammt. Hoffentlich hatte ich nicht auch noch gestöhnt.

»Hab geträumt«, sagte ich.

»Irgendwas Nützliches dabei?«

Ich setzte mich auf, und Faith purzelte mit einem überraschten und leicht verärgerten Fauchen von mir herunter. Dann warf sie mir einen verächtlichen Blick zu und stakste mit hoch erhobenem Schwanz davon. Die Mieze zeigte Stolz. Den würde sie auch brauchen.

»Sawyer sagt …«

Luthers Augenbrauen schossen nach oben. »Sawyer?«

Ich zuckte die Achseln. Es war nichts Neues, dass uns Tote Ratschläge erteilten. »Er hat gesagt, dass sie hinter Faith her sind, liegt nicht daran, wer sie ist, sondern wer sie einmal sein wird.«

»Was soll das heißen?«

»Ich weiß es nicht genau.« Aber es gab eine Möglichkeit, das herauszufinden. »Ich muss Sawyer heraufbeschwören und ein bisschen mit ihm plaudern.«

Luther sah zu Faith hinüber, die gerade anfing, nur so zum Spaß die Vorhänge zu zerfetzen. »Was glaubst du, wer sie sein wird? Eine von den Guten oder eine von den Bösen?«

Ich runzelte die Stirn. Darüber hatte ich noch nicht nachgedacht. Das hing vermutlich ganz davon ab, wer ihre Mutter war. Ich wünschte, ich wüsste es. Aber Wünsche hatten mir in meinem bisherigen Leben ebenso viel weitergeholfen wie Tränen – nämlich nicht das kleinste verdammte bisschen.

»Und wenn sie …?« Luther unterbrach sich und presste die Lippen aufeinander, als wollte er verhindern, dass ein Geheimnis herauspurzelte. Dann sprang er auf die Füße, wobei er die Katze so sehr erschreckte, dass sie fauchend zurückwich und über ihre eigenen Pfoten stolperte. Doch als sie erkannte, dass es Luther war, beruhigte sie sich schnell, ließ sich von ihm hochheben und in seinen langen, schlaksigen Armen in Schutz nehmen, ohne ihn zu kratzen.

»… der Antichrist ist?«, brachte ich den Satz zu Ende.

Luther schloss die Arme fester um Faith. »Du wirst sie nicht umbringen. Das lasse ich nicht zu.«

Ich seufzte. Wenn ich die Welt vor der Vernichtung retten konnte, indem ich ein Baby ertränkte – würde ich das tun? Ich wusste es nicht, und das machte mich so verrückt, dass ich mich an jeden Strohhalm klammerte.

»Sawyer wollte, dass ich sie beschütze«, stieß ich hervor. »Er würde nichts Böses beschützen.«

»Sawyer ist … Sawyer«, entgegnete Luther. »Ich weiß nicht, was er tun würde, und ich glaube auch nicht, dass du das weißt. Seine Mutter war eine der durchgeknalltesten Irren aller Zeiten. Wer weiß schon, was für eine Scheiße sie mit ihm angestellt hat?«

»Wortwahl«, murmelte ich. So ungern ich es zugab, er hatte vollkommen recht. »Die Nephilim haben diese Typen geschickt, um sie zu töten. Warum sollten sie jemanden dafür bezahlen, ihren zukünftigen Anführer umzubringen?«

»Bist du dir sicher, dass sie von Nephilim geschickt wurden?«

Ich rieb mir die Schläfen. Der Junge fing an, mir auf die Nerven zu gehen.

»Ich weigere mich zu glauben, dass jemand, der zur Seite des Lichts gehört, Attentäter auf ein Baby hetzen würde.« Das bedeutete allerdings nicht, dass ich es nicht für möglich hielt. Ich weigerte mich einfach nur, es zu glauben.

»Die einzige Möglichkeit herauszufinden, wer ihren Tod will, ist, herauszufinden, wer sie sein wird. Und der Einzige, der das weiß, ist …«

»Sawyer«, beendete ich den Satz. »Was uns wieder zu unserem Ursprungsplan zurückbringt: Sanducci finden, das Baby in seine Obhut geben und uns dann auf den Weg in die Hügel machen.«

Luther stand auf. »Dann los.«

Da wir am Abend zuvor schon geduscht hatten, waren wir in zehn Minuten angezogen und unterwegs. Es wären sogar nur fünf gewesen, wenn Luther nicht daran gedacht hätte, mit Faith im hohen Gras Gassi zu gehen.

Ich machte mir keine Sorgen, dass sie davonlaufen und verschwinden könnte. Sie folgte Luther auf den Fersen: wie ein kleines Mädchen, das seinen großen Bruder anhimmelt. Ob das Kätzchen in ihr wohl das Löwenjunge in ihm spürte?

Nachdem Faith ihr Geschäft verrichtet hatte, steuerten wir den nächsten McDrive an und brachen dann in Richtung Badlands auf. In dieser Gestalt war Faith wesentlich pflegeleichter – kein Geschrei, kein Fläschchen, kein Betteln nach der Schmusedecke und auch kein Kampf mit dem Autokindersitz.

Sie rümpfte die Nase über die Pancakes der Country McGriddles, schlang jedoch das Burgerfleisch von ihrem und meinem herunter, schlabberte Wasser aus einer Tasse und ließ sich anschließend auf Luthers Schoß nieder, um mit den Sonnenstrahlen zu spielen, die auf seine Jeans fielen. Schließlich wurde ihr langweilig, und sie verkroch sich nach hinten auf die Rückbank. Als ich das nächste Mal nach ihr sah, war sie eingeschlafen.

Das Leben eines Kätzchens mochte wohl auch um einiges einfacher sein als das eines Menschenbabys. Sie konnte sich frei bewegen und richtiges Essen essen. Sie war in der Lage, so ziemlich alles zu tun, was ihr in den Sinn kam. Ich konnte es ihr nicht verdenken, dass sie in ihrer menschlichen Gestalt so viel schrie. Es musste ätzend sein, sich im Körper eines schwachen Kindes wiederzufinden, nachdem man die Freiheiten kennengelernt hatte, die man als flinke und clevere kleine Katze genoss.

Sechs Stunden später fuhren wir vom Highway ab und starrten in eine große, weite Leere. Dieses Gebiet, das die Lakota Maco Sica nennen, was – wörtlich übersetzt – kreativerweise so viel wie *schlechtes Land* bedeutet, war der Inbegriff der Trostlosigkeit. Spitzkuppen und Felstürme, Schluchten und Täler erstreckten sich in schier endloser Folge bis zum Horizont.

»Wie genau sollen wir Sanducci da drin finden?«, fragte Luther.

Im Internet hatte ich gestern Abend gelesen, dass die Badlands aus 632 000 Quadratkilometern stetig erodierendem Sedimentgestein bestanden. So massiv, still und ehrfurchtgebietend, wie sie vor uns lagen, waren sie mir richtig unheimlich. Und das sollte etwas heißen, nach alledem, was ich in den letzten Monaten gesehen hatte.

Sonst aber waren die Badlands durchaus eine schöne Gegend. Die Erosion hatte alle Farben der Erde und des Himmels freigelegt. Violett und Gelb, Beige und Grau, Rot, Orange und Weiß – wenn die Sonne im richtigen Winkel auf die Landschaft schien, war Maco Sica einfach nur wunderschön.

»Ich weiß nicht genau, wie wir ihn finden sollen«, gab ich zu.

»Wir haben zwei Tage lang im Auto gesessen«, sagte Luther, »und du weißt es nicht genau?«

»Hat Ruthie etwas dazu zu sagen?«

Mit geschlossenen Augen legte Luther den Kopf schief. Ich hielt den Atem an, aber als Luther die Augen dann wieder öffnete, waren sie noch immer haselnussfarben statt dunkelbraun.

»Ich habe sie gerufen, aber sie hat nicht geantwortet.« Luther zuckte die Schultern. »Das macht sie manchmal. Normalerweise dann, wenn sie mir schon alles gesagt hat, was ich wissen muss.«

Ich sage dir das jetzt nur ein Mal, also solltest du mir lieber zuhören.

Das war eine eiserne Ruthie-Regel, die sie nur selten brach – wenn überhaupt jemals. Das bedeutete, sie hatte mir bereits gesagt, wo Jimmy war. Aber ich hatte es nicht gehört, weil ich mit den Gedanken woanders gewesen war.

»Geh noch mal mit der Katze raus und lass mich nachdenken«, sagte ich.

Luther und Faith verschwanden im trockenen Gras. Ich saß auf der Motorhaube des Impala und zerbrach mir den Kopf.

Jimmy war in die Badlands geschickt worden, um ein Nest von Iyas zu beseitigen.

»Badlands«, murmelte ich. »Passt.«

Iyas waren Lakota-Sturmmonster, die Blut tranken – Vampire gab es in jeder Sprache. Wenn sie nicht gerade gesichtslose Sturmmonster waren, tarnten sie sich als Menschen und mischten sich unter sie.

Ich las ein Hinweisschild in der Nähe. »Pine-Ridge-Reservat. Passt.«

Bei meinem kurzen Abstecher ins Internet am Abend zuvor hatte ich herausgefunden, dass das Pine-Ridge-Reservat flächenmäßig größer war als Rhode Island und Delaware zusammengenommen. Zwar war eine genaue Zählung der Einwohner aufgrund des Geländes und der Eigenarten der Lakota nicht möglich, die Population wurde jedoch auf etwa vierzigtausend Einwohner geschätzt.

Bei einer Arbeitslosenquote von fast achtzig Prozent und einem wahnwitzigen Alkoholismusproblem konnte ich mir ganz gut vorstellen, dass die Iyas unerkannt blieben. Die Menschen in Pine Ridge hatten genug eigene Probleme, auch ohne sich darüber Gedanken zu machen, dass sich Vampir-Sturmmonster unter sie gemischt haben könnten.

In Wirklichkeit waren diese Vampir-Sturmmonster möglicherweise sogar für eine der niedrigsten Lebenserwartungen in der westlichen Hemisphäre mitverantwortlich. Die Männer in Pine Ridge wurden nur etwa siebenundvierzig Jahre alt, während die Frauen bis Anfang fünfzig durchhielten. Wenn ich schon mal dabei war, konnte ich den Iyas auch gleich die Schuld an der Selbstmordrate bei Erwachsenen in die Schuhe schieben, die hier viermal so hoch war wie in anderen Regionen.

»Was noch?«, murmelte ich.

Auf Schritt und Tritt brachten Iyas den Winter mit sich.

Mein Blick schweifte über die Hügel und Täler, die Felstürme, Schluchten und Senken und wurde unwiderstehlich von einem Felshang angezogen, dessen abgeflachte Spitze eine weiße Mütze zu tragen schien. Dahinter verdunkelten kobaltfarbene Wolken den Himmel.

»Bingo«, murmelte ich.

Ich wandte mich um und wollte nach dem Jungen rufen, aber er kam bereits mit dem Kätzchen auf dem Arm aus dem hohen Gras auf mich zugerannt. Ich griff sofort nach dem Messer an meinem Gürtel, während ich mit den Augen das friedlich wogende Grün nach einem Feind absuchte. Nichts geschah.

»Lizbeth!« Ruthies Stimme kam aus Luthers Mund.

»Jetzt spricht sie«, murmelte ich.

»Jimmy ist in Gefahr, mein Kind. Und du bist die Einzige, die ihm helfen kann.«

10

Luther sprang in den Wagen – und ich ebenfalls. Faith war aufgedreht und sprang ein paarmal kreischend gegen die Fenster. Als Luther sie packen wollte, kratzte sie ihn.

»Vielleicht sollten wir eine Decke mit einem Baby darauf kaufen. Meinst du, dadurch würde sie sich zurückverwandeln?«, fragte Luther, der sich seinen blutigen Finger in den Mund gesteckt hatte.

Ruthie war verschwunden, und der Junge war wieder da, was mir gut in den Kram passte. Wenn Jimmy in Gefahr war, brauchte ich Luthers Talent, die Kreaturen der Verdammnis zu bekämpfen, dringender noch als Ruthies Gabe, über sie zu reden.

»Gute Idee.« Kies spritzte unter den Reifen hervor, als ich uns wieder auf die Straße brachte. »Darum werde ich mich kümmern, sobald alles wieder etwas ruhiger ist.«

Luther schnaubte. »Von wegen.«

Und wieder hatte er recht. Für ihn und mich würde es nie wirklich ruhiger sein.

Der Berg mit der abgeflachten Spitze, dem wir uns gerade näherten, hieß den Schildern an der Straße zufolge Sheep Mountain Table – Gipfel 985 Meter über dem Meeresspiegel. Ich wusste nicht genau, wie hoch das war, aber von meinem Standpunkt aus kam es mir verflucht hoch vor.

Weiter oben war die Straße weniger befahren und eher ein Weg, der besser für Zweiräder geeignet war. Aber dem Impala lag das Aufgeben ebenso wenig wie mir, und er schaffte die

Steigung. Kies klimperte gegen das Fahrgestell, Gestrüpp verfing sich in seinem Stoßfänger, Staub bedeckte den blassblau glänzenden Lack.

Ich fuhr schneller, als ich hätte fahren sollen, aber das Gefühl der Dringlichkeit, das Ruthies Stimme in mir hervorgerufen hatte, wurde immer stärker, je näher ich dem Gipfel kam. Ich konnte den Sturm geradezu riechen – süßen Regen und Ozon. Donner grollte, und Blitze zuckten über uns hinweg. Der Wind wirbelte Staubteufel auf, drehte die roten, braunen und grauen Erdpartikel zu tausend kleinen Zyklonen.

Wir kamen zu schnell über die Kuppe, und der Unterboden krachte scheußlich. Aber der Anblick, der sich meinen weit aufgerissenen Augen bot, zog mir den Magen noch mehr zusammen.

»Sieht ja aus wie eine Szene aus *Die Mumie kehrt schon wieder zurück*«, murmelte Luther.

Darüber hätte ich gelacht, wenn außer der Tatsache, dass Luther schon genauso daherredete wie ich, irgendetwas daran lustig gewesen wäre.

Jimmy war hier, und ja, verdammt, er brauchte mich. Natürlich hatte er Hilfe. Summer Bartholomew – seine derzeitige Seherin – und Sanducci kämpften Rücken an Rücken im Zentrum einer unebenen, grasbedeckten Fläche an der Spitze des Berges. Stellenweise schmolz der Schnee, und die wenigen Bäume, die es hier gab, zitterten unter der Last von viel zu vielen Eiszapfen.

Die Iyas musste man wirklich gesehen haben. Sie hatten die geschmeidig-starken Körper von Kriegern, ihre Haut glitzerte unter den wirbelnden Schneeflocken, die bei jeder Berührung schmolzen. Sie trugen traditionelle, aus Häuten gefertigte Lakota-Leggings – vermutlich Bison –, und von ihren Gürteln baumelten die Schädel derer, die sie getötet hatten. Das Klacken der Knochen bei jeder Bewegung der Iyas war weit lauter und furchtbarer als der Donner.

Noch schlimmer aber waren ihre Gesichter. Sie hatten gar keine. Nur ein wirbelndes Miasma aus Grau, so als würde der Sturm *über ihnen* seine Kraft aus dem Bösen *in ihnen* ziehen.

Und sie waren böse. Das verräterische Brummen in meinem Kopf ertönte so laut, dass ich mir die Ohren zuhalten und schreien wollte.

Jimmy und Summer kämpften mit Speeren gegen die Iyas. Jedes Mal, wenn sie einen von ihnen durchbohrten, schien Sonnenlicht aus der Wunde zu fluten, das den Monstermann binnen Sekunden einäscherte. Aber sie waren zu Hunderten, und schon bald würden Jimmy und Summer von ihnen überrollt werden.

Auch ohne dass in den wirbelnden Nebeln ihrer Gesichter Augen zu erkennen gewesen wären, hatten die Iyas offenbar keine Probleme damit, etwas zu sehen. Sie hielten direkt auf die Dämonenjäger in ihrer Mitte zu und parierten jeden Angriff von Jimmy und Summer.

Ich wusste, dass die Grigori nach ihrer Befreiung sofort damit begonnen hatten, sich mit Menschen zu paaren, um die Welt erneut mit ihrer Halbdämonenbrut zu bevölkern. Dadurch hatten sich die Nephilim vermehrt – und zwar drastisch.

Aber ich hatte keine konkrete Vorstellung davon gehabt, was *drastisch* bedeutete, bis ich sah, wie die Iyas über den gegenüberliegenden Bergrücken strömten, wie sie sich Jimmy und Summer über die Hochebene des Tafelberges hinweg näherten und dabei eine Spur aus Schnee und Eis hinter sich herzogen. Es waren so viele, dass sie beinahe den Horizont verdunkelten. Je mehr von ihnen auftauchten, desto dunkler wurde der Himmel und desto wilder wütete der Sturm.

»Verdammt«, flüsterte ich. »Das sieht nach dem letzten Gefecht aus.« Dieser Ort schien mir durchaus dafür geeignet zu sein.

Luther sprang vom Beifahrersitz und ließ den Kofferraum des Impala aufschnappen, um einen eindrucksvollen Vorrat an Waffen freizulegen, darunter auch Speere. Ich hatte das Gefühl, sie würden dennoch nicht ausreichen.

»Haltet durch«, rief ich.

Faith war verstimmt, sie miaute die Scheibe an und kratzte am Glas, um zu Luther hinauszukommen.

»Tut mir leid, Süße, aber du kannst jetzt nicht mitkommen.« Ich öffnete alle Fenster ein paar Millimeter weit, dann stieg ich aus und schloss schnell die Tür. Faith schlug mit dem Gesicht dagegen, als sie zu entkommen versuchte. Sie nieste und schüttelte den Kopf, um mich dann wütend anzustarren.

Ich ignorierte sie jedoch. Was hätte ich auch anderes tun sollen? Sie konnte ja nicht hier draußen herumspazieren. Ich wollte ihren Kopf doch nicht an einem Gürtel baumeln sehen.

Mit einer Hand fing ich den Speer auf, den mir Luther zuwarf. Er tat einen Schritt auf das Kampfgewühl zu, doch ich senkte meine Waffe wie eine Schranke vor ihm. »Warte.«

»Liz, sie werden da draußen sterben.«

»Ruthie hat uns aus einem bestimmten Grund hierhergeschickt.«

»Um das Baby bei Sanducci abzusetzen und mit einem Fellläufer in den Black Hills zu sprechen.«

Ich schüttelte den Kopf. »Es ist noch mehr. Ich hätte das Baby nach New Mexico bringen oder es von Jimmy abholen lassen können. Das wäre sinnvoller und für alle Beteiligten auch sicherer gewesen.«

»Und?« Luther wippte auf den Zehenspitzen. Er stand so unter Adrenalin, war so kampfbereit, dass er sich kaum noch zurückhalten konnte. »Wirst du kämpfen oder nicht?«

»Sie müssen irgendetwas mit ihren Waffen gemacht haben«, sagte ich, während ich Jimmy und Summer bei der Arbeit beobachtete.

»Was?« Luther hatte eine Hand um meinen Speer gelegt,

wahrscheinlich als Vorbereitung, um ihn meinem Griff zu entwinden.

»Vielleicht haben sie sie mit etwas eingerieben … aber womit? Was könnte für Sonnenlicht stehen?« Luthers Antwort war ein Blinzeln. »Oder es ist ein Zauberspruch, eine Segnung der Waffen?«

Luther runzelte die Stirn und betrachtete die finsteren Gewitterwolken. Nicht ein einziger Sonnenstrahl konnte sich hindurchzwängen.

»Also wenn ich sie hiermit steche …« Er zog an meinem Speer, und dieses Mal überließ ich ihn ihm. Er schien zu begreifen, in welchem Dilemma wir steckten.

»Wirst du wahrscheinlich nichts weiter erreichen, als sie wütend zu machen.«

»Wir werden sehen«, sagte er und zielte mit der Waffe auf den nächstbesten Halbdämon.

Ich war zwar schnell, aber nicht schnell genug, um den Speer abzufangen, bevor er aus meiner Reichweite flog. Der nächste Iya stand etwa hundert Meter entfernt, aber Luther schaffte es doch, ihn zu treffen. Der Junge war geschickt.

Der Monstermann heulte auf. Der Himmel über ihm öffnete sich, und Regen strömte herab. Der Iya drehte sich um, und der graue Strudel seines Gesichts wurde tiefschwarz. Ganz kurz zuckte ein Blitz über das Oval. Einen Augenblick später schlug der Blitz einen halben Meter neben uns in den Boden ein. Meine Zehennägel zischten.

»Oh-oh«, sagte Luther.

Ich warf ihm einen ärgerlichen Blick zu. Der Iya riss sich den Speer heraus, warf ihn zur Seite, als wäre er nichts weiter als ein Zahnstocher, und rannte auf uns zu.

»Luther.« Der Junge hatte die Muskeln angespannt und sich auf den Kampf vorbereitet, den Blick fest auf die nahende Gefahr gerichtet. Das Klacken der Schädel am Gürtel des Iya war so laut, dass ich schreien musste. »Luther!«

Sein Blick schwenkte zu mir herüber, seine Augen leuchteten bernsteinfarben. »Du musst etwas für mich tun.« Ich hob die Hände an mein Halsband.

Luther schüttelte den Kopf. »Liz, du solltest das nicht …«

»Ich muss aber. Ruthie hat mich hergeschickt, weil ich ihnen helfen kann, mehr als irgendjemand sonst.«

»Wenn das die richtige Art wäre, bräuchte dich Sanducci doch nicht.«

Jimmy hatte auch einen Dämon. Seiner ließ sich nur nicht so leicht befreien wie meiner.

»Doch«, widersprach ich. »Es ist besser, wenn nur einer von uns die Bestie rauslässt, damit der andere sie wieder …« Ich atmete tief durch. »Du weißt schon.«

Wenn ich zum Vampir wurde, war ich das leibhaftige Böse. Da wir den Dämon in uns gefangen hielten, war er, wenn er dann freikam …

Nun, in der Hölle selbst lodert nicht so viel Wut wie in einem eingepferchten Vampir. Ich würde sämtliche Iyas auslöschen, und dann würde ich mich auf alle anderen stürzen, die noch übrig waren. Der Einzige, der stark genug war, mich wieder einzufangen, war jemand von meiner Sorte.

»Geh mir aus dem Weg, Junge.«

Mit ungeschickten Fingern, die sich wie gelähmt anfühlten, friemelte ich am Verschluss meines Halsbands herum. Die Finger aber wollten den Befehlen meines Gehirns nicht gehorchen. Immer, wenn ich zu etwas Bösem wurde, hinterließ das einen üblen Nachgeschmack. Normalerweise den von Blut.

Ich hob den Blick, starrte ärgerlich in die schweren, dunklen Wolken und stellte mir einen einzigen Sonnenstrahl vor. »Verdammt, ich wünschte, die Sonne würde scheinen.«

Der führende Iya war nur wenige Meter entfernt, als ein schmaler Strahl goldenen Lichts den Sturm durchbrach und auf sein Gesicht fiel. Er ging wie ein buddhistischer Mönch in Flammen auf. Die Hitze zwang mich, einen Schritt zurückzuweichen, und dann noch einen.

»Was hast du getan?«, fragte Luther.

Ich wusste es nicht. Ich hatte Macht über den Sturm, konnte Blitz und Donner und Regen herbeirufen. Ich konnte sogar ein magisches Tattoo zur Gestaltwandlung erschaffen, indem ich wie eine mystische Nadel mit übernatürlicher Tinte den Blitz führte – daher stammte auch der Phönix in meinem Nacken.

Aber einen Sturm beenden? Die Sonne scheinen lassen? Damit hatte ich nicht gerechnet.

Ich hob mein Gesicht zum Himmel empor und stellte mir einen riesigen Riss im kohlegrauen Zwielicht vor. Ich malte mir aus, wie das leuchtend gelbe Tageslicht dort hindurchbrach. Ich dachte so fest daran, dass mir geradezu der Schweiß ausbrach. Ich reckte beide Hände nach oben, schlug die Handflächen aneinander, um sie dann wieder auseinanderzudrücken.

Und die Sonne kam hervor, genauso wie ich es gewollt hatte.

11

Binnen Minuten waren auch die letzten Iyas verschwunden. Ich sah über die Schulter zu Luther hinüber, der genauso erschrocken aussah, wie ich mich fühlte.

»Was für ein Glück, dass du das Halsband nicht abgenommen hast«, sagte er.

»Was für ein Glück«, wiederholte ich. Sonst wäre der Asche eine Menge Blut vorausgegangen. Das kannte ich, das hatten wir schon, und es hatte mir nicht gefallen. Asche und Blut ergaben zusammen eine Masse, die sehr an Teer und Federn erinnerte. Diese neue Methode war mir da wesentlich lieber. Der Wind frischte auf, und die Überbleibsel der Iyas wurden einfach davongeweht.

»Warum hat mir Ruthie nicht gesagt, dass ich die Sonne rufen kann?«, fragte ich.

Luther runzelte die Stirn. »Gute Frage.«

»Also …«, ich hielt die Hand auf, »sie soll ihren Arsch endlich herbewegen.«

Luther zog eine Braue hoch. »Soll ich ihr das so sagen?«

»Nein.«

Ruthie hatte uns mit Liebe und einer harten Hand großgezogen. Und sie sah keinen Grund, von einer funktionierenden Methode abzuweichen, nur weil ihre Kinder erwachsen wurden. Da Ruthies Faust derzeit in Form von Luthers Hand existierte, würde mich ein respektloser Kommentar womöglich ein paar Zähne kosten.

»Lass mich einfach mit ihr reden.«

Luther zog seine Nummer ab, und dieses Mal tauchte Ruthie tatsächlich auf.

»Lizbeth, du kannst mich nicht ständig rufen. Ich habe zu tun. Muss mich um Kinder kümmern.«

»Und die Welt retten.«

»Verflixt richtig.«

»Warum hast du mir nicht gesagt, dass ich die Sonne scheinen lassen und die Iyas auslöschen kann?«

Luthers Körper, der normalerweise ständig in Bewegung war – der Körper eines Teenagers eben –, wurde auf einmal ganz ruhig. Sein Kopf neigte sich zur Seite. »Bitte?«

»Ich dachte, ich müsste zum Vampir werden, und hätte es fast getan. Aber dann …« Ich wusste nicht, wie ich erklären sollte, was ich stattdessen getan hatte oder wie ich es getan hatte. »Ich habe die Sonne scheinen lassen und den Sturm vertrieben, und sie sind alle …«

Ich machte eine Geste, die Feuer, eine Explosion und Kabumm darstellen sollte. Sie verstand, was ich meinte.

»Ich hätte fast mein Halsband abgelegt.« Ich schauderte bei dem Gedanken daran, was dann geschehen wäre. »Du hättest mir einfach sagen sollen, dass ich die Sonne scheinen lassen kann.«

»Das hätte ich auch liebend gern getan.« Luthers Augen verengten sich, und sein Mund wurde zu einem Strich. »Wenn ich gewusst hätte, dass du es kannst.«

Ich war gerade dabei, mir den Staub von Hunderten von Iyas aus den Augen zu reiben, doch bei ihren Worten ließ ich die Hand sinken. »Bitte?«, fragte ich.

»Ich habe dich geschickt, weil ich wusste, dass dein Vampir mit den Iyas und Jimmy mit deinem Vampir fertigwerden würde. Ich hatte aber keine Ahnung, dass du die Sonne scheinen lassen kannst.«

»Und warum kann sie das?«

Ich drehte mich um: Da kam Jimmy auf uns zu. Der Schweiß hatte im Staub auf seinem Gesicht verschlungene Pfade hinterlassen. Seine Hände und Unterarme waren mit hässlichen Blutspuren – von ihm? von ihnen? – überzogen. Auf seinem T-Shirt, das über und über mit winzigen Brandlöchern übersät war, stand TEAM EDWARD zu lesen. Sanducci war offenbar ein richtiger Komiker.

Jimmys Tarnberuf für seinen weltläufigen Dämonenjäger-Job war Star-Porträtfotograf. Er war ein Genie hinter der Kamera. Fast so gut wie mit dem Silbermesser.

Seine Fotos zierten Zeitschriften, Bücher, Poster, CD-Cover und einmal sogar den Times Square. Jeder, der etwas auf sich hielt, wusste: Wenn Jimmy ihn fotografierte, hatte er es geschafft. Oder jedenfalls so gut wie.

Doch es gab noch den ultimativen Ruhmtest – Sanducci und seine T-Shirts. Die trug er nämlich ständig – zu Jeans und zum Jackett, zum Essen und zum Schlafen. Aber wie viele davon auch jeden Monat in seinen Briefkasten gestopft wurden – und das waren eine Menge –, er trug nur Shirts von denen, die er fotografiert hatte. In wessen T-Shirt Sanducci sich selbst ablichten ließ, der hatte sozusagen den Ritterschlag der Stars empfangen.

Sanducci gab ein fantastisches Motiv ab. Inmitten all der Sauerei war er gut aussehend, sogar fast schon schön. Olivfarbene Haut, schwarze Augen, das Haar so dunkel, dass es im richtigen Licht blau aussah, und ein Gesicht, das schon in so mancher Kleinstadt für ein Verkehrschaos gesorgt hatte. Einige Sekunden lang genoss ich es, ihn einfach nur anzusehen. Dann tauchte Summer Bartholomew auf, und all meine warmen, sanften Gefühle waren wieder verflogen.

»Und, mit wem hast du in letzter Zeit so gevögelt?«, fragte sie.

Ich ballte die Hände zu Fäusten. Warum nur hatte ich jedes

Mal, wenn ich sie sah, das dringende Bedürfnis, ihr eine reinzuhauen?

Ach ja, ich konnte sie auf den Tod nicht ausstehen.

Sogar nach einer blutigen und staubigen Schlacht mit Sturmmonstern sah sie noch genauso aus wie immer – blond und zierlich, mit großen blauen Augen und vollkommenen, rosafarbenen Lippen, und zwar im gleichen Farbton wie ihre vollkommenen, rosafarbenen Fingernägel. Ihr normales Outfit – hautenge Jeans in Kleidergröße 32, ein fransiges Trägertop, Stiefel und ein weißer Cowboyhut – saß perfekt und hatte nicht einen einzigen Fleck.

»Rodeo-Fee«, murmelte ich.

»Du sagst das, als wäre es etwas Schlechtes.« Summer hakte sich bei Jimmy unter.

Jimmy machte sich mit einem Ruck von ihr los. Summer zog ein langes Gesicht. Sie blinzelte, als würde sie gleich anfangen zu weinen. Fast hätte sie mir sogar leid getan, hätte sie ihre Seele nicht dem Teufel verkauft. Buchstäblich.

»Hast du was von deinem Chef gehört?«, fragte ich also.

Sie zog die Brauen zusammen. Hinter der hübschen, blonden Fassade rührte sich etwas Glitschiges.

Summer war eine Fee. Sie beherrschte einen Glamour-Zauber, eine Art Gestaltwandlung, die sie auf Menschen attraktiver wirken ließ. Da ihr Zauber allerdings nicht bei jemandem wirkte, der im Auftrag des Guten unterwegs war – und das stand zurzeit rund um die Uhr auf meiner Agenda –, ging ich davon aus, dass sie wirklich so abartig niedlich war, wie sie in meinen Augen aussah. Ich hatte schon immer das Gefühl gehabt, dass sie irgendetwas vor uns verbarg. Und tatsächlich hatte sich herausgestellt, dass sie schwarz für die andere Seite gearbeitet hatte. Ihre Ausrede: Sie hatte Jimmy retten müssen. Der Preis? Ihre Seele. Zu Summers Glück hatte ich den Seelenräuber zurück in die Hölle geschickt, bevor er sie abholen konnte. Sie hatte sich nicht gerade vor Dankbarkeit überschlagen.

»Leck mich am Arsch«, sagte sie honigsüß.

Ruthie hatte angeordnet, dass Jimmy und Summer zusammenarbeiten sollten, damit Jimmy sie im Auge behalten konnte. Ich fand allerdings, es sah eher so aus, als würde Summer damit noch für ihre bösen Taten belohnt werden. Jimmy war alles, was sie immer gewollt hatte. Zu blöd, dass er mich liebte.

»Was machst du hier, Lizzy?«

Oder geliebt hatte. Jetzt war ich mir da nicht mehr so sicher.

»Du freust dich ja nicht gerade, mich zu sehen.«

Summer schnaubte. Ich machte eine knappe Bewegung mit der Hand, und die Fee flog ein paar Meter durch die Luft. Mit einem Plumps und einem Grunzen landete sie auf ihrem perfekten Hintern. Staub ergoss sich über ihre makellosen Stiefel. Ein tiefes Grollen, das nicht zu ihrem Äußeren passte, drang aus ihrem Inneren. Sie hob die Hände und schoss funkelnden Staub aus ihren Fingerspitzen.

Kühl und etwas klebrig trafen mich die Partikel im Gesicht. Ich schloss die Augen, und als ich sie wieder öffnete, schienen Diamanten in meinen Wimpern zu glitzern. Aber ich blieb auf den Beinen und spürte keine Veranlassung, wie ein Huhn zu gackern. Stattdessen streckte ich ihr die Zunge raus.

Jimmy seufzte. »Es ist einfach nicht fair, Summer eins vor den Latz zu geben, wenn sie sich nicht wehren kann.«

»Nicht fair« – ich ließ meinen Blick über die Fee wandern, während sie sich aufsetzte und versuchte, den Dreck von ihrer Jeans zu wischen, es damit allerdings irgendwie schaffte, ihn nur noch tiefer hineinzureiben – »aber fein.«

Jimmy verzog die Lippen zu einem Grinsen. Ich ebenfalls. In manchen Augenblicken fühlte es sich fast so an, als hätte sich nichts geändert.

Dann wurde sein Mund hart, seine Augen verdunkelten sich, und er wandte sich ab.

Zu anderen Zeitpunkten wiederum wusste ich, dass sich alles geändert hatte.

Es gab so viele Dinge in Jimmys Leben, die ich nicht verstand. So viele Jahre waren wir getrennt gewesen, Jahre, in denen ich geglaubt hatte, er würde sich durch den ganzen Supermodel-Club der Sports Illustrated pimpern. Das hatte er vermutlich auch getan. Aber zwischen den Pimper-a-thons hatte er Dämonen gejagt. Eine ganze Menge Dämonen sogar.

»Du wusstest nicht, dass sie Macht über die Sonne hat?« In Jimmys Stimme lag nicht der leiseste Hauch von Wärme.

»Nein«, sagte Ruthie sanft. »Diese Kraft könnte sie von ihrer Mutter geerbt haben.«

»Der Phönix war in Ägypten das Symbol des Sonnengottes«, murmelte Jimmy. »Das wäre also möglich. Hast du ihre Mutter jemals das tun sehen, was sie gerade getan hat?«

»*Sie* steht direkt neben dir«, sagte ich.

Keiner beachtete mich.

»Nein«, sagte Ruthie wieder. »Aber das heißt noch nicht, dass sie es nicht konnte.«

»Sawyer?«

»Nein.«

»Bist du sicher?«

Ruthie sah Jimmy aus ihren dunklen, sanften Augen an. Ruthie war immer sicher.

»Was ist mit ihrem Vater?«

»Keine Ahnung, wer er ist.«

»Heißt keine Ahnung, dass *du* keine Ahnung hast?«, warf ich ein. »Oder sagst du nur, dass du keine Ahnung hast, obwohl du heimlich doch eine hast?«

»Was?«, fragte Jimmy.

»Sie hatte auch gesagt, sie wüsste nicht, wer meine Mutter war, und dann – Überraschung! – hat sie es doch gewusst.«

»Ich glaube immer noch, du hast mit irgendwas geschlafen und dessen Kräfte in dich aufgenommen«, murmelte Summer.

»Ich glaube immer noch, ich sollte dir eine Stahlstange in den Hals rammen und dich unter einer Eberesche begraben, damit du nie wieder aufstehst.« Ich zuckte die Achseln. »Aber wir bekommen eben nicht immer, was wir uns wünschen.«

»Mädchen«, sagte Ruthie. »Es reicht jetzt.«

Summer und ich verstummten und begnügten uns damit, uns gegenseitig wütende Blicke zuzuwerfen, anstatt uns physische Gewalt anzutun.

»Warum bist du hier?«, fragte Jimmy wieder.

»Ruthie hat gesagt, du würdest Hilfe brauchen.«

Jimmy sah Luther missmutig an. »Ich wäre damit schon fertiggeworden.«

»Genau. Ihr habt euch hier richtig toll geschlagen«, murmelte ich und fing mir dafür einen wütenden Blick von Sanducci ein, der perfekt zu dem grimmigen Ausdruck passte, mit dem mich die Fee noch immer ansah.

Ein greller Lichtblitz lenkte seinen Blick hinter mich, und unter seinem olivfarbenen Teint wurde er leichenblass. »Was zur Hölle ist das?«

Ich fuhr herum. Was um alles in der Welt konnte Sanducci derart erbleichen lassen?

Faith – wieder als pausbäckiges Baby – hatte ihr Gesicht gegen die Fensterscheibe gedrückt. Ihre grauen Augen glänzten voller unvergossener Tränen, und sie trommelte mit den Fäusten gegen die Scheibe. Ihre nackte Brust hob sich unter einem Atemzug, als sie zu einem Schrei ansetzte, der zweifelsfrei sämtliche Trommelfelle in der näheren Umgebung hätte zerfetzen können.

Wieder hatte sie menschliche Fähigkeiten viel zu schnell ausgebildet, um wirklich ein Mensch zu sein. Noch vor ein paar Tagen musste ich ihr Köpfchen halten, als wäre sie ein Neugeborenes. Jetzt stand sie auf ihren eigenen beiden Beinen, auch wenn sie sich dabei an der Autotür abstützte, und schlug so heftig gegen die Scheibe, dass diese wackelte. Wenn das so weiterging, würde sie nächsten Dienstag heimlich Joints rauchen und sich mit schweren Jungs treffen.

Etwas sauste an mir vorbei – eine flirrende Bewegung, die so schnell war, dass ich niemanden erkennen konnte. Ich dachte, es wäre Luther unter Ruthies Kommando. Stattdessen war es Summer, die, am Auto angekommen, wieder klare Formen annahm.

Sie zerrte einmal an der Tür, dann sprühte sie ihren Mach-mich-willig-Staub darauf, der, soweit ich es bisher mitbekommen hatte, auf Gegenstände ganz genauso wirkte wie auf Menschen. Als sie den Türgriff das nächste Mal berührte, flog die Tür auf, und Summer riss Faith in ihre Arme.

Das Baby umarmte sie, als wäre sie eine lange vermisste Verwandte. Ich wollte zu ihnen hinüberlaufen und ihr das Kind aus den Armen reißen, doch dann hielt ich mich zurück.

Mit gebleckten Zähnen ging Summer auf mich los. »Du kannst doch ein Baby nicht einfach wie einen Hund im Auto lassen! Bei zwanzig Grad solltest du nicht mal einen Hund darin lassen, ganz zu schweigen von den dreißig Grad in der Sonne, die wir jetzt haben.«

»Die Sonne scheint ja erst, seit ich sie dazu gebracht habe«, sagte ich sanft. »Und als ich weggegangen bin, war sie noch kein Baby.«

Das bremste Summers Strafpredigt ein wenig aus.

Sie runzelte die Stirn, lehnte sich zurück und starrte dem Baby ins Gesicht. Dann sah sie der Reihe nach mich, Jimmy und Ruthie-Luther an. »Das solltest du lieber erklären.«

Ich schüttelte den Kopf, als Luther Luft holte, um zu antworten. Dann ging ich zum Wagen hinüber. Summer wich vor mir zurück, als ich an ihr vorbeiging. Klug von ihr, auch wenn ich sie nicht geschubst hätte, da sie das Baby auf dem Arm hielt.

Faith gluckste und gurrte. Ich lächelte sie an – glaubte für einen Augenblick, das Glucksen und Gurren gelte mir –, doch dann patschte sie Summer im Gesicht herum und brabbelte sie an, als wären sie die besten Freundinnen.

»Ich dachte immer, Feen würden Babys stehlen«, murmelte ich im Vorbeigehen, dann beugte ich mich in den Wagen und schnappte mir Faiths Decke.

»Das sind Goblins.«

Fast hätte ich mir den Kopf gestoßen, weil ich mich zu schnell aufgerichtet hatte. »Goblins«, wiederholte ich.

»Kleines Volk. Schelmisch bis bösartig. Ihr Lachen lässt Milch sauer werden. Sie verstecken kleine Dinge vor Menschen.«

»Wie Babys?«

Summer hob eine Schulter und spielte dann weiter Dutzi-Dutzi mit Faith.

»Wenn Goblins wirklich Babys stehlen, würde es dann nicht viel mehr Gerede um vermisste Knirpse geben?«

»Wer sagt denn, dass es das nicht gibt?«, fragte Summer.

Auch wieder wahr.

»Außerdem nehmen Goblins nie ein Kind mit, ohne dafür eines der ihren dazulassen.« Summer schielte und knautschte ihr Gesicht zusammen. Faith kicherte fröhlich, und ich konnte nicht anders, als zu lächeln – bis ich Jimmy sah.

Er würdigte mich keines Blickes. Stattdessen starrte er Faith an, als wäre sie einfach so aus dem Nichts aufgetaucht – was ja auch irgendwie stimmte.

»Niemand merkt also, dass er einen Goblin anstatt eines Kindes hat?« Ich konnte es nicht so recht glauben. Aber das galt für viele Dinge.

»Goblins lassen Wechselbälger zurück«, sagte Summer.

»Was soll das sein?«

»Hässliche Goblin-Babys.«

»Ich kapier immer noch nicht, warum das keiner merkt.«

»Weil ein hässliches Goblin-Baby ein wunderschönes Menschen-Baby ist.«

Klang wie bei The Munsters. Der hässliche Cousin war in Wirklichkeit ein schöner Schwan.

Ich sah Ruthie in die Augen. »Was tun wir dagegen?«

»Es kommt selten vor, Lizbeth. Wenn es dann aber doch einmal passiert, tun wir unser Bestes, um den Goblin zu finden und das Baby zurückzuholen.«

Es gab so viel, was ich nicht wusste – über diese Welt, meinen Auftrag, verdammt, über einfach alles.

»Warum reden wir eigentlich über Goblins?«, fragte Jimmy.

»Ich muss darüber Bescheid wissen.«

»Aber nicht jetzt. Es ist über drei Jahre her, dass ich das letzte Mal von einem Wechselbalg gehört habe. Die Nephilim haben Wichtigeres auf ihrer Liste. Dich zum Beispiel.«

»Und dich«, entgegnete ich.

Jimmy zuckte die Schultern, wie immer unbeeindruckt von den Heerscharen von Halbdämonen, die uns tot sehen wollten. »Was war sie, als du weggegangen bist?«

Zeigen ging über Erklären, also warf ich Faith ihre Schmusedecke über den Kopf. Das rosa Flanell dämpfte den grellen Blitz. Summers Augen weiteten sich, und fast hätte sie das Baby fallen gelassen, als sich seine Knochen verschoben und flaumige schwarze Haare aus seiner bronzefarbenen Haut wuchsen. Wenigstens war ich nicht die Einzige hier mit zwei linken Händen.

»Voilà!« Ich zog die Decke weg. Der schwarze Schwanz des Kätzchens zuckte hin und her, während es uns reihum aus seinen blassgrauen Augen betrachtete.

»Bist du ihre Mutter?«, fragte Jimmy.

Ich hob die freie Hand in die Höhe. »Warum fragt mich das jeder?«

»Sie ist ein Gestaltwandler.«

»Das trifft auf die Hälfte aller Leute zu, die mir in letzter Zeit begegnet sind.«

»Du streitest also ab, dass sie deine Tochter ist?«

»Scheiße, ja.«

»Es ist aber ziemlich offensichtlich, dass Sawyer der Vater ist.« Summer strich sanft über Faiths dunklen Kopf, und das Kätzchen schnurrte. »Also warum sollten wir nicht auf die Idee kommen, dass du ihre Mutter bist?«

Ich sah Jimmy an, doch seine Augen gaben nichts preis. Wie konnte er nur glauben, dass ich ein Kind von irgendjemandem außer …

Ich schnitt diesen Gedanken ab, bevor man ihn auf meinem Gesicht lesen konnte. Was Jimmy und ich einmal gehabt hatten – eine Liebe, die so tief war, dass ich sie für unsterblich gehalten hatte –, war so oft und so schwer verletzt worden, dass ich gar nicht wusste, ob sie überleben würde. Der Traum von einer gemeinsamen Zukunft – besonders der eine, in dem ein weißer Gartenzaun vorkam – würde sich nie erfüllen.

Ich riss meinen Blick von Jimmys ruhigem, stoischen Gesicht los. »Ich habe magische Kräfte, aber die reichen nicht aus, um in weniger als einem Monat ein Kind auszubrüten.«

»Das behauptest du«, murmelte Summer. »Aber du lügst.«

Ich ging einen Schritt auf sie zu. »Was für ein Glück für dich, dass du das Baby auf dem Arm hast.«

Summer schob das Kätzchen zu Jimmy hinüber, doch der weigerte sich, es zu nehmen. Als wäre Faith noch immer ein Baby, wich er zurück und schüttelte den Kopf. »Oh nein. Ohne mich.«

Die Fee wandte sich an Luther, der ebenfalls den Kopf schüttelte. Als sie mich wieder ansah, gestattete ich meinen Lippen ein winzig kleines Lächeln. »Vielleicht lüge ich, aber immerhin habe ich meine Seele nicht dem Teufel verkauft.«

»Noch nicht.« Summer neigte ihr kleines, spitzes Kinn. »Aber nur, weil du nicht in der Lage bist, jemanden zu lieben.«

»Ich kann lieben!«

»Jemanden genug zu lieben«, fuhr sie fort, »um ein Schicksal in Kauf zu nehmen, das schlimmer ist als der Tod. Oh ja, wir wissen, dass du für jemanden sterben würdest. Du stürzt dich ja Hals über Kopf in jede sich bietende Gelegenheit.« Ihr Tonfall sagte *Streber*, sogar noch deutlicher als ihr Gesichtsausdruck. »Aber versuch mal, dich für das Schlimmste zu entscheiden, das du dir vorstellen kannst. Versuch mal, dich für alle Ewigkeit den Flammen zu verschreiben, nur um ihn zu retten.« Sie sah Jimmy an. »Selbst wenn du weißt, dass er dich dafür vielleicht hassen wird.«

»Es reicht«, sagte Jimmy ruhig. Aber Summer war noch nicht fertig.

»Sie hätte es nicht für dich getan.«

»Ich weiß.«

Summer lächelte ein dünnes, hässliches Lächeln, das so gar nicht in ihr süßes, herzförmiges Gesicht passte. »Glaubst du, sie würde es für ihn tun?«

12

»Was für wen tun?«, fragte ich.

»Was glaubst du?« Summer sah mich nicht an, sondern hielt den Blickkontakt mit Jimmy. »Deine Seele für Sawyer verkaufen.«

Ich lachte. »Ja, genau.«

»Du bist auf dem Weg zu den Black Hills«, sagte sie, »um einen Fellläufer zu fragen, wie man seinen Geist heraufbeschwört.«

»Woher weißt du das?« Ich sah Luther an, doch der schüttelte nur den Kopf. Summer tippte sich mit dem Zeigefinger an die Schläfe. Auch sie hatte übersinnliche Fähigkeiten. Ich zog eine alberne Befriedigung aus der Tatsache, dass ihr Nagellack abgeplatzt war.

»Jemand muss es tun«, sagte ich, wobei ich Jimmys Blick mied. »Und wie meistens bin dieser Jemand eben ich.«

»Lass ihn ruhen, Lizzy.«

Ich konnte nicht anders, als Jimmy in die Augen zu sehen. Und dann konnte ich den Blick nicht mehr abwenden. »Er ruht nicht. Er wandert herum.« Ich schluckte. »In meinen Träumen.«

»Du musst ihn gehen lassen«, fuhr Jimmy fort. »Er ist tot. Das müsstest du am besten wissen.«

»Das ging unter die Gürtellinie«, murmelte ich.

»Es musste getan werden.«

»Und das gilt auch für das Heraufbeschwören.«

»Bist du dir da sicher?«

»Er ist mit dem Schlüssel verschwunden.«

Was ich meinte, war der Originaltext vom *Schlüssel Salomos*, einem Grimoire oder Zauberbuch, das angeblich vom biblischen König Salomo verfasst worden war. Darin befanden sich Beschwörungsformeln, mit denen man Dämonen herbeirufen, entlassen und befehligen konnte – und das war sogar erst der Anfang.

Meine Mutter – der Phönix – hatte den Schlüssel in ihrem Besitz gehabt. Dann hatte ich sie umgebracht und den Schlüssel für einen Moment aus den Augen gelassen – ich hatte ein paar Sachen zu erledigen gehabt –, und als ich zurückkehrte, um mir das Ding zu holen, war es verschwunden gewesen. Ebenso wie Sawyer.

»Hast du mal daran gedacht, dass jemand das Buch und die Leiche mitgenommen haben könnte?«, fragte Jimmy.

»Derjenige hätte aber verdammt schnell und verdammt leise sein müssen. Und außerdem verdammt unsichtbar.«

Jimmy, Summer und ich waren nicht weiter als hundert Meter vom Schlüssel und von Sawyer entfernt gewesen. Wir hatten zwar nicht aufgepasst, doch unsere Sinne waren in den Bereichen Sehen, Hören und Spüren überdurchschnittlich gut ausgeprägt.

»Vielleicht waren sie das«, sagte Jimmy.

Von Unterhaltungen wie diesen bekam ich immer Kopfschmerzen.

»Und wenn schon.« Ich machte eine wegwerfende Handbewegung, und Jimmy wich zurück. Ebenso Summer und Luther. Das konnte ich ihnen nicht verdenken. Wenn ich in diesem Ton sprach und dabei die Finger nach oben schnellen ließ, flogen normalerweise Leute durch die Gegend. »Wenn jemand oder etwas Sawyer und das Buch mitgenommen hat, dann sollte Sawyers Geist wissen, wer das war. Wir brauchen den Schlüssel, Sanducci. Wenn die Nephilim ihn haben, werden sie all die Grigori einfach wieder freilassen.«

»Wenn sie das wollten, hätten sie es längst tun können, meinst du nicht?«

»Das haben sie.«

»Ich meine *noch mal*. Es ist ja Wochen her.«

»Du weißt genauso gut wie ich, dass zuerst der Anführer des Lichts getötet werden muss, um das Jüngste Gericht einzuleiten.«

Die Nephilim hatten dieses ganze Chaos ausgelöst, indem sie Ruthie umgebracht hatten. Aber ich hatte es geschafft, das Ticken der Uhr des Jüngsten Gerichts aufzuhalten, indem ich den Anführer der anderen Seite umgebracht und die ganze Dämonenhorde zurück in die Hölle geschickt hatte.

Aber sie würden wiederkommen und die nächste Runde einläuten. Egal, wie viele Schlachten die Föderation auch gewann, der Endkampf war unausweichlich.

»Sie werden es ganz schön schwer haben, dich zu töten«, sagte Jimmy.

»Pech für sie, was?«

Jimmy grinste. Für einen Augenblick sah ich wieder den Jungen in ihm, den ich einmal über alles geliebt hatte. Mir stockte der Atem. Ich wollte diese Erinnerung nicht loslassen, nicht jetzt jedenfalls. Manchmal waren die Erinnerungen an die guten Zeiten das Einzige, was uns davon abhielt, dem Bösen nachzugeben.

Als hätte Jimmy meine Gedanken gelesen, verblasste sein Lächeln. »Wir müssen aufhören, uns herumzutreiben und unsere Zeit mit der Suche nach dem Schlüssel zu verschwenden. Wir haben Wichtigeres zu tun.«

»Zum Beispiel?«

»Nephilim töten. Wenn wir es schaffen, sie zu vernichten, dann haben wir doch gewonnen, oder nicht?«

»Ich glaube nur nicht, dass wir das können.«

Er hob das Kinn. »Warum nicht?«

Jimmy war der beste Dämonenjäger in der Föderation, und zwar schon seit er achtzehn war. Er war Ruthies rechte Hand gewesen. Und jetzt wäre er meine, wenn er meine Nähe nur länger als eine Minute ertragen könnte.

»Es wird immer den einen geben, der uns entkommt«, sagte ich. »Oder eine Kreuzung setzt sich in den Kopf, dass sie gern die Welt regieren möchte, und spult das Ritual ab, um den Tartarus zu öffnen.« Der Tartarus ist der tiefste Schlund der Hölle, reserviert für die Bösesten der Bösen. »Dann lässt sie die Grigori frei, damit sie die Welt von Neuem mit Nephilim bevölkern, und so weiter und so fort.«

»Ich bin überzeugt, dass wir die Kreuzung erledigen werden, bevor sie das alles fertigbringt.«

»Und wenn sie das Buch Samyaza hat?«

»Das ist doch ein Mythos«, murmelte Jimmy.

»Genau wie wir.«

Es war ein alter Streit, einer, den wir nie beilegen konnten.

Das Buch Samyaza war eine Legende. Niemand hatte es je gesehen, aber den Geschichten zufolge war es von einem Günstling Satans verfasst worden, der zahllose Offenbarungsprophezeiungen für die dunkle Seite im Ohr hatte.

In der Bibel stand, das Gute werde triumphieren, und daran glaubte ich. Das musste ich einfach. Leider stand im Buch Samyaza aber genau das Gegenteil. Und die Nephilim glaubten daran.

Ich hatte Jimmy so lange nicht kommen gehört, bis er dann plötzlich direkt neben mir stand. »Tote Wölfe soll man nicht wecken.«

»Sehr witzig.«

»Ich fand ihn gut.« Er wartete schweigend, bis ich seinen Blick erwiderte. »Sawyer ist verschwunden. Er kommt nicht wieder zurück. Und selbst wenn du seinen Geist heraufbeschwörst – was dann?«

»Ich stelle ihm die Fragen, auf die ich eine Antwort brauche.«

»Und dann?«

»Dann geht er ins Licht.«

»Klar tut er das.«

Sawyer hatte mir selbst gesagt, dass er zu verdammt war, um unschuldig zu sein. Doch das hatte sich als falsch herausgestellt. Trotzdem war ich nicht sicher, ob seine Zukunft das Licht war. Aber ich glaubte auch nicht, dass es die Dunkelheit sein würde.

»Ich weiß nicht, was dann geschieht«, schnappte ich. »Alles, was ich weiß, ist, dass ich noch einmal mit ihm sprechen muss.«

»Meinst du, er wird dir vergeben?«

»Ich glaube nicht, dass er mir überhaupt irgendetwas vorwirft.«

»Nein.« Jimmy wandte sich ab. »Das machst du ja selbst.«

Jimmy und Summer hatten Jimmys Wagen, einen schwarzen Hummer, am Fuß des Sheep Mountain zurückgelassen. Ich konnte nicht glauben, dass wir das Ding auf dem Weg hinauf nicht gesehen hatten. Es war so groß, dass man es wahrscheinlich sogar aus dem All sehen konnte.

»Wir können im Impala hinfahren«, bot ich an.

»In meinem Impala?«, maulte Summer.

»Nicht mehr. Seele verwirkt, cooles Auto verwirkt. Steht im Handbuch.«

»Es gibt ein Handbuch?«

Ich würde den Impala nicht auf Dauer behalten. Aber ich würde ihn so lange fahren, wie sie mich damit durchkommen ließ.

»Darf ich fahren?« Luther war wieder da. Ich machte mir nicht einmal die Mühe zu antworten.

Wir quetschten uns ins Auto und fuhren den Sheep Mountain hinunter. Summer saß auf dem Beifahrersitz und hielt Faith auf dem Arm. Die Augenlider der kleinen Katze waren jetzt ganz schwer – sie hatte schließlich auch einen aufregenden Tag hinter sich.

Die Männer saßen hinten mit den Speeren auf dem Schoß. Das erinnerte mich an etwas.

»Was habt ihr auf die Spitzen getan?« Auf Jimmys irritiertes Stirnrunzeln hin fügte ich hinzu: »Um die Iyas zu töten.«

Erkenntnis dämmerte auf. »Vitamin D.«

Jetzt runzelte ich die Stirn. »Häh?«

»Zu wenig Sonnenlicht führt zu Vitamin-D-Mangel. Dieser wird aber durch die Zugabe von Vitamin D wieder behoben, also haben wir, um diese Auswirkungen der Sonne hervorzurufen, die Speerspitzen in Vitamin D getaucht.«

Manchmal wirkten die Mittel, um diese Kreaturen auszulöschen, fast ebenso bizarr wie die Kreaturen selbst.

Wir näherten uns dem Fuß des Berges, und tatsächlich stand auf einer staubigen Nebenstraße Jimmys Hummer. Er hatte sich viel Mühe gegeben, ihn mit Zweigen und Sträuchern zu tarnen. Die Sturmwolken hatten ihr Übriges getan. Jetzt wurde die Sonne von der Motorhaube des SUV reflektiert und lenkte die Aufmerksamkeit jedes Passanten – falls es denn welche gegeben haben sollte – auf etwas, das wie der Land Cruiser eines Behemoth-Ungeheuers aussah.

Ich hatte die Frage schon früher gestellt und stellte sie jetzt wieder: »Wer ist bloß auf die Idee gekommen, Militärfahrzeuge der US-Army an Privatpersonen zu verkaufen?«

Jimmy hob abwehrend die Hand. Er liebte dieses verdammte Ding.

Als wir aus dem Impala kletterten, fiel mir ein, dass ich noch gar nicht erwähnt hatte, aus welchem Grund wir eigentlich in die Badlands gekommen waren.

»Ich muss dich um einen Gefallen bitten.«

»Ich werde nicht mit dir in die Black Hills fahren, um Sawyer heraufzubeschwören.« Jimmy öffnete die Hecktür des Hummer und warf die Speere in den Kofferraum.

»Das war auch nicht meine Bitte.«

Dies überraschte ihn. Er war schon auf dem Weg zum Fahrersitz, doch nun hielt er an und drehte sich um. »Was willst du dann?«

»Dass du auf das Baby aufpasst, während ich in den Black Hills nach Sani, dem Fellläufer, suche.«

»Auf das Baby aufpassen?«, fragte er. »Wo ist seine Mutter?«

»Das ist fast eine so gute Frage wie: *Wer ist seine Mutter?*«

»Du weißt es nicht?«

»Woher sollte ich?«

»Hast du nicht nachgefragt?«

»Eine Katze?«

Jimmy gab einen entnervten Laut von sich. »Sawyer.«

»Der ist tot – weißt du noch?«

»Du hast aber gesagt, er erscheint dir im Traum.«

»Das tut er auch, aber es ist merkwürdig. Hast du eine Ahnung, wie sich Traumwandern anfühlt?« Jimmy nickte. »So ist es nicht.«

»Weil Tote nicht träumen.«

»Steht das auf einem deiner T-Shirts oder was?«, schnappte ich.

Jimmy hob nur eine Augenbraue und wartete darauf, dass ich fortfuhr.

»Ich kann den Traum nicht steuern. Ich kann Sawyer nicht dazu bringen, Fragen zu beantworten. Er sagt mir etwas, ja, aber nicht alles. Und ich weiß nicht, ob er wirklich da drin ist«, ich pochte mit dem Fingerknöchel gegen meine Schläfe, »oder ob ich mir nur wünsche, dass er da ist.«

»Was ist mit Ruthie? Hat sie keine Informationen über das Kind?«

»Sie war ebenso überrascht, Faith zu sehen, wie ich. Und sie behauptet, dass sie nichts über sie wisse.«

»Glaubst du das?«

Ich seufzte. »Keine Ahnung.«

Ruthie hatte uns beide belogen, wenn es ihr in den Kram passte – immer zum Wohle der Welt. Das machte ihre Lügen nicht leichter verdaulich, und es machte es auch nicht leichter, ihr weiter zu vertrauen, nachdem wir von den Lügen erfahren hatten. Aber es war auch schwer, es nicht mehr zu tun, weil wir ihr fast unser ganzes Leben lang vertraut hatten. Und letztlich hatten wir ja alle dasselbe Ziel: die Welt zu retten.

»Sieht aus, als hättest du eine ganze Menge Fragen an Sawyer.«

»Eine ganze Menge, ja«, stimmte ich zu.

»Warum hast du das Kind den langen Weg bis hierhergeschleppt?«, fragte Jimmy.

»Ruthie …«

»… hat es gesagt«, beendete Jimmy den Satz. »Aber warum? Wieso kann es nicht bei Luther bleiben?«

Ich warf einen Blick über die Schulter. Luther und Summer spielten gerade mit Faith. Sie hatten sich jeder ein Weidenkätzchen geschnappt, und Faith versuchte, sie zu erhaschen, konnte sich aber für keines von beiden entscheiden. Sie sah immer wieder von einem zum anderen. Wenn sie nach dem flaumigen Spielzeug schnappte, wurde es sofort aus ihrer Reichweite gezogen. Daraufhin verlor sie das Interesse daran und wandte sich dem anderen zu, um die gleiche Prozedur zu wiederholen. Ein Bild, das Norman Rockwell glatt dazu bringen könnte, sich im Grab aufzusetzen, um es zu malen.

»Was ist passiert?«, fragte Jimmy. Er wusste immer, wenn etwas vorgefallen war.

Schnell erzählte ich ihm von den Männern im Motelzimmer – was sie gewusst hatten, was nicht, und was Sawyer – in meinem Traum oder meiner Vision – gesagt hatte.

»Sie sind hinter ihr her, wegen der, die sie sein wird«, wiederholte Jimmy.

Ich hob die Hände. »Ich habe versprochen, sie zu beschützen.«

»Dann tu es.«

»Das mach ich doch!«

Summer, Luther und Faith wandten uns die Köpfe zu, als meine Stimme zu ihnen hinüberdrang. Summer runzelte die Stirn und richtete sich auf. Luther murmelte etwas und zog sie wieder herunter. Dass sie das zuließ, war eine große Überraschung. Ich wusste nicht, was sich zwischen dem Jungen und der Fee abspielte, aber seit ihrer ersten Begegnung bestand eine Verbindung zwischen ihnen. So ähnlich wie bei dem Baby und der Fee. Ich fragte mich, ob Summer wohl Magie dafür benutzte.

Ich senkte die Stimme. »Ich muss diesen Fellläufer finden, Jimmy. Ruthie hat gesagt, Faith wäre bei dir sicher. Glaubst du, ich würde dich darum bitten, wenn ich eine andere Wahl hätte?«

Er starrte mich aus seinen dunklen Augen an. Er sah so verdammt gut aus. Mein Blick wanderte zu seinem Mund hinab. Mit diesem Mund konnte er unglaubliche Dinge anstellen. Früher hatten Sanducci und ich stundenlang geknutscht. Das fehlte mir jetzt.

Unser beider Atem ging flacher. Auch er senkte den Blick. Er ging einen Schritt auf mich zu, da hörte ich ganz auf zu atmen.

Aber er fing sich wieder, bevor wir uns berührten, wich zurück und hob sein Gesicht zur Sonne. »Wenn doch nur alles so wäre wie früher«, murmelte er. »Ich möchte es vergessen, Lizzy, aber ich kann das nicht. Jedes Mal, wenn ich dich ansehe, sehe ich auch, was sich unter diesem Halsband verbirgt.«

Mein Dämon. Er hasste ihn. Und da dieser Dämon in mir wohnte …, nun, das kann sich ja jeder selbst ausrechnen.

»Ich weiß nicht, was du von mir willst, Sanducci. Du bist sauer, weil ich Sawyer liebe, aber du willst auch nicht, dass ich dich liebe.«

»Das habe ich nicht gesagt.« Er verzog den Mund zu einem Grinsen. »Ich will, dass du mich liebst. Ich weiß nur nicht, ob ich deine Liebe erwidern kann.«

»Zur Hölle mit dir.«

Er wandte sich ab, doch ich sah noch den gequälten Ausdruck auf seinem Gesicht. »Da war ich schon.«

Dazu konnte ich nicht viel sagen. Wir hatten einander die Hölle auf Erden bereitet. Er hatte mich gebissen; ich hatte ihn gebissen. Wir waren beide zu Vampiren geworden, und es gab keinen Weg zurück.

»Warte.« Ich streckte den Arm aus und griff nach seinem Oberarm. Im gleichen Augenblick durchfuhr mich ein Ruck.

Bilder überfluteten mich – von uns als Kindern, Teenagern, Heranwachsenden, im Bett, neben dem Bett, unter dem Bett. Ich sah Bruchstücke unserer Träume – das Haus, die Familie –, all die Dinge, die wir nie wirklich gehabt hatten und niemals haben würden.

Abgelöst wurden diese Gedanken von der Erinnerung an mich als Vampir – wie ich Jimmy anlüge, ihn verführe und noch Schlimmeres. Ich riss meine Hand zurück und rieb sie an meiner Jeans.

Er hatte ja recht. Ich wusste nicht, ob wir darüber hinwegkommen würden. Unsere Liebe war zu eng mit Schuld verbunden, Begehren mit Blut, Hoffnung mit Hass, Träume mit Angst.

Ich steckte die Hände tief in die Taschen, damit ich nicht noch einmal in Versuchung kam, ihn zu berühren. »Wirst du für Faith sorgen und sie beschützen?«

»Faith – das heißt doch Glaube, nicht wahr? Deine Frage klingt wie eine Sonntagspredigt.«

»Jimmy.« Er versuchte, einer Antwort ebenso auszuweichen wie meinem Blick.

»Ich kann nicht gut mit Kindern, Lizzy.«

»Sie ist aber kein Kind.«

»Ich kann auch nicht gut mit Gestaltwandlerbabys.«

»Was ist bloß los mit dir?«, fragte ich sanft. »Ich habe dich schon um schlimmere Dinge gebeten, als auf ein Katzenkind aufzupassen.«

»Ich habe dir jede Bitte erfüllt.«

Etwas in seiner Stimme schnürte mir die Kehle zu und ließ mich hart schlucken. Als ich mich schließlich wieder unter Kontrolle hatte, murmelte ich: »Dann kommt es auf eine mehr oder weniger auch nicht mehr an.«

13

»Hat er nicht schon genug für dich getan?«

Summer hatte Luther und Faith sich selbst überlassen und kam zu uns herübergeflattert, um sich in unser Gespräch einzumischen.

»Ja«, sagte ich.

Sie öffnete den Mund, um zu widersprechen, aber als ihr auffiel, dass ich ihr zugestimmt hatte, schloss sie ihn wieder. Summer wusste ebenso wenig damit umzugehen, wenn ich freundlich zu ihr war, wie ich es im umgekehrten Fall gewusst hätte.

»Aber trotzdem brauche ich seine Hilfe. Und ich muss aufbrechen, am besten noch heute.«

»Er will dich davon abhalten zu gehen«, sie warf Jimmy einen empörten Blick zu, »indem er sich wegen des Babysittings ziert. Denk doch mal mit.«

Oh Mensch, das klang logisch.

»Also gute Reise«, sagte Summer. »Lass dich nicht umbringen.«

»Hätte nie gedacht, dass dir was daran liegt.«

»Tut es auch nicht. Das Problem ist nur: Wenn du stirbst, haben wir wieder das Jüngste Gericht am Hals – einen neuen Anführer der Dunkelheit, Tod, Zerstörung, einen Riss in der Höllenpforte und so weiter. Das langweilt mich.«

»Ja, die Sache wird auf Dauer ein bisschen öde. Ich versuche also, mich nicht töten zu lassen, um dein Leben nicht zu ruinieren. Um noch mal auf das Baby zurückzukommen …«

»Ich passe auf sie auf.«

Das würde tatsächlich funktionieren. Summer mochte zwar aussehen wie ein zierliches, blondes Rodeo-Groupie, aber sie war nicht ungefährlich. Außerdem hatte sie in New Mexico so was wie eine Festung.

»Du bringst sie in dein Landhaus?«, fragte ich.

»Natürlich.«

»Und Luther?«

»Ohne ihn gehe ich hier nicht weg.«

»Und was ist mit …?«

Wir beide drehten uns zu Jimmy um. Er sah uns ausdruckslos an.

»Ich könnte ihn k.o. schlagen und auch mitnehmen«, überlegte Summer.

Ja, das sollte funktionieren.

»Hast du goldene Ketten?«, fragte ich.

»Nicht bei mir.«

»Ich habe ein paar im Kofferraum des Wagens, die kann ich dir leihen.«

»Gute?«

»Bei mir haben sie funktioniert.«

»Das müsste reichen.«

Jimmy hob die Augenbrauen. »Seid ihr bald fertig?«

»Du fährst mit Summer zurück nach New Mexico. Möchtest du es auf die sanfte oder auf die harte Tour?«

Jimmy zog schlagartig die Augenbrauen zusammen und ballte die Fäuste. »Ich möchte zu gerne sehen, wie du das versuchst.«

»Ich möchte auch zu gerne sehen, wie ich es versuche.«

Kampfeslustig ging ich einen Schritt auf ihn zu. In diesen Zeiten war das manchmal die einzige Möglichkeit, sich wie ein Mensch zu fühlen.

Aber Jimmy löste die Fäuste und hielt eine Hand hoch. »Eine Menge Menschen – oder auch Un-Menschen«, lenkte er ein, als ich Luft holte, um ihn zu verbessern, »sind hinter diesem Kind her. Und wir wissen nicht, warum.«

»Wissen wir denn, wer?« Summer sah zu Luther und dem Kätzchen hinüber, doch die lagen auf einem kleinen Fleckchen Gras, betrachteten die vorbeiziehenden Wolken und schenkten uns keinerlei Beachtung – oder taten zumindest so.

»Eigentlich nicht«, antwortete Jimmy. Dann erzählte er ihr alles, was im Motel geschehen war.

»Warum wurden Menschen geschickt?«, fragte Summer.

»Das scheint die Vierundsechzigtausend-Dollar-Frage zu sein«, murmelte ich.

»Nein«, sagte Summer langsam. »Es ist ziemlich schlau. Du spürst ihre Anwesenheit nicht. Kein Flüstern von Ruthie, kein Summen. Weil sie Menschen sind.« Sie presste ihre vollkommenen rosa Lippen aufeinander. »Genial.«

»Außer, dass die meisten Menschen bei diesem Versuch gegrillt worden wären.«

»Wenn sie unvorbereitet gewesen wären, wie es die meisten Menschen sind. Aber die hier nicht«, sagte Summer. »Wir müssen wachsam bleiben. Das könnte der neue Standard sein.«

»Menschliche Killer anzuheuern?«

»Ich wette, sie werden es wieder versuchen.«

»Scheibenkleister«, murmelte ich.

Summer lachte. »Scheibenkleister? Seit wann achtest du denn so auf deine Wortwahl?«

»Seit …« Ich deutete mit dem Daumen auf Faith und Luther.

»Oh.«

»Ich … äh … sollte lieber gehen.« Auf einmal wollte ich es gar nicht mehr, wusste aber nicht, warum. Summer trieb mich in den Wahnsinn, und Jimmy war auch nicht viel besser. Das Baby, so niedlich es auch sein mochte, machte mich nervös. Der Einzige, den ich in letzter Zeit noch ertragen konnte, war Luther, und den musste ich zurücklassen.

Ich ging auf den Impala zu. Luther winkte mir zu, bevor ich dort ankam, und so machte ich einen Abstecher über das trockene Augustgras zu ihm und Faith hinüber.

Luther stand auf. »Werden sie auf sie aufpassen?«

»Summer wird es tun.« Luther nickte, als hätte er nichts anderes erwartet, dann ging er zum Impala.

»Hey, großer Junge.« Ich legte ihm eine Hand auf den Arm und sah Bilder von brüllenden Löwen, Zähnen, wirbelnden Krallen und spritzendem Blut, bevor ich sie wieder zurückzog.

Ich musste mich besser abschirmen, sonst würde ich mir noch eine Hirnblutung zuziehen. Eigentlich war ich viel geschickter darin, aber ich hatte den Kopf so voll mit … allem Möglichen, dass ich mich manchmal nicht richtig konzentrieren konnte.

»Du kannst nicht mitkommen«, sagte ich.

»Und wie ich das kann.«

»Ich meine es ernst.«

Er ging weiter. »Ich auch.«

Faith hüpfte hinter ihm her, dann fing ich sie mit beiden Händen aus der Luft. Sie fauchte, gehorchte aber, als ich sie anfuhr: »Lass das.«

Ich klemmte mir das Kätzchen wie einen Football unter den Arm und folgte Luther. Als er die Beifahrertür öffnen wollte, hatte ich ihn eingeholt und schlug mit der flachen Hand gegen die Tür, damit er sie nicht öffnen konnte. »Nein«, sagte ich. »Ich muss allein gehen.«

»Alle Nephilim der Welt haben es auf dich abgesehen.«

»Das ist ja schon länger so.«

»Ich kann dich nicht alleine gehen lassen.« Seine lockigen, langen Haare fielen ihm ins Gesicht. »Wir sind Partner. Woher willst du wissen, was wann auf dich zukommt?«

Ich holte tief Luft, sah zu dem klaren blauen Himmel hinauf und atmete aus. »Ich bekomm das schon hin.« Auch wenn ich noch nicht wusste, wie. »Außerdem scheint sich die neue Vorgehensweise ja auf gut informierte Menschen zu konzentrieren. Die würdest auch du nicht spüren.«

»Zwei sind immer besser als einer«, beharrte er. Dann fuhr er ruhiger fort: »Du würdest mich auch nicht allein losziehen lassen.«

»Ich bin ja nicht sechzehn.«

So ruckartig hob Luther den Kopf, dass seine Haare zurückflogen. Seine Augen flackerten bernsteinfarben. »Das bin ich auch nicht.«

In meinem Kopf begann es, dumpf und schmerzhaft zu pochen. Ich würde diese Diskussion nicht noch einmal führen. Ein Ablenkungsmanöver war eher angebracht.

Verschwörerisch sah ich über meine Schulter. Jimmy beobachtete uns mit ausdruckslosem Gesicht, aber Summer war damit beschäftigt, das Heck des Hummer zu durchwühlen, wahrscheinlich auf der Suche nach etwas, das mich töten könnte. »Ich brauche jemanden, dem ich vertrauen kann, Luther.«

Seine Augen weiteten sich und nahmen allmählich wieder ihre normale haselnussbraune Farbe an. »Wofür?«

»Du weißt, dass ich Faith nicht mitnehmen kann.«

Er legte den Kopf schief und sah mich forschend an. »Was hast du da oben vor?«

Ich konnte nicht anders, als wieder zu Jimmy hinüberzusehen, der die Augenbrauen hob, als hätte er uns gehört. Das war durchaus möglich, obwohl Luther und ich uns im Flüsterton unterhalten hatten. Sanduccis Ohren waren ebenso überirdisch gut wie seine Augen.

»Alles, was ich tun muss«, antwortete ich, Jimmys Blick standhaltend.

Er wusste, was ich getan hatte, um den letzten Geist heraufzubeschwören. Oder sollte ich besser sagen, mit wem ich es getan hatte? Er wusste auch, dass ich vielleicht das Gleiche würde wieder tun müssen. Ohne Zweifel war dies ein weiterer Grund dafür, dass er versucht hatte, mich aufzuhalten.

Bisher hatte ich nur mit zwei Männern geschlafen, um ihre Kräfte an mich zu bringen. Aber früher oder später würde ich schon noch etwas brauchen, das mir nur ein Fremder geben konnte. Das war allerdings nicht gerade etwas, worauf ich mich freute.

Ich zwang mich dazu, den Blick von Jimmy loszureißen und mich wieder Luther zuzuwenden. An der Art, wie sich sein Gesicht verfinstert hatte, erkannte ich, dass er genau wusste, was ich meinte. Gut. Ich hatte keine Lust, das zu erklären. Ganz besonders nicht ihm.

»Ruthie glaubt, Faith wäre bei Jimmy sicherer«, fuhr ich fort. »Aber er ist eben …«, ich hob eine Schulter und ließ sie wieder sinken, »… Jimmy. Und Summer …«

»Kann dich nicht leiden.«

»Kann ich ihr auch nicht verdenken.« Dieses Gefühl beruhte nämlich so was von auf Gegenseitigkeit. »Ich glaube zwar nicht, dass sie einem Baby etwas antun würde, aber …«

»Du hast auch nicht damit gerechnet, dass sie ihre Seele dem Teufel verkaufen würde, nur um Sanduccis Seele zu retten.«

»Das stimmt. Wenn du bei ihnen bist, kann ich tun, was ich tun muss, ohne mir Sorgen zu machen. Und je eher ich aufbreche, umso schneller bin ich wieder zurück. Wenn wir Glück haben, erfahre ich von Sawyer nicht nur, wer hinter Faith her ist und warum, sondern auch, wer den Schlüssel Salomos an sich genommen hat.«

Luther nickte und trat vom Wagen zurück. »Du kannst dich auf mich verlassen«, sagte er.

Das konnte ich. Ich vertraute diesem Jungen so sehr, wie ich Jimmy früher vertraut hatte. Und wie ich Jimmy noch immer vertrauen würde – wenn er keine Schwäche für seelenlose Feen entwickelt hätte.

Luther streckte die Arme nach Faith aus, und als ich sie ihm hinüberreichte, leuchtete ein heller Blitz auf, dann war sie wieder ein Baby. Ich hätte sie fast fallen lassen, so überraschend kam die plötzliche Zunahme an Gewicht und Zappeligkeit.

Luther nahm mir Faith ab – und sie giggelte. »Sie will dich ärgern«, sagte er.

Ich konnte mir ein Lächeln nicht verkneifen. Wenn ich ein gestaltwandelndes Kind wäre, würde ich wahrscheinlich auch jeden ärgern, der mir in die Quere kam. Ich könnte gar nicht anders. Faith wurde mir langsam sympathisch – in beiden Gestalten.

Ich wollte zum Heck des Impala gehen – ein weiter Weg, denn dieser Wagen war einfach riesig –, wurde aber von schmatzenden Kussgeräuschen abgelenkt. Als ich mich umdrehte, sah ich, wie Faith einen Kussmund machte und die Arme ausstreckte.

»Wo hat sie das her?«, fragte ich.

»Keinen Schimmer.«

Ich beobachtete das Kind einige Sekunden lang. »Hast du bemerkt, dass sie sich so schnell entwickelt wie …«

»Was?«, fragte Luther.

»Schneller als ein Mensch, so viel ist jedenfalls sicher.«

»Das ist sie ja auch nicht.«

»Ich glaube, du solltest die Veränderungen jeden Tag aufschreiben. Sie wiegen, sie messen. Damit wir sehen, wie schnell sie wächst.«

»Wozu?«

»Ich weiß nicht.« Es war schließlich nicht so, als hätte ich irgendetwas dagegen tun können, dass Faith zu was auch immer heranwuchs.

»Gib ihr lieber einen Kuss, bevor sie noch ausflippt«, warnte mich Luther.

Faith machte mit ihren Schmatzgeräuschen weiter. Je länger ich sie ignorierte, umso lauter und nachdrücklicher würden sie bestimmt werden.

Ich war nicht besonders scharf darauf, dem Baby einen Kuss zu geben. Sein Kinn glänzte vor Spucke, und auf seinen Knien klebte etwas, das wie Hundedreck aussah. Die pummeligen Hände waren grau vor Staub, und dann hatte es auch noch Gras zwischen den Zähnen.

Aber mal ehrlich, hatte ich denn eine Wahl?

Also ging ich zurück, beugte mich vor und ließ zu, dass Faith mich ansabberte. War gar nicht so übel.

14

Wie hatte sich Faith nur so verdammt schnell einen Platz in meinem Leben erschleichen können? Lag es daran, dass sie Sawyers Tochter war und Sawyer nicht mehr lebte?

Was würde geschehen, wenn sie alt genug war, um zu fragen, wo sie ihren Vater finden konnte? Und was sollte ich erst sagen, wenn sie mich danach fragte, wie er gestorben war?

Ich wand mich. Darüber wollte ich jetzt nicht nachdenken.

Stattdessen fuhr ich fast eine Stunde lang nach Nordwesten, dann hielt ich an einem Café an, dessen Parkplatz voller Lastwagen stand. Lkw-Fahrer wussten, wo man gutes Essen bekam – und noch besseren Kaffee. Sie mussten es wissen.

Ich war müde und hungrig, und ich musste einen Blick auf die Straßenkarte werfen. Mir war noch nicht ganz klar, wie ich von hier aus zum Inyan Kara kommen sollte.

Ich bestellte Kaffee, Orangensaft, Eier, Würstchen und Weizentoast, dann brütete ich über der Karte. Ich müsste die Berge in zwei oder drei Stunden erreichen können, je nachdem, wie gut die Straßen ausgebaut waren und wie genau die Karte war.

Ich könnte mich auch verwandeln und dorthin fliegen. Aber dann wäre ich nackt, wenn ich wieder meine menschliche Gestalt annahm. Und dass ich mich zurückverwandeln musste, stand ja fest. Ich mochte noch so besonders sein – ein sprechender Phönix war ich nicht.

Nacktheit war zwar gut geeignet, um einen Mann, egal welchen Alters, von so ziemlich allem zu überzeugen, aber ich wollte es doch zuerst mit kühler, ruhiger, rationaler Logik versuchen.

Ich starrte auf die Karte und machte mir ein paar Sekunden lang wegen der Größe des Inyan Kara etwas Sorgen. Wie sollte ich diesen Kerl nur finden?

Andererseits war ich schon öfter in solchen Situationen gewesen, und das *Wie* hatte sich noch immer von selbst ergeben. Zum Beispiel meine Fahrt in die Badlands, um Jimmy zu finden. Sie waren ja riesig, aber schon nach wenigen Minuten hatte ich ganz genau gewusst, wo Sanducci steckte. Ich war sicher, dass sich mir der Aufenthaltsort von Sani von selbst zeigen würde, sofern es nötig war.

Im schlimmsten Fall würde ich, einmal auf der Spitze des Berges angelangt, meine übermenschliche Geschwindigkeit, meine Gestaltwandlerfähigkeit oder, wenn ich auf etwas stieß, das der alte Mann berührt hatte, meine hellseherische Gabe einsetzen, um ihn zu finden.

Ich aß mein Frühstück auf, zahlte die Rechnung und suchte die großen, sauberen Toiletten auf – es gab sogar eine Duschmöglichkeit für die Kunden – die Anzahl der weiblichen Lkw-Fahrer hatte in den letzten paar Jahren deutlich zugenommen. Dann nahm ich den Kaffee, den ich zum Mitnehmen bestellt hatte, und stieg wieder in den Impala.

Die Straße führte immer weiter, manchmal schien sie sich in dem flachen Land, das mich umgab, geradezu aufzulösen. Aber hin und wieder hätte ich doch schwören können, den dunklen Streifen des Gebirges vor dem Horizont erkannt zu haben.

Ich bremste gerade ab, um in einer fast haarnadelengen Kurve ein kleines Wäldchen und etwas, das wie ein Friedhof mitten im Nirgendwo aussah, zu umfahren, als etwas auf die Straße schoss.

Ich stieg auf die Bremse; der Kaffee flog mir aus der Hand, durchnässte mich, den Sitz und den Fußraum – ich nahm es aber kaum wahr. Meine ganze Aufmerksamkeit galt dem weißen

Gesicht und den entsetzten Augen der jungen Frau nur wenige Zentimeter vor meiner Stoßstange.

Sie schlug ihre zerkratzten und blutigen Hände auf die Motorhaube. »Hilfe!«, schrie sie und sah dann über die Schulter zurück. Blut tropfte aus den Bissspuren an ihrem Hals.

Ich schloss für einen Moment die Augen und spürte das verräterische Summen. Als ich sie wieder öffnete, wusste ich, was ich sehen würde, noch bevor ich ihrem Blick folgte.

Vampire. Und zwar jede Menge davon.

Gut ein Dutzend Gestalten kam auf uns zu. Sie sahen allerdings nicht wie die Vampire aus, die ich bisher gesehen hatte. Sie waren mit Erde bedeckt, ihre Kleidung war zerrissen und zerfiel vor meinen Augen zu Staub.

Das Mädchen stolperte auf die Beifahrertür zu, riss am Türgriff, schlug darauf ein und begann zu schluchzen, als sich die Tür nicht öffnen ließ. Ich beugte mich hinüber, löste die Verriegelung, und sie hechtete herein. Der Innenraum füllte sich mit dem Geruch nach Blut, und mein Dämon raunte.

Ich stieg aus dem Auto, atmete tief ein und nahm den unverwechselbaren Geruch von Verwesung wahr. Waren das Zombies? Ich glaubte es nicht. Bei einem Zombie hatte ich noch nie das Vampir-Summen gespürt. Allerdings hatte ich auch noch nie einen echten Zombie gesehen. Wiedergänger waren etwas anderes.

Vielleicht waren dies hier ja Zombie-Vampire. Das wäre doch mal etwas ganz Ausgefallenes.

»Hey! Fahren Sie los!« Die Lautstärkeregelung des Mädchens schien bei *Schreien* festzuklemmen. Zwar verständlich, aber … meine Ohren! »Wir müssen von hier abhauen!«

Ich beugte mich zu ihr. »Sagen Sie mir, was passiert ist.«

»Scheiß drauf!« Sie machte Anstalten, auf den Fahrersitz zu rutschen, und ich schleuderte sie mit einer knappen Bewegung aus dem Handgelenk zurück.

»Sagen Sie mir, was passiert ist«, wiederholte ich.

Mein magisches Händezucken hatte ihr das Bedürfnis zu schreien offenbar ein wenig ausgetrieben, dafür sah sie mich jetzt mit dem gleichen Ausdruck an wie zuvor ihre Verfolger.

»I… ich habe Blumen auf das Grab meiner Großmutter gestellt. Dann stieg auf einmal Rauch auf.«

»Wo?«

»Von den Gräbern«, sagte sie in einem Tonfall, in dem sie auch *durchgeknallte Irre* gesagt haben könnte. »Der Rauch wurde dichter, und dann …«

Sie hielt inne, biss sich auf die Lippen und runzelte die Stirn, als zweifle sie bereits an, dass das, was sie gerade mit eigenen Augen gesehen hatte, Wirklichkeit war.

»Sagen Sie es«, befahl ich. »Ich werde Ihnen glauben.«

»Der Rauch wurde … zu ihnen.« Ich nickte ihr ermutigend zu. »Einer von ihnen packte mich und …« Sie schauderte. »Er biss mich, und ich spürte seine Lippen, seine Zunge und seine Zähne. Er saugte an mir. Und er hatte einen …« Sie schluckte. »Ständer.«

Definitiv Vampire. Nicht, dass ich großen Zweifel daran gehabt hätte.

Ich warf einen kurzen Blick auf die herannahende Horde. Sie bewegte sich nicht besonders schnell. Warum, wusste ich nicht. Aber ich war ganz froh darüber.

»Bleiben Sie hier«, befahl ich und schnappte mir die Schlüssel, damit sie auch gehorchte. Dann eilte ich zum Kofferraum und suchte mir die größten Messer heraus, die ich dabeihatte. Ich besaß auch ein Schwert und wünschte mir in diesem Moment sogar ein zweites. Schließlich hatte ich einige Enthauptungen vor mir.

Ich nahm das Schwert in die rechte und ein Bowiemesser in die linke Hand, dann schloss ich den Kofferraum wieder. Das Mädchen war verschwunden. Ein kurzer Blick über die Straße verriet mir, dass sie über ein frisch abgemähtes Feld undefinierbaren Getreides rannte. Und sie legte eine Spitzenzeit hin.

Gut. Ich musste mir also keine Sorgen mehr machen, dass einer oder mehrere von ihnen sich seitlich an mir vorbeidrängten, um zu ihr zu gelangen. Und ich brauchte mir keine plausible Erklärung für das einfallen zu lassen, was sie gesehen hatte.

Zumal es keine gab.

Ich wandte meine Aufmerksamkeit wieder dem Problem zu, das sich da – viel zu dicht – vor meiner Nase befand. Eine Enthauptung schreckte in der Regel selbst den entschlossensten Vampir ab, aber in der letzten Zeit war ich auf Wesen gestoßen, die ihren Kopf einfach aufheben und wieder aufsetzen konnten. Ich hasste es, wenn das geschah.

Die Vampire kamen näher, und der Geruch nach Tod wurde stärker. »Was seid ihr?«, fragte ich.

Entweder waren sie clever genug, nicht zu antworten, oder sie konnten einfach nicht sprechen. Ich zählte vierzehn von ihnen – alles Männer, alle blond und blauäugig, alle groß und kräftig gebaut – jeder mindestens zwei Meter – keine Hälse, riesige Bizepse und Beine wie Eichenstämme. Sie sahen wie Wikinger aus.

»Ich hasse Wikinger«, murmelte ich – das galt sowohl für das Football-Team, die Minnesota Vikings, als auch für jene skrupellosen Eindringlinge aus dem Norden. Dann ließ ich mein Schwert auf den Nächstbesten herabsausen.

Er packte die Klinge, bevor ich ihm den Kopf abschlagen konnte. Ich schaffte es, ihm ein paar Finger abzuschneiden, aber das war für einen Vampir nicht schlimmer, als wenn er sich beim Rasieren geschnitten hätte. Er streckte seine unverletzte Hand nach mir aus; ich duckte mich und rollte mich ab.

Sofort war ich wieder auf den Beinen – die Landesmeisterschaftsmedaille im Turnen hatte sich als das Nützlichste herausgestellt, was ich aus der Highschool mitgenommen hatte. Dazu kamen noch meine übernatürliche Schnelligkeit und Stärke, womit ich bestens für den Kampf gerüstet war.

Ich spürte einen Vampir herankriechen, fuhr herum und holte mit dem Schwert aus. Ich brachte es fertig, ihm einen Schnitt in den Hals zu versetzen. Blut spritzte zwar, aber er starb nicht. Sein verdammter Kopf hing zur Hälfte noch am Körper.

Drei weitere waren nah genug, dass ich ihren ranzigen Atem riechen konnte. Mit einem Wink aus dem Handgelenk ließ ich sie über die beiden nächsten purzeln, die sich hinter ihnen herumgedrückt hatten. Alle fünf gingen wie Pins auf einer Bowlingbahn zu Boden. Ich gab dem Verwundeten den Rest, als er gerade anfing, sich zu heilen. In dem Augenblick, als sein Kopf ganz vom Körper abgetrennt war, gingen beide Teile in Asche auf.

»So ist's recht!«

Ich fuhr herum und trat einem weiteren vor die Brust. Er flog gut einen Meter weit und landete auf der Motorhaube des Impala. Bei dem knirschenden Geräusch, das dabei entstand, zog sich mir der Magen zusammen. Summer würde mich dafür bezahlen lassen – und zwar keineswegs mit Geld.

Ich machte weiter, wedelte mit der Hand, trat um mich und schlug Köpfe ab. Aber ich machte keine nennenswerten Fortschritte. Es war ein bisschen wie mit den Fischen in der Bibel: Je mehr ich vertilgte, desto mehr schienen nachzukommen. Ich dachte daran, wie sich die Iyas in einem schier unendlichen Strom über die Hügel ergossen hatten. Würde von nun an jeder Kampf so ablaufen?

Allmählich wurde ich müde und fragte mich, was ich tun würde, wenn mir die Energie ausging. Dann nahm ich in der Luft um mich herum eine Bewegung wahr. Kein Wind. Da war nicht mal der Hauch eines Luftzugs.

In diesem Augenblick der Ablenkung hatte sich ein Vampir

nahe genug an mich herangeschlichen, um mich von hinten zu umklammern und hochzuheben. Er versuchte, seine Zähne in meinen Hals zu schlagen, doch stattdessen erwischte er nur mein Hundehalsband. Das Schmuckstück war zu viel mehr gut, als nur meinen Dämon im Zaum zu halten.

Aufheulend – wahrscheinlich hatte er sich einen Reißzahn ausgebissen – ließ er mich los. Schwungvoll kam ich auf die Füße und hätte einem Mann fast den Kopf abgeschlagen, der so ganz anders aussah als all die anderen.

Zwar war er ebenfalls blond, doch seine Haut wirkte eher sonnengebräunt als winterblass. Und seine Augen waren zwar blau, aber mehr indigo- als himmelblau. Obwohl er im Vergleich zu den anderen ein wenig kleiner aussah, war er doch immer noch einige Zentimeter größer als ich, also über eins achtzig. Drahtig und flink schwenkte er in jeder Hand ein Schwert, und er konnte verdammt gut damit umgehen.

Während ich den Mann, der so plötzlich aufgetaucht war, noch angaffte, schlug er zwei Vampiren gleichzeitig die Köpfe ab und nahm sich dann die nächsten beiden vor.

Ich konnte gar nicht aufhören, ihn anzustarren. Blut lief ihm über die nackte Brust und den Rücken. Seine Oberarme waren von kupfernen Armbändern mit eingravierten Lilien umschlossen. Er trug eine Kette mit silbernen Anhängern, und etwas Glänzendes hing von seinem Ohr herab und verfing sich in seinen langen goldfarbenen Haaren.

Das goldene Haar war von weißen Strähnen durchzogen, und feine Linien umgaben seine Augen, aber sein Körper wirkte gestählt und fest. Sein Alter mochte irgendwo zwischen dreißig und fünfzig liegen.

Einer der Halbdämonen bekam ihn an der Kehle zu fassen. Die Hand des Nephilim blieb an der Kette hängen, und er schrie auf, als erst Feuer und dann Rauch von seinen Fingerspitzen aufstieg. Ich hätte nur zu gern gewusst, was dieser Typ um den Hals trug, dann würde ich mir nämlich das Gleiche besorgen.

»Runter!«, schrie der Mann, also duckte ich mich. Die Arme eines Vampirs schlugen über meinem Kopf zusammen. »Wenn Sie keine Hilfe sind, sind Sie im Weg«, schnappte er. »Laufen Sie weg und verstecken Sie sich!«

»Den Teufel werd ich tun«, murmelte ich.

Beschämt, weil ich dabei erwischt worden war, wie ich einen Kampf verlor, hackte ich mich durch mehr als nur meinen Anteil der restlichen Nephilim. Zehn Minuten später waren Blondie und ich die Einzigen auf der Straße, die sich noch bewegten.

Schwer atmend und mit Blut und Asche bedeckt ging ich auf den Impala zu, in dessen Kofferraum ich einige Flaschen Wasser aufbewahrte. Es konnte uns beiden nicht schaden, etwas zu trinken – und uns zu waschen.

Als ich das Heck des Wagens umrundete, schoss ein Vampir vom Rücksitz und stieß mir mein liebstes Silbermesser in die Niere. Blut spritzte heraus, der Vampir ließ sich davon ablenken und fiel auf die Knie, um seinen Mund unter den Strahl zu halten. Mit einem Rückhandschlag meines Schwertes schlug ich ihm den Kopf ab, ohne auch nur richtig hinzusehen. Übung macht eben doch den Meister.

Ich wischte das blutverschmierte Schwert an einem alten Handtuch ab, bevor ich es zusammen mit dem kaum benutzten Bowiemesser in den Kofferraum warf. Dann schnappte ich mir ein paar Flaschen Wasser und schloss die Klappe wieder. Eine Bewegung spiegelte sich im Glas, und ich ging blitzschnell in die Hocke. Ein silbernes Schwert schnitt ein großes Stück aus dem blassblauen Lack des Impala.

Ich reagierte instinktiv und rammte dem Typ meinen Ellbogen in die Eier, dann packte ich das Schwert, das mir fast den

Schädel gespalten hätte, und entriss es seinem laschen Griff. »Was zum Teufel machen Sie da?«

Mit erstaunlicher Geschwindigkeit fing er sich wieder und führte das andere Schwert in einem geschmeidigen Bogen auf meinen Hals zu. Ich griff fester zu und fing den Schlag mit meiner Waffe kraftvoll ab. Der Aufprall vibrierte bis in meine Zähne hinein.

»Kein Mensch kann sich mit einer solchen Messerwunde auf den Beinen halten, und kämpfen schon gar nicht.«

»Da haben Sie verdammt recht«, grunzte ich und versetzte dem Schwert einen Stoß.

Er fiel, kam hart auf dem Boden auf und hätte fast eine Rolle rückwärts gemacht. Doch dann zog er flink die Beine unter sich und starrte mich aus der Hocke unter zusammengezogenen Brauen an. Ich hatte nicht nur zugegeben, dass ich kein Mensch war, sondern es auch noch bewiesen, nämlich indem ich ihn in hohem Bogen durch die Gegend geschleudert hatte. Erneut hob er seine Waffe.

»Ich habe sie getötet, bevor Sie aufgetaucht sind«, rief ich. »Krieg ich dafür keine Punkte?«

»Dass Sie *die* umgebracht haben, heißt noch lange nicht, dass Sie anders sind als die. Ihr hasst euch gegenseitig. Ihr bekämpft euch untereinander.« Er runzelte die Stirn. »In letzter Zeit allerdings weniger.«

Das lag daran, dass wir – ich meine *sie* – zu viel damit zu tun hatten, uns zu töten.

»Wissen Sie nicht, wer ich bin?«, fragte ich.

»Nein, aber das bekomm ich schon noch raus.« Schwertschwingend kam er auf mich zu. Ich verlor die Geduld und riss ihm mit meiner Supergeschwindigkeit das Schwert aus der Hand. Dann warf ich beide Waffen weit, weit weg.

Der Kerl griff nach seiner Kette und hielt sie hoch. Die Sonne glänzte auf einem Kruzifix. Jetzt, da ich näher dran war, konnte ich erkennen, dass alle Anhänger an seinem Hals irgendwie kreuzförmig waren, ebenso wie der Ohrring, der an einem seiner Ohren baumelte. Das erklärte auch das Feuer und den Rauch, als die Vampire es berührt hatten. Allerdings funktionierte dies nicht mit jedem beliebigen alten Kreuz. Es musste schon geweiht sein.

Ich streckte die Hand aus und drückte die winzigen Teile flach gegen seine Brust. Er zuckte zusammen, offenbar in der Erwartung, sich an den Flammen zu verbrennen, die mich nun einäschern würden. Aber …

Nichts geschah.

15

»Ich bin kein Vampir«, sagte ich.

Lügnerin.

Okay, ich war *jetzt* kein Vampir. Aber das brauchte er nicht zu wissen.

Der Mann wich zurück, und meine Hand blieb zwischen uns in der Luft hängen, doch vorher hatte ich noch einige Bilder in seinem Kopf aufflackern sehen.

Eine Kirche. Kerzen. Kreuze. Blut.

»Was für Wesen waren das?«

»Vampire.«

»So viel weiß ich selbst.«

Er hob die Augenbrauen. »Sie glauben mir?«

»Finden Sie es denn normal, mit einem Schwert im Kofferraum durch die Gegend zu fahren?«

»Für mich schon«, murmelte er.

»Für mich auch.«

Er sah mir in die Augen. »Sie haben so etwas schon mal gesehen.«

Er war keiner von uns, hatte keine Ahnung von der Föderation, vielleicht ahnte er nicht einmal, gegen was er da wirklich kämpfte. Er wusste nur, dass sie getötet werden mussten.

Früher hatte Sawyer neue Föderationsmitglieder *rekrutiert*, obwohl eigentlich, wie er sagte, gar keine Anwerbung nötig gewesen war. Die meisten von denen, die für das Licht kämpften, wenn nicht sogar alle, hatten das gewisse Etwas und konnten die Monster schon seit Jahren *sehen*.

Dass sie das überlebten, verdankten sie in der Regel einer übernatürlichen Fähigkeit, von der sie nichts wussten – oder sie gaben jedenfalls vor, nichts davon zu wissen, weil sie sie nicht erklären konnten. Sawyer vermochte diese Fähigkeiten bei anderen zu spüren. Er hatte mir mal gesagt, dass er in der Lage war, die Vibrationen von Sehern und Dämonenjägern auf seiner Haut zu empfinden.

Ich erinnerte mich an das merkwürdige Flattern in der Luft, als sich dieser Mann genähert hatte. War es das, was Sawyer gemeint hatte?

Sawyer hatte auch die Fähigkeit besessen, übernatürliche Kräfte zu wecken und ihren Trägern beizubringen, sie zu verfeinern, zu steuern und als Waffe einzusetzen. Offenbar verfügte ich über diese Gaben jetzt auch.

»Großartig«, murmelte ich. Das konnte ich nun am allerwenigsten gebrauchen: noch mehr zu tun. »Wie heißen Sie?«

»Wie heißen *Sie* denn?«

Allmählich fing er an, mir auf die Nerven zu gehen.

»Liz.« Ich streckte ihm die Hand entgegen.

Er versteckte seine hinter dem Rücken. »Bram.«

»Bram«, wiederholte ich. »Sie erwarten von mir zu glauben, dass ein Typ, den ich beim Einäschern von Vampiren antreffe, wirklich Bram heißt? Wie Stoker?«

Er hob das Kinn, und das Sonnenlicht, das von dem goldenen Kreuz in seinem Ohr reflektiert wurde, blendete mich. »Ich heiße Abraham.«

»Vor- oder Nachname?«

Er lächelte nur. Typen mit nur einem Namen! Mann, wie ich das hasste.

»Also, Abraham, wenn Sie mir nicht sagen, was das für Dinger waren, werden Sie Schwierigkeiten kriegen.« Ich hob eine Hand. »Ich weiß, dass es Vampire waren. Bitte genauer.«

»Warum hätten Sie ihnen die Köpfe abschlagen sollen, wenn Sie nicht wussten, was sie waren?«

»Enthaupten hat bisher immer ziemlich gut funktioniert.«

»Aber …« Verwirrung zeichnete sich auf seinem Gesicht ab. »Einen Draugr kann nicht jeder einfach so köpfen und töten.«

So kamen wir doch schon weiter.

»Was ist ein Draugr?«

»Altnordischer Vampir«, sagte Bram, starrte mir dabei allerdings immer noch ins Gesicht und suchte in meinen Augen nach irgendetwas, von dem ich nicht wusste, was es sein mochte. »Sie ruhen in den Gräbern von Wikingern und ergreifen von den Körpern der Toten Besitz.«

Wikinger. Wieder hatte ich richtig gelegen. Manchmal war ich so verdammt gut, dass es mir selbst Angst einjagte.

Trotzdem wollte ich lieber Ruthies Stimme hören, anstatt mich auf solche hellseherischen Vermutungen zu verlassen – auch wenn ich damit ins Schwarze traf. Eines Tages würde ich mal falschliegen, und dann müsste deswegen jemand sterben.

Nicht ich, nein. Aber jemand anders.

»Sie erzeugen Rauchfahnen«, fuhr Bram fort, »und ernähren sich vom Blut der Lebenden. Sie müssen geköpft werden, damit sie sterben.« Ich nickte. »Von einem Helden.«

Ich hörte auf zu nicken. »Häh?«

»Nur die Stärke eines wahren Helden kann sie töten.«

»Oh-kay. Wie genau ist *Held* denn definiert?«

»Wenn sie sterben, nachdem man sie enthauptet hat, ist man ein Held.«

»Und wenn nicht, ist man ein toter Versager.«

Er zuckte die Schultern. »Das Risiko musste ich eingehen.«

»Warum?«

Bram warf den Kopf so zurück, dass sein Ohrring funkelte. »Wie bitte?«

»Warum sind Sie das Risiko eingegangen?«

»Warum haben Sie es getan?«

»Es ist mein Job.«

»Sie werden dafür bezahlt …?« Er wies auf die Asche, die um unsere Füße geweht wurde.

»Nicht direkt.«

»Wie direkt?«

»Wir müssen darüber reden.«

Ich wollte keine Zeit verschwenden. Ich musste zur Spitze des Inyan Kara kommen. Aber ich konnte doch nicht zulassen, dass dieser Typ so herumlief und einfach Köpfe abschlug, nur weil er sich für einen Helden hielt. Die Föderation hatte verschiedene Aufgaben, und eine davon bestand genau darin: vielversprechende Talente in unsere Kreise einzuweihen.

Ich fuhr den Impala von der Straße, dann setzten wir uns nebeneinander auf die verbeulte Motorhaube und tranken schlückchenweise unser Wasser.

»Was wissen Sie?«, begann ich. »Über die …« Hier hielt ich inne, denn ich wusste nicht, wie ich sie nennen sollte, nur für den Fall, dass Bram noch ahnungsloser war, als ich dachte.

»Nephilim?«, fragte er.

Ich hob die Brauen, und er verzog die Lippen, brachte jedoch kein Lächeln zustande. »Die Nachkommen der gefallenen Engel. Halbdämonen, die sich als Menschen tarnen.«

»Woher wissen Sie das?«

»Ich war mal Priester.«

Ich blinzelte. Damit hatte ich nicht gerechnet.

»Und Sie sind keiner mehr?«

»Sehe ich etwa wie ein Priester aus?«

»Der Schein kann trügen.«

»Touché«, murmelte er und trank einen Schluck Wasser.

»Was ist passiert?«

»Sie haben mir nicht geglaubt.«

»Was haben Sie genau gesagt?«

Da war wieder das Zucken um seine Lippen. »Ich bin ursprünglich Priester geworden, weil meine Träume oft wahr wurden.«

Ich sagte nichts dazu. Das passierte mir ständig.

»Ich glaubte, Gott spräche zu mir«, sagte er.

»Vielleicht hat er das auch getan.« Wahrscheinlich hatte er das.

»Aber ich hatte auch Albträume von furchtbaren Kreaturen, die sich hinter den Gesichtern von Menschen versteckten.«

»Willkommen im Club«, murmelte ich.

Er schien neugierig geworden zu sein, fuhr jedoch mit seiner Geschichte fort. »Meine Familie war sehr religiös. Hellseher, Magie und Wahrsager waren da nicht so angebracht.«

»Warum?«

»Eine Hexe sollst du nicht am Leben lassen – schon mal gehört?«

»Klingt nach der Hexenverfolgung von Salem. Vor über dreihundert Jahren.«

»Ich habe es vor nicht ganz so langer Zeit gehört.«

Ich hatte es vor nicht ganz so langer Zeit getan, aber jetzt war wohl nicht der richtige Zeitpunkt, um das einzuräumen.

»Ich wurde vor die Wahl gestellt: Priesteramt oder …« Seine Stimme versagte, sein Blick wanderte in die Vergangenheit.

»Tod?«, schlug ich vor. Ich würde seine Eltern nicht am Leben lassen, wenn sie ihm das angedroht hatten. Ich hatte selbst Erinnerungen an solche *Hexenjäger*, die ich am liebsten ausgelöscht hätte. Das hatten Leute wie wir immer.

»Nein.« Bram seufzte und räusperte sich. »Psychiatrie.«

»Wie alt waren Sie da?«

»Vierzehn.«

Ich kniff die Augen zusammen. Ich war eine Waise gewesen –

oder zumindest hatte ich das geglaubt – und hatte viel Zeit an Orten und mit Menschen verbringen müssen, an die ich mich lieber nicht erinnerte. Aber je älter ich schließlich wurde, desto öfter stellte sich heraus, dass es offenbar auch nicht immer das reine Vergnügen war, Eltern zu haben.

»Sie sind mit vierzehn Jahren zum Priester geworden?«

»Seminar-Highschool, dann das Priesterseminar, dann …«, er machte eine vorwärtskreisende Handbewegung, um *und so weiter* zu sagen. »Ich dachte, die Träume würden aufhören, wenn ich mein Leben der Kirche widmete, denn offenbar war ich ja von einem Dämon besessen.«

»Aber sie haben nicht aufgehört, weil Sie von nichts besessen sind. Es ist eben eine Gabe.«

»Oder ein Fluch.«

Das hatte ich auch schon oft gedacht.

»Sie haben von den Nephilim geträumt, und dann sind sie gekommen?«

»Ich habe von jemandem geträumt, dann sah ich die furchtbaren Dinge, die er getan hatte und die er tun würde. Und dann sah ich das schreckliche Monster, das in ihm steckte.«

»Und dann?«

»Einen Tag, eine Woche oder einen Monat später war er da. Er sah nicht anders aus als jeder andere, aber sobald ich ihn sah, erinnerte ich mich. Und für einen winzigen Moment konnte ich den Dämon sehen, den er zu verstecken versuchte.«

Interessant. Die meisten Seher hörten eine Stimme oder hatten einen Traum. Aber mir ist noch nie einer untergekommen, der durch die Maske hindurchsehen und die Wahrheit dahinter erkennen konnte. Außerdem *sahen* die meisten Seher nur. Dämonenjäger kämpften. Jedenfalls war das so gewesen, bis sich in jüngster Zeit durch die großen Verluste aufseiten der Föderation alles verändert hatte. Ich war die Erste, die beides zugleich war.

»Was sind Sie?«, fragte ich.

»Ich bin Bram.«

»Nicht wer. Was?«

»Das verstehe ich nicht.«

»Ihre Eltern. Hatten sie … ungewöhnliche Fähigkeiten?«

Er straffte sich. »Nein! Ich bin keiner von denen.« Entsetzt verzog er den Mund.

Ich war mir ziemlich sicher, dass es doch so war. Er wusste es bloß noch nicht. Allerdings hatte ich nach dem ersten Flattern, das bei seiner Ankunft in der Luft gelegen hatte, nichts mehr gespürt. Nicht das Summen eines Nephilim, auch nicht das tiefere Brummen einer Kreuzung. Das war wirklich seltsam.

Ich streckte die Hand aus und strich mit den Fingerspitzen über seinen Arm. »Schon gut«, beruhigte ich ihn.

Früher hätte ich bei dieser Berührung ein Flüstern gehört, das mir gesagt hätte, um was es sich handelte. Jetzt spürte ich nur seine Angst, seine Einsamkeit und seinen Hass auf die Nephilim. Ich sah Bilder von Schlachten, von siegreichen und von solchen, die er fast verloren hätte. Doch ich hörte nichts außer dem heiseren Rasseln seines Atems.

Ich musste diesen Dämon in mir loswerden, und wenn ich ihn mir eigenhändig hätte herausreißen müssen.

Bram zog seinen Arm aus meinem Griff. »Was sind Sie denn?«

Ich suchte seinen Blick. »Was glauben Sie denn, was ich bin?«

Er sah mich von oben bis unten an, von meinen ziemlich struppigen dunkelbraunen Haaren bis zu dem edelsteinbesetzten Halsband, zur Flügelspitze des Phönix, die nur ein kleines Stück über meine Schulter lugte. Es war nicht ungewöhnlich, dass ein Mädchen in meinem Alter ein Tattoo im Nacken hatte. Brams Gesichtsausdruck ließ mich allerdings vermuten, dass er eine Ahnung hatte, wofür dieses besondere Tattoo gut war.

Er fuhr fort, mich zu mustern, und starrte auf den Türkis, der zwischen meinen ziemlich hübschen Brüsten hing. Die Röte, die ihm bei diesem Anblick über die Wangen kroch, legte die Frage nahe, wie lange er das Priesteramt schon hinter sich gelassen haben mochte.

»Bram?«, fragte ich. »Was glauben Sie, was ich bin?«

Er sah mir wieder in die Augen. Seine Pupillen waren so stark geweitet, dass von der dunkelblauen Farbe seiner Augen nichts mehr zu sehen war. Unwillkürlich wich ich ein Stück zurück. Er sah jetzt so dämonisch aus, dass ich schon fast erwartete, er würde die Hand ausstrecken und mir die Kehle herausreißen.

»Ich weiß es nicht«, sagte er langsam. »Ich glaube, Sie könnten alles sein.«

Wie recht er damit hatte.

16

»Es gibt noch mehr, die so sind wie Sie«, sagte ich. Eine winzige Notlüge.

Ich kannte niemanden, der auch nur annähernd so war wie Bram. Aber deshalb war er nicht weniger einer von uns. Es gab auch niemanden, der so war wie ich, aber gerade deshalb war ich die Anführerin in all diesem verdammten Durcheinander.

»Haben Sie die Dämonen gesehen?«, fragte er.

»Ich … äh …« – hatte sie gesehen, ja. Aber wenn ich ihm sagte, dass ich sie jetzt nicht mehr sah, würde er nur versuchen, mich umzubringen. »Ich bin ein sogenannter Dämonenjäger.«

Das war ich auch. Es war nur eben nicht alles, was ich war.

Schnell erklärte ich ihm, was die Föderation darstellte und wie sie funktionierte. »Ich glaube, Sie sollten bei uns einsteigen«, sagte ich.

»Ich steige nicht mehr so gern irgendwo ein.«

»Weil Sie aus dem Priesteramt ausgeschieden sind?«

Brams Blick wich meinem aus. »Ich bin nicht direkt ausgeschieden.«

»Rausgeworfen worden?«

»Nein.«

»Sie schwänzen?«

Da war es wieder, sein Beinahe-Lächeln. »Ich bin gegangen und nicht wieder zurückgekehrt. Aber ich glaube nicht, dass es jemanden kümmert. Ich bin sicher, dass sie mich exkommuniziert haben, sobald sie mein Fehlen bemerkt hatten.«

»Exkommuniziert? Warum das?«

»Ich … also … wissen Sie … ich hatte diesen Traum, und darin kam ein Mann vor. Aber er war kein Mann.«

»Das kommt mir bekannt vor.«

»Es war ein Priester.«

Oh-oh.

»Ein Monsignore, um genau zu sein.«

»Was hat er getan?«

Bram sah mir in die Augen. »Schreckliche Dinge.«

»Was haben Sie getan?«

»Ich bin zum Bischof gegangen, aber ich konnte ihm nicht erklären, woher ich wusste, was ich wusste.«

Ich hatte mich als Kind selbst in alle möglichen schwierigen Situationen gebracht, indem ich den Menschen erzählte, was ich so *sah*, wenn ich sie berührte. Schließlich hörte ich aber auf, darüber zu sprechen – bis Ruthie mich davon überzeugte, dass mein Fluch eigentlich eine Gabe Gottes war.

»Und weil Sie es nicht erklären konnten«, sagte ich, »hat man Ihnen auch nicht geglaubt.«

»Aber die Träume kamen wieder, und je mehr Zeit verstrich, desto schlimmer wurden sie. Also habe ich …« Er atmete tief ein und stieß dann hervor: »… ihn erstochen.«

Seine Entschlossenheit gefiel mir.

»Lassen Sie mich raten«, sagte ich. »Er ist nicht gestorben.«

»Erstechen war offenbar nicht die richtige Art, ihn zu töten.«

»Wie haben Sie denn herausgefunden, was die richtige Art war?« Ich konnte nicht fassen, dass er in seinen Träumen keine Hinweise erhalten hatte. Das machte auf mich einen etwas dilettantischen Eindruck. Aber das galt ja für so vieles.

»Er hatte Schmerzen und war ein bisschen neben der Spur. Er sagte, er hätte nur getan, was ein Incubus tun muss, um zu überleben.«

»Vollidiot«, murmelte ich.

»Er hielt mich für machtlos. Dachte, ich hätte nicht die Eier, es noch einmal zu versuchen.«

»Aber Sie waren nicht machtlos, und Sie hatten durchaus die Eier.«

»Und am Ende hatte ich auch seine.«

Ich kniff die Augen zusammen. Incubi sind Sexdämonen. Sie kommen in der Nacht und werden meist für harmlose Träume gehalten. Sie haben Sex mit ihren Opfern und saugen ihnen dabei die Lebensenergie aus, wie Vampire Blut saugen. Die Betroffenen bleiben blass und benommen zurück. Am Ende sterben sie, doch niemand weiß, warum.

Der Überlieferung zufolge war ein Incubus ein Mann, der Frauen aussaugte, und ein Succubus war eine Frau, die Männer aussaugte. Aber sie konnten auch bisexuell sein, wenn sie wollten. Und ich war überzeugt, dass die meisten wollten. Wenn man es mit einem Dämon zu tun hatte, der sexuelle Energie wie Kanapees vertilgte, dann konnte ich mir kaum vorstellen, dass man sich von etwas so Nebensächlichem wie der Sexualität aufhalten ließ.

»Was hat funktioniert?«, fragte ich.

»Ausweiden.«

»Das macht aber eine Menge Dreck.«

Bram lächelte zum ersten Mal, seit ich ihn kannte. »Jede Menge.«

»Wie haben Sie herausgefunden, auf welche Art Sie einen Incubus am besten töten konnten?«

»Ich habe doch nicht mein halbes Leben im Seminar verbracht, ohne dabei das eine oder andere über Dämonen zu lernen. Und auch wenn ich nicht mehr alles im Kopf hatte, so wusste ich doch noch, wo ich nachschlagen musste.«

»In einer Ausgabe von *Incubi für Dummies*?«

Er lachte kurz auf, was ihn mir nur noch sympathischer machte. Viele Menschen fanden mich einfach … nicht so witzig.

»Sie wären überrascht, was man in den staubigen Ecken einer Seminarbibliothek so alles findet.«

»Also wurden Sie exkommuniziert, weil Sie den Monsignore von innen nach außen gekrempelt haben?«

»Nein.«

»Was in Teufels Namen haben Sie denn noch angestellt?«

»Nichts.« Er hob eine Schulter und ließ sie wieder sinken. »Da.«

»Das sollten Sie mir lieber erklären.«

»Es gab keine Leiche.« Er klatschte in die Hände, dann bewegte er die Finger, als wollte er Regentropfen nachahmen, und flüsterte: »Zisch.«

»Asche. Das heißt, sie hatten nichts gegen Sie in der Hand.«

»Bis darauf, dass ich den Mann furchtbarer Dinge bezichtigt und ihn niedergestochen hatte und dass er dann verschwunden ist.«

»Und dann?«

»Bin ich weggelaufen.«

»Gute Entscheidung.«

»Sie suchen auch nicht nach mir. Ich war nämlich eine Schande. Der Priester, der glaubte, einen Dämon gesehen zu haben.«

»Sie haben einen Dämon gesehen. Wie konnte sich die Kirche weigern, das zu glauben? Sind die nicht selbst im Anti-Dämonen-Geschäft?«

»Das waren sie schon, ja. Aber böse Geister aus der Hölle gehören ins Mittelalter. Sicher gibt es das Böse, das müssen wir zugestehen, da wir es doch tagtäglich vor Augen haben. Aber Dämonen?« Er schüttelte den Kopf. »Zu weit hergeholt. Außerdem, was hätten sie dagegen tun sollen? Sollten sie die Nephilim etwa wegbeten?«

»Ich glaube kaum, dass das funktioniert.«

»Tut es auch nicht. Die Priester, die ich kannte, waren freundliche Männer voller Nächstenliebe und Hoffnung. Sie bringen es nicht fertig zu töten.«

»Und was ist mit Ihnen?«

»Ich habe die Wahrheit gesehen. Wieder und wieder und wieder, bis ich es nicht mehr fertigbrachte, sie nicht zu töten.«

Je länger ich mich mit diesem Kerl unterhielt, desto mehr wunderte ich mich darüber, was für einen riesigen Zufall es doch bedeutete, dass er hier aufgetaucht war und mir den Arsch gerettet hatte. In den letzten Monaten hatte ich gelernt, dass Zufall auch nicht mehr dasselbe war wie früher.

»Haben Sie die Draugr in einem Traum gesehen?« Er nickte. »Haben Sie auch mich gesehen?«

»Nein. Ich habe den Friedhof und die Wikinger gesehen. Sie griffen einen riesengroßen, bunten Vogel an, aus dessen Flügeln Feuer schoss.« Er runzelte die Stirn. »Haben Sie auch etwas in dieser Richtung gesehen?«

Ich zwang mich, nicht an dem Tattoo in meinem Nacken zu kratzen, das gerade furchtbar zu jucken begann. »Ich? Nein.«

»Zuerst dachte ich, es wäre ein normaler Albtraum. Das habe ich auch manchmal. Aber derselbe Traum kehrte Nacht für Nacht wieder, und wenn so etwas geschieht, muss ich handeln, weil ich sonst nie wieder einen Augenblick Ruhe finde.« Er neigte den Kopf zur Seite. »Ich frage mich, was für ein merkwürdiger Vogel das wohl gewesen sein mag.«

»Vielleicht ein Rotkehlchen.«

»Das war kein Rotkehlchen. Eher ein …« Er sah zur Sonne hinauf. »Donnervogel. Das würde auch in diese Gegend passen.«

»Warum denn das?«

»Die Sioux sagen, der Donnervogel ist riesig und vielfarbig, er hat Macht über den Sturm und gebietet dem Regen. Der Schlag seiner Flügel ist der Donner. Die Luft, die aus seinem Schnabel strömt, ruft die Wolken zusammen – und wenn der Donnervogel blinzelt, ist das Funkeln seiner Augen der Blitz.«

Das klang in meinen Ohren ziemlich eindeutig nach einem Phönix, aber viele Kulturen hatten ihre eigenen Versionen der jeweiligen Legenden.

»In den früheren Zeiten haben die Donnervögel Monster getötet«, fuhr Bram fort.

»Was auch heißt, dass sie selbst keine waren.«

»Alles kann zu einem Monster werden, wenn es nur will.«

Bram erinnerte mich an Xander Whitelaw, der Professor für Prophezeiungen am Indiana Bible College gewesen war: intelligent, gebildet und doch in vielerlei Hinsicht unschuldig. Dennoch hatte ich ihn auf die Suche nach Hinweisen auf den Schlüssel Salomos und das Buch Samyaza geschickt.

Großer Fehler!

Er hatte herausgefunden, wo sich der Schlüssel befand. Leider hatten die Nephilim anschließend *ihn* gefunden. Ich hatte immer noch Albträume davon.

Xanders Tod war ein großer Verlust gewesen. Er hatte so viel gewusst, und was er nicht wusste, das hätte er noch herausfinden können.

Mein Blick wanderte zu Brams festen Händen, seinen prallen Muskeln und der Ansammlung von Kreuzen. Er würde nicht so leicht zu töten sein wie Xander.

»Sind Sie sicher, dass Sie der Föderation nicht beitreten wollen?«, fragte ich.

»Na klar.«

So schnell wollte ich nicht aufgeben. »Wie wäre es mit freier Mitarbeit?«

Er hob eine Augenbraue. »Ich höre.«

»Haben Sie schon mal vom Schlüssel Salomos gehört?«

»Ich war ein Priester«, sagte er.

Ich interpretierte das als ein Ja.

»Den brauche ich.«

»Das Buch gibt es doch an jeder Ecke.«

»Das Original.«

»Davon gibt es nur eins.«

»Und das Buch Samyaza.«

Jetzt zog er die Brauen nach unten und runzelte die Stirn. »Das gibt es wirklich?«

»Wollen Sie es herausfinden?«

Langsam zeigte sich ein kleines Lächeln. »Warum eigentlich nicht.« Er nickte nachdenklich und sagte: »Ja. Ich habe immer noch ein paar Kontakte.«

»Eins noch.«

Ich griff nach seinem Arm, doch er zog ihn zurück. Anstatt mich angegriffen zu fühlen, war ich froh. Je weniger Vertrauen er hatte, desto besser. Ich wollte nicht eines Tages ein Zimmer betreten, in dem seine Einzelteile überall verteilt waren.

»Wenn die Nephilim wissen, dass Sie danach suchen …«

»… werden sie mich umbringen. Das versuchen sie ja auch schon die ganze Zeit.«

»Ich wollte sagen: *werden sie Ihnen folgen*. Und wenn Sie ihn finden, werden sie Sie töten.«

»Und dann nehmen sie ihn an sich und marschieren siegreich über die Erde«, fügte er hinzu.

»Ich möchte auf keinen Fall, dass so etwas passiert.«

»Geht mir genauso.«

Wir tauschten Handynummern und E-Mail-Adressen aus.

»Wohin waren Sie unterwegs?«, fragte ich.

»Und wohin Sie?«, fragte er zurück.

Ich beschloss, es ihm nicht zu sagen. Bram könnte noch auf

die Idee kommen, mich als Hexe zu verbrennen, wenn ich ihm erzählte, dass ich Geister beschwor.

»Ich weiß es nicht genau«, sagte ich.

»Ich auch nicht.«

Wir logen beide, und wir wussten beide, dass wir logen. Willkommen in meiner Welt – ich traute nur den Menschen, die sich als vertrauenswürdig erwiesen hatten, und manchmal nicht einmal denen. Es war eine traurige, elende und einsame Art zu leben.

Ich sah zum Himmel. Die Sonne sank schnell. Es war also unmöglich, den Alten heute noch zu finden. »Kennen Sie ein Motel hier in der Nähe?«

»Ich schlafe nicht in Motels.«

Ich sah ihn an. »Nie?«

»Ich wache nachts manchmal schreiend auf. Ein paarmal wurde schon die Polizei alarmiert. Seitdem schlafe ich lieber im Wagen.«

So viel zum Thema einsam, elend und traurig. Armer Kerl. Er hatte kein leichtes Leben gehabt. Ein Schwächerer wäre einfach durchgedreht. Aber Bram hatte das Selbstvertrauen, an seine Träume zu glauben, und dazu auch die Stärke, etwas gegen sie zu unternehmen. Wir brauchten mehr Leute wie ihn, doch sie waren schwer zu finden.

Zwar besaß ich jetzt Sawyers Gabe, Talente zu erkennen. Was ich hingegen nicht besaß, war die Zeit, die ganze Bevölkerung nach diesem gewissen Flattern abzusuchen.

Ruthie hatte das Sozialfürsorgesystem benutzt, um Kinder zu finden, die wieder und wieder aus Pflegefamilien geflogen waren, und zwar oft aus sehr seltsamen Gründen. Im Umfeld von Kreuzungen geschahen ständig merkwürdige Dinge – in der Regel waren sie tödlich, blutig und Furcht einflößend.

Aber Ruthie war nicht mehr da, und die Föderation hatte nicht genügend Ressourcen, um einen Mitarbeiter für die Leitung des Kinderheims abzustellen, das für so viele eine Erlösung gewesen war. Bei Ruthie wurde jeder geliebt, ganz egal was geschah. Bei ihr hatte ich mich zum ersten Mal wie ein Mädchen und nicht wie ein Monster gefühlt.

Ich stand da, strich mit den Fingern über die Beule in der Motorhaube und wünschte mir, mehr über Magie zu wissen. Wahrscheinlich könnte ich diesen Schaden mit einem Zucken der Nasenspitze beheben. Als ich mich wieder umdrehte, sah ich nur noch die leere Straße.

»Sie sind definitiv mehr als nur ein Mensch«, sagte ich.

17

Bevor ich in den Impala stieg, wusch ich mir mit dem Wasser aus einem der Kanister im Kofferraum das Draugrblut ab. So, wie ich aussah – als hätte ich den ganzen Tag über als Komparse in einem Quentin-Tarantino-Film mitgewirkt –, konnte ich unmöglich durch die Gegend fahren – schon gar nicht in eine kleine Westernstadt – und für die Nacht in einem Motelzimmer einchecken.

Ich zog das ruinierte limettengrüne Tanktop und den BH aus und stattdessen ein sauberes Oberteil an – diesmal in leuchtendem Rot. Vielleicht würde mich der Farbton ja aufputschen.

Ich kaufte Shirts, BHs und Unterwäsche immer tütenweise bei Walmart. Sie hielten selten lange genug, um abgetragen zu werden. Schon nach kurzer Zeit hatte ich gelernt, dunkle Jeans zu kaufen, auf denen zahllose fragwürdige Körperflüssigkeiten so gut wie unsichtbar wurden. Außerdem kaufte ich schwarze Turnschuhe, nachdem meine weißen zuerst beim Waschen rosa geworden und dann beim Bleichen auseinandergefallen waren.

Ich hatte gehofft, in Osage, der nächsten Stadt an dieser Straße, ein Motel zu finden. Doch dann stellte sich heraus, dass dieser Ort nur zwei- bis dreihundert Einwohner hatte und kein Motel brauchte. Glücklicherweise sah ich ein Werbeplakat für eine familienbetriebene Pension in der Nähe von Upton, auf dem mit einer Internetverbindung und kostenlosem Frühstück geworben wurde.

Ich zahlte bar. Zu viele Nephilim kannten meinen Namen. Die Föderation verfügte über ein großes Netzwerk – in jeder sozialen Schicht, auf allen Geschäfts- und Regierungsebenen saßen Mitglieder, die auf einen Anruf von mir jede Spur meiner Transaktion hätten löschen können. Aber die konnten mit ihrer Zeit und ihren Talenten auch Sinnvolleres anfangen. Außerdem verfügten die Nephilim über ein ganz ähnliches Netzwerk. Man wusste nie, wer die Information als Erstes bekommen würde – oder ob sie nicht sogar das Telefonat abfingen.

Obwohl ich die Anführerin des Lichts war, wusste ich nicht genau, wie viele Mitglieder die Föderation hatte, wer sie waren oder was sie taten. Ruthie war so plötzlich gestorben, dass sie mir nicht allzu viel hatte erklären können, und ich war zu sehr damit beschäftigt gewesen, die Apokalypse mit Händen und Füßen aufzuhalten, als dass ich einen Crashkurs in Sachen Föderationsverwaltung hätte belegen können.

Aber Ruthie hatte ihre Leute gut ausgebildet – bis auf mich –, und so waren sie es gewöhnt, selbstständig zu arbeiten. Sie machten einfach so weiter wie bisher, ohne dass ich Anweisungen geben oder sie führen musste. Und so war die Föderation, gemessen an den Umständen, verhältnismäßig reibungslos weitergelaufen.

Der Mann am Empfang sah aus, als wäre er gerade von einem dreiwöchigen Ausflug zum Fliegenfischen zurückgekommen. Sein Gesicht und seine Arme hatten die Farbe einer überreifen Erdbeere. Er musste etwa hundert Mückenstiche haben. Noch immer roch er nach Fisch, und ich hätte schwören können, dass einige Innereien von seiner Mütze baumelten.

Er hörte gar nicht auf, mich anzustarren. Ich fragte mich, ob ich wohl die erste Nicht-Weiße sein mochte, die dieses Jahr durch diese Tür gekommen war.

»Entschuldigen Sie …«, begann er.

»Ich stamme aus Ägypten«, sagte ich, um der üblichen Frage nach meiner Herkunft zuvorzukommen. Da sie mir in Milwaukee oft gestellt wurde – einer Stadt, in der etwa vierzig Prozent der Einwohner Afroamerikaner waren –, war ich sicher, dass sie hier erst recht zu hören sein würde.

»Oh. Äh. Gut. Ist das nicht nett? Ich wollte sagen, Sie haben da etwas hinter dem Ohr.« Er zeigte mit dem Finger darauf. Ich klaubte einen Klumpen Draugr-Matsch von meinem Hals und wischte ihn an der Jeans ab. »Pferdebremse«, sagte ich und hoffte inständig, dass es die in dieser Gegend auch gab.

»Mistviecher«, murmelte der Mann und spuckte einen braunen Schwall Tabaksaft in eine Tasse neben seinem Ellbogen.

Es war mir ein bisschen peinlich, dass ich geglaubt hatte, der Mann würde mich auf meine Hautfarbe ansprechen. Mein Leben lang war ich danach gefragt worden, und ich hatte es immer gehasst. Nicht etwa, weil ich nicht als Afroamerikanerin betrachtet werden wollte, Ruthie war ja immerhin eine, und ich wollte nichts lieber, als genau so zu sein wie sie – bis ich es dann auch geworden war.

Nein, es hatte mich gestört, weil ich nicht wusste, wer meine Eltern waren. Ich hatte keine Ahnung, warum ich so aussah, wie ich aussah, und ich wollte auch nicht daran erinnert werden. Nachdem ich später allerdings meiner Mutter begegnet war, wäre ich nur allzu gern zu diesem seligen Zustand der Unwissenheit zurückgekehrt.

»Woll'n Se sich Sehenswürdigkeiten ansehn?«, fragte der Mann.

»Hmm«, sagte ich und beäugte den Schlüssel in seiner Hand. Warum gab er ihn mir nicht einfach?

»Wenn Se das nämlich vorhaben, isses gut, dass Se nich weiß sind.«

Mein Blick schnellte vom Schlüssel zu seinem Gesicht. »Wie bitte?«

»Viele Orte hier sind für den weißen Mann verflucht.«

»Sicher.«

Er grinste und entblößte tabakfleckige Zähne. Warum um alles in der Welt tat jemand so etwas nur mit Absicht? »Man kann es den Sioux kaum verdenken, dass sie so angefressen sind.«

»Interessanter Standpunkt für einen Weißen.«

»Meine Ururgroßmutter war eine Lakota.«

Ich spitzte die Ohren; dieser Fluch wurde gleich viel interessanter. »Wirklich?« Ich hatte festgestellt, dass in Familienlegenden oft die Wahrheit überliefert wurde.

»Wirklich. Sie wissen, dass die Regierung dem Volk die Black Hills gestohlen hat?«

»Ich habe davon gehört, ja.«

Er grinste wieder sein scheußliches Grinsen. »Die Hügel heißen bei ihnen Paha Sapa und sind heilig. Im Vertrag von Fort Laramie wurde das Land den Sioux zugesprochen. Doch dann wurde dort Gold gefunden.«

»Und auf einmal erschien das Land, das gerade noch so nutzlos gewesen war, dass man es getrost den Indianern überlassen konnte, gar nicht mehr so nutzlos.«

»Sie kennen die Geschichte also?«

»Sie ist recht weit verbreitet. Auf Indianergebiet wird Öl gefunden, und – ta-daaah – schon ist es kein Indianergebiet mehr.«

Der Mann am Empfang nickte. »Die Weißen strömten nur so in die Black Hills. Custer leitete 1874 sogar eine Expedition. Er meißelte seinen Namen in die Spitze des Inyan Kara. Das sieht man heute noch: G. CUSTER '74. Meine Großmutter hat immer behauptet, das hätte den Berg verärgert. Seitdem sei jeder weiße Mann verflucht, der seinen Fuß auf den Inyan Kara setzt.«

»Glauben Sie auch daran?«

»Für Custer ist es jedenfalls nicht allzu gut ausgegangen.«

»Weil er ein Vollidiot war«, murmelte ich.

»Auch deswegen, ja«, stimmte der Mann zu. »Er hat die Streitkräfte aufgeteilt, seinen Gegner unterschätzt und sich umzingeln lassen. Dabei hatte er an der Militärakademie West Point studiert. Sein Abschluss war allerdings einer der schlechtesten seines Jahrgangs.«

Meine Achtung für diesen Mann wuchs. Ich hätte es besser wissen müssen und ihn nicht nach seinem Äußeren beurteilen sollen. Der Kerl kannte sich schließlich aus.

»Trotz der Proteste der Indianer«, fuhr er fort, »begannen die Weißen, nach Gold zu graben. Als sich die Sioux mit den Cheyenne zusammentaten und sie gemeinsam ein paar Leuten in den Arsch traten, behauptete die Regierung, die Sioux hätten den Vertrag gebrochen, und nahm ihnen die Black Hills wieder weg.«

»Gab es keinen Prozess um eine Entschädigung?«, fragte ich.

»Doch. United States versus Sioux Nation of Indians, 1980. Der Oberste Gerichtshof kam zu der Entscheidung, dass die Black Hills illegal konfisziert worden waren und ihr Wert von 1874 plus Zinsen an die Sioux ausbezahlt werden sollte – etwa hundertfünf Millionen Dollar.« Tatsächlich glitzerte es in seinen Augen verdächtig.

»Weiter«, drängte ich. Ich wollte den Rest der Geschichte fast ebenso dringend hören, wie er ihn erzählen wollte.

»Die Sioux nahmen das Geld nicht an. Sie wollten ihre heiligen Hügel zurück.«

»Aber das meiste davon war in National Parks aufgeteilt«, überlegte ich laut.

»Und ein paar State Parks. Dass sie ihr Land zurückbekommen würden … stand also gar nicht zur Debatte.«

»Und das Geld?«

»Liegt auf der Bank. Meine letzte Information ist, dass der Betrag inzwischen auf über siebenhundertfünfzig Millionen Dollar angewachsen ist. Die Sioux rühren es nicht an, obwohl sie zu den ärmsten Völkern dieses Landes gehören.«

»Und was ist mit dem Fluch?«

»Der bleibt so lange aktiv, bis die Hügel wieder zu dem Volk gehören.«

»Das könnte noch eine Weile dauern.«

Er nickte. »Deshalb ist es gut, dass Sie aus – was hatten Sie gesagt, Äthiopien? – stammen.«

»Ägypten.«

Der Empfangsmitarbeiter zuckte die Schultern.

»Was Sie mir allerdings noch nicht verraten haben: Glauben Sie denn, dass die Black Hills verflucht sind?«

»Vielleicht nicht alle. Aber der Inyan Kara …« Seine Augen blickten in die Ferne. »Ja, das glaube ich.«

»Warum?«

»Es gab viele Wanderer, die hinaufgestiegen sind und nie wieder herunterkamen. Merkwürdige Stürme, die aus dem Nichts kamen. Blitze aus heiterem Himmel. Sintflutartige Regenfälle und so. Allein im letzten Jahr gab es etwa ein Dutzend Knochenbrüche. Der Inyan Kara hat einen schlechten Ruf, und die Grundbesitzer lassen nicht mehr jeden auf ihr Land. Man muss eine Erlaubnis anfordern und sogar etwas unterschreiben. Gerichtsverfahren, Sie wissen schon.«

Die Geißel Amerikas: Gerichtsverfahren. Und Anwälte. Gegen Letztere sahen sogar Dämonen beinahe gut aus.

Beinahe.

»In meinen Ohren klingt das so, als läge der Berg in einem Schlechtwettergebiet mit vielen gefährlichen Abhängen und zahlreichen dämlichen Wanderern. Sie glauben doch nicht ernsthaft, dass der Berg einen Sturm hervorrufen kann, oder?«

Ich glaubte es nicht, denn ich wusste, was – oder wer – viel eher dazu in der Lage war.

»Wahrscheinlich nicht.« Er lächelte wieder. Wenn er mit dem Tabakkauen weitermachen wollte, sollte er das Lächeln wirklich besser lassen. »Aber es ist eine tolle Geschichte, nicht wahr?«

»Stimmt.«

»Wollen Sie noch immer zum Inyan Kara?«

»Ja. Wenn man Ihnen Glauben schenken möchte, müsste mich der Berg ja geradezu lieben.«

»Eins noch ...« Er wurde wieder ernst. »Die Leute behaupten, etwas gesehen zu haben. Einen ...«

Einen alten Mann? Einen jungen? Einen Geist? Ein Gespenst? Eine Erscheinung?

»Einen Kojoten.«

Ich wusste nicht, was ich darauf sagen sollte.

»Er ist groß«, fuhr er fort. »Manche glauben, er sei sogar teilweise ein Wolf. Außerdem ist er schwarz. Niemand hier hat jemals einen schwarzen Kojoten gesehen, obwohl man munkelt, dass es sie gibt. Manche behaupten, es sei ein Medizinmann, der seine Gestalt verändern kann.«

Ich lachte zwar, aber es klang gezwungen. Weil ich nämlich auch glaubte, dass es ein Medizinmann war, der seine Gestalt verändern konnte.

Doch es irritierte mich, dass er sich ausgerechnet in einen Kojoten verwandelte. Für die Navajo war es eine Beleidigung, jemanden als Kojoten zu bezeichnen. In ihrer Tradition stand dieses Tier für einen unehrenhaften Charakter, für jemanden, der hässliche Sachen tat und dem man nicht trauen konnte. Sie nannten den Kojoten *mah-ih*, den Streunenden. Das könnte vielleicht erklären, wie es einen Navajo-Schamanen ins Lakota-Land verschlagen hatte.

»Wenn Sie ihm begegnen«, sagte er eindringlich, »seien Sie vorsichtig. Es ist aggressiv. Manch einer hat das Tier für tollwütig gehalten und verfolgt, doch nie hat jemand, der ein Gewehr bei sich trug, auch nur eine Spur von ihm gefunden. Cleverer kleiner Scheißkerl. Er wird schon seit mehr Jahren beobachtet, als ein Kojote überhaupt leben kann. Ich persönlich glaube ja, dass da oben ein ganzes Rudel lebt.«

Zumindest wusste ich jetzt, nach wem – beziehungsweise nach was – ich Ausschau halten musste.

»Ich werde aufpassen«, sagte ich.

»Tun Sie das.« Der Mann warf den Schlüssel auf den Empfangstresen und zog sich durch eine Tür im hinteren Bereich in ein Zimmer zurück, aus dem der Fernseher tönte: »Willkommen beim Glücksrad!«

Eine neue Nacht, ein neues Motelzimmer, dachte ich, als ich vom Schlüssel Gebrauch machte. Dieses Zimmer unterschied sich kaum von dem davor. Graubraun. Feucht. Dunkel. Die einzige Farbe befand sich in dem abartig hässlichen Bild eines Pfaus, das über dem Bett hing.

Plötzlich wurde mir bewusst, wie müde ich dieser ganzen Sache war. Oder war ich einfach nur müde, und das Alleinsein machte mich depressiv? Ich konnte mich nicht erinnern, wann ich zuletzt allein in einem Motel übernachtet hatte. Womöglich noch nie.

Ich spielte mit dem Gedanken, Megan anzurufen. Aber dadurch hätte ich mich nur noch elender gefühlt. Es hätte lediglich dazu geführt, dass ich sie vermisste, die Kinder vermisste, die Bar und meine Wohnung – einfach alles, was ich in der Hoffnung zurückgelassen hatte, wieder dorthin zurückkehren zu können.

Langsam erwachte der Verdacht in mir, dass ich für den Rest meines Lebens nicht mehr als einen oder zwei Tage am selben Ort verbringen würde. Wie lang dieser Rest auch sein mochte.

Der Gedanke daran, mit Draugr-Überresten, die sich noch irgendwo an meinem Körper versteckten, einzuschlafen, trieb mich trotz der Erschöpfung in die wasserfleckige Badewanne.

Nur der Himmel wusste, wo sich sonst noch matschige Klumpen aus Blut und Asche verbergen mochten.

Als ich endlich fertig war, ging ich in das viel zu stille Schlafzimmer zurück. Mein Gesicht im Spiegel sah abgespannt und blass aus – für meine Verhältnisse jedenfalls. Auf jeden anderen musste es tief gebräunt wirken. Meine Augen schienen blauer zu sein als sonst, was vermutlich auf den gehetzten Ausdruck zurückzuführen war, der jetzt in ihnen lag.

Das edelsteinbesetzte Band um meinen Hals wirkte trügerisch. Hübsch und strahlend, wie es war, stand es in krassem Gegensatz zu der hässlichen Dunkelheit, die es unter Kontrolle hielt. Ich wollte diese Dunkelheit loswerden, zusammen mit dem verdammten Halsband. Doch ich wusste nicht, ob das überhaupt möglich war. So langsam beschlich mich der Verdacht, dass diese Dunkelheit jetzt ein Teil von mir war.

Der Türkis zwischen meinen Brüsten schien im Rhythmus meines Herzschlags zu pulsieren, mich zu rufen, zu hypnotisieren. Langsam hob ich die Hand und berührte ihn. In der Glasscheibe hinter mir bewegte sich etwas Dunkles ganz nah am Boden.

Ich fuhr herum, die Finger fest um den Türkis geschlossen. »Sawyer?«

Nichts.

Zutiefst enttäuscht ließ ich den Kopf hängen. Was hätte ich getan, wenn Sawyer wirklich im Zimmer gewesen wäre – als Tier oder als Mann?

Ich rieb mit dem Daumen über den grünlichblauen Stein, und er wurde wärmer – durch meine Hand oder durch Magie? Der Stein war eine Verbindung gewesen – jedenfalls früher, als Sawyer noch lebte. Jetzt war er nur noch ein Stein.

Als ich mich umdrehte, erstarrte ich.

Im Spiegel stand Sawyer.

18

Ich schloss die Augen und öffnete sie wieder. Er war immer noch da.

Es war keine Spiegelung. Er befand sich nicht im Zimmer, das hatte ich überprüft.

Nein, er war im Spiegel.

So hatte ich ihn seit seinem Tod nicht mehr gesehen. Besser gesagt, seit vor seinem Tod.

Ich wollte nicht mehr daran denken, wie er ausgesehen hatte, an einen Telefonmast gefesselt und mit herausgerissenem Herzen. Leider bekam ich nur selten, was ich wollte, und so hatte ich es trotzdem oft genug vor mir gesehen – wenn ich träumte und wenn ich wach war.

Seine Haut glänzte bronzefarben in einer Sonne, die ich nicht sehen konnte. Unter seiner Haut spielten die Muskeln in seinem Bauch, seiner Brust und den Armen und ließen die Tattoos tanzen. Sein schwarz glänzendes Haar fiel ihm offen über die Schultern, bewegt von einem Wind, der zu weit entfernt war, als dass ich ihn hätte spüren können.

Der Blick aus seinen grauen Augen brannte bei jeder Berührung. Ich hatte meine Kleidung in einem Haufen auf dem Badezimmerboden liegen lassen, genau wie das Handtuch. Und darum reagierte mein Körper unter seinem Blick so heftig, als würde er mich überall streicheln.

»Du fehlst mir«, flüsterte ich. Er hielt mir seine Hand entgegen.

Ich streckte den Arm aus. Fast fürchtete ich, dass Sawyer

verschwinden würde, wenn ich meine Hand auf das kühle Glas legte, so wie er damals nach seinem Tod verschwunden war. Stattdessen glitschten meine Finger durch die Scheibe, schienen auf dieser Seite zu verschwinden und auf der anderen wieder aufzutauchen. Sawyer schloss seine Hand um meine und zog mich in den Spiegel hinein.

Ich stolperte, und er fing mich auf. Er war warm und roch so gut – nach den Bäumen, der Erde und der Sonne auf dem Berg, nach *sich*. Ich wollte mein Gesicht überall an seinem Körper reiben, seine Haut an meiner Wange spüren, seine Haare auf meinen Augenlidern, wollte am liebsten mit seinem Duft verschmelzen.

Als ich durch den Spiegel ins Motelzimmer blickte, das bis auf meinen Seesack und die Schlüssel leer war, wurde mir schwindlig. Im Gegensatz zu dem Mondlicht, aus dem ich gekommen war, schien hier hell und warm die Sonne. An diesem Kontrast erkannte ich, dass der Ort, an dem ich jetzt stand, das genaue Gegenteil des Ortes war, von dem ich kam. Spiegelverkehrt sozusagen.

Ich wandte meine Aufmerksamkeit wieder Sawyer zu, voller Fragen, die über meine Lippen purzeln wollten. Er küsste mich.

Er schmeckte wie der Tag und die Nacht, wie Salz und Zucker, scharf und süß zugleich – und ich wollte ihn so lange schmecken, bis der Schmerz und die Angst und die Einsamkeit verschwunden waren.

Ich nahm sein Haar in meine Hände. Die ebenholzfarbenen Strähnen fühlten sich wie Mitternacht an – kühl und dunkel flossen sie über meine Handgelenke und verströmten den aus der Wüste aufsteigenden Duft der Berge und des Windes, wenn er das Wasser des Sees aufwühlte.

Er fuhr mit der Zunge die Kontur meiner Lippen entlang, und eine Gänsehaut lief mir über den Rücken. Mit den kräftigen

Strichen seiner festen, magischen Hände rieb er das Prickeln fort, dann strich er mir mit den Fingernägeln über die Schultern, und sofort richteten sich meine Härchen wieder auf.

Ich öffnete mich ihm und berührte seine Zunge mit meiner, rang mit ihr, neckte sie und schob sie wieder in seinen Mund zurück – nur um noch mehr zu schmecken. Ich ritzte ihm mit den Zähnen die Lippe auf und versuchte, Blut herauszusaugen, nur um zu sehen, ob es überhaupt möglich war.

Gespenster konnten nicht bluten, Geister und Erscheinungen ebenso wenig, das konnten nur Menschen. Aber Sawyer war in seinem Leben niemals einfach nur irgendetwas gewesen.

Würde er für immer verschwinden, wenn ich ihn zum Bluten brachte? Und wenn ich davon kostete, würde dann auch ich verschwinden? Dieses Risiko wollte ich nicht eingehen.

Meine kalten Hände auf seinem Hals ließen ihn erzittern. Ich strich mit den Handflächen über seinen Körper, wie er es bei mir getan hatte, und hinter meinen geschlossenen Augenlidern tauchten wie in einer Lasershow in Las Vegas die Bilder seiner Tiere auf. Ich konnte zu jedem dieser Tiere werden, wenn ich wollte. Ich musste sie nur berühren und mir die Verwandlung vorstellen.

Auch wenn es auf dem Inyan Kara noch einen Fellläufer gab, niemand konnte solche Macht haben wie Sawyer, oder solche Macht wie ich. Auf der ganzen Welt gab es niemanden wie uns.

Als er mir einmal gesagt hatte, wie ähnlich wir uns seien, hatte ich das bestritten. Die Vorstellung, so kalt, so sarkastisch, gefährlich und distanziert zu sein wie er, hatte mich abgestoßen. Jahrelang hatte mir Sawyer eine Heidenangst eingejagt. Vielleicht lag das daran, dass ich jedes Mal, wenn ich ihm in die Augen sah, ein Spiegelbild meiner selbst erblickte. Vor kurzer Zeit erst hatte ich erfahren, dass unsere Gemeinsamkeiten uns auf eine Weise miteinander verbanden, auf die ich mit niemandem sonst verbunden war. Nur mit Sawyer konnte ich jemals ganz und vollständig ich selbst sein.

Ich versuchte, seine Gesichtszüge zu erkennen, aber das Sonnenlicht, das durch die Fenster fiel, war zu hell. Ich kniff die Augen zusammen, und mit einem Wink aus dem Handgelenk ließ er unter gedämpftem Kreischen die Vorhänge über die Vorhangstange rutschen.

Es fiel gerade noch genug Sonnenlicht an den Seiten vorbei, dass ich mich im Zentrum seiner grauen Augen sehen konnte, festgehalten für immer.

»Was ist das?«, fragte ich. »Wo sind wir hier?«

Er antwortete nicht, und ich fragte mich allmählich, ob er es überhaupt konnte. War seine Stimme womöglich der Preis gewesen, den er hatte bezahlen müssen, um mich noch einmal berühren zu dürfen – wie bei Arielle, der Meerjungfrau? Was würde es mich kosten, dass ich ihn berührte?

Wie wäre es mit deiner Seele?

Ich fuhr zusammen. Hatte Summer ihre auf diese Weise verloren? Hatte sie den Schmerz über Jimmys unausweichlichen Verlust gespürt und gewusst, dass sie ihn retten konnte? Hatte sie sich von der Versprechung, dass er verschont werden würde, verlocken lassen? Sie brauchte nichts weiter zu tun, als ihre unsterbliche Seele zu verkaufen. Würde ich dasselbe tun, um Sawyer zurückzuholen? Würde ich es sogar für Jimmy tun?

»Küss mich«, flüsterte ich, »küss mich, und hör nicht mehr damit auf. Liebe mich und sag kein Wort.«

Ich wollte kein Flüstern mehr hören, nicht seins und schon gar nicht mein eigenes.

Zum Sex musste man Sawyer nicht zweimal auffordern. Sawyer *war* Sex. Die Verführung in Vollendung.

Er sank auf die Knie, wobei er mich mit Mund und Händen liebkoste. Seine Zunge umkreiste meinen Bauchnabel, seine

Zähne schabten über meine Hüfte. Er drückte den Daumen gegen die pochende Arterie in meinem Oberschenkel, dann senkte er den Kopf und seine Haare fielen über mein Knie, als er seinen Mund auf diese Arterie drückte und saugte.

Ich hatte das Gefühl zu fallen, doch seine Handflächen an der Rückseite meiner Beine gaben mir sicheren Halt, während seine Zeigefinger ganz leicht die Wölbung meines Pos berührten und die empfindliche Haut darunter sanft streichelten.

Ich stützte mich mit einer Hand auf seine Schulter, die andere legte ich auf seinen Kopf und drängte ihn weiterzumachen. Wer hätte je gedacht, dass mich der Druck von Lippen, die Spitze eines Zahns, die Berührung einer Zunge auf der Oberschenkelarterie fast zum Höhepunkt bringen könnten?

Er bewegte sich Zentimeter für Zentimeter weiter nach oben, doch ich ließ mich zu Boden sinken. Ich wollte ihn noch einmal küssen, damit dieser Moment anhielt. Wenn wir fertig waren, würde er verschwinden, und wie konnte ich denn wissen, ob ich ihn nach dem morgigen Tag überhaupt jemals wiedersehen würde? Der letzte Geist, den ich heraufbeschworen hatte, war per Express in die Ewigkeit abgedampft, gleich nachdem er mir gesagt hatte, was ich wissen musste.

Einerseits wünschte ich mir das für Sawyer auch, andererseits hatte ich Angst davor. Er verdiente seinen Frieden. Auch wenn Jimmy etwas anderes behauptete, er verdiente sogar den Himmel. Aber sobald Sawyer dorthin ging, war er für mich verloren. Ich glaubte kaum, dass er am Wochenende Ausgang bekäme, um mich in einem Traum zu beglücken.

Wir knieten dicht voreinander. Da wir fast gleich groß waren, passten unsere Körper ausgezeichnet zusammen. Seine Erektion berührte sanft die dunkleren Locken zwischen meinen Schenkeln. Der Berglöwe auf seiner Brust schien zu schnurren, als ihn meine Brüste streiften. Wir waren nur ein Flüstern weit voneinander entfernt, unser Atem vermischte sich. Wir ließen die Arme hängen und sahen uns aufmerksam in die Augen.

Ich leckte mir über die Lippen und berührte dabei seine mit der Zungenspitze. Im Mittelpunkt seiner unheimlich grauen Augen schien eine Flamme aufzulodern, und er hob eine Hand, legte sie fest auf meinen Nacken und presste unsere Münder aufeinander.

Mein Herz machte einen dumpfen Schlag und fing dann an zu rasen. Sawyer verspannte sich und zog sich mit einem Ruck zurück. Seine Augen loderten erst gelb, dann orange auf. Die Pupillen vergrößerten sich, nahmen die Form eines großen fliegenden Vogels an. Für einen kurzen Moment flackerte sein Gesicht – Mann, Vogel, Mann, Vogel.

Mit einem Zischen zog er die Hand weg und schüttelte sie aus, als hätte er sich verbrannt – obwohl ich keine Anzeichen dafür erkennen konnte. Als er den Blick wieder hob, hatten seine Augen erneut ihren wie gewöhnlich hellen Grauton angenommen.

»Die Verwandlung funktioniert in beide Richtungen«, murmelte ich.

Jetzt konnte nicht mehr nur ich seine Tattoos berühren und mich dadurch in das Tier darunter verwandeln, sondern auch er vermochte, zu dem Phönix in meinem Nacken zu werden, wenn er ihn berührte. Das wäre eine faszinierende Entwicklung – wenn er nicht tot wäre.

Ich starrte in Sawyers Gesicht, und er starrte in meines.

»Wie auch immer«, sagte ich und küsste ihn wieder.

Er lachte, und die Vibration flirrte über meine Haut, von meinen Lippen bis zu meinen Zehen hinunter.

Wir küssten uns lange. Er konnte mich das Hier und Jetzt vergessen lassen. Scheiße, er konnte mich sogar meinen eigenen Namen vergessen lassen. Zu schade, dass er mich nicht die Vergangenheit vergessen lassen konnte. Zu schade, dass er sie nicht für immer aus meinem Hirn vertreiben konnte.

Sein Mund wanderte über meinen Hals zu meinen Brüsten. Sawyer mochte ja zum Teil ein wildes Tier sein, aber er war dennoch auch ein ganzer Mann. So schön das Küssen auch sein mochte, irgendwann machte er dann doch den nächsten Schritt.

Ich umfasste sein Kinn, hob sein Gesicht und lächelte über seine Verwirrung. »Leg dich hin.«

Ein Stoß gegen seine Brust, das winzige Aufflackern eines Lichts und ein leichtes Verschwimmen meiner Konturen, als ich seinen Berglöwen berührte. Und dann fiel er zu Boden.

Ich wollte meine Lippen über seinen Körper wandern lassen, meine Wange an seiner Haut reiben, mir ihre Struktur und ihren Duft einprägen, obwohl ich ja wusste, dass ich für den Rest meines Lebens bei dem Geruch des Regens in den Bäumen Sawyer riechen würde.

Ich schloss die Augen und berührte seine flatternden Lider mit dem Mund, seine fein geschnittene Nase, die Spitzen seiner Wangenknochen und seines Kinns. Die Wölbung seines Halses schmeckte wie der erste Grashalm im Frühling – süß und säuerlich, grün und erdig –, nach Schmerz und Ekstase, nach Freiheit und Qual.

»Psst«, flüsterte ich in seine Haut, dann leckte ich über sein Wolfs-Tattoo, von der Spitze seiner zur Seite geneigten Schnauze bis zum Ansatz des gerollten Schwanzes.

Sawyers tief grollendes Knurren lockte meine Lippen hin zu seiner Brust. Ich wich dem Löwen in ihrer Mitte aus und konzentrierte mich auf die flachen braunen Kreise der Brustwarzen. Hier war seine Haut weicher und dunkler als sonst, und sie schmeckte auch weicher und dunkler. Als dürfte man feine belgische Schokolade kosten, nachdem man sich lange Zeit mit gewöhnlichen Schokoriegeln hatte begnügen müssen.

Ich spielte mit ihnen, bis die Spitzen hart wurden und sich aufstellten, dann reizte ich sie mit den Zähnen. Er griff mit den Händen in meine Haare und hielt meinen Kopf ganz fest, um mir zu zeigen, dass ich weitermachen sollte.

Ich fuhr mit der Zunge über seinen Rippenbogen, legte meine Wange auf seinen flachen Bauch. Ich spürte, wie sein Atem ein- und ausströmte und mich dabei hob und senkte, wie auf den Wogen des Meeres oder den Schwingen des Windes.

Mein Atem strich über seine Erektion, die sich daraufhin noch weiter aufrichtete. Ich lächelte, hob den Kopf und drückte ihm einen Kuss auf die weiche Haut, ließ meine Lippen lang und fest über sein Becken gleiten. Mein Gesicht schwebte über ihm, nur Zentimeter von der Stelle entfernt, wo er mich gerne haben würde. Sein Penis richtete sich mehr und mehr auf, fast berührte er schon mein Kinn. Dann tauchte ich hinab und leckte die Arterie in seinem Oberschenkel, wie er auch meine geleckt hatte.

Er bäumte sich auf – vor Lust oder Schmerz? –, und seine Fingernägel kratzten über den Teppich, als er die Hände zu Fäusten ballte. Ich lehnte den Kopf gegen sein eines Bein, während ich mit der Handfläche auf der Innenseite des anderen entlangfuhr. Dabei kreiste mein Zeigefinger durch die vereinzelten schwarzen Haare. Er hatte kaum Körperbehaarung, wie es bei den meisten Vollblut-Indianern der Fall war – jedenfalls hatte ich das gehört. Es waren ja nicht mehr viele übrig, die ich noch hätte fragen können.

Ich erforschte seine Knie, drückte erst die Daumen und dann die Zunge in die Vertiefungen. Als ich über die Sehne auf der Rückseite leckte und danach eine Hautfalte in den Mund nahm und daran saugte, hielt er den Atem an, als käme er gleich.

Ich hob den Kopf und dabei eine Augenbraue und beobachtete ihn, wie er tief einatmete – einmal, zweimal, noch einmal –, bevor sich ein Teil der Spannung löste.

»Beinahe«, sagte ich und ließ seinen Füßen die gleiche Aufmerksamkeit zukommen, drückte mit den Fingern mal hier und mal dort, spielte mit den Zähnen an seinen Zehen, bis er aufstöhnte.

Dann schob ich mich langsam wieder an seinem Körper hinauf und leckte über die Klapperschlange auf seinem Glied. Ich war nie ganz sicher gewesen, ob das ein Scherz war – wenn ja, wäre er typisch für Sawyer – oder ob es vielmehr dazu diente, ein gefährliches Raubtier sozusagen zu verhüllen.

Ich wollte mir mehr Zeit nehmen und ihn dafür belohnen, dass er so viel Geduld gehabt hatte, aber ich hatte so lange gewartet, hatte ihn so ausgiebig berührt, dass ich nur einmal langsam über den Schaft lecken und sanft seine Spitze in den Mund nehmen konnte, bevor er mich an den Ellbogen packte und zu sich heranzog, bis sich unsere Lippen trafen.

Jetzt war er wild – seine Zähne schnappten, packten und zogen erst an meinen Lippen, dann an meinem Hals und schließlich an meinen Brüsten. Das scharfe Ziehen, erst an der einen Brustwarze, dann an der anderen, löste als Reaktion ein Ziehen viel weiter unten aus. Ich fühlte mich so leer und wünschte mir nichts sehnlicher, als voll und ganz ausgefüllt zu werden.

Als ob er das wüsste, ließ er seine Hände von meinen Armen zu meinen Hüften und über meine Kurven gleiten, bis sie auf der Rückseite meiner Schenkel ruhten. Dann hob er sie an, schob sie auseinander und glitt dazwischen, an den warmen, feuchten Ort, der ihn schon erwartete.

Fordernd drang er in mich ein und füllte mich vollkommen aus. Ich schloss die Knie um seine Seiten und genoss den Ritt. Meine ausgestreckten Hände trafen auf seine, die nach mir griffen. Wir strebten dem Punkt entgegen, an dem wir explodieren und dann fallen würden.

Unsere Körper stießen zusammen – beinahe – und entglitten

einander – jedoch nicht ganz. Zusammen, auseinander, beinahe, nicht ganz. Und dann …

Endlich.

Unter dem Tasten unserer Finger und der Liebkosung der Daumen pressten wir unsere Hände aneinander. Ich sank auf seine Brust, drückte mein Gesicht an seinen Hals und atmete seinen Duft ein, den Duft seines Berges in der Wüste. Ich spürte seine Wärme, seinen Atem und seine Berührung. Erschöpfung lauerte dort, meine Augen waren so schwer – und ebenso meine Glieder.

»Ich will nicht einschlafen«, flüsterte ich und schob mich zur Seite, sodass sich sein Haar über mich ergoss und mich von der Welt abschirmte.

Wenn ich jetzt einschlief, würde ich drüben wieder aufwachen. Das wusste ich, ebenso wie ich um den Geschmack seiner Haut wusste. Wenn ich aber wach blieb, würde ich dann für immer hierbleiben – wo auch immer dieses *hier* sein mochte?

Was war mit der anderen Seite des Spiegels? Die Welt, die zu retten ich versprochen hatte. Der andere Mann, den ich liebte. Das Kind, das zu beschützen ich geschworen hatte. Beide Orte zerrten an mir, und meine Erschöpfung wurde immer größer.

Ich widerstand ihr, solange ich konnte. Ich lauschte auf Sawyers Atem, konzentrierte mich auf das gleichmäßige Ein- und Ausströmen der Luft, hörte dem leisen Klopfen seines Herzens zu – eines Herzens, von dem ich wusste, dass es jetzt ebenso reglos war wie Sawyer selbst – unter meinem eigenen. Ich wollte bleiben und musste doch gehen.

Irgendwann schwanden mir die Sinne, obwohl ich mit aller Macht dagegen angekämpft hatte. Als ich die Augen wieder öffnete, lag ich mit dem Gesicht nach unten auf dem leeren, einsamen, kalten Motelbett – mit dem Kopf am Fuß- und den Füßen am Kopfende. Mit den Händen hielt ich das Laken umklammert, mein Gesicht war heiß und schweißüberströmt, mein Körper bebte noch immer von dem Orgasmus, zu dem mich nur Sawyer hatte bringen können.

»Scheiße«, murmelte ich und drehte mich um, den Blick auf den Spiegel gerichtet.

War ich nun hier, oder bin ich doch dort gewesen?

Aber der Spiegel zeigte genau dieses Zimmer, die schwindende Dunkelheit hinter den Vorhängen, den nahenden Morgen. Ich hätte das alles für einen Traum gehalten, hätte auch gar nicht geglaubt, dass ich überhaupt durch den Spiegel gegangen wäre. Aber dann …

Zu meinen Füßen stand ein Wolf in allen Schattierungen von Mitternachtsblau, Schwarz und Violett – mit Augen, die so hellgrau waren, dass sie wie silberne Sterne zu leuchten schienen. Ein nicht vorhandener Wind bauschte sein Fell und wehte den Duft von Wasser, Bäumen und Erde durch den ganzen Raum.

Er wirkte so real wie ich selbst. Ich konnte nicht durch ihn hindurchsehen, seine Pfoten hinterließen kleine Dellen in der Steppdecke, sein Gewicht drückte das Bett unter ihm nieder.

Ich hielt den Atem an, wagte nicht zu glauben, dass er noch immer da sein würde, wenn ich den Blick vom Spiegel löste und mich umdrehte.

Dennoch tat ich es.

Der Wolf blieb, wo er war – unfassbar glatt und fest. Ich streckte die Hand nach ihm aus und fühlte die seidige Bewegung seines Fells. Doch meine Finger drangen durch ihn hindurch.

Und in diesem Augenblick verwandelte sich sein Körper in Rauch und verschwand.

19

Ich hätte geschworen, ihn noch immer riechen zu können – in den Laken und auf meiner Haut. Ich strich mit der Hand über die Stelle, an der er gestanden hatte, wollte seine Wärme spüren, wo er eben noch gelegen hatte, auch wenn sich das leicht mit meiner eigenen Körperwärme erklären ließ. Was sich aber nicht erklären ließ, war das winzige Zeichen, das ich dort fand.

Ich knipste die Nachttischlampe an und hielt meine Hand in den Lichtschein. In der Mitte meiner Handfläche lag ein Kojote, eingeritzt in einen Türkis – ein Totem, Fetisch, Amulett oder Talisman, wer weiß? Aber es war vorher noch nicht hier gewesen, und ich hatte es auch nicht mitgebracht.

Mein Blick fiel auf meinen Laptop, und im gleichen Atemzug sprintete ich schon quer durch den Raum und schaltete ihn ein. Ein paar Tasten- und Mausklicks später surfte ich im Internet nach der Antwort.

Mir waren auch vorher schon Amulette untergekommen, sie beschützten ihren Träger vor Gefahren. Talismane brachten Glück. Über Totems und Fetische wusste ich jedoch kaum etwas.

Ich überflog ein paar Websites. Totems wachten über eine bestimmte Personengruppe – normalerweise über eine Familie, einen Clan oder einen Stamm –, die Schnitzerei stellte den mit ihnen verbundenen Tiergeist dar. Totems wurden meistens von den Ojibwe verwendet, kamen jedoch auch in europäischen, afrikanischen und australischen Kulturen vor.

Ich fand heraus, dass die Ojibwe früher den nördlichen Teil des Mittleren Westens dominiert hatten und leicht etwas in dieser Art hier zurückgelassen haben könnten – wenn auch vielleicht nicht gerade auf meinem Bett. Ich erfuhr allerdings auch, dass sie ihre Totems offenbar nicht in Türkise geschnitzt hatten. Türkise kamen an einem anderen Ort vor.

Und zwar im Land der Navajo – auch im Land der Apachen, der Zuni und Pueblo. Aber da ich es mit ein paar Navajo-Fellläufern zu tun hatte, wollte ich fürs Erste von Navajo-Schnitzereien ausgehen.

Die Navajo schnitzten keine Totems, sondern Fetische, sie sprachen den unbelebten Objekten mystische Fähigkeiten zu. Den oberflächlichen Nachforschungen zufolge, die ich in den zehn Minuten im Netz anstellen konnte, verstärkte ein Fetisch die Kräfte seines Trägers. Diese Schnitzereien bewahrte der Schamane meist in seinem Medizinbeutel auf, um sie bei Zeremonien zu verwenden.

Fetische aus Türkis waren besonders mächtig, da der Türkis für die Navajo ein heiliger Stein war, der die Verbindung zwischen seinem Träger und dem Übernatürlichen verstärkte.

Ich rieb den winzigen Kojoten zwischen meinen Fingern. »Also werde ich dich ganz nah bei mir tragen.«

Als ich das Hotel schließlich verließ, war die Sonne gerade über die lange marineblaue Horizontlinie gekrochen und überzog die Violetttöne mit flüssigem Gold. Den Fetisch verstaute ich in meiner Jeanstasche. Ich hatte keine Ahnung, warum Sawyer ihn hier zurückgelassen haben mochte, war aber sicher, dass ich es bald herausfinden würde. Eines hatte ich gelernt, seit ich Anführerin des Lichts geworden war: Alles geschah aus einem Grund. Dieser Grund gefiel mir womöglich nicht, aber es gab ihn immer.

Ich hatte schon auf dem Zimmer einen Kaffee getrunken und damit alles wirklich Notwendige erledigt, sodass ich mir die Zeit sparen konnte, irgendwo zum Frühstück anzuhalten. Ich wollte nur noch den Alten finden und tun, was getan werden musste.

Knapp eine Stunde später näherte ich mich dem Inyan Kara. Bereits wenige Minuten, nachdem ich Upton hinter mir gelassen hatte, konnte ich den Berg am Horizont sehen. Das war allerdings auch keine Kunst, denn das Land, das ihn umgab, war flach und nur stellenweise mit niedrigem Gras bewachsen. Hier und da standen einige Gebäude – rot, weiß und grau –, und die Landschaft war mit Rindern gesprenkelt, kleine schwarze Punkte, die wie Fliegen aussahen.

Der Berg war von Privatgrund umgeben, und wie der Hotelangestellte angedeutet hatte, brauchte ich eine Erlaubnis, um dieses Gelände zu betreten. Also folgte ich dem Pfeil auf einem handgemalten Schild und erreichte am Ende eines trockenen, staubigen Weges ein Haus. Dort klopfte ich an die Tür und bat die ältere Dame, die mir öffnete, höflich um ihre Genehmigung.

Sie schürzte die Lippen und musterte mich von Kopf bis Fuß. »Sie wissen, dass der Inyan Kara über 3000 Hektar groß ist?«

»Ja.« Das stimmte zwar nicht, machte aber nichts. Ich hatte ja nicht vor, jeden Zentimeter des Berges so genau unter die Lupe zu nehmen, wie sie es gerade mit mir tat. Ich wollte nur Sani finden.

Sie trat auf die Veranda, wobei die zu einem dünnen grauen Zopf geflochtenen Haare hinter ihrem Rücken hin und her schwangen. Dann deutete sie mit ihrer von Altersflecken und blau hervortretenden Venen gemaserten Hand auf den Gipfel. »Der Kamm hat die Form eines Hufeisens, und in dessen Mitte liegt die Spitze. Er ist wirklich sehr steil. Die Spitze ist über tausend Meter hoch, dort wachsen weder Bäume noch Gras, es ist furchtbar glatt. Dazwischen liegt eine riesige, alte Schlucht. Seien Sie also lieber vorsichtig.«

»Jawohl.«

»Und kommen Sie am besten noch vor der Dunkelheit zurück.« Sie musterte meine nackten Arme. »Nach Sonnenuntergang wird es auf dem Inyan Kara nämlich kalt.«

Da ich nicht vorhatte, länger als bis zum Einbruch der Dunkelheit zu bleiben, fiel es mir nicht schwer zuzustimmen.

»Was woll'n Sie denn da oben eigentlich?«, fragte sie.

Ich konnte keinen klaren Gedanken fassen. Für einen Augenblick wusste ich nicht, ob ich ihr die Wahrheit sagen oder lieber eine Lüge auftischen sollte. Dann konnte ich mich nicht mehr daran erinnern, welche Lügen ich wem in letzter Zeit erzählt hatte – das alte Problem bei Lügen. Ich entschied mich also dafür, so nahe wie möglich bei der Wahrheit zu bleiben.

»Ich habe gehört, es soll dort schwarze Kojoten geben.«

»Dann gehören Sie also auch zu diesen Kryptozoologen? Erst letzte Woche war einer hier, der nach einer neuen Spezies suchte.«

»Genau«, sagte ich.

»Nur damit Sie's wissen: Keiner von denen hat jemals einen schwarzen Kojoten zu Gesicht bekommen.« Sie ging ins Haus zurück und schloss die Tür. Als ich mich zum Gehen wandte, murmelte ich: »Aber ich werde es.«

Ich fuhr so nah an den Berg heran, wie es mit dem Impala überhaupt möglich war, dann packte ich Wasser, Müsli, Cracker und eine Jacke in einen Rucksack. Ich überprüfte mein Handy, obwohl ich bezweifelte, dass ich dort oben Empfang haben würde. Trotzdem sollte man es immer dabeihaben, wenn es in die Berge geht.

Ich fand es etwas merkwürdig, dass niemand angerufen hatte – weder Jimmy, noch Summer, noch Megan oder Luther. Andererseits waren drei von ihnen vollauf beschäftigt, nämlich mit dem Baby aus …

Ich hielt inne. Gerade hatte ich *aus der Hölle* denken wollen, aber das war einfach zu gut möglich, als dass ich Witze darüber machen sollte. Ganz hinten in meinem Bewusstsein lauerte der Verdacht, dass Faith die Tochter der letzten Anführerin der Dunkelheit sein konnte. Nach allem, was ich wusste, konnte sie auch ihre Nachfolgerin werden. Oder sogar etwas noch Schlimmeres.

Ich stieg den Hang hinauf, der den einen Schenkel des hufeisenförmigen Bergkamms bildete. Die Rotkiefern spendeten willkommenen Schatten, während die Sonne immer höher an den Himmel kletterte. Einige Male musste ich schnell nach einem Ast greifen, um nicht auszurutschen oder sogar abzustürzen.

Oben angelangt blickte ich in den gähnenden Abgrund, dann richtete ich meinen Blick auf den Gipfel. Ich hatte zwar absolut keine Lust, dort hinaufzuklettern, aber ich würde alles tun, was nötig war, um diesen verfluchten Fellläufer zu finden.

Wenn er in der Nähe war – falls es ihn überhaupt gab –, müsste er wissen, dass ich hier war. Ich hatte nicht das Gefühl, dass mir jemand oder etwas folgte, doch das hieß noch lange nicht, dass da auch nichts war.

»Du bist doch eine Zauberin«, sagte ich zu mir. »Dann zauber doch mal was.«

Zu schade, dass ich nicht wusste, wie. Sawyer fehlte mir aus mehr als nur einem Grund. Er hatte mir so viel beigebracht, aber ich hatte auch noch so viel zu lernen.

Das meiste von dem jedoch, was ich über Magie wusste, hatte damit zu tun, dass ich mich der Kraft in mir öffnen musste. Ich musste mich auf das konzentrieren, was ich wollte, und daran glauben, dass es geschehen würde. Was gar nicht so einfach war, wie es klang.

Ich schloss die Augen, ließ meinen Geist zur Ruhe kommen und konzentrierte mich in seinem Zentrum auf das Bild eines Kojoten – eines schwarzen Kojoten – und dann … ich kann es nur so beschreiben, dass ich meinen Geist ausdehnte, meinen

Wunsch in die Welt hinaussandte und schließlich versuchte, diesen Wunsch wieder zu mir zurückzuholen.

Nichts geschah.

»Manchmal braucht man eben einen Zauber«, sagte ich. »Krötenaugen, eine geopferte Ziege.« Ich erschauerte. Manchmal steckte in einer Ziege keine Ziege, sondern ein Mensch. Ich hatte sowohl Menschen als auch Ziegen schon für die Magie sterben sehen. Beides hatte mir nicht besonders gefallen.

Da ich allein war und weder eine Ziege noch ein einziges Krötenauge in Sicht war, setzte ich mich auf einen hohen, flachen Felsen, leerte eine halbe Flasche Wasser in einem Zug und fragte mich, was zum Teufel ich jetzt tun sollte. Als ich die Flasche wieder absetzte, starrte mich aus ein paar Metern Entfernung ein schwarzer Kojote an.

Obwohl ich auf genau diese Erscheinung gehofft hatte, fühlte ich mich bei diesem Anblick doch unwohl. Ich war zwar keine Navajo, jedenfalls nicht von der Blutlinie her, aber ich war ein Fellläufer, was die Magie betraf. Ich hatte gelernt, dass der Kojote sowohl ein schlechtes Omen als auch ein Symbol für schwarze Magie war. Trotzdem brauchte ich seine Hilfe.

»Sani?«, fragte ich.

Der Kojote hechelte.

Wie der Motelangestellte gesagt hatte, war er groß. Womöglich war er auch wirklich zum Teil ein Wolf, aber wahrscheinlicher schien mir, dass er einfach teilweise ein Mensch war.

»Kannst du dich verwandeln? Ich habe kein Kojoten…«, ich suchte nach einem Wort, um zu erklären, was ich brauchte – eine Tätowierung, einen Umhang, etwas, das den Funken der Verwandlung entfachte. Dass ich überhaupt in Erwägung zog, mich in einen Kojoten zu verwandeln, zeigte nur, wie verzweifelt ich war. Sawyer zufolge tat man so etwas einfach nicht.

Das Tier neigte den Kopf so weit zur rechten Seite, dass er ihn fast verkehrt herum hielt. Ich seufzte. Wenn ich ein Wolf war – oder sonst was –, konnte ich zumindest einfache Sätze verstehen.

»Kannst du mich begreifen, was ich sage?« Er neigte den Kopf in die andere Richtung.

Was zur Hölle sollte das? Entweder konnte sich Sani nicht verwandeln, oder er wollte es nicht. Oder das hier war nicht Sani.

Wäre ich ein Kojote gewesen, hätten wir miteinander *sprechen* können. Als Tiere sprachen wir telepathisch miteinander. Aber dafür musste ich ein Kojote werden. Tiger konnten nicht mit Wölfen sprechen und Vögel nicht mit Kojoten.

»Warte einen Moment!« Ich sprang auf die Füße. Bei diesem Ausruf und der plötzlichen Bewegung wich der Kojote eilig zurück. »Ganz ruhig«, flüsterte ich.

Ich zog den Fetisch aus der Hosentasche und hielt ihn ins Sonnenlicht, das zwischen den Bäumen hindurchschimmerte. Der Kojote jaulte und eilte auf mich zu.

»Du glaubst, dass es funktioniert?«, fragte ich, doch ich wusste es bereits. Wozu sonst hatte ich es bekommen?

Wenn ich mich verwandeln wollte, musste ich vorher meine Kleider ausziehen. Ich sah den Kojoten aus zusammengekniffenen Augen an. »Ich gehe mal nicht davon aus, dass du so freundlich wärst, dich umzudrehen?« Er zog die Lefzen hoch und bleckte die Zähne. »Dachte ich mir.«

In den letzten Monaten machte es mir nicht mehr so viel aus, wenn mich jemand nackt sah. Aber ich war immer noch nicht besonders wild darauf, vor Fremden einen Striptease hinzulegen. Trotzdem, ich musste das jetzt hinter mich bringen, und zwar …

»Je eher, desto besser«, sagte ich und zog mir das Top über den Kopf.

Keine Minute später stand ich nackt im scheckigen Licht. Der Kojote zeigte ein zu großes Interesse an meinen Brüsten, um wirklich nur ein Kojote zu sein.

Ich schob mein Unbehagen jedoch beiseite und schloss die Hände um den Fetisch. Dann drückte ich den Stein in meine Handfläche und wartete auf den grellen Blitz, der die Veränderung einleitete. Die Sonne flackerte über meine nackte Haut. Die Schatten ließen mich zittern.

Ich schloss die Augen, konzentrierte mich, ließ meinen Geist ganz leer werden, öffnete mein Herz und streckte mich der Verwandlung entgegen.

»Das wird nicht funktionieren.«

Ich riss die Augen auf und suchte die Baumgrenze mit dem Blick ab. Nichts zu sehen, bis auf den Kojoten. Ich fuhr herum. Hinter mir auch nichts, nur der steile, waldige Kamm.

»Wer ist da?«

»Was glaubst du?«

Die Stimme klang tief und alt und hatte einen merkwürdigen Tonfall, den ich mit Menschen assoziierte, die nicht in ihrer Muttersprache sprachen.

Ich drehte mich wieder um. Immer noch war der Kojote außer mir das einzige lebendige Wesen in Hörweite.

20

»Ich brauche wohl nicht zu fragen, wer dich geschickt hat«, sagte er.

Ein sprechender Kojote. Großartig.

»Nicht?« Mehr brachte ich beim besten Willen nicht heraus.

Der Kojote sah an mir vorbei. »Wo ist Sawyer?«

»Genau genommen hat Ruthie Kane mich geschickt.«

»Ruthie«, er senkte die Stimme zu einem zärtlichen Flüstern. »Wie geht es ihr?«

»Tot«, entfuhr es mir.

Der Kojote jaulte, als hätte er eine Ladung Schrot in den Hintern gekriegt. »Unmöglich!«

»Nicht ganz.«

»Jemand mit Ruthies Kräften stirbt niemals wirklich.«

»Das ist wahr«, murmelte ich. »Sie ist zwar tot, aber sie …«, ich machte eine vage Handbewegung, »spricht noch.«

»Mit dir?«

»In letzter Zeit nicht mehr, nein.«

Wieder legte der Kojote den Kopf schief und musterte mich. Dann fiel sein Blick auf meine Brüste. »Du solltest deine Kleider wieder anziehen. Es ist …«, er neigte den Kopf in die entgegengesetzte Richtung, doch sein Blick blieb auf denselben Punkt gerichtet, »Jahrzehnte her, seit ich zum letzten Mal eine nackte Frau gesehen habe.«

Ich sah an mir herunter. Mist. Kein Wunder, dass er mich anstarrte. Schnell drehte ich mich um, erntete ein anerkennendes Knurren, das ich lieber ignorierte, und zog mich wieder an.

»Bist du Sani?«, fragte ich, als ich mich wieder zu dem Kojoten umdrehte.

»Ist das nicht der, den du suchst?«

»Eine Gegenfrage«, murmelte ich, »ist keine richtige Antwort.«

»Ich bin Sani«, sagte er und neigte den Kopf auf eine Art, die galant gewirkt hätte, wäre da nicht seine Schnauze gewesen. »Und wo ist nun Sawyer?«

»Er ist auch ein bisschen … tot.«

Spöttisch blies Sani die Luft aus den Nüstern. »Unmöglich.«

»Weißt du eigentlich, was *unmöglich* heißt?«

Der Kojote kniff die Augen zusammen. »Fellläufer sterben nicht.«

»Es sei denn, sie beschließen es.«

Das brachte ihn zum Schweigen. Für eine Minute wenigstens.

»Sawyer ist freiwillig gestorben?«

Ich nickte, weil ich befürchtete, meine Stimme würde brechen, wenn ich etwas sagte.

»Muss eine Frau gewesen sein.« Er musterte mich erneut. Wieder sagte ich nichts. »Wie bist du an diesen Fetisch gekommen, wenn Sawyer tot ist?«

»Magie.«

Sani schnaubte.

»Du bist ein sprechender Kojote und glaubst nicht an Magie? Da fällt mir ein: Warum bist du ein sprechender Kojote?«

»Früher, vor sehr langer Zeit, habe ich dem falschen Mann vertraut.«

»Da geht es dir wie hunderttausend Frauen pro Jahr«, murmelte ich.

Er ignorierte es. »Meine Heimat wurde mir gestohlen und mit ihr meine menschliche Seele.«

»Wie kann man denn eine menschliche Seele stehlen?«

»Indem man das Zeichen stiehlt, in dem sie ruht, während der Mensch die Gestalt eines Kojoten hat.«

»Das hier?« Ich hielt den geschnitzten Türkis hoch. »Du behauptest, Sawyer hätte deine Seele gestohlen?«

»Und meinen Berg.«

»Mount Taylor?« Der Kojote senkte die Schnauze. »Warum?«

»Weil er es konnte.«

Ich wollte schon widersprechen, aber das klang wirklich ziemlich nach Sawyer.

»Man hat mir gesagt, dass die Navajo Kojoten nicht vertrauen.«

Sani öffnete das Maul zu einem hundeartigen Grinsen. »Worauf willst du hinaus?«

»Warum hast du dich in einen verwandelt?«

»Im Gegensatz zu Sawyer haben einige von uns keine allzu große Auswahl, in was sie sich verwandeln können. Als Junge habe ich von dem Kojoten geträumt. Ich nahm die Gestalt meines Geisttieres an und auch die Magie, die es mir brachte.«

»Schwarze Magie«, sagte ich.

»Wir nehmen, was uns gegeben wird.«

»Oh, ich bin mir sicher, dass du sie genommen hast«, sagte ich und wusste auch genau, wie er es getan hatte. Ich hatte keineswegs das Recht, mit Steinen zu schmeißen, schließlich hatte ich selbst meine Magie ebenfalls für einen Mord erhalten.

»Was hat dich auf den Inyan Kara verschlagen?«, fragte ich.

»Ich wurde aus dem Dinetah, der Glänzenden Welt, verbannt, aus der Heimat, die ich liebte, und von dem Berg, auf dem ich geboren wurde. Irgendwohin musste ich ja gehen, und dieser Ort sprach mich an.«

»Soweit ich weiß, ist er auch magisch. Für die Sioux.«

»Magie ist Magie.«

Das war zwar nicht ganz richtig, aber ich beschloss, es durchgehen zu lassen.

»Hat das die Sioux nicht gestört?« Es hatte ihnen definitiv nicht gefallen, dass die Weißen überall auf ihren Bergen herumgelaufen waren.

»Ein wenig schon. Aber sie hatten größere Probleme als einen Navajo, der ihr Gelände unerlaubt betrat. Als sie endlich den Kopf freihatten, um sich mit mir auseinanderzusetzen, war ich bereits genauso Teil der Legende um den Inyan Kara wie sie selbst.«

»Seit wie vielen Jahren bist du schon ein Kojote?«

»Es sind nun mehr Jahre als die, die ich als Mann gelebt habe.«

»Ruthie hat gesagt, du könntest den Inyan Kara nicht verlassen.«

»Oft hat Ruthie recht.« Er hielt die Schnauze in einen hellen Sonnenstrahl, der durch die Bäume fiel, und schnupperte. »Das macht nichts.« Er schüttelte sich, als würde er bis ins Mark erschauern. »Kojoten sind scheu, und ich bin nun schon so lange einer, dass Menschen mich nervös machen.«

»Was ist mit mir?«

Er sah mich an, seine Augen waren so dunkelbraun, dass sie sich kaum von seinem schwarzen Fell abhoben. »Wir wissen beide, dass du kein Mensch bist.«

»Nicht? Was bin ich dann?«

»Da Ruthie zumindest früher zu dir gesprochen hat, vermute ich mal, dass du die derzeitige Anführerin des Lichts sein wirst. Und wenn ich mir die Tätowierung auf deinem Nacken so ansehe, würde ich sagen, dass du auch ein Fellläufer bist.«

Außerdem ein Dhampir, ein Vampir, ein Hellseher und ein Phönix, aber ich fand, dass er schon genug wusste, und zuckte deshalb nur mit den Schultern.

»Warum kannst du sprechen?«

Wenn er Fragen mit Gegenfragen beantwortete, konnte ich das genauso gut.

»Sawyer hat einen Zauber gewirkt, mich mit einem Fluch belegt.«

»Er hat dich zu einem sprechenden Kojoten gemacht? Warum?«

»Ich war ein Verstoßener. Ich passte nie irgendwo hin, zu nichts und zu niemandem. Ohne meine Seele konnte ich kein Mensch werden, aber ich war auch kein richtiger Kojote, denn ich konnte ja sprechen.«

Wow. Das nenne ich einen Fluch.

»Was hast du getan?«, fragte ich.

»Ich habe vertraut. Ich habe Sawyer alles beigebracht, was ich wusste, und er hat dieses Wissen gegen mich verwendet.«

An der Sache musste noch mehr dran sein. Aber was, wenn nicht? Was, wenn Sawyer so viel wie möglich von dem Alten gelernt hatte, um ihm dann seine Heimat zu nehmen und ihn auf den Inyan Kara zu verbannen, und zwar nur darum, weil er es konnte? Sawyer hatte schon eine Menge grenzwertiger Dinge getan. Sein Richtig-und-Falsch-Radar ging nicht besonders genau. Daran gab ich seiner Mutter die Schuld.

Andererseits …

»Wen hast du getötet?«, fragte ich.

Sani zog wieder die Lefzen hoch und bleckte die Zähne.

»Danach fragt man nicht.«

»Du vielleicht nicht.«

»Frag, was du willst, ich werde nicht antworten.«

Ich beschloss, dass es keinen Unterschied machte, was Sani getan oder wen er getötet hatte. Dennoch musste ich das in Angriff nehmen, weswegen ich hergekommen war: Sawyer heraufbeschwören, Antworten auf meine Fragen bekommen, und dann mit den Ergebnissen klarkommen. Über die Wahrheit konnte ich mir später noch Gedanken machen. Oder, da Sawyer tot war, überhaupt nicht mehr.

»Ich habe ihm gesagt, eines Tages würde er meine Hilfe brauchen«, murmelte Sani. »Und die einzige Möglichkeit, diese Hilfe zu bekommen, wäre, mir meine Seele zurückzugeben.«

Wieder hielt ich den Fetisch hoch. »Dies hier ist die Bezahlung.«

»Jetzt musst du mir nur noch sagen, wofür.«

»Ich will, dass du Sawyers Geist heraufbeschwörst.«

»Den kannst du selbst heraufbeschwören. Du musst einfach nur jemanden töten, den du liebst.«

»Das hab ich schon.«

Sein Blick nahm einen verschlagenen Ausdruck an. »Ruthie oder Sawyer?«

Bevor ich darauf hinweisen konnte, dass man danach nicht fragte, verriet mich mein Mund. »Ich würde Ruthie niemals etwas tun!«, fuhr ich Sani an.

Der Kojote öffnete den Mund zu einem breiten Grinsen. »Du gefällst mir immer besser, und das nicht nur wegen deiner Brüste. Erzähl mir mehr davon.«

»Nein«, sagte ich kurz. Ein Punkt, über den ich nicht sprechen würde, war Sawyer und die Umstände … wie ich ihn umgebracht hatte.

Sani stieß ein enttäuschtes Seufzen aus. »Wenn du jemanden geopfert hast, den du liebst, dann bist du ein Zauberer und ein Gestaltwandler, ein wahrer Fellläufer. Du kannst einen Geist heraufbeschwören.«

»Ich habe es versucht. Hat aber nicht geklappt.«

»Komisch«, murmelte Sani.

»Ich habe nie zuvor allein jemanden heraufbeschworen. Ich dachte, du könntest vielleicht zusehen und mir sagen, wann ich etwas falsch mache.«

Sani warf mir einen kurzen Blick zu. »Du weißt, dass manchmal eine Verstärkung der Kraft nötig ist?«

Ich wand mich. »Ja.«

»Du bist bereit, alles Nötige zu tun, um mit ihm zu sprechen?«

Diesmal zögerte ich nicht. »Ja.«

»Du liebst ihn wirklich.«

»Wenn ich das nicht täte, wäre ich doch nicht, was ich bin.«

»Okay.« Der Kojote lief auf die Bäume zu. »Komm mit.«

Wir stiegen zum Gipfel des Inyan Kara hinauf. Mehr als einmal kam ich in die Versuchung, mich in einen Phönix zu verwandeln und oben auf ihn zu warten, aber es erschien mir nicht fair, den alten Kojoten-Mann alleine dort hinaufklettern zu lassen.

Auf dem Gipfel gab es ein Plateau, das mit Felsen übersät und mit etwas trockenem Gras bewachsen war; das einzig Schöne an diesem Ort war die Aussicht.

In der Nähe ragten der Devil's Tower und der Bear Butte auf, und die Ebene schien sich bis in die Unendlichkeit zu erstrecken – leuchtendes Grün und staubiges Gold gingen irgendwann in ein weiß gesprenkeltes Neonblau über. Ich war wie hypnotisiert.

»Hast du etwas, das ihm gehört hat?«, fragte Sani.

»Verdammt.«

»Ich dachte, du hättest das schon mal gemacht.«

»Hab ich auch.« Beim letzten Mal hatte ich Sawyers Zahnbürste benutzt. Als der Zauber aber nicht wirkte, hatte ich sie vermutlich in die Wüste geschleudert.

»Hat er dir nie irgendetwas geschenkt? Oder war deine Liebe ganz und gar einseitig?«

Höchstwahrscheinlich war sie das. Sawyer liebte nicht. Nicht mehr. Aber er hatte mir etwas geschenkt.

Ich nahm den Türkis von meinem Hals, legte den Stein auf den Boden und zog einen Kreis darum herum. Sani nickte bestätigend. »Man kann nie wissen, wo die Toten gewesen sind, was sie getan, wen sie gesehen haben oder was ihnen angeboten wurde.«

Der Kreis würde den Geist gefangen halten. Wir konnten nicht einfach Geister heraufbeschwören und sie auf der Erde herumspazieren lassen – so wie Jacob Marley aus Dickens' Weihnachtsgeschichte.

»Jetzt ruf den Sturm«, befahl Sani.

»Was ist, wenn ich Hilfe brauche? Was, wenn meine Kräfte nicht ausreichen, um es allein zu tun?«

»Ich werde dir helfen.« Verlangen flackerte in seinen Augen auf.

Ich ballte die Hände zu Fäusten und zwang mich, nicht davonzulaufen. Sex verstärkte meine Kräfte noch, und wenn ich mehr Saft brauchte, war Sani sicher nur allzu bereit, mir zu helfen. Es gefiel mir zwar nicht, aber ich hatte darum gebeten und konnte mich jetzt nicht beschweren. Ich hatte gewusst, dass der Tag kommen würde, an dem ich es mit jemandem tun müsste, mit dem ich es nicht tun wollte. Offenbar war dieser Tag heute.

Kraft durchströmte mich und mit ihr Verzweiflung. Ich hasste es, zu Dingen gezwungen zu werden. Wut loderte auf, ich ließ mich von ihr mitreißen und warf die Hand zum Himmel empor. Die einzelne hellweiße Wolke öffnete sich und goss den Regen auf uns herab. Während der Regen fiel, wurde die weiße Wolke erst grau und dann schwarz.

»Nimm beide Hände«, befahl Sani.

Ich riss die zweite Hand in die Höhe, und Wind kam auf, wirbelte Staub und trockenes Gras auf, zerrte an Wolken über dem weit entfernten Horizont und zog sie mit hoher Geschwindigkeit auf uns zu. Sie verdunkelten die Sonne, dann rührte sich der Berg unter unseren Füßen.

»Donner!«, rief der Alte, und die Erde bebte. Ich war bis auf die Haut durchnässt, die Haare klebten mir am Kopf. Sanis Fell triefte. Innerhalb des Kreises quoll blubbernder Schlamm über meine Türkiskette, als wäre der Regen so heiß wie Lava.

Sani schmiegte sich an meine Beine, rieb sein nasses, muffiges Fell an meiner Hose, schnüffelte mit der Schnauze an meinen Schenkeln. Ich rang einen Ekelschauer nieder.

»Jetzt den Blitz«, flüsterte er, sein Atem war so nah an meinem Schritt, dass ich glaubte, aus meinen feuchten Jeans würde Dampf aufsteigen.

Ich streckte mich dem Blitz entgegen, fühlte, wie er knisterte und erstarb.

»Noch mal«, rief Sani.

Ich schloss die Augen und stellte mir vor, wie der Blitz den Himmel zerriss und in den Boden einschlug. Das Feuer würde lodern und erlöschen, der Rauch einen Vorhang bilden, und wenn der sich lichtete, würde Sawyer da sein.

Ich reckte meine Hände höher und höher, streckte mich mit aller Macht, die ich hatte, einem einzigen, einmaligen Aufleuchten entgegen.

Sssst!

Mit dem Regen fiel der Geruch abgebrannter Feuerwerkskörper vom Himmel, doch es kam kein Blitz. Ich ließ die Arme sinken, öffnete die Augen und gab die Wahrheit zu: »Ich kann es nicht.«

Sani knurrte und schlug die Zähne in meine Hand.

Der Schmerz, der mich nun durchflutete, war so heftig, dass ich auf die Knie fiel. »Was. Zur. Hölle. Soll. Das?«

Die Schnauze des Kojoten tauchte vor mir auf, er atmete tief ein, als versuche er, eine Witterung aufzunehmen … etwa die meiner Schmerzen? Dann leckte er über mein nasses Gesicht und legte den Kopf schief. »Keine Tränen?«

»Ich … weine nie«, brachte ich hervor. Außer bei Sawyers Tod. Weinen hatte mir nichts als Scherereien gebracht. Vor langer Zeit hatte ich gelernt, dass Weinen ein Zeichen von Schwäche war und dass die Schwachen nicht überlebten.

Meine verletzte Hand wanderte zu dem Silbermesser an meinem Gürtel, doch Sani packte meine Finger, bevor sie auch nur in seine Nähe kamen.

»Scheiße!« Die Wunden würden schnell heilen, doch die Schmerzen waren so schlimm, dass ich keuchte, selbst als er mich losließ.

»Meine Macht, kleines Mädchen, liegt im Schmerz.« Sein Atem strömte über mein Gesicht. Der Geruch meines eigenen Blutes drang mir in die Nase, und mein Dämon heulte auf. »Wenn du den Blitz herbeirufen willst, dann zeig mir deine Qualen.«

Ich biss die Zähne zusammen. »Nein.«

»Du hast gesagt, du würdest alles tun, was nötig ist.«

»Ich dachte, du meintest Sex.«

Er lachte. »Du hättest also lieber Sex, als zu weinen?«

»Wer denn nicht?«

Sein Lachen erstarb. »Ich bin nicht Sawyer.«

Sawyers Kräfte wurden durch Sex verstärkt – ebenso wie meine. Das war mir immer ziemlich krank vorgekommen. Bis ich diesen Typen hier getroffen hatte.

Seine Kraft lag im Schmerz, das könnte der Grund – oder zumindest einer der Gründe – dafür sein, dass Sawyer ihn verbannt hatte. Der alte Kojote hatte Glück gehabt. Sawyer hatte ihn nicht getötet. Hätte er es getan, wäre das jetzt allerdings ein ziemlich beschissenes Pech für mich. Wie viele echte Fellläufer liefen auf dieser Erde herum? Vermutlich nicht sehr viele.

»Also gut«, murmelte ich und schrie, als ließe der Schmerz in meiner Hand nicht mit jeder Sekunde nach.

»Sehr schön«, flüsterte er mit atemloser Stimme. Das gefiel ihm viel zu gut. »Jetzt versuch es noch mal mit dem Blitz.«

Ich reckte eine Hand in den Himmel, Sani kaute auf der anderen herum. Ich schrie. Aus den Wolken, aus denen immer noch der Regen strömte, brach der Blitz hervor und schlug so dicht neben uns in den Boden ein, dass meine Kopfhaut prickelte.

Der Berg erzitterte. Ozon brutzelte. Rauchschwaden stiegen von dem schwarzen Flecken Erde auf, und als sie sich verzogen hatten …

… lag noch immer nur der Türkis im Kreis.

21

Sani ließ meine Hand los, und bevor ich mich unter Kontrolle hatte, zuckte mein Handgelenk. Der Kojote flog ein paar Meter und knallte gegen einen Baum.

»Upps«, sagte ich.

Er kam auf die Füße und schüttelte den Kopf, wobei er ein wenig zur Seite taumelte. »Mach das nicht noch mal.«

»Ich dachte, du magst Schmerzen.«

»Nicht meine eigenen.«

Der Regen hörte auf. Die Wolken wurden von einem heißen Wind davongetragen. Der Donner verzog sich zusammen mit den Überbleibseln des Gewitters in den Osten.

»Wo zur Hölle ist Sawyer?«, wollte ich wissen.

Noch ein wenig wackelig auf den Beinen lief Sani zu dem Türkis hinüber. »Das hätte eigentlich funktionieren müssen.«

»Hat es aber nicht.«

Er hob den Kopf. »Bist du wirklich sicher, dass er tot ist?«

»Ja.« Ich runzelte die Stirn.

Und auch wieder nicht.

»Du klingst aber nicht so sicher.« Er kniff die dunklen Augen zusammen. »Was ist passiert?«

»Er ist verschwunden.«

»Hat sich einfach in Luft aufgelöst?«

»Vielleicht.« Ich hatte sein Verschwinden nicht direkt gesehen.

Sani fluchte in einer Sprache, die ich nicht verstand. »Er lebt.«

Bei diesen Worten machte mein Herz einen Satz, obwohl ich wusste, dass sie nicht wahr sein konnten. »Das kann nicht sein.«

»Warum nicht?«

Ich klatschte in die Hände und erhielt einen Donner als Antwort, denn mit einer knappen Bewegung aus dem Handgelenk ließ ich einen nahe stehenden Baum laut krachend umstürzen. »Darum nicht.«

»Natürlich«, murmelte er. »Du hast deine Kräfte durch seinen Tod erhalten. Du hättest sie nicht, wenn er nicht wirklich tot wäre.«

Er klang erleichtert. Ich fragte mich, was Sani Sawyer während seiner Ausbildung angetan haben mochte. Womöglich war das, neben Sanis Kenntnissen der schwarzen Magie, auch der Grund, aus dem Sawyer ihn verflucht hatte.

»Wäre er im Jenseits«, fuhr Sani fort, »in dem Land im Norden und unter der Erde, wäre er dazu gezwungen, im Kreis zu stehen und die Fragen desjenigen zu beantworten, der ihn heraufbeschworen hat.«

»Aber er war nicht da. Was bedeutet das jetzt?«

Der Kojote ließ sich schnüffelnd zu Boden sinken und legte den Kopf auf die Pfoten. Ich hob den Türkis auf und zog mir die Kette über den Kopf.

Sani hob die Schnauze. »Hast du von ihm geträumt?« Ich fuhr zusammen. »Also ja.«

»Und? Ich habe ihn geliebt. Ich habe ihn getötet. Warum sollte ich da nicht von ihm träumen?«

»Was für Träume?« Ich wandte den Blick ab, doch Sani hatte die Wahrheit schon gesehen. »Erotische Träume.«

Ich zuckte die Schultern. »Es ist eben Sawyer.«

»So macht er es also.« Mit einem Satz war der Kojote auf den Pfoten, sein Fell sträubte sich.

»So macht er *was*?«

»Fellläufer haben eine Affinität zu Geistern. Manche behaupten, sie hätten Sex mit den Toten.«

Das hatte ich schon einmal gehört. Damals hatte es mir kein Stück besser gefallen.

»Was sagst du da?«, fragte ich.

»Dass zumindest ein Fellläufer Sex mit den Toten hatte.«

Mir drehte sich der Magen um. Er meinte mich.

»Sawyers Kraft beruht auf Sex«, sagte er. »Vermutlich hast du ihm früher dabei geholfen, seine Magie zu verstärken.«

Da ich dazu wohl nichts mehr sagen musste, sagte ich auch nichts dazu.

»Jetzt verstärkt er seine Magie, indem er in deine Träume eindringt.«

»Er ist aber tot. Wie kann er da irgendwas verstärken?«

»Wie oft ist er zu dir gekommen?«

»Drei Mal.« Soweit ich wusste.

»Ist er mit jedem Mal realer geworden?«

Ich dachte an seinen ersten Besuch, als ich ihn überhaupt nicht hatte sehen können, ihn nur gespürt hatte, und dann an die letzte Nacht, als er lebendig genug gewesen war, um mir einen Türkiskojoten zu hinterlassen.

»Ja«, sagte ich.

Sani nickte. »Er ist zwischen den Welten.«

»Was soll das heißen?«

»So etwas gelingt nur den mächtigsten Zauberern, und auch nur, weil zwischen euch eine Verbindung besteht, die über die Grenzen des Irdischen hinausgeht. Doch für diesen letzten Schritt wird er mehr Unterstützung brauchen.«

»Unterstützung«, wiederholte ich. »In Form von noch mehr Traumsex?«

»Kann nicht schaden.«

O doch, das konnte es. Jedes Mal, wenn ich nachts davon träumte, Sawyer zu berühren, und am nächsten Morgen allein aufwachte, tat es weh. Verdammt weh.

»Wenn ich das tue«, also es mit ihm tue, »wird Sawyer schließlich zurückkommen?«

»Du wirst dabei Hilfe brauchen.«

»Deshalb bin ich ja hier.«

»Mehr als ich dir geben kann.«

»Aber …«

»Sawyer steckt zwischen den Welten fest«, sagte er wieder. »Wenn er zu dir kommen könnte, hätte er es bereits getan.« Sani deutete auf den verblassenden Kreis in der Erde.

»Wer kann mir helfen?«

Der Kojote gähnte ausgiebig. »Zuerst ist eine Bezahlung fällig.«

Ich sah ihn scharf an. »Welcher Art?« In meiner Welt wurden Zahlungen selten in einer Währung eingefordert, die mir gefiel.

»Sawyer hat dir diesen Fetisch aus einem Grund hinterlassen, mein Kind.«

»O ja, richtig!« Ich griff in meine Tasche und zog den Türkiskojoten heraus. »Ähm, hier.« Ich legte das Symbol auf meine Handfläche und streckte die Hand aus. Als Sani näher kam, musste ich mich zwingen, sie nicht zurückzuziehen.

Doch er sog den Stein nur durch die Schnauze ein und hinterließ eine Spur Schnodder auf meiner Hand. Ich sah ohnehin so furchtbar aus, dass es kaum noch etwas ausmachte. Eine Sekunde später war der Himmel mit silbernem Licht erfüllt, und dann stand ein Mann vor mir.

Er war vielleicht achtzehn oder zwanzig Jahre alt und hatte tiefschwarzes Haar, das lang genug war, um die Rundung seines nackten Hinterns zu streifen. Seine Haut war über und über bronzefarben, seine Muskeln von den Jahren, in denen er auf vier Pfoten unter den Bäumen herumgerannt war, lang und schlank. Sein Gesicht war faltenlos, unter den breiten Wangen lagen kräftige Knochen, und seine Augen waren ebenso schwarz wie seine Haare.

»Warum nennt man dich den Alten?«, fragte ich.

»Weil ich es bin.« Ich hob eine Braue. »Fellläufer altern nicht.«

»Sawyer war früher ein Kind.« Jedenfalls hatte er das behauptet. Ich war nicht ganz sicher, ob ich das glauben sollte.

»Aber er war jahrhundertelang ein junger Mann. Wir werden zwar wie Menschen geboren, doch unsere Entwicklung ist magisch. Es liegt in unserem Blut.«

Wenn ich an Faith dachte, schien er recht zu haben. »Und dann?«

»Wir hören auf zu altern, wenn wir unsere Magie erhalten.«

Mord machte uns also nicht nur zu Zauberern, sondern brachte uns auch die ewige Jugend. Ich konnte schon verstehen, warum das für manche nach einem verdammt guten Deal klang. Für manche vielleicht, aber nicht für mich. Leider hatte ich in diesem Punkt keine Wahl gehabt.

»Wirst du den Berg nun verlassen?«, fragte ich, besorgt, dass ich womöglich gerade eben einen richtig miesen Typen wieder auf die Welt losgelassen hatte – auch wenn ich in diesem Fall ebenfalls keine Wahl gehabt hatte.

Sani starrte auf den Türkiswolf zwischen seinen Fingern, dann lächelte er und hob sein Gesicht zur Sonne empor. Er jaulte, ganz wie ein Kojote, und Sekunden später tauchte im Schatten der Bäume ein graues Weibchen auf. Ihre rehbraunen Augen waren auf Sani gerichtet, doch sie wirkte keineswegs ängstlich.

Er trat zu einem großen, flachen Felsen hinüber, grub ein Loch und legte den Türkis hinein. Dann füllte er das Loch wieder auf. Er fuhr mit der Hand über die aufgewühlte Erde und murmelte einige Worte in Navajo. Die Erde glättete sich, und wie im Frühling spross Gras heraus. Ich wusste so vieles nicht über das, was ich war.

»Nein«, sagte Sani.

Ich brauchte einen Augenblick, bis mir meine Frage wieder einfiel. »Du bleibst?«

Er sah zu dem Kojoten unter den Bäumen hinüber, und sein Blick wurde weicher. »Vorerst.«

Die Worte *solange sie lebt* blieben ungesagt. Ich schluckte, plötzlich war mein Hals wie zugeschnürt. Liebe tat weh.

Sani beugte sich vor und legte seine Hand auf das frische Gras. Seine Umrisse begannen zu schimmern, und mit einem Lichtblitz wurde er wieder zum Kojoten. Seine Gefährtin kam aus dem Wald angetrabt und sprang ihm auf den Rücken, dann legte sie sich hin und präsentierte ihm ihren Bauch in vollendeter Unterwerfungshaltung. Sie hatte sich offenbar nie darum geschert, dass er anders war, kein richtiger Kojote. Wahre Liebe kümmerte sich nicht um so etwas.

Sie liefen davon. »Hey!« Ich stieß einen Pfiff aus. »Du …!«

Sani blieb stehen und stupste seine Gefährtin mit der Schnauze an. Sie verschwand zwischen den Bäumen, und er trottete zu mir zurück.

»Hast du nicht was vergessen?«, fragte ich. Er legte den Kopf schief. Ich zeigte auf den Fels, in dem sein Fetisch vergraben lag. »Ich habe gezahlt, jetzt rede auch.«

Einen Augenblick lang befürchtete ich, dass Sani seine Sprache verloren hatte, nachdem er das Zeichen erhalten hatte. Aber einmal sprechender Kojote, immer sprechender Kojote, vermutete ich. Jedenfalls sprach er: »Du musst jemanden aufsuchen. Aber das wird nicht einfach werden.«

»Wow, nicht einfach«, sagte ich mit ausdruckslosem Gesicht. »Das ist ja mal was ganz Neues.«

Er ignorierte mich. Offenbar aus Altersweisheit.

»Wenn du Sawyer immer noch zurückholen willst, dann gibt es nur einen Mann, der weiß, wie das möglich zu machen ist.«

»Wer ist es, und wo finde ich ihn?«

»Du findest Mait in einer alten Kirche in der Nähe von New Orleans.«

New Orleans. Der perfekte Ort für jemanden, der Geister heraufbeschwören kann.

»Was heißt denn *in der Nähe*?«

»In den Honey-Island-Sümpfen. Suche nach Kreuzungen.«

»Kannst du etwas genauer werden?«

»Nein. Aber ich glaube kaum, dass es viele verlassene Kirchen gibt, die an Kreuzungen stehen, und noch dazu im Sumpf.«

»Na hoffentlich«, murmelte ich. »Also ist der Typ ein Bokor?«

»Er ist zwar aus Haiti gekommen, vor Urzeiten schon, aber er ist kein Voodoo-Priester. Eher ein magischer Leibwächter, benannt nach Mait-Carrefour – dem Gott der Magier. Er bringt Unglück und herrscht über die Dämonen der Nacht.«

»Was ist er?« Fragend hob ich die Hände. »Ein Voodoo-Geist? Ein Gott?«

»Ich weiß es nicht. Er beschützt Dinge. Er übt Magie aus. Ich habe auch gehört, dass er ein Totenbeschwörer sein soll.«

Ich hob die Hände noch ein Stück höher.

»Ein Hexer, der die Toten herbeirufen kann, normalerweise für Prophezeiungen, manchmal mithilfe der Eingeweide der Verstorbenen.«

Ich konnte es kaum erwarten, diesen Mann kennenzulernen.

»Wie macht er das alles?«, fragte ich.

»Er benutzt ein magisches, prophetisches Buch.«

Ich erstarrte. »Was für ein Buch?«

»Ein Grimoire.«

Der Schlüssel Salomos. Sollte tatsächlich einmal etwas einfach sein?

»Die darin enthaltenen Zaubersprüche enthüllen Mysterien, die die Grenzen des menschlichen Verstandes überschreiten.

Außerdem stehen darin Hinweise, wie der bevorstehende Krieg zwischen Gut und Böse gewonnen werden kann. Man sagt, ein Dämon habe es seinen Nachkommen hier auf der Erde diktiert. Mait hat es immer bei sich und beschützt diese Geheimnisse mit seinem Leben.«

Ein kühler Wind schien über den Berg zu wehen, obwohl nicht das kleinste Lüftchen die Zweige bewegte.

Das war doch nicht der Schlüssel Salomos, sondern das Buch Samyaza.

»Woher weißt du davon?«, fragte ich.

»Ich bin ja nicht völlig von der Welt abgeschnitten.«

»Aber du hast nicht gewusst, dass Ruthie und Sawyer tot sind.«

»Ich stand nicht unbedingt mit der Seite des Lichts in Kontakt.«

»Aber die Mächte des Untergangs hätten dich doch sicher voller Begeisterung darüber informiert, dass wir sowohl unseren Anführer als auch einen mächtigen Verbündeten verloren haben.«

Sani blies Luft durch die Schnauze. »Ich wusste, dass ihr euren Anführer verloren habt. Aber als ich verbannt wurde, war Ruthie noch nichts weiter als ein normales Mitglied der Föderation.«

Ruthie ein normales Mitglied? Das konnte ich mir beim besten Willen nicht vorstellen.

Ich öffnete den Mund, um Fragen über ihre Vergangenheit und über den früheren Anführer des Lichts zu stellen. Doch Sani sagte: »Und ich habe so meine Zweifel daran, dass Sawyer tot ist, ebenso wie daran, auf welcher Seite er wirklich steht.«

Diese Zweifel hatte ich auch.

»Mait beschützt das Grimoire«, fuhr Sani fort. »Er hat bisher jeden getötet, der versucht hat, es ihm wegzunehmen.«

»Hältst du es für eine gute Idee, den Kerl zu besuchen, der das Handbuch des Satans in seinem Nachttisch aufbewahrt?«

»Ich glaube, wenn du mit Sawyer sprechen willst, wirst du es tun müssen. Außerdem ...«, Sanis Kojotenschultern hoben sich in einem hündischen Schulterzucken, »... kann er dich nicht töten.«

Selbst wenn er es könnte, würde es doch nichts ändern. Ich musste vor allem dieses Buch in die Finger bekommen – und nicht nur, um Sawyer heraufzubeschwören. Der Legende nach war derjenige, der das Buch Samyaza besaß, nämlich unbesiegbar.

Das brachte mich allerdings zu der Frage, warum die Nephilim – wenn sie es denn besaßen – nicht bereits über die Erde marschierten, Städte in Schutt und Asche legten und sich die Einwohner einverleibten – wie ein unerschöpfliches Menschenbüfett. Vermutlich musste ich einfach hingehen und es herausfinden.

Natürlich war ich nervös. Ich war nicht nur gerade drauf und dran, einen Halbdämon zu treffen, der von anderen Halbdämonen – oder einem Ganzdämon, wer weiß? – dazu auserkoren worden war, etwas zu beschützen, das eine Art Heiliger Gral der Apokalypse war, sondern ich wurde auch noch von jemandem dorthin geschickt, dem ich ungefähr so weit über den Weg traute, wie ich Sawyer früher mal getraut hatte.

Sawyer hatte die Gratwanderung zwischen Gut und Böse vielleicht gemeistert, aber Sani? Ich ging erst mal davon aus, dass er auf der anderen Seite lebte, also in der Dunkelheit. Denn warum sonst hätte Sawyer ihn verbannen sollen?

Ganz gleich, ob Sani nun auf unserer oder der anderen Seite stand, wenn sich das Buch Samyaza in New Orleans befand und auch noch einen Zauber enthielt, mit dem ich Sawyers Geist heraufbeschwören konnte, dann würde ich dorthin gehen und es mir holen. Jemand musste es schließlich tun.

Sanis Gefährtin, die sich immer noch in einiger Entfernung

aufhielt, rief ihn. Sani wurde unruhig, sah in ihre Richtung, dann wieder zu mir und schließlich wieder zu den Bäumen. Ich musste meine Fragen stellen, bevor er dem Ruf der Wildnis folgte.

»Du behauptest also, in dem Buch gebe es einen Zauberspruch, mit dem man einen Geist heraufbeschwören kann?«, fragte ich.

»Nein.«

Das brachte mich aus der Fassung. »Scheiße, Sani! Du hast doch gerade gesagt …«

»Die Zeit des Geisterbeschwörens ist vorbei. Jedenfalls was Sawyer betrifft.«

»Vorbei?« Meine Stimme musste jetzt genauso matt wie die eines kleinen Mädchens klingen, das sich in der Nacht verirrt hat.

»Sawyer ist mit deiner Hilfe aus dem Jenseits geklettert. Jetzt musst du ihn ganz zurückholen oder ihn für alle Zeit zwischen hier und dort wandeln lassen. Du hast die Wahl.«

»Dann … ihn ganz zurückholen«, wiederholte ich. »Was heißt …«, meine Stimme verlor sich. Ich war verlorener denn je.

»Der Zauber in dem Buch Samyaza beschwört keine Geister«, sagte Sani. »Der Spruch erweckt die Toten wieder zum Leben.«

22

Stille legte sich auf den Berg, unterbrochen nur durch den entfernten, aber eindringlichen Ruf von Sanis Gefährtin.

»Kannst du mir das noch einmal kurz erklären?«, fragte ich.

Sani schnaubte. »Wenn Sawyer ein Geist wäre, wäre er gekommen, als du ihn gerufen hast, und hätte dir gesagt, was er noch zu sagen hatte. Er hätte dir gezeigt, was du wissen musst, und hätte getan, was er tun musste, damit er in Frieden ruhen kann. Aber er ist mehr als ein Geist, so wie er auch mehr als ein Mensch war.«

»Dieser Zauber wird ihn also zu einem Zombie machen? Zu einem Vampir?«

Der Kojote schüttelte den Kopf.

»Wiedergänger?« Da gab es nämlich noch diese menschenähnlichen Zombies, die meine Mutter hatte auferstehen lassen. »Ghoule?« Auferweckt von einer Hexe oder einem Dämon, um eine böse Tat zu vollbringen.

»Du hörst gar nicht zu. Sawyer wäre dann wieder lebendig. Als Mensch.« Der Kojote warf den Kopf zur Seite. »So menschlich, wie es für Sawyer überhaupt möglich ist.«

»Das ist nicht …« Ich verstummte, unfähig weiterzusprechen.

»Möglich?«, bot Sani an.

»Gut«, brachte ich meinen Satz zu Ende. »Das ist nicht gut.«

»Ist es denn nicht genau das, was du willst: Sawyer zurückbekommen?«

Im Land meiner unerfüllbaren Träume schon. Aber ich hatte immer gewusst, dass es nicht möglich war. Alles, worauf ich zu hoffen gewagt hatte, war noch ein einziges Gespräch gewesen.

Ich hätte Sawyer nach Faith gefragt, nach seinem Tod, nach dem Schlüssel Salomos und nach seiner Magie. Er hätte mir alles gesagt, und dann hätte er erkannt, dass er tot ist, und wäre ins Licht gegangen – oder in die Dunkelheit, je nachdem. Aber ihn wieder zum Leben zu erwecken …

»Ich weiß nicht, ob es eine so gute Idee ist, die Toten auferstehen zu lassen«, überlegte ich.

Soweit ich wusste, hatten Menschen, die Tote aus ihren Gräbern zerrten, mehr als nur flüchtige Bekanntschaft mit dem Bösen gemacht.

»Gute Idee hin oder her, du wirst ihn brauchen«, sagte Sani, und dann verschwand er zwischen den Bäumen.

Ich ging den Weg zurück, den ich gekommen war, stieg erst den Berg und dann den Kamm hinab, fuhr am Haus der Eigentümerin vorbei, um ihr Bescheid zu geben, dass ich weder in eine Schlucht gefallen war noch mir das Genick gebrochen hatte. Ich spielte mit dem Gedanken, im selben Motel zu übernachten, in dem ich die letzte Nacht verbracht hatte, um frisch in den neuen Morgen zu starten. Aber es würde noch einige Stunden hell sein, und so steuerte ich den nächsten größeren Flughafen in Cheyenne an.

Ich musste Summers Wagen auf einem Dauerparkplatz abstellen. Wahrscheinlich würde es ein Vermögen kosten, nach New Orleans zu fliegen und dort einen neuen Wagen zu mieten, aber ich hatte einfach nicht die Zeit, durch ganz Mississippi zu fahren, so gern ich das auch getan hätte.

Um etwas gegen meine unruhigen Hände zu tun, umklammerte ich das Steuer so fest, dass sie schmerzten. Ich atmete tief ein und aus, bis mein rasender Herzschlag wieder einen vernünftigeren Rhythmus annahm.

Es gab also einen Zauber, der die Toten wieder zum Leben erweckte. Ich wusste noch immer nicht, was ich davon halten sollte.

Meine erste Reaktion – dass es keine gute Idee war – war vermutlich ganz richtig. Allerdings hatte Sani gesagt, ich würde Sawyer brauchen, und eines hatte ich in den letzten Monaten gelernt: Wenn ein Zauberer etwas vorhersagte, dann hatte er oder sie damit in der Regel auch recht.

Ich verbrachte die Fahrt von über vier Stunden damit, mich per Handy zurückzumelden. Wie gewöhnlich nutzte Megan die Rufnummernanzeige, um eines ihrer Lieblingsärgernisse zu umgehen: das Wörtchen Hallo.

»Wo bist du? Was machst du? Wie geht es dem Baby?«

»Wyoming, Auto fahren und ich habe keine Ahnung.«

Stille lag in der Leitung, während sie offenbar überlegte, welche Antwort sie zuerst kommentieren sollte.

»Wo ist Faith?«

»Bei Jimmy, Summer und Luther.«

»Und warum weißt du nicht, wie es ihr geht?«

»Weil ich so dumm war, dich als Erste anzurufen.«

»Liz«, sagte sie ärgerlich, »Mütter erkundigen sich zuerst nach ihren Kindern, bevor sie irgendjemand anderen anrufen.«

»Ich bin ja auch nicht ihre Mutter«, sagte ich scharf. Mein Magen flatterte, mir wurde eng um die Brust. Ich hatte selbst nie eine Mutter gehabt und hatte also auch keine Ahnung, wie ich für jemand anderen eine sein sollte. Faith verdiente jedenfalls etwas Besseres.

»Nur weil du sie nicht geboren hast, heißt das doch noch nicht, dass du ihr nicht eine fantastische Mutter sein könntest«, murmelte Megan.

»Ich bin nicht Ruthie.« Eine Tatsache, die ich mit nervtötender Regelmäßigkeit immer wieder unter Beweis stellte.

»Das Kind braucht wenigstens einen Elternteil. Du hast versprochen, dich um sie zu kümmern, und damit bist du dieser Elternteil.«

»Und wenn ihre richtige Mutter auftaucht?« Und sich als knochenmarksaugender Troll entpuppte?

»Das kannst du dann sehen, wenn es so weit ist.«

»Wahrscheinlich.« Notiz an mich: Nachschlagen, wie man knochenmarksaugende Trolle tötet.

Einige Sekunden lang herrschte Stille, dann sagte Megan sanft: »Ich habe bemerkt, wie du sie ansiehst, Liz. Wie du sie im Arm hältst.«

»Als würde ich sie gleich fallen lassen?«

Ein verärgertes Seufzen drang über all die Kilometer hinweg an mein Ohr. »Du weißt doch ganz genau, dass deine arschcoole, einsame Dämonenjäger-Nummer bei mir nicht zieht, oder?«

Ich antwortete nicht, denn, o ja, ich wusste es wirklich ganz genau.

»Das Baby hat dich um den kleinen Finger gewickelt. Und du warst hin und weg. Genau wie bei Luther.«

Ich schluckte. Ganz hinten in meiner Kehle schmeckte meine Angst wie Asche. Genau das nämlich würde aus Faith und Luther werden, wenn die Nephilim herausfanden, dass sie mir etwas bedeuteten.

»Du irrst dich«, sagte ich.

»Natürlich.«

»Also, ist alles okay bei dir?«, fragte ich.

»Bestens«, blaffte sie. »Das Geschäft läuft, meinen Kindern geht es gut.«

»Wie geht es Quinn?«

»Quinn? Dem Kellner?«

Unter anderem, dachte ich.

»Ja, genau dem«, sagte ich.

»Gut, glaube ich. Er kommt pünktlich zur Arbeit. Lässt zwar eine Menge fallen, aber er bezahlt es immer.«

Würde Megan jemals Augen für einen anderen Mann als Max

haben? Sollte sie das überhaupt? Die Antwort auf diese Fragen kannte ich genauso wenig wie die auf eine Menge anderer.

»Warum bist du in Wyoming?«, fuhr Megan fort.

Die Begründung wäre zu kompliziert gewesen, und je weniger Megan darüber wusste, was ich tat und wo ich war, desto besser.

»Nicht so wichtig«, sagte sie, als ich zögerte. »Sei einfach vorsichtig.«

»Bin ich immer.«

»Bist du nicht«, sagte sie leise und legte auf.

Mein nächster Anruf galt Luther. Er ging beim zweiten Klingeln dran. »Wo bist du?«, fragte er.

Faith gurrte im Hintergrund. Ich konnte ihr Lächeln förmlich sehen. Meine Brust zog sich schmerzhaft zusammen. Liebe oder ein Herzanfall? Das fühlte sich vermutlich verdammt ähnlich an.

»Wo bist du?«, fragte ich zurück.

»Bei Summer.«

»Geht es Faith gut?«

»Willst du mit ihr sprechen?«

»Nein, das ist …«, fing ich an, aber er hielt ihr den Hörer schon ans Ohr.

»Es ist Liz«, sagte Luther. »Kannst du Liz sagen?«

»Ga!«, donnerte mir Faith ins Trommelfell.

»Autsch!«

»Autsch!«, schrie sie.

»Psss.«

»Psss! Psss! Psss!«

Als ich ihre Stimme hörte, war mir nicht mehr so eng um die Brust, auch wenn sie – unerklärlicherweise – noch mehr wehtat.

Luther kam wieder an den Apparat. »Sie wiederholt einfach alles.«

»Sag bloß.« Ich nahm das Telefon von einem ans andere Ohr. »Sie entwickelt sich ganz schön schnell.« Und jetzt, nachdem ich mit Sani gesprochen hatte, wusste ich auch, warum. Magie im Blut. Armes Kind.

»Ein Glück, dass wir so weit draußen wohnen, in der Nähe des Reservats, wo nicht so viele Menschen sind, ganz zu schweigen von dem funkelnden Staub, mit dem Summer uns unsichtbar macht. Wenn irgendjemand Faith im Abstand von ein paar Tagen sehen würde …« Er verstummte.

»Wir werden wohl einen Hauslehrer brauchen.«

»Wenn die Welt nicht vorher noch untergeht. Apropos, wie kommen wir damit voran?«

»Immer besser. Ich habe eine Spur zum Buch Samyaza.«

»Meine Fresse!«

»Meine Fresse!«, plapperte Faith mit genau der gleichen Betonung nach.

»Hupps«, murmelte Luther. »Soll ich Sanducci holen?«

»Ist er noch bei euch?«

»Ja. Aber er wird langsam unruhig. Bald wird er losziehen und irgendetwas umbringen müssen.«

»Summer?«

»Ich glaube nicht, dass er sie töten sollte«, sagte Luther.

»Ich schon.«

Der Junge hatte den Klugscheißer gespielt, aber ich konnte mir einen Seitenhieb gegen die Fee nicht verkneifen, selbst wenn sie nicht dabei war.

»Er lässt sie nicht aus den Augen«, murmelte Luther.

»Gut.« Man konnte ihr nicht trauen. Also warum ging mir die Vorstellung, dass Jimmy sie ständig im Auge behielt, nur so dermaßen gegen den Strich?

»Willst du ihm vom Buch Samyaza erzählen?«, fragte Luther.

»Nein. Und du sagst ihm auch nichts davon.«

»Warum nicht?«

»Ich weiß nicht genau, ob es stimmt. Ich werde es herausfinden und euch dann Bescheid geben. Du verhältst dich zurückhaltend. Ich brauche keine Hilfe. Hast du verstanden?«

»Bleibt mir ja nichts anderes übrig, wenn du so schreist.«

»Sag Sanducci nichts von dem Buch, nicht einmal, dass ich angerufen habe. Sag ihm nicht, wohin ich fahre.«

»Ich weiß ja gar nicht, wohin du fährst«, murmelte Luther.

»Guter Junge«, sagte ich und legte auf.

Sanducci würde mir sofort dabei helfen, an das Buch zu kommen. Wobei er mir aber nicht helfen würde, war, Sawyer wieder zum Leben zu erwecken. Da ich allerdings genau das vorhatte, würde ich Sanducci da lieber heraushalten.

Nach einem Zwischenstopp in Minneapolis nahm ich einen Direktflug. Sobald ich mich auf meinem Fensterplatz angeschnallt und meinen Sitznachbarn zugenickt hatte – sie hatten Bücher dabei und schienen auch bereit, sie zu benutzen –, war ich für den Rest des Fluges weg. Und hatte einen hammermäßigen Traum.

Ich bin in einer Stadt, die ich nicht erkenne, und laufe an leeren Gebäuden vorbei. Die einzige Lichtquelle ist der Mond, der groß und hell und voll am Himmel hängt. Die Straßen sind zerstört und aufgerissen, große Brocken von Gehwegen und Kopfsteinpflaster liegen haufenweise herum, als hätte es ein Erdbeben gegeben oder als wäre ein Monster aus der Tiefe entsprungen.

Die Häuser bestehen aus Stein und sehen uralt aus, was die Sache etwas eingrenzt. Es gibt nicht allzu viele wirklich alte Städte in Amerika. Und diejenigen, die es gibt – die in den Hügeln der Anasazi oder die Mesa Verde der Pueblo oder selbst Santa Fe –, sehen anders aus. Die Architektur erinnert mich an Fotos von Savannah oder St. Augustine, auch wenn ich noch nie dort gewesen bin. Ich kann mir nicht vorstellen, dass sie jemals so verlassen waren. Wenn es allerdings nach den Nephilim ging, würde in Zukunft wohl jede Stadt so oder so ähnlich aussehen.

Die Nacht ist zwar kühl, aber nicht kalt. Es ist also entweder ein Sommer irgendwo oder irgendeine Jahreszeit im Süden. Ich trage das Gleiche wie immer – Jeans und ein Messer, ein Tanktop und ein Gewehr, Turnschuhe und Silberkugeln.

Seltsamerweise verstecke ich mich nicht, sondern laufe mitten auf der Straße und lasse das silberne Licht des Mondes wie Weißgoldregen über mich fließen.

»Du verlangtest nach mir?«, rufe ich. »Hier bin ich.«

Niemand antwortet. Ich drehe mich langsam und vorsichtig um mich selbst, lasse den Blick über jedes einzelne Haus, die Fenster, die Dächer und die Türen schweifen. Wen oder was suche ich?

»Lass sie gehen!«, fordere ich.

Ein Lachen rollt durch die Luft: wie eine Metallkugel, die eine feuchte Ölspur hinter sich herzieht. Gänsehaut breitet sich auf meinen Armen aus, und ich ziehe die Schultern hoch, zwischen denen das unsichtbare Fadenkreuz pulsiert.

Das schabende Geräusch, mit dem ich mein Messer aus der Scheide ziehe, donnert durch die unwirkliche Stille. »Wir hatten doch eine Abmachung.«

Wieder erklingt dieses Lachen, das mich an einen roten Comicteufel mit spitzem, schwarzem Kinnbart und gebogenen Hörnern erinnert.

»Sie im Tausch gegen mich«, sage ich, doch meine Stimme wird schwächer. Allmählich wird mir klar, was ich eigentlich schon immer gewusst habe: Eine Abmachung mit dem Teufel ist so viel wert wie überhaupt keine Abmachung.

Einige Meter von mir entfernt öffnet sich knarrend eine Tür. Dahinter bewegt sich ein Schatten. Eine dünne weiße Hand schiebt sich durch die Öffnung und winkt mich heran.

Ich schlucke. In meiner Kehle steckt eine dunkle, kalte Angst, die mich fast erstickt. Dann gehe ich hinein.

Jimmy hängt an der Wand.

Das Lachen wirbelt wie ein Wind im tiefsten Winter durch den Raum, doch außer uns ist niemand hier.

Ich will auf ihn zulaufen. Ich will weglaufen. Stattdessen stehe ich einfach nur da, mitten im Eingang, und starre ihn an. Sie haben ihn gekreuzigt.

Ich drehe mich um, stolpere nach draußen und übergebe mich.

Als nichts mehr in mir ist außer Wut, schließe ich die Hand fest um mein Messer und kehre zurück.

In großen Schritten durchquere ich den Raum und versuche mit zusammengebissenen Zähnen, die Nägel aus seinen Füßen zu ziehen. Sie sind aus Gold, natürlich. Sonst hätten sie ihn ja überhaupt nicht halten können.

Er stöhnt, öffnet die Augen und flucht, als er mich sieht. »Raus hier«, presst er hervor. »Nimm sie mit und lauf!«

»Eher holt mich der Teufel«, sage ich und reiße mit meinem Messer den ersten Nagel heraus.

Scharf zieht Jimmy die Luft ein. »Baby, was glaubst du eigentlich, wo wir sind?«

»Nicht beim Teufel jedenfalls. Noch nicht.« Obwohl man das, so wie es hier aussah, auch nicht mit Sicherheit sagen konnte. »Wo ist das Kind?«

»Ich weiß es nicht.«

Angst flackert auf. »Geht es ihr gut?«

»Ich glaube schon. Hab sie gesehen, als ich herkam. Und sie seitdem schreien hören.« Seine Stimme wird sanfter, als er sieht, wie ich zusammenzucke. »Sie werden ihr nichts antun. Nichts Ernstes. Aber ich glaube auch nicht, dass sie vorhaben, sie freizulassen. Sie brauchen ihren Tod fast so dringend wie …«

»Meinen Tod«, bringe ich seinen Satz zu Ende.

»Du solltest nicht hier sein. Wenn sie dich töten, ist die Apokalypse wieder da. Ist es das, was du willst?«

»Natürlich nicht.«

»Warum bist du dann hier?«

»Wegen Faith. Aber dich nehm ich auch mit.«

»Idiot.«

»Gern geschehen«, sage ich und reiße den nächsten Nagel heraus. Jimmy presst die Lippen zusammen und wird blass. Aber er fällt nicht in Ohnmacht. Es wäre schon einiges mehr als das nötig, um einen Dhampir zu töten. »Ich hatte es im Griff, Lizzy. Sie im Tausch gegen mich. Das war die Abmachung.«

Ich sehe zu ihm auf. »Die gleiche wie bei mir.«

»Betrügerische Arschlöcher«, sagt er schlaff.

Seine Füße sind frei, ich richte mich auf, um mich um seine rechte Hand zu kümmern. Dabei rutsche ich auf dem Boden aus – im Blut. Mir dreht sich der Magen um. Der Geruch ist widerwärtig.

Komisch. In letzter Zeit war der Geruch von Blut für mich alles andere als widerwärtig gewesen.

Plötzlich merke ich, dass mein Halsband verschwunden ist.

Ich fuhr im Schlaf hoch, stieß mit dem Kopf gegen die Kabinenwand und mit dem Ellbogen gegen die Armlehne meines Sitzes. Das Bild verschwimmt, fast verblasst es. Was hat es zu bedeuten, dass mein Halsband nicht da ist?

War das nur ein Traum oder eine Zukunftsvision? In jeder möglichen Zukunft würde ich ohne dieses Halsband Jimmys Blut nicht nur aus seinen Wunden, sondern sogar von der Wand lecken.

War es eine Verlustvision oder eher die Hoffnung auf eine Zukunft ohne einen Dämon in mir? Ich hatte keine Ahnung, deshalb zwang ich mich wieder zurück in diese Vorstellung.

»Du kannst mich nicht retten«, sagt Jimmy.

»Natürlich kann ich das. Leute zu retten, das ist doch mein Job.«

»Du wirst uns nicht beide retten können. Du musst dich entscheiden.«

Ich hasse es, entscheiden zu müssen, wer leben und wer sterben soll. Aber den Nephilim bereitet es offenbar das größte Vergnügen, mich genau dazu zu zwingen.

»Ich bin das mächtigste Wesen auf dieser Welt«, flüstere ich.

Ich fange Jimmys Blick auf und sehe ein Lebewohl darin. »Das wird dieses Mal nicht ausreichen. Wir bräuchten zwei von deiner Sorte, um auch nur eine Chance zu haben.«

Zwei von meiner Sorte. Zwei.

Ich unterdrücke ein Schluchzen, als mir bewusst wird, dass unsere einzige Chance Sawyer wäre, aber der ist tot.

23

Mit einem Ruck erwachte ich, zitternd und nach Luft ringend.

»Geht es Ihnen gut?« Eine Stewardess beugte sich über mich, die Besorgnis in ihrer Stimme konnte nicht über die Wachsamkeit in ihren Augen hinwegtäuschen. Wenn ich auch nur seltsam blinzelte, würde sie den nächsten Flugsicherheitsbegleiter rufen.

Meine Sitznachbarin und der Mann neben ihr beugten sich so weit von mir weg, wie es ihre Sicherheitsgurte erlaubten. Alle anderen in der näheren Umgebung starrten mich an.

»Alles okay.« Ich rieb mir über das Gesicht. Danach war meine Hand schweißnass. Eine Schweißperle lief mir über die Wange. Die Luft aus der Lüftungsanlage schaffte es nicht, mein Haar in Bewegung zu bringen, weil mir jede einzelne Strähne am Kopf klebte.

»Wir befinden uns im Sinkflug«, sagte die Stewardess. »Ich bringe Ihnen ein Glas Wasser, aber Sie müssen sich beeilen.«

Ich nickte und sah aus dem Fenster. Lichter spiegelten sich in Löchern voll schwarzen Wassers – Sümpfe mit Krokodilen, der Pontchartrain-See –, und in der Ferne kreuzten Schiffe die Windungen des Mississippi hinab, der hier ins Meer mündete. New Orleans war auf drei Seiten von Wasser umgeben, was ebenso wunderschön wie dumm war.

»Ich fliege auch nicht sonderlich gerne«, murmelte die Frau rechts neben mir, und in ihrer Stimme lag so viel Süden, dass ich schon Louisiana-Moos von den Bäumen hängen sah und den Duft blühender Magnolien riechen konnte. Sie legte ihre

Hand auf meine, zog sie aber mit einem angewiderten Maunzen sofort wieder zurück, als ihre Finger über meine feuchte Haut glitten.

»Tut mir leid«, sagte ich.

Sie schenkte mir ein gezwungenes Lächeln und vertiefte sich wieder in ihr Buch.

Wir landeten am Louis-Armstrong-International-Flughafen, ich holte meine Tasche ab und mietete einen Jetta. Ich wollte etwas fahren, womit ich mich auskannte, und bezweifelte, dass sie einen Impala aus den Fünfzigern herumstehen hatten.

Als ich aus dem Terminal kam, schlug mir New Orleans entgegen. Im August in die Sichelstadt zu fahren, war sicher nicht die allerbeste Idee.

Die Feuchtigkeit waberte um meinen Kopf herum, verstopfte mir Nase und Hals, ließ meine Glieder taub und die Augenlider schwer werden. Ich tauchte förmlich in den Wagen und stellte die Klimaanlage auf Eis.

Die Sonne hing zwar noch am Himmel, fiel jedoch stetig der Nacht entgegen. Im French Quarter checkte ich in einem Hotel ein. Klar hätte ich auch in der Nähe des Flughafens übernachten können, aber warum sollte ich? Schließlich befand ich mich doch in New Orleans.

Das letzte Mal war ich zu einem Barkeeper-Seminar hier gewesen. Nachdem wir die Vormittage im Bankettsaal hinter uns hatten, verbrachten wir die Nachmittage und Abende in der Stadt. Ich hatte angenehme Erinnerungen an New Orleans, Erinnerungen, die sich durch diese Reise hoffentlich nicht zu sehr trüben würden.

Ich hatte keine Schwierigkeiten, ein Zimmer in einem hohen, schmalen Hotel in der Nähe der Bourbon Street zu finden. Zu dieser Jahreszeit hätte ich selbst ein Zimmer mit einem Balkon auf diese legendäre Straße hinaus bekommen können, aber ich wollte mich von den Lichtern und der Musik lieber fernhalten.

Ich hatte einen Balkon, der allerdings auf eine wenig belebte Seitenstraße hinausging, also genau das, was ich wollte. Es sollten so wenige Augen wie möglich – am besten überhaupt keine – bezeugen können, was ich bei Sonnenuntergang zu tun gedachte.

Nachdem ich lange und lauwarm geduscht und mir frische Kleidung angezogen hatte, schob ich mich in die Bourbon Street und fand eine Bar – okay, es war hier wohl auch kaum möglich, keine Bar zu finden –, die auf einem riesigen Ungetüm von einem Plasmafernseher ein Baseballspiel übertrug. Dort bestellte ich einen Sazerac – also einen traditionellen New-Orleans-Cocktail mit Rye Whiskey – und frittierten Alligator, gefolgt von einem Muffuletta-Sandwich. Wenn ich den nächsten Morgen noch erleben sollte, würde ich zum Fluss hinuntergehen und mir Beignets zu starkem, schwarzem Malzkaffee gönnen.

Was hatte diese Stadt nur an sich, das mich so hungrig machte? Wahrscheinlich das Essen.

Als die Sonne in den letzten Zügen lag, spazierte ich zum Hotel zurück. Ein paar Minuten lang hätte ich schwören können, dass mir jemand folgte, aber auch wenn der Tourismus zu dieser Jahreszeit fast zum Erliegen kam, war die Bourbon Street doch immer noch voller Menschen, also waren da tatsächlich Leute hinter mir. Sie konnten gar nichts dagegen tun, ich ging eben vor ihnen.

Ich schlüpfte in einen T-Shirt-Laden und suchte mir ein paar neue Shirts aus, da ich in letzter Zeit so viele hatte wegschmeißen müssen. Dabei hielt ich die Augen nach verdächtigen Personen offen. Eine vergebliche Übung. Jeder hier wirkte irgendwie verdächtig.

Zum Beispiel der Typ, der wie ein Clown angezogen war und

an der Straßenecke Saxofon spielte. Oder das Mädchen, das auf der anderen Straßenseite Eis verkaufte und blass genug war, um als die Kaiserin der Untoten durchzugehen. Einige angehende Rentner in schwarzen Lederüberhosen und passenden Westen schlenderten in einen Stripclub. Ein Transvestit, dessen schwarzes Brusthaar in Locken aus dem Ausschnitt seines leichten Sommerkleides quoll, stolzierte den Fußweg entlang und führte dabei eine Katze an der Leine. Die Katze trug eine Mardi-Gras-Maske, die farblich zum Kleid des Mannes passte. Himmel, wie ich diesen Ort liebte!

Es dauerte eine Weile, bis ich ein Shirt fand, das nicht pornografisch war. Ich hätte zum French Market hinübergehen können, dort hätte ich sicherlich etwas Passenderes gefunden. Aber jetzt, nachdem die Sonne untergegangen war, blieb mir keine Zeit mehr.

Ich ignorierte alle Variationen von Trinken, Saufen, Möpsen, Partys – ihr ahnt, worauf das hinausläuft – und begnügte mich mit ICH-LILIE-NOLA-Shirts in drei verschiedenen Farben. Außerdem konnte ich einem winzigen rosa T-Shirt nicht widerstehen, auf dem MARDI-GRAS-PRINZESSIN stand. Das stopfte ich ganz nach unten in meine Tasche.

Als ich den Laden verließ, ging gerade eine junge Frau hinein. Auf ihrem T-Shirt stand: WIRF PERLEN, WENN DU DIE HIER SEHEN WILLST. Der Schriftzug war unter den zahllosen bunten Ketten, die um ihren Hals hingen, kaum zu erkennen. Und es war nicht mal Mardi Gras.

Ich ließ die Lichter und die Musik hinter mir und ging eine ruhigere Seitenstraße hinunter. Es dauerte nicht lange, bis ich hinter mir Schritte hörte. Doch als ich mich dann umsah, war da niemand.

Ich ging weiter, und die Schritte waren wieder da. Sie kamen näher und näher. Mein Messer steckte in der Gürteltasche an meiner Hüfte. Uncool, ja schon. Aber ich konnte schlecht mit einem Messer am Gürtel durch die Bourbon Street laufen. Lieber unstylisch als tot – das war mein Motto.

Ich ging etwas schneller und versuchte, Zeit zu gewinnen, um den Reißverschluss aufzuziehen und eine Hand in die Tasche gleiten zu lassen. Ich schloss die Finger um den Griff und fuhr herum, packte die Person hinter mir am Genick und donnerte sie gegen die nächstbeste Wand.

Es war das Gothic-Mädchen vom Eiscremestand, und in dem Moment, als ich sie berührte, wusste ich, dass sie ein Mensch war. Sie hatte über die Uni nachgedacht. Sie studierte an der Tulane. Das Vampirkostüm war nur eine Show für die Touristen, um Geld zu verdienen und ihre Rechnungen zu bezahlen.

»Tut mir leid.« Ich ließ sie sofort los, das Messer glitt in die Gürteltasche und außer Sichtweite. »Du … äh …« Beschämt fuhr ich mir mit der Hand durchs Haar.

»Ich habe dich erschreckt«, sagte sie. »Mach dir deswegen keine Sorgen.«

Ich wusste es besser als jeder andere: Wer aussah wie ein Vampir, der war keiner. Bei einem kleinen Mädchen, das im Sonnenschein seilspringt, war die Wahrscheinlichkeit, dass sie Reißzähne hatte, größer als bei diesem hier.

Sie rieb sich den Hals, die Augen lagen dunkel in ihrem übermäßig gepuderten Gesicht. »In dieser Gegend kann man nicht vorsichtig genug sein.«

Ich spitzte die Ohren. »Ist hier in letzter Zeit etwas Seltsames passiert?«

Sie verdrehte die Augen. »Das hier ist New Orleans.«

»Stimmt.« Hier passierte jeden Tag etwas Seltsames. »Tut mir leid«, sagte ich wieder.

»Vergiss es.« Sie schlüpfte in einen Hof. Das Tor fiel laut scheppernd ins Schloss. Dann war ich allein. Wieder einmal.

In meinem Zimmer schaltete ich den Strom ab und öffnete die Balkontür. Die Nacht hatte eine Brise gebracht und einen breiten, gewölbten Streifen Mondlicht. Beides ergoss sich in mein Zimmer, das eine träge und heiß, das andere wie kühles, flüssiges Silber. Ich zog meine Kleider aus, berührte den Nacken und verwandelte mich.

Gleißendes Licht, Kälte und Hitze, mein Körper verzog sich und nahm eine andere Form an. Ich spürte einerseits den Schmerz der Verwandlung, andererseits die Freude, neu zu entspringen. Schon im nächsten Augenblick konnte ich fliegen.

Ich glaubte kaum, dass jemand einen riesigen, bunten Vogel bemerken würde, der über die Bourbon Street segelte. Am Boden gab es Spannenderes zu entdecken. Und selbst wenn jemand zufällig aufsah und mich entdeckte, würde er es auf den Bourbon schieben.

Ich segelte aus New Orleans heraus, folgte einfach dem Geruch nach Brackwasser, Zypressen und Verwesung. Der Honey-Island-Sumpf war dreißigtausend Hektar groß, mehr als die Hälfte davon war staatliches Naturschutzgebiet. Es wäre ganz unmöglich gewesen, dieses Gelände zu Fuß nach einer verlassenen Kirche an einer Kreuzung abzusuchen.

Selbst mit Flügeln brauchte ich fast die ganze Nacht, ich flog hin und her, in einem engen Gittermuster von einer Ecke zur anderen, damit ich nichts übersah. Es gab zahllose kaputte Häuser – nicht nur im Sumpf, sondern überall in New Orleans –, und beim Landen stellte ich fest, dass viele von ihnen sogar noch bewohnt sein mussten und keines davon eine Kirche war.

Ich stand kurz davor aufzugeben. Die Sonne hatte gerade angefangen, den Horizont im Osten zu erhellen und das Blauschwarz der Nacht in ein diesiges Violett zu verwandeln, da erblickte ich einen schiefen Glockenturm und schoss wie der Phönix, der ich war, im Sturzflug in den Wald hinab.

Als ich noch etwa zehn Meter von der Stelle entfernt war, ertönte ein Kreischen, so laut und entsetzlich, dass ich die Orientierung verlor und mitten in das Louisiana-Moos flog, das von einer Zypresse herabhing. Die feuchten, muffigen Ranken schlossen sich um meine leuchtend bunten Flügel und klebten wie Spinnweben daran.

Gefangen und in Panik spie ich Feuer aus meinem Schnabel, und nur wenige Augenblicke, bevor ich zu Boden gefallen wäre, löste sich das Moos in Nichts auf.

Doch ich war noch nicht in Sicherheit. Die Schreie dauerten an, und dunkle Kreaturen, die wie riesige, prähistorische Fledermäuse aussahen, kamen aus dem Glockenturm gesegelt. Von der Größe her hätten sie Pterodactylen sein können, wenn die nicht ausgestorben gewesen wären. Aber *ausgestorben* bedeutete in letzter Zeit auch nicht mehr dasselbe wie früher.

Mein Feueratem überrollte ihre dunklen, ätherischen Körper und ließ sie, über und über mit winzigen, orangefarbenen Lichtern überflutet, wie Halloween-Dekoration aussehen. Dann erlosch das Feuer mit einem Puff, und sie kamen näher. Ich bereitete mich auf den Aufprall vor, doch eines der Viecher flog einfach durch mich hindurch. Ich hätte es für einen Geistervogel gehalten, wenn ich nicht gespürt hätte, wie seine Klauen über meine Eingeweide kratzten und sein Schnabel an meiner Leber pickte. Es fühlte sich an, als würde ich von innen auseinandergerissen werden. Zwei von ihnen flogen neben mich, eines auf jeder Seite, und bei jeder Berührung loderte Schmerz auf, als wären ihre Flügelspitzen mit Rasierklingen besetzt.

Ich trudelte zur Erde, wurde im Fallen immer schneller, und diese entsetzlichen geflügelten Kreaturen folgten mir. Sie kreischten so laut, dass ich schon glaubte, meine Trommelfelle würden platzen. Mit einem heftigen, dumpfen Schlag kam ich auf dem Boden auf, und endlich umfing mich gesegnete Stille.

Ich erwachte als Frau; gleißendes Sonnenlicht schmerzte in meinen Augen. Ich stöhnte und legte mir den Arm übers Gesicht. Überall tat es weh.

»Scheiße, was war das?«, murmelte ich.

»Dämonen der Nacht.«

Hastig setzte ich mich auf und zuckte zusammen, weil sich in meinem Kopf alles drehte. Ich presste mir den Handballen gegen die Stirn, um zu verhindern, dass mir der Kopf abfiel.

Ein Mann lehnte im verfallenen Eingang der Kirche. Er war groß und muskulös, sein Oberkörper war nackt und seine rötlichbraune Haut glänzte in der Sonne. Auf den ersten Blick dachte ich, sein ebenholzfarbenes Haar sei extrem kurz geschnitten, doch als er sich dann bewegte und sich vom Türbogen abstieß, konnte ich die Kopfhaut zwischen den winzigen geflochtenen Zöpfen aufblitzen sehen. Die Windungen schienen ein Muster zu bilden. Doch von meinem Standort aus konnte ich nicht erkennen, um was es sich handelte.

Die Kirche stand an einer Kreuzung, doch war es keine, nach der ich gesucht hätte. Für mich gehörte zu einer Kreuzung immer irgendeine Art von Straße – gepflastert oder zumindest mit Schotter bedeckt. In diesem Fall waren die *Straßen* jedoch Wasserläufe, und die Kirche stand auf einem kleinen Stück Land zwischen einem Trampelpfad und einem Bach, der so schmal war, dass gerade mal ein Kanu darin fahren könnte.

»Du bist wegen des Buches hier«, sagte der Mann mit einem melodischen Akzent, der eine Mischung aus Französisch und Jamaikanisch sein musste.

»Ich … äh …« Sollte ich nun lügen oder nicht? Da war ich mir nie ganz sicher.

»Die Dämonen der Nacht wissen es. Sie greifen nur diejenigen an, die Böses im Schilde führen.«

»Und wer sollte das sein?«

»Meistens Nephilim.«

»Die Nephilim versuchen, das Buch Samyaza zu stehlen?« Warum sollte ich so tun, als hätte ich keine Ahnung, worum es ging – wenn er ohnehin wusste, dass das nicht stimmte?

Er legte den Kopf schief. »Wer das Buch besitzt, wird der Herrscher über diese Welt und über die nächste sein.«

»Und warum bist du es dann nicht?«

»Ich beschütze das Buch, bis unser Prinz kommt.«

»Soweit ich gehört habe, sind alle Dämonen wieder in die Hölle geschickt worden.«

Er zuckte die Achseln. »Es wird ein nächstes Mal geben.«

Da hatte er leider recht. Das Jüngste Gericht, das Armageddon, die Apokalypse, all das war unausweichlich. Wir konnten nichts dagegen tun, außer es aufzuhalten, bis wir besser darauf vorbereitet waren zu siegen.

Er legte den Kopf schief. »Warum solltest du froh sein, dass die Grigori zurückgeschickt wurden? Du bist doch ebenso ein Nephilim wie ich.«

Ich hätte es auch ohne sein Geständnis gewusst. Ich spürte ein Summen in der Luft, ein Surren, von dem meine Zähne schmerzten und das geradezu schrie, dass sich Böses in der Nähe befand. Er war von einer so abgrundtiefen Finsternis umgeben, dass ich sie fast wie Rauch um ihn herumschweben sah.

Da ich nicht vorhatte, mich zu rechtfertigen – weder vor ihm noch vor sonst jemandem –, ignorierte ich seine Frage und wiederholte stattdessen meine eigene: »Warum beschützt du das Buch für jemand anderen, wenn du doch selbst der Prinz werden könntest, Herrscher über alles, so weit das Auge reicht?«

»Jeder von uns hat seine Rolle zu spielen. Einer der Gründe, warum wir noch nicht gewonnen haben, ist der, dass wir uns gegenseitig ebenso erbittert bekämpfen, wie wir auch das Licht bekämpfen. Ich habe vor langer Zeit versprochen, das Buch

Samyaza für den Zeitpunkt aufzubewahren, wenn der Prinz kommt.«

Ein Nephilim, der sein Wort hielt. Die Welt stand wirklich kurz vor dem Untergang.

»Was bekommst du dafür?«

Er lächelte. Ein leuchtend weißes Blitzen in seinem gut aussehenden dunklen Gesicht. »Alles, was ich mir wünsche.«

Sein Blick wanderte von meinen höchstwahrscheinlich zerzausten Haaren bis zu meinen – huch! – nackten Füßen. Ich war am ganzen Körper nackt, und nach seinem Gesichtsausdruck zu urteilen, störte ihn das ganz und gar nicht.

»Komm näher«, murmelte er mit einem hypnotisierenden Singsang in der Stimme, der mich zwang zu gehorchen.

Ich tat einen Schritt auf ihn zu, bevor ich mich wieder unter Kontrolle hatte. »Was bist du?«

»Mait. Herrscher über die Dämonen der Nacht.«

»Das erklärt, warum sie dir nicht die Scheiße aus dem Leib picken, sobald du in die Nähe des Buches kommst.«

»Ich bin ihr Gott.«

Das gefiel mir nun überhaupt nicht. Herrscher und Gott. Ich musste das Buch aus seinen Fängen bekommen, und zwar schnell. Egal, was Mait auch sagte, es war nur eine Frage der Zeit, bis er es satthatte, auf den Prinzen zu warten, und stattdessen beschloss, dass der Prinz längst hier war – dass er nämlich selbst der Prinz war.

Er fuhr sich mit der Zunge über die Lippen. Seine smaragdgrünen Augen waren beharrlich auf meine Brüste gerichtet. Ich verschränkte die Arme, und er grinste. »Komm her«, sagte er wieder.

Dieses Mal war ich vorbereitet und widerstand ihm. »Nein, danke.« Er mochte ja hübsch anzusehen sein, aber wenn ich ihm zu nahe kam, würde es mir leidtun.

»Ich möchte dich anfassen.«

»Und ich möchte nicht angefasst werden.«

Er hob sein Gesicht zum Himmel und atmete den anbrechenden Morgen ein. »Du duftest verführerisch; du bist so vieles. Stark und gefährlich, weich und glatt und rund. In dir wird es so warm sein.« Er ließ den Kopf in den Nacken fallen, seine Brustmuskeln spannten und wölbten sich. Die Ausbeulung in seinen Khakihosen sagte mir, dass er sich auch ohne mich prächtig amüsierte. »Erst werde ich meine Lust stillen, dann meinen Hunger.«

»Hunger«, wiederholte ich.

»Ich dürste nach Angst, Furcht, nach der Dunkelheit, die nur ich hervorbringen kann.«

»Du *isst* also Angst?«

»Hmmmm«, murmelte er. »Ich werde wahrscheinlich keinen Schlaf mehr finden, bis ich dich gehabt habe.«

Ich spannte die Muskeln an und bereitete mich darauf vor zu kämpfen. Ich hatte nicht vor, diesen Typ irgendetwas *haben* zu lassen. Doch er blieb, wo er war, und ich wunderte mich.

»Wenn du mich so unbedingt willst, warum …« Nachdenklich kaute ich auf meiner Lippe herum. »Warum bist du da angewachsen?«

Sein Kopf fuhr hoch, und seine Augen loderten vor Wut in einem dunklen Waldgrün. Ich lachte. »Kein Wunder, dass du nicht an der Spitze der Armee des Jüngsten Tages marschierst. Du kannst hier nicht weg.«

»Noch nicht«, sagte er.

»Was soll das heißen?«

Statt einer Antwort lächelte er nur.

»Wo sind deine Dämonen jetzt?« Ich sah zum Himmel.

»Nachts beschützen sie diesen Platz, am Tage tue ich das.«

»Wie lange bist du schon hier?«

Sein Blick wanderte wieder zu meinen Brüsten hinab. »Eine lange, lange Zeit.«

Na super.

»Würdest du das Buch Samyaza gerne sehen?«, fragte er.

»Klar.«

Aber wieder einmal konnte es so einfach nicht sein.

»Du brauchst mich nur zu vögeln.«

Und das war es auch nicht.

Auf keinen Fall würde ich wegen des Buches mit diesem Kerl schlafen. Er war ein Nephilim. Ich kannte doch die Gefahr. Ich konnte das Böse in ihm ebenso aufnehmen wie seine Stärken – worin die auch immer liegen mochten. Nach allem, was ich wusste, war es sogar gut möglich, dass ich hier bis in alle Ewigkeit zusammen mit ihm in der Falle säße.

»Wie wäre es, wenn wir es auf meine Art tun?«, fragte ich.

»Wir können es tun, wie immer du willst.« Seine Stimme klang heiser vor Vorfreude.

Ich ließ die Finger nach oben schnellen und hoffte, ihn damit beim ersten Versuch bewusstlos zu schlagen. So viel Glück hatte ich jedoch nicht.

Er murmelte ein paar Worte, die nicht nach Französisch klangen – vielleicht war es Latein oder Griechisch. Und etwas, das sich ziemlich deutlich wie die Faust eines Riesen anfühlte, schlug mir vor die Brust, sodass ich ein paar Meter zurückgeschleudert wurde und mit einem dumpfen Schlag auf meinem Hintern landete.

»Möchtest du es noch mal versuchen?«, fragte Mait.

»Was genau bist du eigentlich?«, fragte ich, als ich wieder einigermaßen sprechen konnte. Ich kam mühsam auf die Füße, blieb jedoch, wo ich war. Je weiter entfernt, umso besser.

»Gott der Dämonen der Nacht, Beschützer des Buches.«

»Du hast meine eigene Kraft gegen mich gewendet.«

»Nicht ich. Der Zauber war es.«

Ich zog die Brauen zusammen. »Aus dem Buch?«

Er zuckte die Schultern. »Was soll ich denn sonst tun, während ich darauf warte, dass der nächste Nephilim auftaucht?«

Ich konnte mir nicht vorstellen, dass es zum Plan gehörte, dass er das Buch las und die Zaubersprüche darin ausprobierte. Andererseits: Ich hätte es auch getan.

»Was kannst du noch alles?«

Er lächelte und ging hinein.

Ich verwandelte mich in einen Phönix und folgte ihm. In dieser Gestalt könnte ich durch den Türbogen fliegen, ihm das Buch aus den Fingern reißen – oder wo es sonst sein mochte – und dann abhauen. Wenn er irgendetwas versuchen sollte, würde ich Feuer auf ihn schleudern. Wenn er es daraufhin zurückschleuderte, würde es mir nichts ausmachen – schließlich war ich ein Feuervogel und brannte nicht.

Ich bekam keine Chance zu sehen, was er vorhatte. Ich kam nie nah genug heran, um überhaupt irgendetwas zu sehen, jedenfalls nicht von diesem Buch Samyaza.

Einen Meter von der Tür entfernt prallte ich gegen eine Wand. Jedenfalls fühlte es sich so an, obwohl da in Wirklichkeit gar nichts war. Trotzdem prallte ich gegen ein hohes, breites, unbewegliches Objekt und taumelte mit den schlimmsten Kopfschmerzen zu Boden, die ich jemals gehabt hatte – seit ich mir mit meinem eigenen Gewehr das Hirn weggeblasen hatte.

Fragt lieber nicht.

Zum Glück verlor ich nicht das Bewusstsein. Ich schlug mit den Flügeln, bis ich aufrecht stand, dann taumelte ich auf wackeligen Klauen zur Seite.

Mait beugte sich aus dem leeren Fenster. »Ich habe die Macht des Schutzes. Ich kann um alles und jeden eine Wand erschaffen, die sich nicht durchbrechen lässt.«

Ich atmete mit einem verärgerten Schnaufen aus, und Feuer wirbelte aus meinem Schnabel, wälzte sich die unsichtbare Barriere hinauf und wieder hinunter und traf dann auf den Boden, wo es sich in eine Wolke aus Staub und schwarzem Rauch auflöste.

»Du hast versagt.« Mait wandte sich ab und schickte mich fort, als wäre ich kein bisschen mächtiger als der letzte Nephilim, der es versucht hatte.

24

Zeit für Schadensbegrenzung. Ich musste mehr über Mait in Erfahrung bringen. Sonst würde ich hier im Sumpf stehen, bis ich so alt war wie er, ohne jemals herauszufinden, wie man diese unsichtbare Zaubermauer durchbrechen konnte.

Ich war nämlich davon überzeugt, dass sie durchbrochen werden konnte. Zu den vielen Dingen, die ich gelernt hatte, seit ich die neue Liz war, gehörte auch, dass alles einen Schwachpunkt hatte. Nichts und niemand war unzerstörbar. Dafür war Sawyer das beste Beispiel.

Über Jahrhunderte hatte er bis auf seine Tattoos keinen Kratzer abbekommen, und dann war ich zur Welt gekommen. Hatte er, als er mich zum ersten Mal sah, schon gewusst, dass ich sein Tod sein würde? Wenn ja, warum hatte er mich dann am Leben gelassen?

Als Phönix kehrte ich in die Stadt zurück. Auch wenn ich in New Orleans war, glaubte ich trotzdem nicht, dass ich es nackt von den Honey-Island-Sümpfen bis ins French Quarter schaffen würde, ohne das Aufsehen einer Menschenmenge oder zumindest das eines Bullen zu erregen.

Eine knappe halbe Stunde später landete ich auf dem Balkon, verwandelte mich und ging ins Zimmer. Das Zimmermädchen machte sich vor Schreck fast in die Hosen.

»Hilfe!«, schrie sie, als ich vom Balkon hereinspaziert kam.

»Hupps.« Mit einem schnellen Griff hob ich meine Kleider vom Boden auf.

»Ich habe angeklopft«, brachte sie hervor. »Sie haben nicht reagiert.«

»Machen Sie sich deswegen keine Sorgen.«

»Ich könnte meinen Job verlieren.«

»Nicht, wenn das hier unter uns bleibt, okay? Sie sind nicht ins Zimmer gekommen, als ich nackt war«, sagte ich.

Und auf dem Balkon ist kein Vogel von der Größe einer Frau gelandet, dachte ich.

Sie nickte eifrig, ihre Augen waren zu ruhig und ihr Verhalten zu normal, als dass sie etwas anderes gesehen haben könnte als mich, wie ich vom Balkon hereinkam.

»Ich würde nur gerne …« Ich schob mich in Richtung Badezimmer.

»Natürlich.« Langsam ging sie zur Tür. »Ich komme später wieder.«

Sobald sie draußen war, schob ich den Sicherheitsriegel vor die Tür und fuhr den Computer hoch. Als Erstes rief ich die nur für Mitglieder zugängliche, kennwortgeschützte, supergeheime Website der Föderation auf.

Die Mitglieder loggten sich ein und gaben sämtliche Informationen ein, die sie über die Nephilim und alle Arten von Kreuzungen, denen sie begegneten, bekommen konnten – ganz besonders darüber, wie man sie tötete. Leider war von der Föderation nur noch das Gerippe übrig geblieben. Und die meisten der verbliebenen Mitglieder taten alles, was in ihrer Macht stand, um gegen die Dämonenflut anzukämpfen, und wurden dennoch von ihr hinweggespült. Das hatte zur Folge, dass nicht allzu viele von ihnen die Zeit hatten, neue Informationen in die Datenbank einzupflegen.

Über Mait fand ich nicht sehr viel heraus, also musste ich es auf die altmodische Art versuchen: herumprobieren anhand der Google-Suche. Auch dabei hatte ich nicht wesentlich mehr Glück.

Ich rieb mir die Augen. Ich brauchte dringend eine Dusche,

Kaffee und etwas zu essen, und zwar in dieser Reihenfolge. Dann würde ich ein bisschen herumtelefonieren.

Das heiße Wasser fühlte sich himmlisch auf meiner Haut an, die gestreckt und geschrumpft worden war, aus der ein Federkleid gesprossen und neue Haut gewachsen war. Vom Fliegen schmerzten mir die Schultern ein bisschen.

Mein Magen knurrte, und hinter meiner Stirn begannen die Koffeinentzugs-Kopfschmerzen zu hämmern. So war ich nicht auf der Hut, als ich ohne Handtuch zurück ins Zimmer kam. Meine einzige Warnung war ein leichtes Flattern in der Luft.

Ich rammte meinen Ellbogen nach hinten. Der Schlag hätte das, was sich da an mich herangeschlichen hatte, gegen die nächste Wand schleudern müssen, wenn nicht sogar durch sie hindurch. Stattdessen wurde mein Ellbogen so fest gepackt, dass die Knochen darin knirschten, und ich wurde wie ein Kreisel herumgewirbelt. Bereits einen Moment, bevor meine Augen ihn sahen, erfasste meine Nase seinen Duft – Zimt und Seife.

»Sanducci«, fauchte ich.

Jimmy legte die Arme um mich, wobei er mit einer Hand meine beiden Handgelenke umfasste und sie hinter meinem Rücken festhielt.

»Wirst du handgreiflich werden, Lizzy?«

Ich stieß mit der Brust gegen sein dünnes, verwaschenes T-Shirt – was in spitz zulaufenden, roten Buchstaben darauf gedruckt stand, konnte ich so schnell nicht lesen. Seine Fingerknöchel lagen auf der Wölbung meines Pos, und sein Mund schwebte nur wenige Zentimeter über meinem, da konnte ich nicht anders als zu flüstern: »Hättest du das gern?«

Verlangen flackerte in seinen Augen auf. Das war zwischen uns schon immer so gewesen. Eine Berührung, ein Wort, ein Atemhauch – und wir waren verloren.

Sein Hals war mir so nah, dass mich die Wärme seiner Haut

förmlich anzog und es unmöglich machte, mein Gesicht nicht in seine Halsbeuge zu drücken und einfach nur zu atmen. Mit seinem Duft strömten Erinnerungen auf mich ein – der erste Kuss, die erste Liebe, das erste Mal. All das.

Dieser Duft stand auch für Betrug und Liebeskummer, für Misstrauen, Mord und Totschlag. Jimmy war gleichzeitig Gefahr und Sicherheit, Hass und Liebe, Gewalt und die erste Sanftheit, die ich bei einem Mann kennengelernt hatte. Solange ich lebte, würde ich bei dem Geruch von erhitzter Haut und frischer Seife und bei dem Geschmack von heißem Zimttoast an Jimmy Sanducci denken müssen.

Seine Wange berührte mein Haar. Mit dem Daumen streichelte er die Spitze meines Steißbeins, und ich konnte nicht anders und leckte an seinem Hals.

Ohne Vorwarnung stieß er mich mit der Schulter gegen den Türpfosten. Ich konnte mich gerade noch daran festhalten, bevor ich mit dem Rückgrat oder dem Hinterkopf dagegenschlug.

»Ich mag meine Halsschlagader genau so, wie sie ist«, sagte er, »geschlossen.«

Ich sparte mir die Mühe, ihm zu erklären, dass ich gerade eben viel mehr daran interessiert gewesen war, ihn zu küssen, als ihn umzubringen. In diesem Augenblick traf das nämlich schon nicht mehr zu.

»Vampire, die in Blockhütten sitzen, sollten nicht mit brennenden Holzscheiten werfen«, murmelte ich.

Er runzelte die Stirn. »Was?«

Okay, das ergab zwar nicht allzu viel Sinn, aber trotzdem …

»Würdest du nicht mit dem Schwanz denken, hättest du die Anspielung kapiert.« Er sah mich immer noch verständnislos an. »Glashäuser und Steine, du Dumpfbacke. Du bist ein Vampir, genau wie ich.«

»Ich hab aber nicht an deinem Hals geleckt«, sagte er.

»Nein, du warst viel zu beschäftigt damit, mir am Hintern rumzufummeln.«

Ich ging quer durchs Zimmer, wobei ich seinen Arm im Vorbeigehen absichtlich mit meinen Brüsten streifte, und setzte mich aufs Bett. Ich machte mir nicht erst die Mühe, mir etwas anzuziehen. Er hatte das alles schon gesehen. Ich wollte ihm in Erinnerung rufen, was er vielleicht nie wieder sehen würde, wenn er so weitermachte. »Was tust du hier?«

»Das Gleiche wie du.«

Irgendwie hatte ich daran so meine Zweifel.

»Ich habe nieman…« Ich brachte den Satz, dass ich niemandem gesagt hatte, was ich tat, nicht zu Ende, denn ich hatte es doch jemandem gesagt. »Ich werde Luther in seinen knochigen Arsch treten.«

Jimmy ließ seinen Blick an meinem Hals hinabgleiten. Dann versteifte er sich, wandte sich ab und schlenderte zu der immer noch offen stehenden Balkontür hinüber.

Ich unterdrückte ein süffisantes Grinsen. Er konnte mir nicht widerstehen.

»Es war nicht Luther«, sagte er.

»Ruthie.« Er antwortete nicht, denn dies war auch keine Frage gewesen. »Was hat sie dir gesagt?«

»Dass ich meinen Hintern hierherbewegen soll, bevor sie ihn mir mit dem Paddel versohlt.«

Ruthie drohte uns noch immer, als wären wir Kinder. Dabei waren wir schon keine mehr, seit …

Ich seufzte. Jimmy und ich waren nie richtig Kind gewesen.

Ruthie hatte sich einen Sport daraus gemacht, uns mit lebhaften Schilderungen so einzuschüchtern, dass wir taten, was sie wollte. Sie hatte kaum jemals die Hand gegen uns erhoben, und wenn doch, dann hatten wir es auch verdient. Die Wahrheit war: Jedes Kind, das auch nur ein paar Minuten mit Ruthie Kane verbracht hatte, hätte alles getan, worum sie einen bat, und zwar nur, weil sie es war, die darum bat.

Zum Beispiel Jimmy: Ruthie hatte ihm aufgetragen, mir das Herz zu brechen, und er hatte es so eilig, ihr zu gehorchen, dass ich nur noch eine Staubwolke von ihm sah, als er aus meinem Leben verschwand. Ich musste darüber hinwegkommen.

Endlich.

»Ich brauche keine Hilfe«, sagte ich.

»Das sieht Ruthie aber anders.«

»Ruthie kann mich mal am …«

»Ah-ah-ah«, Jimmy warf mir einen Blick über die Schulter zu und sah dann schnell wieder aus dem Fenster in den immer diesiger werdenden Tag. »Sie weiß alles, und sie sieht auch alles.«

»Nicht ganz«, murmelte ich. In ihrer neuen Form schien Ruthie recht wenig zu wissen und gerade genug zu sehen, um mir auf den Wecker zu gehen. »Ruthie hat dich geschickt, um mir zu helfen.« Ich versteifte mich, als hätte mich jemand in den Arsch gekniffen. »Was ist mit Summer? Du hast sie doch nicht einfach allein …«

»Nein«, unterbrach mich Jimmy.

»Sag mir bitte, dass du sie nicht mitgebracht hast.«

»Definitiv nicht.«

»Du solltest auf sie aufpassen.« Ich stand auf und fing an, hin und her zu laufen. »Wir können ihr nicht trauen.«

»Dir auch nicht«, sagte er.

Ich ballte die Fäuste. Nur zu gerne wollte ich ihm eine reinhauen, andererseits wollte ich das fast immer. »Aber du musst sie daran hindern …«

»Was glaubst du, was sie vorhat, Lizzy?« Jimmy fuhr herum, seine Hände ebenfalls zu Fäusten geballt. »Sie hat ihre Seele für mich verkauft. Glaubst du etwa, sie würde dieses Opfer einfach so wegwerfen, nur dadurch, dass sie uns verrät?«

»Ich glaube, sie würde alles tun, um dich zu retten«, sagte ich ruhig.

Er seufzte. »Das glaube ich auch.«

Hatte ich erwähnt, dass Summer ein kleines bisschen besessen war?

»Ich habe sie in ein Zimmer gesperrt und die Ausgänge mit Eberesche verriegelt«, fuhr er fort.

Eberesche ließ die Magie von Feen unwirksam werden. In Verbindung mit kaltem Stahl konnte dieses Holz sie sogar töten. In letzter Zeit hatte ich beides immer in meinem Seesack. Man wusste ja nie, wann man es brauchen konnte.

»Sie war bestimmt nicht gerade begeistert davon«, murmelte ich.

»Begeistert trifft es nicht ganz, nein.«

Ich hatte gesehen, was hinter Summers hübschem Gesicht lag, und es hatte mir Angst gemacht. Ich fragte mich, ob Jimmy es diesmal wohl auch zu Gesicht bekommen hatte, und wenn ja, ob er dann endlich zuließe, dass ich sie umbrachte, so, wie ich es wollte.

»Luther war auch nicht besonders froh darüber«, fuhr Sanducci fort. »Er dachte, er könnte auf sie aufpassen.«

Ich schnaubte. Jimmys Blick senkte sich auf meine Brüste, die in Bewegung geraten waren. »Möchtest du dir vielleicht etwas anziehen?«, fragte er.

»Wenn es dich stört.«

Jimmy ballte die Fäuste fester. Nicht mehr lange, und zwischen seinen Fingern würde Blut hervorquellen.

Ich fand saubere Unterwäsche, die Jeans von gestern und eins meiner neuen T-Shirts. Den BH ließ ich lieber gleich in der Tasche. Es war so verdammt heiß.

Als ich angezogen war, wandte ich mich zu Jimmy, dabei fiel mein Blick auf sein T-Shirt. Ich schüttelte den Kopf. Rote Buchstaben vor grauem Hintergrund enthüllten: ALLES, WAS ICH FÜRS LEBEN BRAUCHE, HABE ICH VON STEPHEN KING GELERNT.

Eines Tages würde das vielleicht sogar lustig sein.

»Lass uns im Gehen weiterreden«, sagte ich. »Wenn ich nicht bald einen Kaffee bekomme, springe ich dir womöglich doch noch an die Halsschlagader.«

Jimmy deutete mit dem Kopf auf die Tür. Sein dunkles Haar fiel ihm über ein Auge, und er strich es ungeduldig zurück, bevor er mir in den Flur folgte.

»Luther ist der Meinung, er sei jetzt ein großer Junge«, sagte ich auf dem Weg ins Erdgeschoss.

»Groß genug ist er ja vielleicht. Er ist bloß noch nicht gemein genug.«

»Du hast ihn nie als Löwen erlebt. Trotzdem …« Ich zuckte die Schultern. »Er ist auch dann nicht gerade eine menschenfressende Bestie.«

»Das wird er schon noch werden. Es ist nur eine Frage der Zeit.«

Ich verstand, was Jimmy nicht aussprach. Je mehr schreckliche Dinge Luther sah, desto leichter würde ihm das Töten fallen. Das ging uns allen so – ich betrachtete Sanduccis atemberaubendes Profil –, bei einigen war es früher der Fall als bei anderen.

Als wir auf die Straße kamen, schlug uns die Hitze wie eine Decke ins Gesicht, die in den Fluss getaucht worden war – schwer, feucht, muffig und modrig. Bei dem Versuch einzuatmen, verbrannte mir die Luft nicht nur die Kehle, sie schien sie auch mit Wattebäuschchen zu füllen.

»Bist du sicher, dass du Kaffee willst?«, fragte Jimmy.

»Sicher.« In einer Geschwindigkeit, die kein Normalsterblicher wagen würde, steuerte ich auf die Decatur Street zu.

Obwohl ich es eilig hatte, an eine Tasse Malzkaffee und einen Teller voll frittiertem Teig zu kommen, warf ich unterwegs ein paar Blicke in die Schaufenster der Geschäfte. Ich konnte einfach nicht anders. Ein Schrumpfkopf lag direkt neben einer reich verzierten Mardi-Gras-Maske, katholische Ikonen standen neben Voodoo-Puppen. Ich sage nur: New Orleans.

Plötzlich blieb ich stehen, und Jimmy rannte mit einer solchen Wucht in mich hinein, dass er mich geradezu vorwärtsschob. Ich fing mich mit den Händen an der Scheibe ab, meine Nase berührte schon die kühle, saubere Fläche.

Ich hatte die Fotografie zwar noch nie zuvor gesehen, aber ich wusste, dass Jimmy sie aufgenommen hatte. Ich brauchte sie gar nicht zu berühren, um das zu *sehen*, ich brauchte ihn auch nicht zu fragen, seine Antwort nicht zu hören. Ich wusste es einfach.

Das Porträt zeigte nicht einmal eines seiner üblichen Motive. Stattdessen starrte ein kleiner Junge ganz in Schwarz-Weiß aus dem Bild. Der Schmutzfleck in seinem Gesicht entsprach dem Ton seiner Augen, sein verdrecktes Hemd mochte früher einmal so hellgrau gewesen sein wie sein Bürstenschnitt. Auf seinen hellen Haaren saß eine Fliege, eine weitere auf seiner Schulter. Die Kamera hatte ihn in dem Moment eingefangen, als er Luft nach oben blies, die Unterlippe gerade vorgeschoben, der Pony zerzaust. Die Fliege rührte sich nicht.

Hatte er im Matsch gespielt, oder lebte er auf der Straße? Das Bild war zugleich das Süßeste und das Traurigste, das ich jemals gesehen hatte.

Jimmys und meine Augen fanden sich im Spiegel, und er streckte die Hand nach mir aus. »Warte, Lizzy …«

Ich wich zur Seite aus und öffnete die Tür. Drinnen gab es noch mehr Fotos, die dem ersten ähnelten. Alle in Schwarz-Weiß, meistens von Kindern. Jedes stellte eine Frage, erzählte eine Geschichte – und zerriss mir das Herz.

Vielleicht hatte es mit seiner übernatürlichen Fähigkeit zu tun – Jimmy sah Dinge, die anderen verborgen blieben. Er war so wahnsinnig begabt. Sanducci war berühmt, und er verdiente den Ruhm. Trotzdem war keines der Bilder, die er für Geld geschossen hatte, mit denen in diesem Raum vergleichbar.

Ich sah ihn an. »Warum hast du mir das nie gezeigt?«

Eine Emotion huschte über sein Gesicht, eine, die ich nicht recht deuten konnte, bevor sie wieder verschwand. »Baby, ich werd dir alles zeigen, was du willst.« Er legte die Hand auf seinen straffen Bauch und rieb darüber, zog dabei sein T-Shirt hoch und versuchte, mich mit seinem Waschbrettbauch abzulenken.

»Nicht.« Ich legte ihm die Hand auf den Arm. Er zog ihn weg, doch vorher noch begriff ich die Wahrheit. Er mochte zwar vorgeben, dass die Fotos nichts zu bedeuten hatten, aber ich wusste es besser. In jedem einzelnen lag ein winziges Stück seiner Seele.

»Kann ich Ihnen helfen …?«

Ich drehte mich um, und die Augen des dünnen, weißhaarigen Mannes weiteten sich. »Sie sind das«, sagte er.

Ich warf Jimmy einen wütenden Blick zu. »Zeig sie mir«, befahl ich, und der Verkäufer verzog sich schnell in den Hintergrund.

»Scheiße«, murmelte Jimmy zwar, doch er folgte mir.

Ich betrat einen separaten Raum und drehte mich langsam im Kreis. Ich sah so viele verschiedene Versionen von mir, dass mir schwindlig wurde. Auch diese Bilder waren mit einem Schwarz-Weiß-Film aufgenommen worden, doch in ihnen leuchtete ein unübersehbarer Unterschied zu den anderen Fotos: das strahlende Saphirblau meiner Augen.

Was für eine künstlerische Begabung! Aber diese Bilder wirkten gar nicht komponiert – ihre Schönheit war einfach gespenstisch.

Da war ich, kurz nachdem ich zu Ruthie gekommen war – ich war zwölf Jahre alt und viel zu dünn, entwickelte mich aber schon zur Frau, was mir Angst einjagte. Meine Beine ragten wie Kienspäne aus einem viel zu großen Rock hervor, meine Schultern bestanden nur aus Haut und Knochen. Unter einem Sweatshirt, in dem ich zu ertrinken drohte, zeichneten sich sanft die Rundungen meiner Brüste ab. Ein lauerndes Kind, gierig und versteinert zugleich, kurz davor, eine Frau zu werden.

Da war ich auf dem Schwebebalken in der Highschool, unter dem hautengen Trikot konnte man meine Stripteasetänzerinnen-Figur gut erkennen, und in meinen Augen spiegelte sich die Liebe zu diesem Sport, zum ersten Mal in meinem Leben war ich wirklich gut in etwas.

Als Nächstes ein Fenster im zweiten Stock bei Ruthie, dahinter eine Silhouette. Es ist mein Fenster. Ich hatte die Arme gehoben, um mein Oberteil auszuziehen. Meine Haut sah im Mondlicht wie vergoldet aus. Ich hatte den Kopf gerade so weit gedreht, dass die Kamera mein Gesicht einfangen konnte. Ich hatte an ihn gedacht.

»Spanner«, murmelte ich.

»Lizzy, lass uns …«

Ich hob die Hand, um ihn zum Schweigen zu bringen, und er wich zurück, als hätte ich ihn schlagen wollen, woraufhin uns der Verkäufer einen kurzen, finsteren Blick zuwarf.

»Na großartig«, flüsterte ich wütend. »Jetzt denkt er, dass ich dich schlage.«

»Das tust du doch auch«, sagte Jimmy.

Ich kniff die Augen zusammen. »Keine schlechte Idee.«

Auf dem folgenden Bild wandte ich mich zur Kamera um, während ich die Stufen in Ruthies Haus hinabging. Mein Oberteil war verdreht, mein Rock zerknittert (weil er noch kurz zuvor bis zur Taille hochgeschoben gewesen war), meine Haare – zu dieser Zeit lang – wirkten so wirr und zerzaust, als hätte ich draußen in einem Wirbelsturm getanzt. Aber ich lächelte ein kleines Lächeln, das sagte: Außer dir gibt es niemanden auf dieser Welt.

Ich hatte erwartet, dass das nächste Foto die Lücke offenbaren würde, die Jahre, nachdem er mich verlassen hatte und bevor er zurückgekehrt war. Stattdessen nahm mir der Anblick den Atem.

Ich saß im Fenster, Regen lief über die Scheibe, sodass es aussah, als liefen Tränen über mein Gesicht. Ich hatte gerade bemerkt, dass Jimmy fort war.

Als ich das nächste Bild sah, machte mein Herz einen Sprung. Es zeigte mich in Uniform, wie ich einen Penner durchsuchte, ihm mit dem Fuß die Beine auseinanderschob, während er sich über den Streifenwagen des Milwaukee Police Department beugte. Meine Haare waren jetzt kurz – ich hatte sie abgeschnitten, weil mir auf den Geist gegangen war, dass mir Festgenommene ständig Kaugummi hineinspuckten –, und mein Mund war zu einer schmalen Linie zusammengepresst, der typisch frustrierte Ausdruck einer Stadtpolizistin.

Es folgten weitere Fotos von mir – alle während der Zeit aufgenommen, als Jimmy aus meinem Leben verschwunden war. Lachend auf einem Grillfest bei den Murphys, bei einer Zeugenaussage vor Gericht, in einem Ballkleid bei einer Wohltätigkeitsveranstaltung und ganz in Schwarz bei Max' Beerdigung. Das Foto von mir, wie ich allein am Grab stand, nachdem alle anderen gegangen waren, brachte diesen Tag so klar und deutlich zurück, dass meine Augen brannten.

Jimmy war da gewesen. Er hatte auf mich aufgepasst. Ich wusste nicht, ob ich froh oder traurig sein sollte, glücklich oder richtig sauer.

»Mir gefällt die Vorstellung nicht, dass Leute Bilder aus meinem Leben in ihrem Wohnzimmer hängen haben.«

»Die Bilder sind nicht zu verkaufen«, beeilte sich der Verkäufer zu sagen. »Dies ist nur ein Ausstellungsraum.« Er deutete auf die vielen Schildchen, die in regelmäßigen Abständen angebracht waren und auf denen UNVERKÄUFLICH stand. Ich hatte sie überhaupt nicht bemerkt.

Mein Blick streifte Jimmy, doch der hatte sich zum rückwärtigen Fenster zurückgezogen und schien von dem Anblick der Allee hinter der Galerie über die Maßen fasziniert zu sein.

»Haben Sie gedacht, sie wären wegen der Farbgebung hier?«, fragte der Mann.

»Nicht direkt«, sagte ich.

Jeder, der ein Herz hatte, konnte sehen, dass die Andersartigkeit der Bilder von einem Unterschied im Fotografen herrührten. Seine anderen Motive hatten ihm etwas bedeutet – aber dieses hatte er geliebt.

25

Rechts neben der Tür hing ein allerletztes Bild. Es war erst vor ein paar Monaten aufgenommen worden, und zwar auf dem Hof des Milchbauern, bei dem Jimmy früher gearbeitet hatte. Es zeigte mich schlafend auf einem Feldbett in der Sattelkammer. Die untergehende Sonne schien durch die Fenster über mir herein und tauchte mich in ein weiches, fahles Licht.

Das auffällige Fehlen jeglicher Bilder nach diesem Zeitpunkt erzählte eine Geschichte, die mir das Herz brach, obwohl ich die Wahrheit seit einiger Zeit geahnt hatte. Jimmys Liebe war verschwunden.

Zu schade, dass meine es nicht war.

Ich verließ die Galerie so schnell ich konnte, ohne auf Jimmy zu warten. Draußen ging ich den Weg zum Hotel zurück. Mein Magen war viel zu aufgewühlt, an Kaffee war nicht mehr zu denken.

Jimmys Liebe zu mir so lebendig für die Nachwelt festgehalten zu sehen, hatte mich schon genug aus der Fassung gebracht. Aber auch zu erkennen, dass es diese Liebe jetzt nicht mehr gab, das war so, als würde ich ihn noch ein weiteres Mal verlieren, so wie damals mit achtzehn.

»Lizzy!«

Jimmy lief mir auf dem Fußweg hinterher. Es hatte keinen Sinn zu versuchen, ihm davonzulaufen. In unserer menschlichen Gestalt verfügten wir beide über die gleichen Kräfte. Und mich am helllichten Tag und mitten auf der Straße in einen Phönix zu verwandeln gehörte nicht zu den Dingen, die ich zu tun gedachte, nicht einmal, um ihm zu entkommen.

Ich ließ Jimmy aufholen, und wir gingen schweigend ein paar Häuserblocks weiter, bevor er sprach. »Es tut mir leid. Ich wusste, dass sich ein paar von den Bildern hier in New Orleans befinden, und eine der Ausstellungen …«

»Waaas?« Ich blieb stehen und zog ihn zur Seite. »Es gibt da draußen noch mehr davon?«

»Ich … ähm … brauchte einfach das Geld. Ich konnte nicht mehr so viel arbeiten wie sonst, bei all dem …« Mit seiner langgliedrigen Hand machte er eine vage Bewegung.

»Chaos?«, schlug ich vor, »Tod, Zerstörung, Mord?«

»Ich hätte dir vor unserer Abreise von der Galerie in New Orleans erzählt«, murmelte er.

»Wirklich?«

Er sah zur gleißenden Sonne hinauf. »Vielleicht. Ich weiß es nicht. Deswegen bin ich nicht hier.«

»Weswegen bist du dann hier?«

Er sah mir in die Augen. »Du weißt, warum.«

»Weil Ruthie es dir gesagt hat, und weil du immer tust, was sie sagt.«

In seinen Augen flackerte etwas auf, etwas Wütendes, Brutales. »Du etwa nicht?«

»Doch.« Ich ging wieder in Richtung Hotel. »Ich weiß nicht, was ich sonst tun soll.«

Mein stilles Eingeständnis besänftigte ihn, und er lief neben mir her. Wir schwiegen, bis wir wieder im Hotelzimmer waren. Ich setzte mich auf den einzigen Stuhl, der an einem kleinen Tisch in der Ecke stand.

Jimmy setzte sich aufs Bett. »Hast du den Fellläufer gefunden, nach dem du gesucht hattest?«

»Ja, das habe ich.«

»Ich nehme an, er hat dir geholfen, Sawyer heraufzubeschwören, und der hat dich dann hierhergeschickt?«

»Nein«, sagte ich. »Sani zufolge befindet sich Sawyer zwischen den Welten.«

»Wie ist das passiert?« Bevor ich antworten konnte, dämmerte eine Art Verständnis in Sanduccis Augen auf. »Du hast ihm geholfen.«

»Das war nicht meine Absicht.«

»Lizzy, du hast in deinem ganzen Leben noch nie etwas getan, das du nicht wolltest.«

»Das stimmt nicht«, sagte ich. »Und gerade du solltest das besser wissen als jeder andere auf der Welt.«

Jimmy fluchte leise.

Genau wie Jimmy Dinge getan hatte, von denen er mir nichts erzählt hatte, so hatte ich Dinge getan, von denen er nichts wusste. Es ist kaum zu glauben, was man zu tun bereit ist, wenn man acht Jahre alt ist, nirgendwo hingehen kann und nichts zu essen hat.

»Das hätte ich nicht sagen sollen«, murmelte er.

»Meinst du?«

Er ignorierte meinen Seitenhieb, vermutlich weil er weniger nach Sarkasmus klang als nach einer ernsthaften Frage aus dem Mund des Kindes, das ich einst war – zu Tode verängstigt, aber darauf angewiesen, es niemandem zu zeigen.

»Du wolltest Sawyer nicht töten«, fuhr er fort.

Die Überraschung verschlug mir die Sprache. Jimmy hatte also gar nicht auf meine Kindheit angespielt, sondern auf Sawyer. Es dauerte ein paar Sekunden, bis ich geschaltet hatte. Dann sagte ich ihm die Wahrheit.

»Ich wollte Sawyer töten, und zwar so sehr, wie ich noch nie in meinem Leben etwas gewollt habe.«

Sein Gesicht, in das sich zunächst Schreck und Kummer eingegraben hatten, glättete sich nun. »Das war der Dämon, Lizzy, das warst nicht du.«

»Das Blut war aber an meinen Händen.« Außerdem war es auf meinen Füßen, in meinem Gesicht und so ziemlich überall sonst gewesen.

»Wenn der Dämon die Kontrolle übernimmt, bist du nicht mehr du selbst.«

»Das weiß ich hier drin«, ich deutete auf meinen Kopf. »Aber hier?« Und ich legte die Hand auf mein Herz. »Wenn das Gute stärker ist als das Böse, wenn Liebe stärker ist als Hass, wenn ich wirklich eine Anführerin bin, hätte ich dann nicht in der Lage sein müssen, mich zu bremsen?«

»Lizzy.« Jimmy schüttelte den Kopf.

Wie ein Schülerlotse hielt ich meine Hand hoch. »Mir ist klar, dass es idiotisch ist. Ich weiß, dass ich es tun musste. Aber sein Tod verfolgt mich immer noch.«

Jimmy seufzte. »Und das wird er wahrscheinlich für immer tun.«

Da ich hoffte, eine Möglichkeit zu finden, meiner ewigen Schuld ein Ende zu bereiten, antwortete ich jetzt nicht darauf. Jimmy würde nie im Leben mitmachen. Er würde alles tun, was in seiner Macht stand, um mich daran zu hindern, Sawyer zurückzuholen. Also würde ich ihm nichts davon sagen.

Ich würde aber nicht lügen. Nicht, dass ich es nicht gekonnt hätte. Aber in diesem Fall war das gar nicht nötig. Eine Halbwahrheit würde völlig ausreichen.

»Sawyer ist über den Punkt hinaus, an dem man seinen Geist beschwören könnte«, sagte ich. »Ich habe es versucht, Sani hat es versucht, aber es geht einfach nicht.«

»Oh. Okay.« Jimmy zuckte die Achseln. »So ein Pech.«

»Ja. Aber Sani hat mir einen Tipp gegeben – wegen einer anderen Sache.«

»Was für eine Sache?«

»Das Buch Samyaza.«

Jimmy verdrehte die Augen. »Schon wieder dieses Buch. Weißt du nicht mehr, dass noch nie jemand dieses Ding zu Gesicht bekommen hat?«

»Aber wir werden es trotzdem sehen.«

Er legte den Kopf schief. »Wann?«

»Sobald du mir geholfen hast, es zu klauen.«

»Ich glaube nicht, dass es eine besonders schlaue Idee ist, Satan seine Gebrauchsanweisung zu stehlen.«

»Ich glaube, es ist sogar die beste Idee, die ich seit Monaten hatte.«

»Bist du dir da sicher?«

Ich konnte mir über nichts mehr sicher sein – außer vielleicht darüber, dass wir das Buch bekommen mussten.

»Dieser Fellläufer«, sagte Jimmy, »woher kannte er Sawyer überhaupt?«

»Sani hat ihn ausgebildet.«

»Wie kommt es dann, dass ich noch nie von diesem Mann gehört habe? Wo ist er gewesen? Warum hilft er uns nicht?«

»Er ist sozusagen … auf diesem Berg gefangen.« Jedenfalls war er das gewesen. Ich hielt es nicht für besonders ratsam zuzugeben, dass ich ihn befreit hatte.

Jimmy hob eine Braue. »Sawyer hat ihn verflucht.«

»Ich bin sicher, er hat es verdient.«

»Nur leider neigen die meisten Menschen dazu, etwas verärgert zu sein, wenn sie verflucht werden, ganz gleich, was sie getan haben, um es zu verdienen. Glaubst du, dass er dir verlässliche Informationen gegeben hat?«

Darüber hatte ich noch gar nicht nachgedacht. Ich hatte ihm einfach geglaubt. Und ich hatte diesen Traum, diese Vision oder was auch immer gehabt, in der Jimmy an der Wand hing …

Ich wandte mich ab, damit er mein Gesicht nicht sehen konnte, und presste die Finger gegeneinander, sodass er meine Hände nicht zittern sah. Ich könnte all das verhindern, aber ich brauchte Sawyers Hilfe, und niemand, nicht einmal Sanducci, würde mich noch davon abhalten können.

»Dieser Nephilim bewahrt das Buch Samyaza für den Antichrist auf«, sagte ich. »Wenn wir jetzt gehen und zulassen, dass der Prinz der 666 es bekommt, dann wird er …«

»… unbesiegbar sein. Ich weiß.« Jimmy biss sich auf die Lippen und dachte nach.

Ich hielt den Mund. Sanducci würde letztlich zum gleichen Ergebnis kommen wie ich. Denn so viele Argumente auch dagegensprachen, das Buch an uns zu bringen, die einzige Wahrheit war doch die folgende: Wir konnten nicht zulassen, dass die Nephilim es behielten.

»Okay«, sagte er. »Ich helfe dir, aber nur, wenn wir zuerst den Plenus-luna-malum-Zauber anwenden.«

Ich riss die Augen auf. Plenus luna malum, übersetzt etwa *Das Böse bei Vollmond*, war ein Sexzauber, der das Böse hinter den Mond verbannte. Mit anderen Worten: Jeden Monat bei Vollmond würden Jimmy und ich unsere Vampirneigungen nicht mehr kontrollieren können, weil alle Gewalttätigkeit in diese eine Nacht gepresst wurde, in der sich der Mond vollständig rundete.

Ich griff nach meinem Halsband. Wenn der Zauber wirkte, konnte ich das Ding abnehmen, weil ich an jedem anderen Tag des Monats normal wäre. So gut wie jedenfalls.

Auf den ersten Blick sah der Zauber nach einer fabelhaften Idee aus. Bei näherem Hinsehen jedoch wurden die Probleme sichtbar. Wenn wir lediglich in einer Nacht im Monat auf die Vampire in uns zurückgreifen konnten, würde jedes große, böse Monster, das gerade Spaß daran fand, Tokio niederzutrampeln, so lange weitertrampeln, bis wieder Vollmond war und Jimmy und ich stark genug wären, um es zu töten.

Außerdem wurde der Vampir, wenn er nur in einer einzigen

Nacht rausdurfte, immer stärker und bösartiger, und wenn er dann losgelassen wurde, konnte er nur noch mit einer sehr mächtigen Magie unter Kontrolle gebracht werden. Jene Art von Magie nämlich, über die nur wenige Wesen verfügten – so wie Sawyer und ich. Wenn ich aber gerade völlig durchdrehte und Sawyer tot war, dann würden wir ein Problem bekommen.

Noch ein guter Grund, ihn zum Leben zu erwecken.

»Warum sollen wir den Zauber anwenden, bevor wir das Buch stehlen?«, fragte ich. »Wir könnten die Extrakräfte unserer knallharten Vampire doch gut gebrauchen, um es zu bekommen.«

»Wir werden schon damit fertigwerden.«

»Es könnte trotzdem besser sein zu warten, bis wir das Buch haben, bevor wir unsere Dämonen wegsperren.« Nur für alle Fälle.

»Wir sollten auf keinen Fall in die Nähe des Buches Samyaza kommen, wenn wir Dämonen in uns haben. Wer weiß, was ein von Satan diktiertes Manuskript mit ihnen anstellt.«

Die Bilder, die bei diesen Worten durch meinen Kopf purzelten, gefielen mir überhaupt nicht. Wir wussten es einfach nicht. Womöglich würden wir bei der bloßen Berührung des Umschlags gezwungen sein, unsere Kontrollmittel abzulegen und uns auf die andere Seite zu stellen. Wenn die Nephilim Jimmy und mich in ihrer Gewalt hatten, und dazu auch noch das Buch, dann war die Welt doch noch mehr im Arsch als ohnehin schon.

»Du wolltest deinen Dämon schon die ganze Zeit, seit ich ihn befreit habe, wieder wegsperren lassen. Aber Ruthie war dagegen«, sagte ich. »Was hat ihre Meinung geändert?«

Jimmy antwortete nicht.

»Du hast sie gar nicht gefragt.« Er zuckte die Schultern. »Das wird ihr nicht gefallen.«

»Ich dachte, du wärst jetzt der Boss.«

»Das dachte ich auch mal«, murmelte ich. Aber ich entdeckte jeden Tag aufs Neue, wie irrwitzig dieser Gedanke war.

»Wenn du das Buch haben willst«, sagte Jimmy, »wenden wir den Zauber an.«

»Du würdest es wirklich den Nephilim überlassen, wenn ich nicht zustimme?«

Er sah mir direkt in die Augen. »Das würde ich wirklich tun, ja.«

Er schien es ernst zu meinen, aber es gab nur eine Möglichkeit, das mit Sicherheit herauszufinden. Schnell wie ein Wirbelwind strich ich über seine Hand und sah ein flüchtiges Bild davon, wie er und Summer sich nackt in den Laken wälzten. Ich riss die Finger zurück.

»Das hast du absichtlich gemacht«, warf ich ihm vor.

»Halt dich aus meinem Kopf raus. Ich habe eine Menge Zeug da drin, das du überhaupt nicht sehen willst.« Daran hatte ich keinen Zweifel.

»Gut«, schnappte ich. »Ich bin einverstanden. Aber es gibt noch ein Problem. Ich kenne den Plenus-luna-malum-Zauber gar nicht.«

Jimmy verzog die Lippen zu einem Grinsen. »Ich schon.«

»Woher …?«, fing ich an, aber dann wusste ich es. »Summer.« Sie würde alles tun, worum er sie bat.

Aber Jimmy schüttelte den Kopf. »Sie hat es mir nicht verraten. Ich …«, er zuckte die Schultern und zog ein Stück Papier aus der Tasche, »hatte mir gedacht, dass ich ihn später noch mal brauchen könnte, und habe alles aufgeschrieben.«

»Warum hast du ihr nicht einfach gesagt, sie solle es noch mal mit dir treiben?«, murmelte ich.

»Ich habe da ein Vertrauensproblem. Nenn mich albern, aber ich werde mich lieber nicht noch einmal auf einen Sexzauber mit einer Fee einlassen, die ihre Seele verkauft hat.«

»Wann sollen wir es machen?«

»Unter dem Mond.« Jimmy sah zum Fenster. Wie Honig fiel das Licht der Sonne durch die Scheibe. »Heute Nacht.«

»Okay.« Plötzlich fühlte ich mich unwohl. Es ging um einen Sexzauber. Jimmy und ich hatten keinen Sex mehr gehabt, seit …

Mein Geist scheute vor diesen Erinnerungen zurück. Wir hatten in letzter Zeit eine Menge Vampirsex gehabt. Außerordentlich gut zwar, aber auch brutal. Blut und Leidenschaft, Schmerz und Verlangen lagen bei Vampiren so eng zusammen, dass sie gar nicht voneinander zu trennen waren. »Wenn wir …«, fing ich an, brachte den Satz aber nicht zu Ende. »Wenn wir damit fertig sind, du weißt schon, dann kümmern wir uns um Mait.«

Jimmy horchte auf. »Mait? Der Sosye?«

»Häh?«

»Der Hexenmeister«, übersetzte er. »Haitianer?«

»Ja. Ich dachte, er wäre ein Zauberer.«

»Zauberer.« Jimmy drehte die Handfläche einer Hand nach oben. »Hexenmeister.« Er drehte die Handfläche nach unten. »Kaum ein Unterschied.«

»Du kennst ihn?«, fragte ich.

»Er ist der Einzige, der entkommen konnte.«

»Wem entkommen?«

»Mir«, schnauzte er.

»So was kommt vor?«

»Haha.«

»Okay, du hast gesagt, er sei der Einzige. Und, bist du ihm gefolgt? Hast ihn gehetzt wie ein Hund? Dein Leben seiner Verfolgung gewidmet? Bist von ihm besessen gewesen? Niemals aufgeben, niemals klein beigeben?«

»Leck mich«, sagte Jimmy.

»Dazu kommen wir später.«

Er wand sich, und fast hätte ich mich schlecht gefühlt. Dann öffnete er den Mund … und ich fühlte mich richtig schlecht. »Es war im ersten Jahr, in dem ich nicht mehr bei …«

Er verstummte und sah aus dem Fenster, plötzlich fasziniert von den goldenen Flecken, die das Sonnenlicht auf den schmiedeeisernen Balkon warf.

»Ruthie«, sprang ich ein. »Das erste Jahr, in dem du nicht mehr bei Ruthie warst.«

»Ja«, stimmte er zu. »Ich war in der Ausbildung.« Er brach ab, und es schien ihm schwerzufallen, weiterzusprechen. Also sprang ich wieder ein. Ausbildung für Dämonenjäger und Seher, das bedeutete …

»Sawyer.«

Jimmy hatte nie direkt zugegeben, dass er bei Sawyer ausgebildet worden war, aber ich hatte aus dem, was er erzählt hatte, einige Hinweise ziehen können. Ich wusste zwar nicht genau, was zwischen den beiden vorgefallen war, aber was es auch immer gewesen sein mochte, es hatte eine unüberwindbare Feindseligkeit hinterlassen, die ich bei keinem von beiden jemals vollständig hatte ergründen können.

»Du warst bei Sawyer in der Ausbildung«, presste ich hervor.

Jimmy räusperte sich. »Du weißt ja, wie das war.«

Dieses Mal wand ich mich. Für mich hatte die Ausbildung bei Sawyer in einer seltsamen Kombination aus Nahkampf, Magie und Sex bestanden. Ich glaubte zwar nicht, dass es bei Jimmy ähnlich abgelaufen war, aber wenn doch, dann würde das erklären, warum Jimmy niemals aufhörte, sich Sawyers Tod zu wünschen.

»Ständig laufen, schwimmen, springen, kämpfen«, fuhr er fort. »Sehr wenig Essen. Kein Schlaf. Und ständig passieren merkwürdige Dinge.«

Ich nickte, und der Knoten in meiner Brust löste sich etwas, da er nichts von Verführung, Sex oder Schlimmerem erwähnte.

»Er sagte, ich wäre bereit, und dann hat er mich auf einen Sosye gehetzt.«

»Mait«, murmelte ich. »Was ist geschehen?«

»Der Kerl hat mir den Arsch aufgerissen und mich liegen lassen, als er dachte, ich wäre tot.«

»Wenn er dich für tot gehalten hätte, wärst du es gewesen.«

»Er wusste nicht, was ich war.«

Mit anderen Worten: Mait hatte Jimmy einmal umgebracht, aber bei einem Dhampir reicht einmal eben nicht aus.

»Wie tötet man einen Sosye?«, fragte ich.

»Indem man ihm einen verzauberten Dolch durchs linke Auge stößt.«

»Ih!« Trotzdem … »Das klingt nicht so schwierig.«

»Willst du es versuchen?«

Das würde ich wahrscheinlich müssen.

»Du wirst mehr Glück haben als ich«, fuhr Jimmy fort.

»Warum das?«

»Magie. Du hast welche.«

»Mait aber ebenfalls. Er hatte kein Problem damit, mir meine ganze Magie ins Gesicht zurückzuschleudern. Ich besitze vielleicht die Zauberkraft, aber ich habe keine Ahnung, wie ich sie einsetzen muss.«

»Das ist in Ordnung.«

»Nein«, sagte ich. »Wirklich nicht.« Ich hatte für diese Zauberkraft getötet. Ich sollte wenigstens in der Lage sein, etwas anderes damit anzustellen, als Leute zu vermöbeln, ohne sie anzufassen. Obwohl das sehr praktisch sein konnte.

»Es gibt einen Zauber, der dich beschützt«, sagte Jimmy.

»Vor dem Beschützerdämon?«

»Ich habe jahrelang nach einer Möglichkeit gesucht, diesen Typ fertigzumachen. Ich weiß, was ich tue.«

Offenbar war er doch besessen gewesen. Und diese Besessenheit machte Jimmy zur besten Unterstützung, die ich gegen Mait überhaupt erhalten konnte. Das war vermutlich auch der Grund, aus dem Ruthie ihn geschickt hatte.

»Ich habe mich immer gefragt, ob Sawyer Mait davonkommen lassen wollte«, grübelte Jimmy.

»Warum sollte er das wollen?«

»Wer kann das bei ihm schon sagen?«

»Vielleicht solltest du alle Hintergrundinfos über einen Sosye auftreiben«, sagte ich. »Sicherstellen, dass du alles weißt, was du wissen musst, bevor du losziehst, um ihm einen Dolch ins Auge zu stechen.«

»Ich bin ein Dämonenjäger. Mein Job ist es, den Anweisungen meines Sehers zu folgen, ohne Fragen zu stellen. Wenn wir herumtrödeln, kostet das nur unschuldige Menschen das Leben.«

»Und wenn Mait ein Test für deine Fähigkeiten sein sollte? Sawyer konnte schlecht zulassen, dass der Typ starb, wenn er an der Ausbildung der Föderationsmitglieder beteiligt war.«

»Nephilim, die uns helfen?« Jimmy schnaubte. »Seit wann denn das?«

»Ich weiß es nicht. Aber Mait hat dich nicht getötet. Dafür muss es doch einen Grund geben. Genauso wie es einen Grund dafür gibt, dass Sawyer dir nicht alles gesagt hat, was du wissen musstest.«

»Außer, dass er mich tot sehen wollte?«

»Er kannte dich ja noch nicht mal.« Was nicht hieß, dass jemand, der Sanducci richtig kennengelernt hatte, ihn deshalb weniger tot sehen wollte.

»Er wusste aber genug.«

Ich hätte zu gerne eine Vorstellung davon gehabt, was das bedeuten sollte, aber ich fragte lieber nicht nach.

»Ich glaube trotzdem, dass Mait ein Test im Rahmen deiner

Ausbildung war. Er ist wahrscheinlich ein Freund von Sawyer gewesen.«

»Ein Nephilim soll ein Freund von Sawyer gewesen sein und jetzt die Höllenversion von *Apokalypse für Idioten* beschützen?« Jimmy kratzte sich am Kinn, das vom Bartwuchs der letzten Tage einen leichten Blauschatten bekommen hatte. »So komisch es auch klingt, das ist eine Erklärung, die ich für plausibel halte. Ich war mir nie ganz sicher, ob Sawyer in diesem Krieg nicht beide Seiten gegeneinander ausspielt.«

Das war ich auch nicht gewesen, bis er für uns gestorben war.

Aber ich würde Jimmy niemals davon überzeugen können, dass Sawyer etwas anderes als ein riesengroßes Rätsel war. Also versuchte ich es erst gar nicht.

»Was weißt du über Sosyes?«, fragte ich.

»Haitianische Hexenmeister«, sagte Jimmy. »Sie gebieten über die Dämonen der Nacht, das sind …«

»Schaurige Schattenvögel, die direkt durch dich hindurchfliegen und dir die Eingeweide blutig picken.«

»Du kennst sie schon.«

»O ja. Wie zum Teufel bringt man die um?«

»Wenn Mait stirbt, sterben auch sie.«

»Und sonst?«

»Nicht.«

»Natürlich nicht«, murmelte ich. »Weiter.«

»Ein Sosye ist halb Hexer und halb Loa, eine Art Voodoo-Gott.«

»Wenn er ein Nephilim ist, ist er auch noch zu einem Teil Dämon«, betonte ich.

»In früheren Zeiten brauchten die Leute ein Wort, um diese Wesen mit übernatürlichen Fähigkeiten zu bezeichnen. Manchmal nannten sie sie Götter. In Maits Fall war sein Vater Kalfu, der Gebieter über die Geister der Nacht.«

»Auch bekannt als die Dämonen der Nacht.«

»Genau«, sagte Jimmy. »Der Legende nach ist Kalfu der Großmeister der Zaubersprüche und der Hexerei. Er ist der Ursprung der Dunkelheit, bringt die natürliche Ordnung durcheinander und durchkreuzt die Wege des Schicksals. Er beschützt das Tor zwischen dieser Welt und der nächsten.«

»Und sein Sohn?«

»Herrscht über die bösartigen Geister der Nacht ebenso wie über die verirrten Seelen aus der nächsten Welt.«

»Er kann Geister beschwören«, stellte ich fest.

»Und dank seiner Mutter kann er auch zaubern.«

»Auf diese Weise hat er den Schutzzauber um die alte Kirche errichtet. Im Unterschied zu seinem Vater beschützt er aber kein Tor, sondern ein Buch.«

»Nach allem, was wir wissen«, sagte Jimmy, »ist das Buch das Tor.«

26

»Ich muss noch ein paar Dinge für heute Nacht besorgen.« Jimmy stand auf.

»Soll ich mitkommen?«, fragte ich, doch er hatte die Tür schon geschlossen.

Da ich furchtbar müde war und mir alles wehtat, beschloss ich, ein wenig *Augenpflege* zu betreiben, bis Sanducci zurückkam. Kaum hatte ich die Lider geschlossen, war ich auch schon weg. Dort, wo ich hinging, war es dunkel, und ich war allein.

Aber nicht lange. Etwas näherte sich. Freund oder Feind?

Sawyer?, flüsterte ich in die Dunkelheit.

Ein kühler Wind strich über mein Gesicht – Baumrinde und Eis, Hitze und Heu. Die Luft roch nach ihm, aber irgendwie auch wieder nicht. Bist du hier?

Fell streifte mein Knie. Ich streckte die Hand danach aus, fand jedoch nichts. In der Nähe hörte ich ein Knurren, doch es klang nicht nach Sawyer.

Keuchend setzte ich mich im Bett auf. Jimmy stand an dem schmalen Tisch links vom Balkon. Am Horizont rangen Orange, Zinn, Purpurrot und Schiefer um die Vorherrschaft. Die Abenddämmerung brach herein.

Ich schwang meine Füße aus dem Bett. »Wie spät ist es?«, fragte ich.

»Acht.«

Vom Schlaf war ich noch ganz benommen. Ich fühlte mich, als hätte ich nur kurz die Augen geschlossen, um sie gleich wieder zu öffnen. In Wirklichkeit war ich aber stundenlang weg gewesen.

Von dem Geruch nach Essen knurrte mein Magen. »Was hast du mitgebracht?«

Jimmy zog eingewickelte Päckchen aus der Tasche auf dem Tisch. »Po' boys.«

Ich biss mir auf die Lippen, um nicht noch zu schmatzen. Po' boys waren belegte Baguettes mit Shrimps, Austern, Rind oder sonst was, und zwar aus dem besten Brot, das man in diesem Land überhaupt bekommen konnte. Sanducci hatte Geschmack. Andererseits war es wohl ebenso schwierig, in New Orleans schlechtes Essen aufzutreiben, wie an das Buch Samyaza zu kommen.

Auf der Kommode stand eine zweite Tüte. Ich deutete mit dem Kinn darauf. »Hast du deine sonnengetrockneten Schweineschnauzen gefunden?«

»Ich habe alles gefunden, was ich brauchte. Das ist hier kein großes Problem.«

»Voodoo-Supermarkt?«, fragte ich.

»Genau.« Er biss in seinen Roast Beef Po' boy. Der Duft von scharfem Senf zog in meine Richtung, während ich herzhaft in mein Baguette biss, das mit Shrimps belegt war.

Als das Essen und die Softdrinks, mit denen wir es hinuntergespült hatten, verschwunden waren, fragte ich: »Was genau hast du denn gebraucht?«

Jimmy stopfte die leeren Verpackungen in die Tüte. »Eine Priesterin, die mir die Materialien für das Gris-Gris beschafft.«

»Du hast eine echte Voodoo-Priesterin gefunden?«

»Wir sind doch schließlich in New Orleans. Hier kannst du keine Katze im Kreis schwenken, ohne eine Voodoo-Priesterin zu treffen.«

Ich öffnete den Mund und schloss ihn wieder. Ich würde es ihm einfach glauben. »Was ist ein Gris-Gris?«

»Eine Kombination aus schwarzer und weißer Magie. Der mächtigste Zauber, den es gibt.«

»Ich dachte, Priesterinnen praktizieren weiße Magie und Bokors sind für die schwarze zuständig?«

»Im Prinzip schon. Aber Voodoo-Priesterinnen und -Priester studieren beide Seiten. Sie glauben, das Böse nur aufhalten zu können, wenn sie es verstehen.«

Dem musste ich zustimmen. »Dieses Gris-Gris wird also verhindern, dass Maits Magie uns etwas anhaben kann?«

»Ja.«

Ich fand es logisch, einen Voodoo-Schutzzauber gegen den Sohn eines Voodoo-Gottes einzusetzen, der Dinge beschützte. Wenn überhaupt etwas von alledem logisch war.

»Wie ist Mait entstanden?«, fragte ich. Es konnte nie schaden, die Geschichte eines Nephilim zu kennen. Manchmal war die Vergangenheit das Einzige, was wir hatten, um in der Gegenwart zu überleben.

»Der Legende nach hat seine Mutter – eine Mambo oder Priesterin, die zum Bokor wurde – Kalfu mithilfe schwarzer Magie heraufbeschworen und ihn dann gezwungen, ihr ein Kind zu machen.«

Ich zitterte trotz der dunstigen Hitze, die noch immer durch die offenen Balkontüren hereindrang. Ich konnte nicht fassen, warum jemand so etwas tun sollte. Die Vorstellung, von einem Dämon nicht nur berührt, sondern geschwängert zu werden …

Ich zitterte wieder. Ich konnte es mir zwar schon vorstellen, aber ich wünschte wirklich, ich würde es nicht tun.

»Wo ist Kalfu jetzt?«

»Im tiefsten Schlund der Hölle bei all den anderen Teufeln.«

Ach ja. Um einen Nephilim wie Mait überhaupt entstehen zu lassen, braucht man einen Grigori und einen Menschen. Kalfu, der Grigori, war gefangen. Für den Moment zumindest.

»Was ist mit seiner Mutter, der Voodoo-Hexe?« Sie mochte

ja der menschliche Part in der Gleichung sein, aber in dieser Geschichte hatte sie sich genauso bösartig verhalten wie ein Dämon.

»Tot«, sagte Jimmy.

»Bist du sicher?«

»Vollkommen sicher.« Jimmy warf den Müll in den Papierkorb in der Ecke.

»Du hast sie getötet.«

Er antwortete nicht. Das war auch nicht nötig.

»Lizzy«, murmelte Jimmy, und als ich aufsah, zeigte er zum Fenster.

Der Mond ging auf.

»Kannst du mir einen kleinen Gefallen tun?«, fragte er.

»Ich bin sicher, dass er nicht klein bleiben wird.«

Er stieß kurz, scharf und verärgert die Luft aus. Ich konnte es ihm nicht verdenken. »Könntest du das da ablegen?«

Er zeigte auf den Türkis, der noch immer zwischen meinen Brüsten lag. Er hatte Jimmy schon immer wahnsinnig gemacht. Ich schätze, das war nur verständlich. Schließlich bedeutete der Stein eine ständige Erinnerung an die Verbindung zwischen Sawyer und mir.

Ohne ein weiteres Wort zog ich die Kette über den Kopf und legte sie beiseite.

Jimmy und ich hatten nie ein Problem mit Sex gehabt. Das Problem hatte eher in dem Versuch bestanden, keinen Sex miteinander zu haben. Okay, die Dinge hatten sich geändert, denn in letzter Zeit hatten wir nur noch Vampirsex gehabt. Ich fragte mich, ob Jimmy zum Vollzug imstande sein würde. Nicht nur, dass er mich nicht mehr liebte, in letzter Zeit schien er mich nicht einmal mehr zu mögen.

Jimmy öffnete die braune Papiertüte auf der Kommode und nahm Gegenstände heraus. Kerzen, Räucherwerk und zwei winzige Leinensäckchen, die er abseits von den anderen Sachen ablegte. Das Gris-Gris, nahm ich an.

»Kerzen und Räucherwerk«, sagte ich. »Ganz schön … Siebziger.«

Jimmys Husten klang wie ein ersticktes Lachen, doch als ich seine dunklen Augen im Wandspiegel sah, war keine Spur von Erheiterung mehr zu erkennen. »Die Kerzen und das Räucherwerk enthalten Drachenblut.«

»Hier hausen Drachen?«, scherzte ich.

Jimmy sah mich an. Wir wussten beide, dass es Drachen gab. Wir hatten auch schon eine ganze Menge von ihnen getötet, und ich war sicher, dass es da, wo die herkamen, noch mehr gab.

»Drachenblut ist eine Pflanze«, sagte er. »In den Kerzen sorgt es dafür, dass wir zurückbekommen, was wir hineingeben.« Er hob die Hand, um meinen Fragen zuvorzukommen. »Ich erklär dir das später. Im Räucherwerk befreit es von negativen Wesenheiten und Einflüssen.«

Jimmy nahm eine grüne Kerze und stellte sie auf den Tisch. »Grün für Veränderung und Erneuerung.« Er stellte eine rote Kerze auf die eine Seite des Bettes und eine rosafarbene auf die andere.

»Und die?«

»Sexzeugs«, antwortete er und wich meinem Blick aus.

Ich hakte nicht nach. Brachte es einfach nicht fertig.

Als Nächstes war das Räucherwerk dran – kleine Kegel, die Jimmy ebenfalls auf kleinen Tellerchen neben den Kerzen aufstellte, wobei er jeweils erst eines anzündete, bevor er das nächste aufstellte. »Teebaum für Heilung, grüne Minze für Freiheit, Kraft und Frieden. Lorbeer für Schutz und Teufelsaustreibung.«

Zu hören, wie Sanducci die magischen Kräfte von Düften und Farben aufsagte, war ein bisschen so, als hörte man einem professionellen Wrestler dabei zu, wie er jemandem sein Lieblingsrezept für Kanapees verriet.

»Hast du das alles von Summer gelernt?«, fragte ich. »Sie sieht eigentlich nicht wie ein Räucherwerk-und-Kerzen-Mädchen aus.«

Jimmy ging zum Fenster, starrte in den Himmel und vermied es auf diese Weise wieder sorgfältig, mir in die Augen zu sehen. Er wollte nicht über Summer sprechen. Scheiße, das wollte ich auch nicht.

Die Kerzen leuchteten in sanftem Gold, das nicht so recht zum Silberlicht des Mondes passte. Das Räucherwerk vermischte sich mit dem Geruch der Nacht, und ich fühlte mich ein wenig so, als würde ich schweben.

»Bei diesem Zauber«, sagte Jimmy, »schicken wir unsere Dämonen hinter den Mond, verbannen sie aus unseren Seelen und bitten um Schutz und Frieden.«

»Was wir hineingeben, bekommen wir auch zurück«, murmelte ich. »Wann machen wir das?«

»Ich …«, er räusperte sich. »Ich werde dir Bescheid sagen.«

Stille kehrte ein. Jimmy starrte weiter nach oben. Ich stand nach wie vor einen Meter entfernt und atmete Kerzenwachs und Räucherwerk ein.

»Sollen wir …?«, fing ich an, doch dann wusste ich nicht mehr, was ich sagen wollte.

»Wahrscheinlich sollten wir nicht«, murmelte Jimmy. »Aber das hat uns ja noch nie abgehalten.«

Ich ertappte mich bei einem Lächeln. Das waren genau die richtigen Worte gewesen.

Nun durchquerte ich das Zimmer und legte meine Arme um ihn, lehnte den Kopf gegen seinen Rücken. Fast erwartete ich, dass er sich verspannte. Doch er hatte auf mich gewartet.

Jimmy war größer als ich, sodass meine Wange an seinem

Schulterblatt lag, meine Brüste an seinem Rippenbogen und mein Becken genau unter seinem. Ich legte meine Handflächen auf seinen festen, flachen Bauch. Seine Wärme pulsierte durch den weichen, abgetragenen Stoff seines T-Shirts.

Wir hatten uns schon Dutzende Male auf diese Weise umarmt. Es brachte so viele Erinnerungen zurück, genau wie der leise Duft nach Zimt, der von seiner Haut ausging. Wenn ich die Augen schloss, konnte ich mir einreden, wir wären wieder Kinder, bevor wir einander verletzt hatten, bevor wir getötet hatten. Oder wenigstens, bevor ich getötet hatte.

Ich hatte nie jemanden so geliebt, wie ich Jimmy Sanducci geliebt hatte. Und ich glaubte auch nicht, dass ich es jemals tun würde. Ich vertraute ihm blind, glaubte an ihn und begehrte ihn mit diesem rasenden Verlangen der ausbrechenden Teenagerhormone. Als er mir das Herz brach, brach es für immer. Nie wieder könnte ich jemandem so vertrauen, so an jemanden glauben, jemanden so lieben wie ihn.

Wir waren quitt.

27

»Jimmy«, fing ich an.

Er drehte sich herum und küsste mich. Es lag nichts Zärtliches in diesem Kuss, nichts aus unserer Kindheit, bis auf den Geschmack. Jimmy schmeckte nach Gefahr – das hatte er schon immer getan.

Seine Zunge drang in meinen Mund und traf auf halbem Weg auf meine. Ich fuhr mit den Händen unter sein T-Shirt. Seine Haut schien meine zu verbrühen, doch ich wollte noch mehr davon.

Ich strich mit den Handflächen über die Linien seines Bauches und seufzte, als er die Muskeln anspannte. Ich wollte daran lecken, die Bewegung seines Muskelspiels mit der Zunge zu spüren.

Mit dem Daumen umkreiste ich seinen Nabel und bewegte mich dann weiter nach unten, glitt unter seinen Gürtel und liebkoste die glatte, heiße Spitze seines Penis.

Er beugte den Oberkörper zurück und schob sein Becken vor und zurück, immer wieder vor und zurück. Dabei rieb mein Daumen hin und her und hin und her. Erinnerungen kamen zurück und beleuchteten einen Pfad, den wir schon viele Male gegangen waren.

Ich reizte seine Eichelspitze mit meinem Fingernagel, nicht mehr als ein Kribbeln, doch er sog keuchend meinen Atem in seinen Mund. Früher hatten wir Stunden um Stunden Nase an Nase gelegen, uns in die Augen gesehen und den Atem des anderen geatmet.

Ich wünschte, wir könnten für immer so bleiben, hatte ich geflüstert.

Schon damals hatte Jimmy mich geküsst und überhaupt nichts gesagt.

Mit seinen langgliedrigen, geschickten Händen packte er meine Hüften und strich dann über meinen Bauch. Ich war heiß, doch er war noch heißer. Als seine Haut meine berührte, glaubte ich fast, Dampf aufsteigen zu sehen.

Ich riss mir das T-Shirt herunter und warf es beiseite, dann zog ich seinen dunklen Kopf näher zu mir heran. Er nahm meine Brüste in die Hände, und obwohl er wundervoll große Hände hatte, bekam er sie nicht ganz zu fassen.

Meine Haut war so dunkel wie seine, doch im Mondlicht sah ich wie in Marmor gemeißelt aus, und seine Finger erschienen wie Onyx. Er starrte auf meine Brust und auf seine Hände, beobachtete mit schief gelegtem Kopf, wie die Kerzen golden flackerndes Licht auf die nackten weißen Kugeln und die schwarzen Ranken warfen.

Ich kannte diesen Gesichtsausdruck. Er fragte sich gerade, wo er seine Kamera gelassen hatte.

»Später«, murmelte ich und legte meine Hände auf seine Fingerknöchel, um ihm zu zeigen, was er längst wusste.

Zusammen strichen unsere Daumen nach rechts und links, rechts und links über meine Brustwarzen. Ich ließ den Kopf zurücksinken, und er machte sich über sie her.

Ich griff in seine Haare, dann ließ ich die Hände zu seinen Schultern gleiten und hielt mich dort fest. Als er zu saugen anfing, bekam ich weiche Knie. Ohne Halt wäre ich umgefallen.

Ich sah Erinnerungen in seinem Kopf auftauchen, bevor er sie abschaltete. Jimmy war inzwischen fast so geübt darin, mich aus seinen Gedanken herauszuhalten, wie ich darin geübt war, nicht hineinzusehen. In diesem Moment hatte ich keinerlei Verlangen danach, seine Geheimnisse oder die Vergangenheit zu sehen. Das einzige Verlangen, das ich spürte, war das nach ihm.

Seine Erektion drückte lebhaft pulsierend gegen meinen Bauch. Ich wollte ihn besteigen, meine Knöchel hinter seinem Rücken kreuzen und ihn willkommen heißen. Ich stellte mich auf die Zehenspitzen und fuhr mit meinem Bein an seinem hinauf. Dann allerdings bemerkte ich, dass er noch vollständig und ich immerhin noch teilweise angezogen war.

»Runter damit!« Ich zog an seinem Reißverschluss.

Er hob den Kopf, mit feucht glänzendem Mund und glasigen Augen. Im nächsten Augenblick machte er da weiter, wo er aufgehört hatte – und ich kratzte mit meinen Fingernägeln über seinen Bauch.

Er atmete mit einem zischenden Geräusch ein. »Herrgott, Lizzy«, sagte er, konzentrierte sich aber weiter.

Ich machte einen Schritt zurück und griff nach meinem eigenen Reißverschluss. »Um die Wette!« Ich riss mir die Hose herunter, als er gerade nach dem Saum seines Hemdes fasste.

Ich gewann. Das tat ich meistens, selbst wenn ich kein T-Shirt Vorsprung hatte.

Er stieg aus seiner Jeans, trat sie beiseite, und ich hielt abwehrend die Hand hoch, damit er nicht über mich herfiel. Ich wollte ihn ansehen, nur für einen Moment. Wer wusste schon, ob ich ihn jemals wieder auf diese Weise zu sehen bekäme.

Sanducci hatte ein schönes Gesicht. Sein langer, schlanker Körper war der eines Läufers und glänzte im Mondlicht wie Kupfer. Da er eine Kreuzung war und so ziemlich jede Wunde heilen konnte, wurde seine perfekte Haut von keiner einzigen Narbe verunstaltet.

Weiche, dunkle Locken wuchsen auf seinen Beinen. Ein ebenso dunkler Pfad führte von den dichten Haaren zwischen seinen Oberschenkeln zu seinem Nabel hinauf. Ich ließ meinen Blick weiter nach oben, über seine scharf gezeichneten Brust- und Bizepsmuskeln wandern. Seine Schultern waren zwar breiter als die Hüften, doch nicht zu sehr. Seine Muskeln wirkten überall straff, nicht massig.

Das Einzige an ihm, was nicht perfekt war, war das Kontrollmittel für den Vampir – ein Cock-Ring, im Vergleich zu dem mein Hundehalsband wie ein Geschenk von Tiffany wirkte.

Ich hatte einen Feengott einspannen müssen, der über genügend Magie verfügte, um Summers Sexzauber außer Kraft zu setzen. Dieser Feengott, auch bekannt als der Dagda, hatte einen etwas kranken Sinn für Humor, und er hatte sich nicht sonderlich viel aus Jimmy gemacht. Daher der Cock-Ring. Zumindest war Sanduccis Kontrollmittel im Gegensatz zu meinem die meiste Zeit vor den Blicken anderer verborgen. Ein Cock-Ring dient dazu, die Erektionsdauer eines Mannes zu verlängern. Nicht, dass Jimmy je ein Problem damit gehabt hätte. Trotzdem würde ich darauf wetten, dass er es kaum erwarten konnte, das Ding loszuwerden. Und das konnte ich ihm auch nicht verdenken. Er musste es noch mehr hassen als ich meinen pudelmäßigen Halsschmuck.

Jedes Mal, wenn mein Blick sein steifes Glied streifte, machte es einen kleinen Satz. Ich leckte mir über die Lippen und hielt die Luft an. Sein Penis färbte sich dunkler, als noch mehr Blut hineinströmte.

»Lizzy.« Seine Stimme klang erstickt, ein wenig verzweifelt. Wenn er sich nicht bald hinlegte, würde er noch in Ohnmacht fallen.

Ich streckte die Hand aus und zog ihn mit mir aufs Bett. Er lag zwischen meinen Schenkeln, ich fühlte seinen Herzschlag dort und an meiner Brust. Als er mich küsste, spürte ich den Rhythmus auch in seinen Lippen. Ich schloss die Augen und war in der Musik gefangen. Die Zeit schien langsamer zu vergehen, während wir jeden Winkel und jede Wölbung unserer Körper mit Lippen, Zungen und Zähnen aufs Neue erforschten.

Ich ließ mein Bein unter seine Beine gleiten und drehte ihn auf den Rücken, schob mich über ihn und übernahm die Kontrolle. Seine Augen glänzten im Kerzenlicht. Für einen Augenblick erinnerte mich dies an das Rot, das immer dann darin leuchtete, wenn sein Dämon das Steuer übernahm.

Aber das Glühen war golden, es waren Jimmys Augen. Ich legte meine Hand auf seine Wange und strich mit dem Daumen über seinen Wangenknochen. Danach war mein Daumen nass. Ich runzelte die Stirn.

»Schweiß«, sagte er, seine Stimme war heiser vor Erregung. »Du bist ja ein ziemlich hartes Stück Arbeit, Lizzy.«

Dann lächelte er, und mein Herz sank mir taumelnd in die Magengrube. Ich würde ihn immer lieben, bis zu dem Tag, an dem ich starb. Ich konnte einfach nichts dagegen tun.

Da ich befürchtete, ich würde gleich anfangen zu weinen, obwohl ich niemals weinte, beugte ich mich vor und küsste ihn wieder. Er ließ mich gewähren, wenn auch nicht besonders lange.

Ich schob seine Lippen auseinander, seine Erektion streifte meine Pobacken. Der Cock-Ring drückte auf interessante, ungewöhnliche Stellen. Sehr nett, aber noch nicht nett genug.

Ich bewegte das Becken auf der Suche nach einer Möglichkeit, dieses rasende Verlangen zu stillen. Jimmy fluchte und warf mich auf den Rücken. Bevor ich mich beschweren konnte, drang er in mich ein, und das rasende Verlangen verwandelte sich in rasende Geschwindigkeit.

»Okay«, sagte er und drückte seine Stirn gegen meine, während er sich tief in mich hineinschob. »Hör zu.«

»Pssst!«, zischte ich scharf und konzentrierte mich auf das Pulsieren ganz weit unten.

»Lizzy!« Er zog sich fast ganz aus mir heraus, nur mit der Spitze seines Glieds berührte er mich noch.

Also bog ich den Rücken durch, streckte ihm meinen Körper entgegen und griff nach seinen Pobacken. Er packte meine Handgelenke und zog sie über meinen Kopf. Dort hielt er sie mit einer Hand fest. Ich hätte mich zwar befreien können, aber ich wollte es absolut nicht.

»Konzentrier dich, Baby.«

Bei dem Wort Baby riss ich die Augen auf. Ich hatte es nie gemocht, wenn er mich so genannt hatte. Aber als er es dann nicht mehr getan hatte, wollte ich nichts lieber, als es wieder zu hören.

Unsere Augen waren einander so nah, dass ich geradezu spüren konnte, wie seine Wimpern meine streiften, während er blinzelte. Unser Atem vermischte sich, und unsere Körper verzehrten sich nacheinander.

»Wir müssen die Worte sagen, wenn wir …« Er hielt inne und platzte dann heraus: »Wir müssen gemeinsam kommen. Verstehst du?«

»Orgasmus«, brachte ich zustande. »Gleichzeitig.«

»Richtig.«

»Das gehört zum Zauber?«

»Darin liegt Energie.«

»Stimmt«, murmelte ich. Ich war schon einmal in dieser Situation gewesen, wenn auch nicht mit Jimmy. Sawyer hatte in der Nacht, als er mir die Kraft der Gestaltwandlung übertrug, ziemlich genau das Gleiche gesagt. Ich beschloss jedoch, diese delikate Information lieber für mich zu behalten.

»Wenn wir ganz kurz davor sind, müssen wir die Worte sprechen, und dann …« Er stieß ein Stück vorwärts, gerade genug, dass ich anfing zu schielen.

»Das wird nicht einfach«, brachte ich hervor.

»Nenn mir irgendetwas, das einfach ist. Bereit?«

Ich nickte, und er begann von Neuem, langsam und gleichmäßig, rein und raus. Unsere Blicke hielten einander fest. In seinem sah ich die Echos unserer Vergangenheit. Niemand kannte mich so gut wie er. Niemand würde mich je so gut kennen.

»Schneller«, flüsterte ich.

»Führ mich«, bat er und gab meine Hände frei.

Ich ließ meine Handflächen seinen Rücken hinabwandern und zeigte ihm den Rhythmus. Jedes Mal, wenn er hineinglitt, berührten sich unsere Lippen. Wenn er dann herausglitt, trennten sie sich wieder. Ich hatte noch nie Sex mit offenen Augen gehabt. Es war interessant. Früher hatte ich an den langsameren Bewegungen seiner Lenden, seinem rasend gehenden Atem und dem leichten, doch verräterischen Anschwellen in mir gemerkt, wenn er kurz davor war. Jetzt sah ich in seinen Augen, was gleich kommen würde.

Er hörte auf, sich zu bewegen. Ich wand mich. Er biss mir in die Lippe. »Nicht«, brachte er hervor. Dann leckte er über die Schwellung. Ich sah Blut auf seiner Zunge, und mein scheußlicher Dämon erwachte. Er wollte nicht weggesperrt werden und fing an, mir alle möglichen verlockenden Versprechungen zu machen.

»Damit der Vampir in uns nur unter dem vollen Mond leben kann«, begann Jimmy.

Ich war zu beschäftigt mit dem Versuch, das Versprechen meines Dämons, mir alles und jeden zu jeder beliebigen Zeit zu verschaffen, zu ignorieren.

»Sag es!«

Die Dringlichkeit in seiner Stimme drang bis zu mir durch, und ich wiederholte seine Worte. Als das Wort *Mond* über meine Lippen kam, verstummte das Flüstern des Dämons.

Jimmy belohnte mich mit einem einzigen langsamen Stoß,

zog sich vollständig heraus, um dann wieder ganz tief in mich einzutauchen. Ich stöhnte.

»Ich verbanne dich aus meiner Seele, meinem Körper und meinem Geist.«

Ich sehnte mich so sehr nach einem weiteren Stoß dieser Art, dass ich jetzt alles gesagt hätte. Also wiederholte ich seine Worte und wurde wieder belohnt.

»Gib mir Schutz. Gib mir Frieden.«

Ich bat um dasselbe, obwohl ich wenig Hoffnung spürte, es auch tatsächlich zu bekommen. Ich dachte, wir wären fertig und hob meine Hüften, um ihn tiefer in mich aufzunehmen. Jimmy fluchte.

»Warte. Eine. Sache. Noch.« Schweiß tropfte von seiner Stirn auf meine. »Ci è niente che possiate fare che mi renderà l'arresto che lo ama.«

»Latein?«, fragte ich. »Seit wann ...?«

»Sag es einfach«, presste er zwischen zusammengebissenen Zähnen hervor. »Schnell.«

Wie ein Gewittersturm am Horizont wälzte sich der Orgasmus zwischen uns. Er versuchte, es aufzuhalten, doch es war zu spät. Ich spürte, wie er pulsierte und umschloss ihn enger. Als der Sturm über uns hereinbrach, flüsterte ich »Ci è niente che possiate fare che mi renderà l'arresto che lo ama.«

Das letzte Wort verließ meine Lippen, und die Kerzen erloschen in einem hörbaren Windstoß. Stille legte sich wie ein kühles, dunkles Meer über uns. Wir waren beide nass geschwitzt – der Geruch salzig und zugleich irgendwie süß.

»Ist das gut?«, fragte ich, »oder schlecht?«

Er rollte sich zur Seite und hielt dabei meine Hand, wie er es immer getan hatte, und wir starrten beide an die Decke, wo nun nur noch das Licht des Mondes flackerte und tanzte.

»Ich weiß es nicht«, sagte er.

Jimmy drehte den Kopf zu mir, ich wandte ihm meinen zu. Unsere Nasen streiften sich, und fast übermannte mich der Wunsch, ihn zu küssen und nicht wieder damit aufzuhören, bis wir uns wirklich, richtig lieben würden. Obwohl das, was gerade geschehen war, sich so wirklich angefühlt hatte, wie schon lange, lange Zeit nichts mehr.

»Um herauszufinden, ob der Zauber gewirkt hat, bleibt uns nur die Möglichkeit, es abzunehmen.« Mit einem Finger strich Jimmy über meinen Hals, direkt über dem Halsband.

Der Drang, ihn zu küssen, und das warme, verschwommene Vielleicht-liebt-er-mich-noch-Gefühl wurden von kaltem Schweiß weggewaschen.

»Möchtest du zuerst?«, fragte er.

»Warum können wir sie nicht gleichzeitig abnehmen?«

»Nein«, sagte er schnell. »Wenn der Zauber nicht funktioniert hat, muss einer von uns zurechnungsfähig genug bleiben, um dem anderen das Kontrollmittel wieder anzulegen.«

Ich schluckte, stellte fest, dass ich plötzlich nicht mehr sprechen konnte, und begnügte mich mit einem Nicken.

Jimmy setzte sich auf. »Du oder ich?«

Ich richtete mich ebenfalls auf. Der Mond warf gerade genug Licht ins Zimmer, dass ich das Leuchten in seinen Augen sehen konnte, vom Rest seines Körpers jedoch nur Schatten wahrnahm. Ich streckte eine Hand aus. »Zwei von drei? Schere, Stein, Papier?«

»Klar.«

Wir fingen an zu zählen – eins, zwei – und schwangen dabei unsere Fäuste auf und ab.

»Warte!« Jimmy hielt mitten in der drei an, und ich ebenfalls. »Fängt der Gewinner an oder der Verlierer?«

Das war eine harte Nuss. Als Erster zu wissen, dass man – teilweise zumindest – vom blutsaugenden Bösen befreit war, war schon gut. Als Erster durchzudrehen und zu versuchen, den anderen umzubringen, nur um ein peinliches, verzaubertes Kontrollmittel gewaltsam angelegt zu bekommen, war andererseits eher schlecht.

»Kann mich nicht entscheiden«, gab ich zu.

»Okay.« Jimmy biss sich auf die Lippen und starrte finster vor sich hin – ein kleiner Junge stand vor einem unlösbaren Problem. Dann zuckte er die Schultern. »Der Gewinner sollte anfangen, wie immer.«

»Okay für mich.« Eigentlich war es so ähnlich, wie eine Münze zu werfen. Das Schicksal würde entscheiden. Oder Gott, je nachdem, woran man glaubte. Auf jeden Fall lag die Entscheidung nicht in meinen Händen.

Wir spielten das Spiel, wie wir es als Kinder getan hatten – schnell und wild, ohne Zeit nachzudenken, zu analysieren oder eine Strategie zu entwickeln.

Eins, zwei, drei – ich gewann. Eins, zwei, drei – er gewann. Eins, zwei, drei –

Jimmys Blick traf meinen und seine Lippen zuckten. »Herzlichen Glückwunsch.«

»Arsch«, murmelte ich.

»Du kannst mich nennen, wie du willst«, erwiderte er. »Anfangen musst du trotzdem.«

»Gut.« Ich zerrte am Verschluss herum. Nach einem kleinen Kampf – aus leicht verständlichen Gründen ließ sich das Stück nicht zu leicht ablegen – löste sich das Halsband und fiel herunter.

Ich sah zu, wie es auf dem Bett landete, wie die pastellfarbenen Edelsteine das Mondlicht auffingen und alle Farben der Nacht annahmen. Das Kontrollmittel hüpfte auf der Matratze und lag dann reglos da.

Ich wartete darauf, dass die Veränderung über mich hereinbrach.

28

»Willst du mir die Kehle aufreißen?«, fragte Jimmy. »In meinem Blut baden? Mich so leer und trocken trinken, dass mich die nächste steife Brise davonträgt?«

»Jetzt nicht«, sagte ich. »Vielleicht später.«

Er griff nach seinem Cock-Ring.

»Warte.«

»Möchtest du das übernehmen?« Er ließ sich aufs Bett zurücksinken und legte die Arme hinter den Kopf. »Tu dir keinen Zwang an.«

»Leg dich lieber nicht mit mir an, Sanducci. Ich bin nicht in der Stimmung.«

Er seufzte und setzte sich auf. »Verständlich.«

»Pssst.« Ich legte den Kopf schief und horchte, wartete darauf, die Stimme des Bösen flüstern zu hören … irgendetwas. Ich glaubte nicht, dass es da war, und trotzdem … »Ich spüre es«, sagte ich.

Jimmys kurzzeitige Unbeschwertheit verschwand. »Wir werden niemals ganz frei von den Vampiren sein, Lizzy. Das hab ich dir schon damals gesagt, als du darauf bestanden hast, einer zu werden. Wir können sie hinter den Mond verbannen«, er fing meinen Blick auf und hielt ihn fest, »aber du weißt ja, was das bedeutet.«

»Wir werden in dieser einen Nacht nur umso blutrünstiger sein.« Falls das denn noch möglich war. »Wenn es nur eine Möglichkeit gäbe, wirklich sicher zu sein.«

»Sicher?«

»Dass er weg ist.« Ich winkte ab, bevor er mich verbessern konnte. »Oder hinter dem Mond gefangen. Dass er sich nicht nur hier drin«, ich klopfte mit den Fingerknöcheln gegen meinen Kopf, »versteckt hält und darauf wartet, dass du dein Kontrollmittel abnimmst, damit wir dann eine Party steigen lassen können.«

»Ich weiß, wie.« Er stand auf und begann, in meinem Seesack zu wühlen.

»Hey!«, sagte ich, doch er ignorierte mich. Weil tatsächlich nichts Geheimes darin war, ließ ich ihn gewähren.

Jimmy zog eine kleine Plastiktüte heraus, griff hinein und holte Ruthies Kreuz hervor. Bei seinem Anblick brannten mir die Augen. Ich hatte es so vermisst, dieses Kreuz zu tragen; fast so sehr, wie ich ihre Stimme vermisst hatte.

Es durchfuhr mich wie ein Ruck. Ich müsste jetzt Ruthies Stimme wieder hören können – wenn sie mir etwas zu sagen hatte.

Jimmy durchquerte das Zimmer und setzte sich neben mich aufs Bett. Er hielt die Hand hoch und ließ die Kette herabbaumeln. Das zierliche Kreuz mit dem winzigen Mann, der daran hing, drehte sich nach rechts und links.

Jimmy beugte sich zu mir herüber. Seine Haare streiften mein Gesicht. Ich schloss die Augen und wartete. Würde ich nun in Flammen aufgehen oder nicht?

Sekunden später strichen seine Finger über mein Haar, als er mir die Kette um den Hals legte. Jimmy lehnte sich zurück und ließ das Kreuz zwischen meine Brüste fallen, dann legte er den Daumen darauf und drückte es fest auf meine Haut.

Er hob den Blick und sah mich an. »Entwarnung.«

Zischend atmete ich aus. »Jetzt du.«

Aber Jimmy verschwendete keine Zeit. Schon umschlossen seine Finger den Cock-Ring und seinen Schwanz. Bei diesem

Anblick musste ich ein kurzes Aufflackern von Begehren herunterschlucken.

Er drehte das Handgelenk, der Ring weitete sich mit einem metallischen Klicken und glitt herunter. Jimmy starrte den Ring in seiner offenen Handfläche an. Dann zerquetschte er ihn, indem er die Hand zur Faust ballte.

»Ich habe ihn gehasst«, murmelte er und warf ihn aus dem Fenster.

»Wärst du lieber …« Ich krümmte die Finger zu Klauen und zischte.

»Natürlich nicht!« Jimmy stand auf und zog sich an. »Aber mit diesem Ding da kam ich mir vor wie ein … wie nennt man einen Mann in einem Harem?«

»Eunuch?«

Er warf mir einen wütenden Blick zu. »Sehr witzig.«

»Haremsjunge?«

»Genau. Ich kam mir wie ein Haremsjunge vor. Weißt du, was ich meine?«

Leider tat ich das wirklich. Als Jimmy unter der Macht seines unheimlichen Vampirvaters stand, hatte er mich zu seiner Sexsklavin gemacht, komplett mit dem Barbara-Eden-Jeannie-Kostüm. Es hatte mir allerdings überhaupt nicht gut gestanden.

Als Jimmy meinen Gesichtsausdruck sah, fluchte er leise. »Entschuldige.«

Ich wischte das Wort mit einer Handbewegung weg. »Wir können ja nicht den Rest unseres Lebens damit verbringen, uns beieinander zu entschuldigen.«

Unter anderem, weil es in der Zukunft noch viel mehr Dinge geben würde, für die wir uns entschuldigen müssten. Da war ich mir sicher.

»Hast du den Dagda aus diesem Grund dazu gebracht, mir den Cock-Ring zu verpassen? Aus Rache?«

»Ich habe ihm nicht gesagt, was für einen Gegenstand er nehmen soll. Das war wohl seine Art von Humor.«

»Klingt eher nach deiner Art von Humor.«

Vielleicht würden wir uns doch für den Rest unseres Lebens beieinander entschuldigen müssen.

»Glaub mir oder lass es sein, Jimmy. Aber ich werde nun nicht weiter darum betteln.« Ich zog mich an. »Wir müssen uns um Mait kümmern.«

»Jetzt?«

Ich sah auf die Uhr. Mitternacht. »Wir sollten bei Tag gehen. Es sei denn, du weißt, wie man diese Dämonen der Nacht außer Gefecht setzt.«

Jimmy schüttelte den Kopf. »Da Maits Vater der Ursprung der Dunkelheit war, bin ich auch dafür, dass wir bei Tag gehen.«

Kalfus Titel interessierte mich nicht. Als ich es das letzte Mal mit der *Dunkelheit* zu tun gehabt hatte, war ein Vampir aus mir geworden.

»Wir sollten ein paar Stunden schlafen«, sagte Jimmy.

Mein Blick wanderte zum Bett. Die Überdecke lag auf dem Boden, und die Laken sahen aus, als hätte ein Kind mit unbehandeltem ADHS darin geschlafen. Das ist nicht übertrieben, ich kannte ein paar von denen und habe mir mit ihnen im Pflegeheim eine Matratze geteilt. Wie Maultiere traten sie um sich und konnten selbst im Schlaf ihre Arme und Beine kaum ruhig halten.

Ich sah Jimmy an. Auch er starrte aufs Bett. »Es ist groß genug für uns beide«, sagte ich, und er schreckte hoch, als hätte ich ihn mit einer Nadel gestochen.

Ich zog die Laken glatt und bückte mich gerade nach der Überdecke, als ich das Klicken eines Schlosses hörte. Mit den Augen suchte ich das leere Zimmer ab, während ich schon auf dem Weg zur Tür war. Doch als ich sie öffnete, war Jimmy bereits verschwunden. Das überraschte mich nicht.

Ich hätte ihn einholen können, aber warum sollte ich? Er wollte offenbar nicht bleiben. Im Morgengrauen würde er zurück sein. Er konnte sich nicht ohne mich auf die Jagd nach Mait machen, denn er wusste ja nicht, wo der Nephilim war.

Obwohl ich mein Kontrollmittel nur allzu gern vom Balkon geschmissen hätte, wie Jimmy es mit seinem gemacht hatte, wusste ich, dass der Tag kommen würde, an dem ich mein Halsband wieder anlegen musste. Ich stopfte das Ding auf den Grund meines Seesacks, hob Sawyers Türkis auf und zog mir die Kette über den Kopf. Den Stein steckte ich zusammen mit Ruthies Kreuz unter mein T-Shirt. Dann streifte ich meine Jeans ab und versuchte, ein wenig zu schlafen.

Als Nächstes sah ich das erste Morgenlicht über den Himmel kriechen. Der Wind, der durch das Balkonfenster hereinkam, fühlte sich morgendlich kühl an und roch nach dem frischen Wasser, das aus den Schläuchen kam und mit dem unten der Schmutz von den Straßen gespült wurde.

Sanducci saß zusammengerollt auf dem Stuhl neben dem Balkon. Ich hätte sauer sein können, weil er in der letzten Nacht verschwunden war; ich hätte zickig in den Tag starten können. Aber er hatte Kaffee und Beignets mitgebracht.

Ich ging quer durchs Zimmer, nahm mir den Becher, der mir am nächsten stand, und trank trotz der aufsteigenden Dampfschwaden, die mich beim Abnehmen des Deckels fast blind gemacht hätten, einen ordentlichen Schluck. Dann griff ich mir ein Beignet, stopfte es mir fast ganz in den Mund – es war klein – und genoss die besänftigende Wirkung von Zucker und frittiertem Teig, bis ich mich schon fast wieder wie ein Mensch fühlte.

»Wo bist du letzte Nacht hingegangen?«

Jimmy griff in seine Gesäßtasche und ließ einen todbringend aussehenden Silberdolch auf den Tisch fallen. Die Waffe war klein, doch die Art, wie das Sonnenlicht auf den Kanten glitzerte, sagte mir, dass sie scharf sein musste. Der Griff war schwarz und geriffelt, sehr zweckmäßig. Keine ausgefallenen Schmucksteine oder kitschigen Drachenköpfe lenkten von seiner Bestimmung ab.

»Verzaubert?«, fragte ich.

»Sonst könnten wir ihn wohl kaum gebrauchen.«

Ich fand, er war für die meisten Dinge zu gebrauchen, wenn man nur richtig zustieß. Aber die meisten Dinge interessierten uns jetzt nicht. Dieser Dolch war für Mait bestimmt.

»Woher hast du ihn?«

»Zauberdolchhandlung.«

»Das ist eine berechtigte Frage, Sanducci. Was ist denn, wenn ich irgendwann in der Zukunft einen verzauberten Dolch brauche?«

So, wie ich meine Zukunft einschätzte, würde das ganz sicher der Fall sein.

»Du hast ja einen.« Er schnippte mit dem Finger in Richtung Tisch.

»Hast du einen?« Er schüttelte den Kopf. »Warum nicht?«

»Sie sind nicht gerade billig, Lizzy. Außerdem brauchen wir nur einen. Ich schnappe mir das Buch, du erstichst den Nephilim.«

»Warum muss ich den Nephilim erstechen?«, quengelte ich.

»Mait und ich haben eine Vergangenheit. Wenn er mich kommen sieht, sind wir im Arsch.«

»Ich dachte, das Gris-Gris würde seine Magie abwehren?«

»Das wird es auch. Aber er ist ein großer Kerl, und er kämpft unfair.«

»Du doch auch.«

»Für dich stehen die Chancen besser, dass du hineinschlüpfen kannst und …« Jimmy führte die Faust in einer Stichbewegung auf sein Auge zu. Ich unterdrückte einen Würgereflex. Mit Augen kam ich gar nicht gut klar, die waren eklig.

Das klingt jetzt vielleicht ein bisschen mädchenhaft. Aber ich bin ja auch ein Mädchen. Was nicht bedeutete, dass ich nicht tun würde, was zu tun war. Aber zuerst würde ich alles tun, was in meiner Macht stand, um mich zu drücken.

»Warum glaubst du, ich könnte in seine Nähe kommen?«, fragte ich. »Ich bin nicht riesig, und meine unfairen Kampfkünste sind nicht gerade die besten.«

Das war mir immer schwergefallen. Vermutlich, weil ich als Kind so oft getreten worden war, während ich schon am Boden lag, dass ich selbst immer zögerte, es zu tun. Ich musste darüber hinwegkommen, aber ich wusste noch nicht, wie.

»Außerdem«, fuhr ich fort, »wusste Mait schon, als er mich das erste Mal sah, dass ich wegen des Buches da war.«

»Jeder, der bei ihm auftaucht, ist wegen des Buches da, Lizzy.«

»Man könnte nicht einfach bei einem Spaziergang vorbeigekommen sein?«

»In New Orleans? Im August? In den Sümpfen?«

»Okay«, murmelte ich.

»Du wirst nicht mit ihm kämpfen müssen.«

»Meinst du, er wird uns einfach hineinspazieren und das Buch Samyaza mitnehmen lassen?«

»Ich meine, dass er gar nicht bemerken wird, dass wir es mitnehmen, wenn du ihn verführst.«

Ich verschluckte mich an meinem Kaffee, bekam ihn in den falschen Hals und hustete, als müsste ich jeden Augenblick ersticken. Für einen Moment wünschte ich mir, dass es so wäre. Endlich brachte ich heiser heraus: »Wenn ich was mache?«

»Dieser Typ steckt seit sehr langer Zeit in einer verlassenen Kirche fest. Er ist verdammt scharf darauf, eine abzukriegen.«

»Aber mich wird er nicht abkriegen! Er ist ein Nephilim.«

»Ich habe ja nicht gesagt, dass du mit ihm schlafen sollst.«

»Du hast *verführen* gesagt.«

»Ich meinte, ihm etwas zu versprechen, das er dann nicht bekommt. Du weißt doch bestimmt, wie das geht.«

Ich zog die Brauen zusammen. *Ihm* hatte ich garantiert nie etwas versprochen, das er dann nicht auch bekommen hätte.

»Ich werde einfach gegen ihn kämpfen«, sagte ich. »Schließlich habe ich Kräfte.«

»Du wirst nicht über deine Kräfte verfügen können.« Auf mein Stirnrunzeln hin hob Jimmy das Gris-Gris an. »Sobald wir hiermit dort auftauchen, ist es eine nichtmagische Zone für alle.«

»Hättest du nicht ein Gris-Gris auftreiben können, das einen Bann über die böse Magie legt und die Kräfte der Guten in Ruhe lässt?«

»Was ist denn böse?«, fragte er leise.

»Komm mir nicht mit dieser existenziellen Scheiße!«

»Das ist eine berechtigte Frage«, gab er meinen Kommentar von vorhin an mich zurück, und ich glaubte, mir würde gleich der Kopf platzen. Diese Wirkung hatte nur Sanducci auf mich.

»Glaubst du, ein Säckchen voller Samen und Gräser kennt den Unterschied zwischen Gut und Böse?«, fragte er. »Vor allem, wenn die Bösen glauben, dass das, was sie tun, getan werden muss? Bist du noch nie auf die Idee gekommen, dass die Schurken in ihrer eigenen Geschichte immer die Helden sind?«

»Nein.«

»Denk mal drüber nach. Mait hat die Aufgabe bekommen, das Buch zu bewachen. Er wird es also mit allen notwendigen Mitteln beschützen. Ist das eine böse Tat?«

»Scheiße, ja!«

»Von deinem Standpunkt aus.«

»Von jedem Standpunkt aus.«

»Mait befolgt nur Befehle.«

»Von Luzifer«, sagte ich. »Glaubst du, bloß weil die Wachen in Dachau *nur Befehle ausgeführt* haben, werden sie nicht über einer offenen Flamme direkt links neben Hitler gegrillt?«

»Wahrscheinlich.« Jimmy seufzte. »Es bleibt die Tatsache, dass das Gris-Gris jegliche Magie aufhält – gute genauso wie böse –, also fährst du mit Verführung am besten. Geh ganz nah ran, vergewissere dich, dass ich das Buch habe, und dann …«, er machte wieder diese Stichbewegung auf sein Auge zu, »… nagelst du ihn.«

29

»Hast du das Gris-Gris?«, fragte Jimmy, als er in der Nähe des Sumpfes aus dem Wagen stieg.

»Hab ich. Und du?«

»Auch.«

»Dolch?«, fuhr Jimmy fort, als wäre ich neu in dem Geschäft.

Ich klopfte auf die Gesäßtasche meiner Jeans. Ich hatte das engste Paar angezogen, das ich auftreiben konnte, und dazu ein ausgewaschenes, weißes Tanktop, das so durchsichtig war, dass mein Hautton es beige erscheinen ließ. Den BH hatte ich mir gleich gespart. Warum sollte ich versuchen, subtil zu sein? Darin war ich noch nie gut gewesen.

Ich ließ den Türkis und das Kreuz im Hotel zurück, schließlich musste ich Mait ja nicht unter die Nase reiben, auf wessen Seite ich stand, solange es sich vermeiden ließ.

»Dann also.« Jimmy beugte sich zurück und sah in den Himmel.

»Uhrenvergleich?«, fragte ich.

Er senkte den Kopf und hob eine Braue. »Du hast gar keine an.«

»Ich habe überhaupt nicht viel an«, murmelte ich und betrat das überwucherte Gelände.

Obwohl es noch früh am Morgen war, tropfte der Schweiß an mir herab, als ich an der Kirche eintraf. Mait hatte gesagt, er wäre tagsüber im Dienst, daraus hatte ich geschlossen, dass die Dämonen der Nacht ihr Unwesen nur nachts trieben. Da sich keine boshaften, fledermausartigen Schatten vom Himmel herabstürzten und versuchten, mich auszuweiden, schien ich damit richtigzuliegen.

»Mait?«, rief ich.

Er tauchte so schnell im Türbogen auf, dass ich schon glaubte, er hätte auf mich gewartet. Wahrscheinlich hatte er nur darauf gewartet, dass überhaupt jemand kam, wenigstens irgendjemand. Wenn ich alleine in einer verlassenen Kirche im Sumpf leben müsste und nur die garstigen Dämonenvögel und Luzifers Bibel zur Gesellschaft hätte, würde ich auch im Türbogen lauern.

»Zurück, um das Buch zu holen?«, fragte er, während er meine Brüste anstarrte, die genauso gut hätten nackt sein können, so wenig wie sie das alte, weiße, feuchte Oberteil bedeckte.

Ich antwortete nicht. Er hörte mir ohnehin nicht zu. Stattdessen ging ich auf ihn zu, wobei ich auf einen federnden Gang achtete, bei dem meine Brüste wogten. Ba-bummmm, babummmm.

»Mait«, sagte ich, wie ich hoffte, mit einem verführerischen Raunen.

Jimmys Idee, mich vorzuschicken, um jemanden zu verführen, war vermutlich nicht eine seiner besten gewesen. Sonst lebte ich eher nach dem Motto: Wenn du ihn willst, spring ihn an. Aber wenn ich das jetzt tat, müsste ich die Sache auch bis zum Ende durchziehen. Und das stand nicht zur Debatte.

Einige Ba-bummmm-Schritte später war ich ihm nahe genug gekommen, um das Zeichen zu erkennen, das die winzigen Zöpfe auf Maits Kopf bildeten. Ein Kreuz aus zwei geraden Linien, kombiniert mit einem weiteren Kreuz, das in einen Schnörkel mündete und etwas nach rechts geneigt war, und alle mit demselben Mittelpunkt – ein X und ein T – eine Kreuzung auf einer Kreuzung. Sehr mächtige Zauberkraft.

Ich strich mit dem Finger darüber und versuchte, in seinen Kopf zu gelangen, doch entweder war das Gris-Gris stark genug, um meine seherischen Fähigkeiten zu blockieren, oder sein Kopf war so voll mit Brüsten, dass nichts anderes mehr Platz hatte.

Ich hatte meine seherische Gabe nie als Magie betrachtet – ich war schon damit zur Welt gekommen; ein Medium zu sein war ein Teil von mir, also nichts, das ich erworben oder erlernt hatte. Deshalb tippte ich auf Letzteres.

Mait packte mein Handgelenk. »Wie hast du den Schutzzauber überwunden?«

Ich lächelte, obwohl seine Finger meine Knochen schmerzhaft quetschten. »Sag ich dir später.«

»Sag es mir jetzt.«

Hurensohn. Ich musste mich mit der Verführung etwas beeilen. So, wie es jetzt lief, würde Mait Jimmy kommen sehen, bevor er auch nur in der Nähe war. Ich hatte noch etwa zehn Minuten Zeit, um dafür zu sorgen, dass Mait nichts außer mir sehen, hören oder fühlen würde.

Ich zog mein Handgelenk zurück, und er ließ es los, blieb jedoch nahe genug bei mir, um mich wieder packen zu können, falls es sein müsste. Ich schob die Hand in meine vordere Hosentasche und streckte dabei die Brüste raus.

Das Top war in der Hitze getrocknet und der Stoff vom Salz auf meiner Haut ganz steif geworden. Als er über meine Brustwarzen rieb, geschah das Gleiche mit ihnen.

»Hmmm«, hauchte ich und wiegte mich hin und her, um das Top in Bewegung zu bringen. »Ich habe hier etwas …«

Mit Mühe riss er seinen Blick von meiner Brust los und ließ ihn tiefer wandern. Meine Finger zeichneten sich durch den ausgeblichenen Stoff in der Tasche meiner viel zu engen Jeans ab. Jeder einzelne deutete auf meinen Schoß. Mait leckte sich über die Lippen, und ich unterdrückte ein Lächeln. Das war gar nicht so schwer.

Ich zog die Hand ebenso langsam heraus, wie ich sie hineingesteckt hatte. »Gris-Gris«, sagte ich und hielt den Beutel hoch.

Er grapschte danach, doch ich hatte ja damit gerechnet und versteckte die Hände hinter dem Rücken. Schon schien er wieder sehr an meinen Möpsen interessiert zu sein. Er hatte ja auch verdammt lange keine mehr zu sehen gekriegt.

»Mh-mh«, säuselte ich. »Keine Magie … bis auf das, was zwischen uns beiden passiert, okay?«

Verdammt, hatte ich das jetzt wirklich gesagt?

»Okay«, wiederholte er, und ich wusste sofort: Ich hatte ihn in der Hand.

Wie der Typ glauben konnte, dass jene Frau, die er als Phönix kennengelernt hatte, dieselbe Person war wie die Frau, als die ich mich jetzt ausgab, ohne dass sie sich einer kompletten Charaktertransplantation unterzogen hatte, war mir allerdings ein Rätsel. Wenn man andererseits bedachte, dass sich das ganze Blut aus seinem Kopf jetzt in seinem Schwanz befand, erschien es auf einmal gar nicht mehr so rätselhaft.

Ich hatte keine Ahnung, wie jemand auf die Idee kommen konnte, Menschen ganz allein irgendwo festzusetzen und dann noch zu erwarten, dass sie unbestechlich blieben. Die Person würde entweder völlig durchdrehen oder sich, wenn es ein Kerl war, nur allzu leicht von einem Paar großer Brüste in einem dünnen weißen Tanktop kompromittieren lassen.

Eine plötzliche Bewegung erregte meine Aufmerksamkeit. Jimmy! Zum Glück stand Mait mit dem Rücken zum Inneren der Kirche und hatte seine Nase fast zwischen meinen Brüsten vergraben.

»Du darfst sie anfassen, wenn du möchtest«, flüsterte ich. Er stürzte sich auf sie, griff mit beiden Händen kräftig zu und begann, mit dem Mund an ihnen zu saugen. Ich nutzte seine Unaufmerksamkeit, um das Gris-Gris wieder in meine Hosentasche zu stecken.

Ich musste genau die richtigen Geräusche und Bewegungen gemacht haben, denn Mait ließ sich keine Sekunde von der Anbetung meiner Brüste ablenken. Ich zog mich an den speziellen Ort zurück, den ich mir schon als junges Mädchen eingerichtet hatte. Damals hatte es Zeiten gegeben, in denen ich mich einfach ausklinken musste, um nicht den Verstand zu verlieren.

Dabei hatte ich gelernt, dass ich nicht komplett wegdriften durfte. Monster – seien sie zur Hälfte Dämon oder ganz Mensch – wollten Reaktionen sehen. Wenn die nicht kamen, verstärkten sie nur ihre Bemühungen und zeigten mehr Ausdauer.

Mait begann, seine Erektion am hautengen Schoß meiner Jeans zu reiben. Ich sog hörbar die Luft ein, als mich eine plötzliche Welle von Übelkeit überkam. Aber ich hatte ja auch Übung darin und konnte das Schnaufen nach allem Möglichen klingen lassen. Ich ließ den Kopf zurückfallen, als könnte ich vor Leidenschaft nicht an mich halten, dabei ertrug ich es nur nicht, in sein Gesicht zu sehen.

Mait ließ von meinen Brüsten ab und packte meinen Hintern, um mich auf seinen Oberschenkel zu heben. Dort hielt er mich fest und bewegte sein Bein im gleichen Rhythmus wie seinen Mund an meiner Brust. Jimmy sollte sich bloß beeilen, sonst würde ich meinen Dolch in diesen Kerl rammen, bevor er mir etwas anderes reinrammte.

Meine Jeans vibrierte. Mait hob den Kopf. Sein Mund war feucht, seine Augen leicht verschwommen, ihr leuchtendes Grün stand im deutlichen Kontrast zu seiner kaffeefarbenen Haut.

»Was ist das?«, murmelte er.

»Oh.« Ich lächelte, obwohl es sich so anfühlte, als würde mein eingefrorenes Gesicht daran zerbrechen. »Handy.« Das vereinbarte Signal. Jimmy hatte das Buch. Zeit für mich, diesem

Typen ein Ende zu bereiten und abzuhauen. »Ich werde es lieber ausschalten.«

Ich steckte die Hand in die Tasche und drückte auf den Aus-Knopf. Als ich sie wieder herauszog, hielt ich den Dolch in der Hand verborgen.

»Möchtest du mit reinkommen?«, fragte Mait.

»Auf jeden Fall.«

Es war besser, ihn außer Sichtweite umzubringen, als direkt im Eingang. Je länger die Nephilim nämlich nichts davon wussten, dass wir ihr Buch hatten, desto besser.

Mait spannte die Muskeln in seinem Oberschenkel an, sodass sie auf meine Klitoris drückten. Mein Magen verkrampfte sich so stark, dass ich mich fast zusammengekrümmt hätte. Ich hatte befürchtet, ich könnte ein Problem damit haben, ihm den Dolch ins Auge zu stechen. Diese Befürchtung hatte sich gerade erledigt.

Ich stieg von seinem Bein herunter, blickte zur Kirche und sah durch eines der Löcher in den bröckeligen Wänden Jimmy. Mait sah ihn ebenfalls.

»Wer zur Hölle bist du?«, wollte er wissen. Dann zog er die Brauen zusammen und brüllte: »Sanducci!«

Mait rannte los. Ich riss das Messer hoch und zielte auf das Auge, das mir am nächsten war. Ich hätte es vielleicht geschafft, wenn ich nicht im selben Augenblick erkannt hätte, was Jimmy tat.

Er verbrannte das Buch Samyaza.

Die Erkenntnis ließ mich zögern, und dieses Zögern war fatal. Wie Jimmy gesagt hatte, war Mait ein Riesenkerl, und er kämpfte gerne unfair. Ohne auch nur in meine Richtung zu sehen, verpasste er mir mit dem Handrücken einen Schlag auf den Wangenknochen. Schmerz explodierte. Es fühlte sich an, als hätte *er* mir gerade ein Auge ausgestochen.

Ich stolperte, verlor die Orientierung, und er erwischte mich mit seinem nackten Fuß an der Brust. Ich flog in den Türrahmen. Mit Wucht wurde mein Kopf gegen eine Kante geschleudert, sodass ich zu Boden ging.

Ich stand nicht wieder auf.

»Was hast du getan?«, schrie Mait.

»Ist doch klar«, murmelte ich, während sich die ganze Welt um mich drehte. »Der Dreckskerl hat das Buch verbrannt.«

Ich hätte es kommen sehen müssen. Hätte ich auch getan, wenn ich Sanducci etwas weniger vertraut hätte und mich dafür etwas mehr darauf konzentriert hätte, in seine Gedanken einzudringen, als wir uns berührt hatten. Das hatte ich nun von meiner höflichen Zurückhaltung.

Schwindel ergriff mich – und nun dachte ich auch noch, ich würde ohnmächtig werden. Das wäre mir nur recht gewesen. Dann hätte ich nämlich nicht darüber nachdenken müssen, was Jimmy gerade getan hatte.

Er hatte meine einzige Hoffnung zerstört, Sawyer jemals wieder zum Leben zu erwecken.

30

Ich hätte einen Dolch in der Hand halten müssen, doch das tat ich nicht. Ich sah mich um, konnte ihn aber nirgendwo finden. Ich überprüfte die Gesäßtaschen meiner Jeans. Nichts. Die Vordertaschen. Nichts.

Oh.

Punkte tanzten vor meinen Augen. Weiße. Schwarze. Rote. Sie jagten hintereinander her wie Amöben unter dem Mikroskop. Wenn ich ihnen dabei zusah, wurde mir nur noch schwindliger, also wandte ich meine Aufmerksamkeit erneut Mait zu, der in diesem Augenblick einen Wutschrei ausstieß und auf Jimmy zurannte.

»Nein«, flüsterte ich. Ich schien in meiner Stimme oder meinen Gliedern keine Kraft mehr zu haben. Dabei hatte ich doch schon härtere Schläge eingesteckt. Was war nur los mit mir?

Die beiden Männer trafen wie Hirsche während der Brunftzeit aufeinander. Nur stießen sie statt mit den Geweihen mit den Brüsten zusammen, dann schlangen sie die Arme umeinander und packten zu.

Mait war um Haaresbreite größer und ein bisschen breiter als Jimmy, und er mochte stark sein und unfair kämpfen, doch Jimmy kämpfte noch unfairer und hatte das von klein auf getan. Mait hingegen hatte sich zu lange allein auf seine Magie verlassen, wie sich herausstellte.

Jimmy rang ihn zu Boden und versuchte, seinen Arm um Maits Hals zu legen. Nicht, dass es ihm etwas gebracht hätte. Jimmy hatte keine Waffe, oder zumindest keine, die funktioniert hätte.

»Lizzy!«, schrie Jimmy. »Der Dolch!«

Ich schüttelte den Kopf so kräftig, dass mir fast das Hirn rausflog. Schon wieder. Vor Schmerz beinahe wieder klar im Kopf fing ich an, auf allen vieren nach dem verschwundenen Messer zu suchen und zu tasten. Ich konnte es aber nicht finden.

»Lizzy!«

Schwer zu sagen, wer gewinnen würde. Die beiden waren wie eine Zweimannbrezel ineinander verschlungen und suchten mit schwellenden Armmuskeln und rotierenden Beinen nach besserem Halt für ihre Hände.

»Er ist weg«, sagte ich.

Jimmy sah kurz zu mir herüber, und Mait rammte ihm den Ellbogen in die Nase. Das Knacken hallte durch die verlassene Kirche. Blut spritzte. Jimmy verlor den Halt. Mait sprang auf die Füße und rannte los.

Bei dem Versuch, ihn zu fassen zu kriegen, landete ich mit dem Gesicht im Dreck. Ich schlug mit der Handfläche auf das Phönix-Tattoo. Wenn ich mich verwandelte, würde ich heilen, und dann würde ich ihn auch kriegen. Wäre überhaupt kein Problem.

Nur leider blockierte das Gris-Gris noch immer meine Zauberkraft.

»Verdammt«, murmelte ich. Ich zog das Ding aus meiner Tasche und warf es so weit weg, wie ich nur konnte.

Jimmy fluchte und blutete. Ich kroch zu ihm hinüber und tastete seine Taschen ab, bis ich sein Gris-Gris fand, dann warf ich auch das weg.

Gerade hob ich erneut meine Hand, da ergriff Jimmy sie, bevor ich das Tattoo erreichte. »Lass mal gut sein«, sagte er, seine Stimme klang von den Schmerzen und dem Blut etwas belegt.

»Ich kann ihn kriegen.«

Er schüttelte den Kopf, dann zuckte er zusammen und fluchte.

»Sobald er weit genug vom Gris-Gris entfernt war, wird er seine Magie zurückerhalten haben.« Er hievte sich auf die Füße und half anschließend auch mir auf. Irgendwie schaffte ich es, nicht wieder hinzufallen. »Er ist längst weg.«

»Ich dachte, er wäre an diesen Ort gebunden?«

»Um das Buch zu beschützen, ja.« Jimmy sah mir in die Augen.

»Aber du hast es verbrannt – und ihn damit freigelassen.« Ich konnte nicht anders, ich schlug Jimmy in sein blutendes Gesicht. »Was zum Teufel hast du dir dabei gedacht?«

Der Schlag hallte in der plötzlichen Stille, die auf ihn folgte, nach. Der Abdruck meiner Hand zeichnete sich ab: dunkle Flecken in seinem bereits dunklen und fleckigen Gesicht. Der Anblick machte mich einerseits fertig, und trotzdem wollte ich ihm am liebsten noch eine verpassen.

»Ich habe mir gedacht«, sagte Jimmy langsam, »dass das Buch Ärger bedeutet. Nichts Gutes würde daraus entstehen.« Er sah mich mit bohrendem Blick an. »Nichts, Lizzy.«

Ich war mir da nicht so sicher.

»Du hast darauf bestanden, dass wir unsere Vampire hinter den Mond verbannen, damit wir nicht in Versuchung geraten, das Buch Samyaza zu stehlen. Aber wir hätten diese Dämonen gebrauchen können, um Mait zu töten.«

»Ich werde Mait töten. Mach dir darum keine Sorgen.«

»Klar. Dabei hattest du bisher ja auch schon jede Menge Glück«, murmelte ich und fing mir dafür einen entnervten Blick von Sanducci ein. »Wenn du das verdammte Ding ohnehin verbrennen wolltest, was sollte dann dieser ganze Das-Böse-unter-dem-Vollmond-Zauber?«

»Wir sind nicht das einzige Problem. Jeder, der dieses Buch besitzt, ist gefährlich. Jeder könnte von den Geheimnissen, die darin stehen, in Versuchung geführt werden«, und dann holte er tief Luft, bevor er seinen Satz beendete, »so wie du.«

Ein eisiger Wind schien durch die Flügel meines Phönix-Tattoos zu fahren. »Was soll das heißen?«

»Ich bin nicht blöd, Lizzy.«

»Das behauptest du.«

Er presste die Lippen zusammen. Konnte ich ihm nicht verdenken. »Erinnerst du dich daran, wie deine Mutter Wiedergänger auferstehen ließ?«

Ich blinzelte wegen des scheinbar willkürlichen Themenwechsels. »Ich glaube kaum, dass ich Mami und ihre Armee der Untoten jemals vergessen kann.«

»Sie waren ein böses Omen der Apokalypse.«

»Und jetzt sind sie Staub.«

»Womit genug Platz für die nächste untote Armee wäre.«

»Es gibt also mehr als eine?«

»Wenn es keinen Phönix mehr gibt, der die Wiedergänger auferweckt …«

»Ich bin ein Phönix.«

»Hast du auch vor, welche auferstehen zu lassen?«

»Scheiße, nein!«

Die Toten, die meine Mutter erweckt hatte, hatten zwar vollständig menschlich ausgesehen, sich aber nicht menschlich verhalten. Sie waren mir richtig unheimlich gewesen.

»Außerdem«, gab ich zu, »weiß ich gar nicht, wie das geht.«

»Es ist vermutlich keine Hirnchirurgie.«

»Nein«, murmelte ich, »das glaub ich auch nicht.«

Jimmy riss die Augen auf. »Du hast es versucht!«

Das hatte ich getan, ja. »Jetzt reg dich nicht so auf. Es ist ja nichts passiert.«

»Lizzy.« Jimmy atmete tief aus und rieb sich die Augen, als würden sie schmerzen. »Was hast du dir nur dabei gedacht?«

In den Tagen nach Sawyers Tod hatte ich an fast nichts anderes denken können, als ihn zurückzuholen. Ich hatte alles versucht, was mir einfiel. Aber ich hatte nicht gewusst, wie man einen Wiedergänger auferweckt. Deshalb hatte ich einige Nachforschungen angestellt.

»Diese Fähigkeit wird erst aktiviert, wenn ich aus meinem Grab erweckt werde, so wie sie damals«, sagte ich. »Und ich habe nicht vor, in nächster Zeit zu sterben.«

Jimmy ließ die Hand sinken und sah mich an. Er war enttäuscht von mir, aber das war ja nichts Neues.

»Wenn es keinen Phönix mehr gibt, der die Wiedergänger auferweckt«, wiederholte er, »müssen die Mächte der Finsternis einen anderen Weg finden. Den Gerüchten zufolge wurde dieser Weg in dem Buch beschrieben.«

Ich starrte ihn einige Sekunden lang an. »Du hast die ganze Zeit gewusst, warum ich es wollte?«

»Du kannst die Toten nicht zum Leben erwecken. Du würdest der anderen Seite direkt in die Hände spielen. Es ist besser, dass das Buch Samyaza jetzt nur noch Asche ist.«

»Ich wollte keine Armee auferstehen lassen, Jimmy. Nur …« Mein Hals war wie zugeschnürt, ich konnte Sawyers Namen nicht aussprechen.

»Ist es dir jemals in den Sinn gekommen, dass es nicht die allerbeste Idee der Welt sein könnte, einen Zauber aus einem Buch auszuprobieren, das von Beelzebub geschrieben wurde? Aus welchem Grund auch immer?«

Ich zwang mich, trotz des schmerzhaften Kloßes in meinem Hals zu sprechen. »Wir brauchen ihn, Jimmy.«

»Nein«, sagte er. »Du brauchst ihn.«

»Sawyer ist eines der mächtigsten Wesen auf der Welt.«

»Jetzt bist du das.«

»Zwei sind immer besser als einer.« Und meiner Vision zufolge würden zwei auch bitter notwendig sein.

»Nicht, wenn der eine gestorben ist und mit den Mitteln des

Bösen wieder zum Leben erweckt wurde«, sagte Jimmy. »Du hast doch gar keine Ahnung, wie er zurückkäme.«

»Er würde als er selbst zurückkommen.«

»Bist du dir da sicher?«

»Du hast ihn immer gehasst.«

»Du früher auch.«

Hatte ich das? Diese Zeit schien so lange zurückzuliegen. Seit ich Sawyer kennengelernt hatte, seit ich gelernt hatte, ihn zu verstehen, und begriffen hatte, warum er so war, wie er war, hatten sich die Dinge geändert. Vor allem hatte ich mich geändert.

Der Grund dafür, dass ich Sawyer auferwecken wollte, war nicht der, dass ich meine Schuldgefühle wegen seines Todes lindern wollte. Oder dass Faith einen Vater brauchte. Nicht einmal der, dass ich ihn so unglaublich vermisste – obwohl all diese Dinge zutrafen –, sondern jener, dass Sawyer über mehr Kräfte, Weisheit und Kenntnisse verfügte als ich oder irgendjemand sonst. Ich glaubte nicht, dass wir ohne ihn gewinnen konnten. Und dabei hatte ich noch nicht mal meinen Traum von einem gekreuzigten Jimmy und einem verschwundenen kleinen Mädchen berücksichtigt.

»Das spielt jetzt alles keine Rolle mehr«, sagte ich. »Das Buch ist weg.«

Und mit ihm all seine Geheimnisse.

Wir suchten noch eine Weile nach dem Dolch, hatten jedoch kein Glück. Es gab so viele Löcher im Boden, so viele Haufen aus altem Holz und Steinen. Die Waffe hätte überall sein können.

»Bist du sicher, dass du ihn dabeihattest?«, fragte Jimmy.

»Ich mach das hier nicht zum ersten Mal, weißt du?«, schnauzte ich. Ich hatte ihn in der Hand gehalten. Nur leider hatte ich ihn nicht benutzt.

Der Schwindel ging vorüber. Inzwischen schob ich ihn eher auf die Trauer darüber, Sawyer verloren zu haben, und darauf, was das für uns alle bedeuten würde, als auf den liebevollen kleinen Klaps, den mir Mait verpasst hatte. Der Schmerz war bereits abgeklungen, und laut Jimmy verblasste auch das blaue Auge schon wieder.

Als wir den Wagen erreichten, waren wir verschwitzt und außer Atem. Die Klimaanlage fühlte sich himmlisch an, und ich ließ mir auf dem ganzen Weg zum Hotel kühle Luft ins Gesicht pusten.

Dort angekommen ging ich direkt ins Badezimmer und schloss die Tür ab. Natürlich konnte eine Tür Sanducci nicht daran hindern, hereinzukommen. Das Geräusch, wie ich die Tür abschloss, hingegen schon. Jimmy würde niemals einen Raum betreten, wenn er nicht erwünscht war.

Ich ließ lauwarmes Wasser über meinen Kopf laufen und das rasende Pochen meines Herzens beruhigen. Ich war wütend und hatte Angst. Wir mussten ohne Sawyer auskommen, doch ich wusste nicht, wie.

Ich schlug die Handfläche gegen die Wand. Etwas knirschte. Ich öffnete ein Auge und sah, dass ich einen Riss in die Fliese geschlagen hatte. »Stell dich nicht so an«, sagte ich halblaut zu mir selbst. »Hast du etwa geglaubt, diese Sache mit der Apokalypse werde einfach werden?«

Nein. Aber ich hatte geglaubt, dass ich dabei mehr Hilfe bekommen würde.

Ich ging fast davon aus, dass Jimmy verschwunden sein würde, wenn ich aus dem Bad kam – um sich einen neuen Dolch zu erbetteln, zu leihen oder zu stehlen, und sich auf die Jagd nach Mait zu machen.

Doch er war noch da.

Als ich zur Kommode hinüberging und mir erst Ruthies Kreuz und dann Sawyers Türkis über den Kopf zog, sah ich aus den Augenwinkeln mein Bild im Spiegel. Für einen Moment bekam ich Panik, weil ich dachte, ich hätte mein Halsband verloren.

Ich wappnete mich gegen das Böse, das über mich hereinbrechen würde, begleitet von dem unstillbaren Verlangen, alles zu töten, was ich sah. Aber das Wappnen würde nichts nützen. Wenn das Böse frei war, konnte ich nichts mehr dagegen tun. Und wenn das Böse von mir Besitz ergriffen hatte, wollte ich das auch gar nicht mehr.

Direkt auf die Panik folgte Erleichterung. Der Dämon war fort, jedenfalls bis zum nächsten Vollmond.

»Muss das sein?«, fragte Jimmy.

»Was denn?« Ich drehte mich um.

»Dass du diesen Türkis reibst, als würdest du …« Jimmy verstummte, ging zum Balkon hinüber und starrte in die untergehende Sonne.

Ich sah an mir herab. Ich hatte den Türkis tatsächlich so gerieben, als würde ich … etwas anderes reiben.

»Sawyer«, flüsterte ich und schloss die Hand um den Stein. Ich lauschte, da ich auf irgendeine Antwort hoffte, doch es kam nichts, kein Wort. Würde da jemals wieder eine Antwort kommen?

Heiße Wut flammte in mir auf, und weil Wut immer besser ist als Schmerz, ließ ich mich darauf ein und lief quer durchs Zimmer, bis ich genau in der Balkontür stand.

»Sanducci.« Er sah mich mit angespanntem Gesichtsausdruck und zusammengepressten Lippen an. »Du solltest dir das Buch schnappen und einfach abhauen.« Ich stieß ihn vor die Brust.

»Und du solltest Mait töten.« Er stieß mich ebenfalls.

»Warum hast du es nicht getan?«, fragte ich.

»Warum hast *du* es nicht getan?«

Wir standen jetzt Nase an Nase, genauso wie damals, als wir Kinder waren. Wenn ich jetzt nicht aufpasste, würde er mir vors Schienbein treten und mir den letzten Keks wegnehmen.

Ich wandte mich ab. »Wir hatten doch einen Plan. Du hättest ihn befolgen sollen.«

»Hast du wirklich geglaubt, ich würde zulassen, dass du das Buch in die Hände bekommst, Lizzy?«

Das hatte ich. Mein Fehler.

»Warum hast du es eigentlich nicht mitgenommen und es irgendwo anders verbrannt?«, fragte ich. Irgendwo, wo ich es mir hätte schnappen können. »Warum hast du so lange gewartet, bis Mait dich erkannt hat und alles zum Teufel ging?«

»Ich habe nicht gewartet. Ich habe dir das Signal gegeben, ihn zu töten.« Er drehte mich zu sich herum, dann sah er mich von oben bis unten an, als wäre ich jemand, den er gerade erst kennengelernt hatte und nicht mochte. »Nahe genug warst du ihm ja.«

»Das war doch der Plan!« Ich riss mich los. »Dein Plan. *Ich* habe mich wenigstens daran gehalten.«

»Bis darauf, dass du ihn nicht getötet hast.«

Ich seufzte. »Ich soll doch die Anführerin des Lichts sein. Du bist mein Sekundant. Das heißt, du führst meine Befehle aus. Und ich habe dir befohlen, mir das Buch zu bringen.«

Seine Augen loderten. Für einen Augenblick sah ich wieder den Vampir darin, zu dem er werden konnte. Dann ging er zur Tür. »Was wirst du jetzt deswegen unternehmen, Herrin?«, fragte er höhnisch. »Mich umbringen?«

Ich machte einen Schritt auf ihn zu – ich war so wütend, dass ich das für eine ziemlich gute Idee hielt. Aber er ging in den Flur raus und warf die Tür hinter sich zu. Ich machte mir gar nicht erst die Mühe, ihm zu folgen. Ich wusste, dass er verschwunden war.

Diesmal rechnete ich auch nicht damit, dass er zurückkommen würde.

31

Als es Abend wurde, prasselte der Regen auf den Balkon. Ich hätte meine Sachen zusammenpacken und nach New Mexico aufbrechen sollen. Aber ich war müde, traurig und deprimiert. Zuzusehen, wie der Regen auf New Orleans fiel, machte es auch nicht gerade besser.

Ich versuchte, Luther zu erreichen, dann Summer, aber niemand ging ans Telefon. Das war nicht ungewöhnlich. Im Schatten des Mount Taylor war der Empfang offenbar besonders schlecht. Dass sie in einem verzauberten irischen Landhaus lebten, machte es auch nicht besser. Wenn ich sie morgen nicht bis zum späten Vormittag erreichte, würde ich allerdings anfangen, mir Sorgen zu machen. Und dann wäre ich schon auf halbem Weg nach Hause.

Ich lauschte auf den Sturm und nippte an dem kräftigen Rotwein, den ich beim Zimmerservice bestellt hatte. Endlich machten mich die Erschöpfung und der Alkohol so schläfrig, dass ich meine Kleidung auf den Boden fallen ließ und ins Bett kroch. Der Rhythmus des fallenden Regens folgte mir in die Dunkelheit.

Ich wollte unbedingt mit Sawyer sprechen. Stattdessen kam ich zu Ruthie. Ich hätte mich etwas mehr darüber freuen sollen. Schließlich hatte ich sie mir doch zurückgewünscht, seit ich sie verloren hatte.

In meinem Traum besuchte ich Ruthie und sprach mit ihr. Das Haus mit dem weißen Gartenzaun war nicht das, in dem sie gelebt hatte und gestorben war. Trotzdem wusste ich, dass es ihres war, noch bevor ich den Pfad hinaufging und sie mir die Tür öffnete.

»Lizbeth.« Ruthie breitete die Arme aus.

Obwohl sie so mager war und ihre Ellbogen, Knie und Hüften so scharfkantig wie Rasierklingen wirkten, waren Ruthies Umarmungen die schönsten in dieser und der nächsten Welt. Gott, wie hatte ich sie vermisst.

Ich hatte keine Ahnung, wie die Umarmungen einer Frau, die nur aus Haut und Knochen bestand, so weich und sanft sein konnten. Doch als Ruthie mich in die Arme nahm, verflog meine Erschöpfung, die Trauer lichtete sich, und ich fühlte mich wieder so stark, als könne mich überhaupt nichts aufhalten. Diese Wirkung hatte sie immer auf mich gehabt.

Ruthie rieb mir den Rücken und flüsterte sinnloses Zeug in meine Haare, während sie mich festhielt. Wie immer zog ich mich als Erstes zurück, sie niemals. Womöglich war genau dies auch das Geheimnis dieser Umarmungen.

Sie hielt meine Hand in ihrer, die mager und von dicken Adern durchzogen war – aber noch immer so stark schien wie ihr Herz, dessen regelmäßiges Schlagen ich nach wie vor an meiner Brust spürte, obwohl sie nun seit fast drei Monaten tot war. Sie zog mich hinein und schloss die Tür.

»Ich bin so froh, dass du wieder da bist«, sagte ich.

Ruthie lächelte, ihre weißen Zähne leuchteten in diesem Gesicht, das die Farbe von starkem Kaffee hatte. Ihr bauschiger, ergrauender Afro schaukelte, als sie den Kopf schüttelte. »Ich war die ganze Zeit hier, mein Kind. Du warst doch diejenige, die fort gewesen ist.«

»Nicht fort. Nicht direkt.«

»Besetzt?« Sie zuckte die Schultern. »Ist jetzt nicht mehr wichtig. Jetzt habe ich viel Zeit, dich besuchen zu kommen, von Vollmond zu Vollmond.« Ruthie zog die Brauen zusammen.

»Aber ich kann mich nicht erinnern, dass ich dir erlaubt hätte, den Dämon wegzusperren.«

Ärger flackerte in mir auf. Es war nicht meine Idee gewesen, und außerdem … »Ich wusste gar nicht, dass ich hätte fragen müssen. Ich dachte, ich bin jetzt die Anführerin.«

Sie hob eine Braue. »Du glaubst wohl, du bräuchtest meine Hilfe nicht?«

Mein Ärger erstarb wie eine Flamme in einer Windböe. »Das habe ich nicht gesagt.« Ich brauchte alle Hilfe, die ich nur kriegen konnte.

»Na, komm her«, sagte sie und ging durch den Flur in ihre sonnige Küche.

Auf dem Tisch standen zwei Tassen Tee. Ich stand zwar nicht so darauf, Ruthie aber schon, also setzte ich mich. Vor dem Fenster an der Rückseite des Hauses spielten Kinder in einem sich ständig verändernden Garten zunächst mit riesigen Holzspielgeräten. Dann erschien ein großes Spielfeld, und die Kinder – in allen Typen und Größen – wählten die Seiten für irgendeine Art von Spiel.

Ruthies Haus war heute ebenso voller verlorener Seelen wie früher, als sie noch gelebt hatte. Der einzige Unterschied bestand darin, dass jetzt jeder in ihrem Haus – außer mir – tot war.

Jedes Mal, wenn ich Ruthie in ihrem Himmel besuchte, wallten Schuldgefühle in mir auf. Bei meinen letzten Besuchen waren fast alle Kinder, die hier lebten, nur deshalb hier, weil ich es nicht geschafft hatte, sie zu retten.

Ruthie setzte sich. Ich trank einen Schluck Tee. Erfrischend minzig. Ich mochte ihn trotzdem nicht.

»Warum bin ich hier?«, fragte ich.

»Ich dachte, du hättest mich vermisst.«

»Das habe ich ja auch, aber …« Ich zuckte die Schultern.

»Du hättest lieber Sawyer getroffen.«

»Ja.« Ich atmete tief ein. »Aber dank Sanducci wird wohl nichts mehr daraus.«

Ruthie nippte an ihrem Tee und antwortete nicht.

»Oder?«, hakte ich nach.

Sie setzte ihre Tasse ab und sah aus dem Fenster. Ihre Schützlinge kickten einen Fußball hin und her – hin und her, hin und her.

»Ruthie?«, versuchte ich es noch einmal. »Warum bin ich hier?«

»Ärger kommt auf uns zu«, sagte sie.

»Wenn ich jedes Mal fünf Cent bekommen würde, wenn ich das höre …«, fing ich an.

»Du wirst mit den Entscheidungen leben müssen, die du triffst. Und du wirst sie allein treffen müssen«, murmelte sie. »Schon bald.«

»Wann?«, fragte ich. »Was?«

Es gefiel mir nicht, Entscheidungen über Leben und Tod anderer Menschen treffen zu müssen. Entscheidungen, die langfristig den Anfang vom Ende der Welt bedeuten konnten. Insbesondere, weil ich die meiste Zeit nicht die geringste Ahnung hatte, was ich da eigentlich tat.

»Du hast recht«, sagte sie. »Du bist aus einem bestimmten Grund hier. Es gibt nämlich etwas, das ich dir sagen muss.«

Angst überlief mich und hinterließ eisigen Schweiß und einen widerlichen, klebrigen Geschmack ganz hinten in meiner Kehle. »Jimmy …«, sagte ich erst, und dann: »Luther.«

Als mir schwindlig wurde, merkte ich, dass ich nicht mehr atmete, und schnappte hörbar nach Luft. »Faith?«

Ruthie schnippte mit den Fingern vor meinem Gesicht. »Konzentrier dich, Lizbeth!«

Es war nicht leicht, aber ich bekam es hin. »Bin da.«

»Wenn die Nephilim glauben, dass du eine Schwäche hast«, sie kniff die Augen zusammen, »oder sogar drei, dann werden sie das ausnutzen.«

Ich wusste es. Wieder und wieder war ich gewarnt worden, nicht zu viele Gefühle zu investieren. Aber ich konnte nichts dagegen tun.

»Was stimmt nicht?«, fragte ich.

»Alles«, sagte Ruthie und legte ihren Daumen in die Mitte meiner Stirn.

Ich schielte und blinzelte, und im nächsten Augenblick befand ich mich an einem anderen Ort.

Eine dunkle, verlassene Straße – der Gehweg war kaputt, ebenso einige Straßenlaternen. Die Luft war schwül und heiß und roch noch nach Regen.

»New Orleans«, flüsterte ich. Diesen Geruch hätte ich überall wiedererkannt.

Die Gebäudereihen schienen vom Alter gebeugt. Vor mir konnte ich nur die emporragenden Türme einer Kirche sehen – und auf der anderen Straßenseite …

»Saint Louis Cemetery Number One.«

Der älteste Friedhof in New Orleans, nach Einbruch der Dunkelheit ein sehr gefährlicher Ort. Gut, dass ich nicht wirklich da war.

Der St. Louis Cemetery Number One war dort errichtet worden, wo sich früher Storyville befunden hatte, das einzige legale Rotlichtviertel des Landes. Jetzt war der Ort um einiges ruhiger. Doch als ich hinsah, begannen Blitze zu zucken und Donner zu grollen. Beides schien sich direkt auf den Friedhof zu konzentrieren. Eine tiefe Stimme erhob sich jenseits der weißen Ziegelmauern – eine Stimme, die ich wiedererkannte.

»Mait.« Ich lief auf das Tor zu.

Er hat gesagt, er hätte das Buch gelesen.

War das Ruthies Stimme oder meine eigene? Und was hatte das zu bedeuten?

Vorsichtig näherte ich mich. Das Tor war geschlossen und verriegelt, doch das spielte keine Rolle. Ich wünschte mir, auf der anderen Seite zu sein, und schon war ich es.

Ich war schon einmal hier gewesen, allerdings bei Tageslicht und mit einer Reisegruppe. Damals war der Ort schon unheimlich gewesen, aber jetzt war er erst richtig gespenstisch.

Da New Orleans unter dem Meeresspiegel lag, wurden die Menschen oberirdisch beigesetzt, da die Särge sonst in der Regenzeit wieder auftauchen und davontreiben konnten.

Interessanterweise war die Rassentrennung in der Stadt auf den Friedhöfen am wenigsten ausgeprägt. Im Tod wurden die Menschen nach Religionen getrennt, nicht nach ihrer Hautfarbe. Und alle wurden gleich behandelt.

Nachdem sie ein Jahr und einen Tag auf einem Regal in einem Grabdenkmal aus Ziegelsteinen verbracht hatten, das sich kurioserweise *Ofen* nannte, wurden ihre Überreste zu ihren Vorgängern in einen Schacht geworfen, um Platz für den Nächsten zu schaffen. Obwohl St. Louis Number One von der Fläche her nur die Größe eines Häuserblocks hatte, war es die Ruhestätte von über hunderttausend Seelen.

Weiße Grabmäler leuchteten kalt im Mondlicht. Schatten tanzten über den mit Steinen übersäten Boden. Hier ragte der Umriss eines Engels über einer schmalen, hohen Krypta auf, dort eine geisterhafte Statue in der Form der Jungfrau, umgeben von sonnenverbranntem Gras.

Ich folgte dem Klang der Stimme. Mait gab sich keine Mühe, leise zu sein. In Wirklichkeit war außer ihm auch niemand hier.

»Erstehe auf!«, schrie er.

Oh-oh.

Die Gestalt eines Mannes flitzte durch das Tor. Zuerst dachte ich, es wäre Mait, doch dann hörte ich den Sosye wieder ganz in der Nähe sprechen. »Nicht alles ist verloren.«

Zwei weitere Gestalten rannten zwischen den Krypten hindurch. Das Tor schepperte. Ich spähte an der Statue vorbei. Mait klatschte in die Hände, dann knirschte etwas – so richtig Adams-Family-mäßig –, gefolgt vom Rhythmus zurückweichender Schritte. Ein kurzer Blick zur Rampart Street zeigte, dass das Tor jetzt weit offen stand und ein halbes Dutzend Gestalten hindurchströmte, um sich dann in verschiedene Richtungen zu verteilen.

Verdammt.

Er hatte das Buch gelesen.

Angewidert und fasziniert zugleich sah ich zu, wie Mait seine Hand auf ein weiteres glänzend weißes Grab legte und murmelte: »Erstehe auf.«

Ich erwartete, dass sich die Tür öffnen oder der Stein herabfallen würde. Vielleicht würde Rauch aus einem Riss aufsteigen und die Gestalt des Untoten formen, die dann immer mehr an Substanz gewänne, bis der gerade erweckte Geist die Schritte verursachen konnte, die ich vorhin gehört hatte, während er Samyaza-weiß-wohin lief.

Stattdessen sah ich noch so einen menschenförmigen Schatten zwischen den Gräbern hindurch und aus dem Tor huschen. Jetzt ist er weg, Abrakadabra, und jetzt ist er wieder da.

Die aufgeheizte, überreife Nacht fühlte sich plötzlich viel zu kühl an. Ganz gleich, wie sehr wir uns auch bemühten, wir kamen in unserem Kampf gegen die Mächte der Finsternis offenbar überhaupt nicht voran. Ich wusste zwar, dass das alles unausweichlich war, aber verdammt, könnten wir denn nicht wenigstens einmal eine Verschnaufpause herausschlagen?

Das Buch war verbrannt worden, um zu verhindern, dass eine nächste Armee der Untoten auferweckt wurde, nur um dann festzustellen, dass der Bewahrer des Buches das verdammte Ding auswendig gelernt hatte.

Im nächsten Augenblick saß ich Ruthie am Küchentisch gegenüber. Ihr Tee war nicht mehr da, meiner kalt.

»Was zum Teufel war das?«, murmelte ich. »Er muss nur sagen *Erstehe auf*, und dann tun sie es? Was für eine Art Zauber soll das sein?«

Sie betrachtete mich einige Sekunden lang nachdenklich aus ihren dunklen Augen, so als versuchte sie zu entscheiden, ob sie mir die Wahrheit sagen sollte oder nicht. Dann seufzte sie.

»Der Zauber, der in dem Buch Samyaza liegt, weckt die Toten nicht auf. Er erschafft aber jemanden, der es kann.«

32

Schlagfertig, wie ich war, starrte ich Ruthie an und sagte: »Häh?«

»Mait hat die Fähigkeit, die Toten aufzuerwecken.«

Endlich ging in meinem Hirn flackernd ein Lichtlein auf. »Armageddon, wir kommen«, murmelte ich. »Was zum Teufel stand denn sonst noch in diesem Buch?«

»Das werden wir niemals erfahren.«

Vielleicht war ich sogar froh, dass Jimmy es verbrannt hatte. Aber was war mit Ruthie?

»Hast du ihm aufgetragen, das Buch zu verbrennen?«, fragte ich.

»Ich?« Sie wirkte ehrlich überrascht. Ich habe es ihr aber nicht abgekauft.

»Hast du?«

Ruthie schüttelte den Kopf. »Ich wusste gar nicht, dass ihr es gefunden hattet, bis es dann in den Flammen verbrannte.«

»Ging mir genauso«, murmelte ich. »Ich möchte nur ein einziges Mal etwas herausfinden, bevor es zu spät ist, um es aufzuhalten.«

»Wer hat denn gesagt, dass es zu spät ist?«

Ich tippte mir an die Schläfe. »Ich habe gerade gesehen, wie der Kerl Zombies aus den Gräbern geholt hat.«

»Nicht Zombies«, sagte Ruthie. »Menschen.«

»Menschen«, wiederholte ich.

»Du hast gesehen, was er getan hat. Haben die Wesen, die Mait erweckt hat, beim Davonlaufen gewankt, gestöhnt oder Körperteile über den Boden verteilt?«

»Nein«, sagte ich langsam. Dass sie überhaupt liefen, war allerdings schon ein ziemliches Kunststück, fand ich. »Sie haben sich normal bewegt. Leise. Ich konnte zwar nicht gut genug sehen, um zu erkennen, ob sie verfaulte Ohren oder Finger hatten, aber …«

»Hatten sie nicht«, sagte sie. »Sie brauchen auch kein Menschenfleisch zu essen, um zu überleben.«

»Das ist immer gut«, murmelte ich. »Was essen sie dann?«

»Das Gleiche wie immer. Mait hat sie zum Leben erweckt.«

»Kann er denn alles erwecken?«

»Alles, was menschliches Blut hat.«

»Also auch Nephilim?«

»Theoretisch schon, ja«, sagte Ruthie.

»Ich wette, dass er diese Theorie ziemlich schnell in die Praxis umsetzen wird.«

Die Grigori bräuchten gar nicht aus dem Tartarus zu fliehen, um die Armee der Nephilim aufzufüllen. Sie mussten einfach nur ihre Kohorten wieder zum Leben erwecken, und alles, was die Föderation erreicht hatte, würde ausgelöscht werden. Alle, die für diese Sache gestorben waren, wären also umsonst gestorben.

»Nicht mit mir«, murmelte ich. Ich würde diesen Kerl so was von umbringen. Aber zuerst würde ich mich noch ein bisschen mit ihm unterhalten.

Ruthie starrte mich an, als wollte sie weitere Fragen hören oder auch nur meinen Plan. Ich hatte zwar keinen, aber das würde schon noch kommen. Das war ja immer so. Ich mochte Pläne.

»Wenn diese Wesen auferweckt werden, sind sie dann genauso, wie vor ihrem Tod?«, fragte ich. Vielleicht war Sawyer doch nicht für immer fort. In Anbetracht dessen, was uns bevorstand, waren das richtig gute Nachrichten.

»Ich glaube kaum, dass irgendjemand, der einmal tot war, als genau derselbe Mensch zurückkommt.«

»Aber du hast gesagt …«

»Physisch, ja. Aber mental?« Ruthie zuckte die Schultern. »Sie waren tot. Niemand kann sagen, wie sich das auf ihre Psyche ausgewirkt hat.«

»Na großartig«, murmelte ich. »Jetzt laufen also verrückte Nicht-Zombies durch New Orleans.«

»Noch nicht.«

»Ich hab sie gesehen, Ruthie.«

»Du hast die Zukunft gesehen.«

Ich runzelte die Stirn. »Wie weit war es … in der Zukunft?«

Ruthie sah mich aus ihren klaren, dunklen Augen an. »Mait war ziemlich lange in dieser Kirche eingesperrt. Ich schätze, in diesem Augenblick vergnügt er sich mit Stripperinnen auf der Bourbon Street.«

Ich stand so abrupt auf, dass mein Stuhl nach hinten rutschte und fast umgekippt wäre.

»Beruhige dich. Setz dich«, befahl sie.

»Wenn er auf der Bourbon Street ist, werde ich ihn mir heute Nacht schnappen. Das wird nicht mal jemandem auffallen.«

Und selbst wenn irgendwer etwas bemerken sollte, wäre es egal. Es wäre nur eben einfacher, wenn nicht.

»Es ist August in New Orleans, Lizbeth, nicht Mardi Gras. Jemand würde es sicher bemerken.«

Sie hatte recht. Ich setzte mich. »Ich kann nicht zulassen, dass er davonkommt.«

»Du weißt, wohin er gehen wird.«

»Ich werde den Friedhof bewachen«, murmelte ich.

»Ich würde es tun.«

»Nur um sicherzugehen: Wie bringe ich einen Nicht-Zombie um?«

»Es gibt keine besondere Methode. Physisch betrachtet sind sie ganz genauso wie vor ihrem ersten Tod.«

»Also der gute, alte, einfache Mord.«

»Lizbeth«, seufzte Ruthie.

»Ich muss es wissen. Was ist zum Beispiel, wenn auf dem Weg zum Friedhof etwas passiert? Wenn ich hinfalle und nicht mehr aufstehen kann? Wenn Mait sein abscheuliches Werk verrichtet und hunderttausend Seelen auferweckt? Was dann?«

»Chaos«, flüsterte Ruthie.

»Schlimmer noch. Der einzige Grund, die Toten zu erwecken, ist, eine Armee für die letzte Schlacht aufzustellen.«

»Und er hat sie versammelt an einem Ort, der da heißt auf Hebräisch Harmagedon«, zitierte Ruthie.

Vom Armageddon hat wohl jeder schon mal gehört, und ich meine nicht diesen Bruce-Willis-Film, sondern den O. K. Corral der Apokalypse. Technisch gesehen ist das Armageddon der Ort, an dem die letzte Schlacht zwischen Gut und Böse ausgetragen werden soll.

Mit dem Wort Harmagedon, das in der Bibel (Offenbarung 16,16) erwähnt wird, ist der Berg von Megiddo gemeint, wörtlich übersetzt der *Berg der Schlacht*. Dieser Berg liegt im Norden Israels. Mehr als zweihundert Schlachten wurden auf der ausgedehnten Ebene in der Nähe des Berges schon ausgetragen. Napoleon hatte diesen Ort als den geeignetsten Kampfplatz der Welt bezeichnet. Er glaubte, dass sich auf einer derart riesigen Fläche alle Armeen der Welt bewegen könnten, und nach den Fotos zu urteilen, die ich gesehen hatte, lag er damit auch ganz richtig. Wenn ich alles bedachte, was ich gelesen hatte, würde das wohl auch nötig sein.

Das klingt, als hätte ich an dem Tag, als die Offenbarung durchgenommen wurde, gut aufgepasst, nicht wahr? Falsch. Ich habe es letzte Woche erst nachgeschlagen.

»Ich muss zu Mait, bevor er aufhört, an Menschen zu üben, und anfängt, Halbdämonen ins Leben zurückzurufen.«

»Das wird er nicht tun«, sagte Ruthie. »Jedenfalls noch nicht sofort.«

»Natürlich wird er das tun. Was soll er denn mit einer Armee von Menschen anfangen, die jeder, der übernatürliche Fähigkeiten besitzt, mit Leichtigkeit vernichten kann?«

»Wir bringen nicht gerne Menschen um, Lizbeth. Es ist unsere Aufgabe, sie zu beschützen.«

»So geben sie die perfekte Infanterie ab.« Ich rieb mir die Stelle zwischen den Augen, hinter der mein Puls hämmerte. »Warum sollten Menschen für die dunkle Seite kämpfen?«

»Was würdest du für jemanden tun, der dich von den Toten auferweckt hat?«

Ich ließ die Hand sinken. »Es hat einen Preis.«

»Gilt das nicht für alles?«

»Doch.«

»Vergiss das nicht.« Ruthie sah mir fest in die Augen. »Auf dieser Welt bekommt man nichts umsonst, niemals.«

»Also werden die auferstandenen Toten ihre Schuld an vorderster Front begleichen.«

»Und die Kelter ward außerhalb der Stadt getreten«, zitierte Ruthie, »und Blut ging aus der Kelter hervor bis an die Gebisse der Pferde, tausendsechshundert Stadien weit.«

»Würdest du mir das bitte übersetzen?« Wenn sie anfing, von Stadien zu sprechen, drehte sich in meinem Kopf schon alles.

»In der letzten Schlacht wird das Blut so hoch steigen, dass es bis an das Gebiss eines Pferdes reicht.«

»Das klingt nicht gut.« Als ich das letzte Mal neben einem Pferd gestanden hatte, war sein Gebiss etwa auf der Höhe meines Kinns gewesen.

»Ein Stadium ist eine Achtelmeile, also etwa zweihundert Meter«, fuhr Ruthie fort. »Tausendsechshundert Stadien wären dementsprechend knapp dreihundert Kilometer.«

»Blut, so hoch wie das Gebiss eines Pferdes, und das über eine Strecke von ungefähr dreihundert Kilometern«, wiederholte ich mit belegter Stimme.

Ruthie hob ihre knochigen, vogelartigen Hände. »So steht es geschrieben.«

Mein Magen war ähnlich aufgewühlt wie das Rote Meer, denn so vieles von dem, was geschrieben stand, war schon geschehen. Die Offenbarung machte zwar einen ziemlich komplizierten Eindruck, aber wenn man erst einmal einen Ansatzpunkt hatte, fügten sich die Stücke von ganz allein zusammen, so wie die letzten Teile in einem riesigen Puzzle.

»Nephilim würden zu Asche zerfallen«, murmelte ich. »Kein Blut.« Was Ruthies Vermutung stützte, dass Mait Menschen auferstehen ließe – fürs Erste.

»Über Jahrhunderte haben sich die Gelehrten darüber gestritten, was die Offenbarung 9,16 bedeuten soll«, sagte Ruthie. »Und die Zahl der Reiter dieses Heeres war vieltausend mal tausend.«

»Macht ein paar Hundert Millionen«, übersetzte ich.

»Die Zahl war so groß, dass sie lange Zeit nicht wörtlich genommen wurde. Aber dann kam eine Nation, die nicht nur eine riesige Population aufwies, sondern auch ein gigantisches stehendes Heer mit unzähligen Reservisten.«

»China.«

»Ja. Die Streitmacht wird aus dem Osten kommen, und die Bevölkerung dessen, was wir als *den Osten* bezeichnen, beträgt drei Milliarden.«

»Die Gelehrten haben sich auf China konzentriert«, sagte ich. »Aber sie lagen falsch.«

»Wäre ja nicht das erste Mal.«

»Was ist mit dem Hinweis, dass sie aus dem Osten kommen?«

»Osten ist relativ, mein Kind. Marschiere von Osten nach

Westen, und schwupps«, sie klatschte in die Hände, »hast du eine Armee aus dem Osten. Genau genommen sagt die Bibel nur, dass die alte Armee über den Euphrat marschieren wird.«

»Was im Osten Israels liegt.«

»Als ich das letzte Mal nachgesehen habe, war es noch so«, stimmte Ruthie zu.

»Ich muss los.«

»Warte.« Ruthie legte ihre Hand auf meine. »Das Buch ist verschwunden. Das einzige Wesen, das die Toten zurückholen kann, ist Mait. Du weißt, was das bedeutet?«

»Verzauberter Dolch ins linke Auge, und zwar schnell.«

»Du musst auch bedenken, was auf lange Sicht am besten für die Welt ist, und nicht nur, was einer bestimmten Person in diesem Moment am liebsten wäre.«

»Was willst du mir damit sagen?«

»Du willst Sawyer wiedererwecken.«

Ich versuchte gar nicht erst zu lügen. Nicht bei Ruthie. »Und?«

»Niemand kommt als derselbe Mensch zurück, Lizbeth.«

»Du hast mich zu Sani geschickt, damit ich lerne, wie man Geister beschwört.«

»Ich habe dich zu Sani geschickt, weil mir gesagt wurde, ich sollte dich zu Sani schicken.«

Das ließ mich verstummen. Obwohl sich Ruthie oft so aufführte, als wäre sie die Leadsängerin in unserer Rockband, war sie es nicht. Sie nahm ihre Befehle von der größten aller Stimmen entgegen – von der, die schon Moses auf dem Berg Sinai ein Ständchen gebracht hatte. Jedenfalls behauptete Ruthie das.

Und wenn sie, was das betraf, nicht die Wahrheit sagte … dann hatte ich größere Probleme, als ich jemals bewältigen könnte.

»Es gibt einen Grund …«, fing sie an.

»… für alles«, beendete ich ihren Satz, da ich ihn schon kannte. Es gefiel mir zwar nicht besonders, mich ohne Erklärung herumkommandieren zu lassen, aber ich hatte mich daran gewöhnt. So unangenehm es mir auch war, auf einem Auge blind handeln zu müssen, die Wahrheit blieb doch: Ich musste einfach glauben.

»Sani wusste, wo sich das Buch befand«, sagte Ruthie.

»Warum hast du es nicht gewusst? Warum hat niemand vorher gewusst, was Mait vorhatte?«

»Der Schutzzauber hat alles verborgen.«

»Und wie konnte Sani dann wissen, wo das Ding war?«

»Sani ist keiner von uns. Er ist einer von ihnen.«

Das überraschte mich nicht. Trotzdem … »Warum sollte er mir verraten …« Doch ich brach ab und beantwortete mir die Frage selbst, bevor Ruthie dazu kam. »Bezahlung.«

Die Wendungen und Launen des Schicksals, die Wege Gottes oder auch die Offenbarung, das alles war viel zu kompliziert für einen Trottel wie mich.

»Vielleicht«, sagte Ruthie.

»Brauchen wir Sawyer denn nicht?«, fragte ich.

»Brauchen oder wollen, mein Kind?«

»Er ist …« Doch meine Stimme versagte. Ich wollte sagen *notwendig*, aber stattdessen sagte ich: »Mächtig.«

»Das bist du auch.«

»Zwei sind besser als einer«, sagte ich wieder.

»Wirklich?«

Wenn sie anfing, meine Fragen mit Gegenfragen zu beantworten, bekam ich immer Kopfschmerzen.

»Du sagst also, ich sollte ihn nicht zurückholen.«

»Ja«, sagte Ruthie. »Genau das sage ich.«

Da Ruthies Motto immer gelautet hatte *Tu alles, was du tun musst, um zu gewinnen*, verschlug es mir jetzt fast die Sprache.

»Aber …«, hob ich an.

»Jimmy hatte recht, das Buch zu verbrennen«, unterbrach sie mich. »Die Versuchung ist einfach zu groß.«

»Ich bin kein vierjähriges Kind mit einer Kiste Schokolade, Ruthie. Ich habe mich unter Kontrolle.«

»Hmmm«, sagte sie, und da sah ich rot.

Ich stieß mich vom Tisch ab, und diesmal kippte der Stuhl hintenüber. Das laute Klappern von Holz auf den Fliesen ließ mich zusammenfahren, doch ich hob ihn nicht auf.

»Du glaubst, ich würde in Versuchung geraten und Mait zwingen, Sawyer zum Leben zu erwecken, bevor ich ihm einen Dolch in sein hübsches grünes Auge steche?«

Ruthie hob eine Braue, und das allein genügte, damit ich den Stuhl wieder aufhob.

»Setz dich«, befahl sie wieder, doch ich konnte nicht. Stattdessen ging ich langsam zum Fenster. Die Kinder spielten jetzt auf einem großen, betonierten Platz mit aufgemalter Drei-Punkte-Linie, Freiwurflinie und Feldlinien Basketball.

»Mait würde uns niemals einen unserer mächtigsten Mitstreiter zurückgeben«, sagte Ruthie ruhig. »Du wirst ihn zu überhaupt nichts zwingen können.«

»Wetten?«, murmelte ich.

»Eine Bezahlung ist fällig, Lizbeth. Immer. Du kannst den Tod nicht aufheben, ohne dass dies Konsequenzen hat. Und manchmal muss diese Konsequenzen der Erwecker tragen, nicht der Erweckte.«

Ich fuhr herum. »Glaubst du, ich hätte Angst?«

»Nein.« Ihre dunklen, ernsten Augen fingen meinen Blick auf und hielten ihn fest. »Aber ich. Du bist die Anführerin des Lichts. Die Entscheidungen, die du triffst, betreffen nicht nur dich allein. Du musst sicherstellen, dass ein Opfer der Belohnung angemessen ist, musst die Auswirkungen deines Tuns auf die Zukunft abschätzen. Und wenn du nicht weißt, welche Auswirkungen das sein werden …«, sie atmete lange und traurig aus, »ist es am besten, überhaupt nichts zu tun.«

Sie hatte recht, und ich wusste es.

Meine Augen brannten. Ich ließ den Kopf sinken und starrte die abgenutzten Küchenfliesen an, während ich ein paarmal schnell und kräftig blinzelte. Die Entscheidung, Sawyer ruhen zu lassen, fühlte sich an, als würde ich ihn noch einmal töten.

Ruthie schwieg, bis ich mich wieder zusammengerissen hatte. Dafür brauchte ich nie besonders lange. Ich hatte ja mein ganzes Leben damit verbracht, mich zusammenzureißen.

»Weißt du, wo ich einen verzauberten Dolch auftreiben kann?«

Ruthie studierte mein Gesicht. Was sie sah, schien sie zufriedenzustellen, denn sie lächelte sanft. »Du bist ein Zauberer. Verzaubere dir selbst einen.«

»Ich weiß aber nicht, wie.«

»Lerne es.« Sie schnippte mit den Fingern, und ich erwachte in meinem Zimmer.

Das Unwetter hatte sich verzogen, und die Luft roch nun kühl, frisch und sauber. Zumindest bis die Sonne höher stieg und die Straßen und Büsche so aufheizte, dass es wieder leicht nach Abfällen roch.

Ich sah auf die Uhr. Mitten in der Nacht. Ich konnte ja schlecht in der örtlichen Zauberdolchhandlung anrufen, selbst wenn ich die Nummer gehabt hätte. In Augenblicken wie diesem vermisste ich Xander Whitelaw am meisten. Der Professor hatte einfach alles herausgefunden.

Ich starrte an die Zimmerdecke, da fiel mir plötzlich etwas ein – oder besser jemand. Also krabbelte ich aus dem Bett und durchwühlte meinen Rucksack. Ich fand das Stück Papier mit einer Handynummer darauf.

Bram ging nach dem ersten Klingeln dran und klang gleich hellwach.

»Hallo?«

»Hier ist Liz.«

»Welche Liz?«

»Vom Friedhof.« Als er daraufhin nichts sagte, fuhr ich fort. »Sie treffen wohl ständig Frauen namens Liz in der Nähe von Friedhöfen?«

»Sie haben mir nie Ihren Nachnamen verraten.«

Ich hatte nicht vor, ihm den Namen Phoenix zu verraten, nachdem er von einem riesigen, vielfarbigen Vogel geträumt hatte. Das wäre sicher der kürzeste Weg, sich einen tödlichen Stalker einzuhandeln. Es gab schon genug Wesen, die versuchten, mich zu töten.

»Sie ebenfalls nicht«, stellte ich klar.

»Da haben Sie recht«, stimmte er zu, nannte mir seinen Namen jedoch nicht. »Was kann ich für Sie tun?«

»Wissen Sie, wie man einen Dolch verzaubert?«

»Sie sind auf einen Zauberer gestoßen, den Sie umbringen müssen.«

Der Mann kannte seine Nephilim-Pappenheimer wirklich.

»Können Sie mir helfen?«

»Was für eine Art von Zauberer denn?«

»Sosye.«

»Haitianisch. Okay. Nehmen Sie ein Stück Papier. Zeichnen Sie ein Rechteck darauf. Schreiben Sie in das Rechteck hinein, was geschehen soll. Dann setzen Sie den spitzen Gegenstand …«

»Irgendeinen spitzen Gegenstand?«, fragte ich. »Muss es kein Dolch sein?«

»Es müsste mit allem funktionieren, das spitz genug ist, um jemanden zu töten. Schneiden Sie damit das Papier in kleine Stücke, während Sie mehrmals sagen *Mögen all meine Unternehmungen erfolgreich sein*.«

»Und dann?«

»Töten Sie das Ding.«

»Das ist alles?«

»Sie glauben, man bräuchte Ziegenblut und Weihwasser im Mondschein?«

Normalerweise war das der Fall …

»Es klingt zu einfach.«

»Nicht, wenn man nicht weiß, was man zu tun hat. Und die meisten Zauberer würden es Ihnen nicht verraten. Schmälert nämlich ihre Einnahmen.«

»Wie haben Sie das herausgefunden?«

»Wie immer.«

Bei mir hieße *wie immer*, jemanden zu berühren und in seinen oder ihren Gedanken zu suchen. Wenn das nicht funktionierte, würde ich es aus ihm herausprügeln. Das war vermutlich auch Brams Vorgehensweise.

»Eins noch«, sagte er. »Hexen, Zauberer, Hexenmeister – alles, was mit Magie zu tun hat – sterben manchmal nicht ganz richtig.«

»Was wollen Sie damit sagen?«

»Was ist, wenn Sie den Sosye erstechen und er nicht stirbt?«

»Ja«, sagte ich, »was dann?«

»Dann ist er eine Hexe«, sagte Bram. »Verbrennen Sie ihn lieber.«

Also tat ich, was er gesagt hatte. Papier. Rechteck. Mait tot in die Mitte schreiben. Mit meinem silbernen Messer schnitt ich es in winzig kleine Stücke und sprach die Worte: »Mögen all meine Unternehmungen erfolgreich sein.«

Als ich nach dem letzten Schnitt das Messer hob, fuhr ein nach Regen duftender Wind ins Zimmer und verteilte die Stücke überall wie Konfetti. Für einen Augenblick glühte die Klinge rot auf, doch das Leuchten erlosch so schnell wieder, dass ich nicht sicher war, ob es auch wirklich passiert sein mochte.

Drei Uhr nachts. Ich musste loslegen. Meiner Einschätzung nach konnte Mait schon auf dem Weg zum Friedhof sein.

Ich verbarg das verzauberte Messer in meiner uncoolen Gürteltasche. Ich sollte mir stattdessen wirklich ... was zulegen? Ein Waffentragekörbchen? Ein Louis-Vuitton-Dolch-Etui? Ja, das wäre wirklich mein Stil.

Ich ging die Bourbon Street hinunter in Richtung St. Louis Number One. Wenn ich das Glück hatte, Mait in einem der Stripclubs zu sehen, konnte ich ihm bis an einen dunklen, einsamen Ort folgen und dort tun, was getan werden musste.

Natürlich war dieses Szenario viel, viel zu einfach. So einfach, dass ich nur mit halbem Auge nach ihm suchte, während ich an den offenen Hauseingängen vorbeiging. Als ich ihn dann tatsächlich sah, war ich schon ein paar Schritte weitergegangen, bevor es mir bewusst wurde.

Eine Frau tanzte auf seinem Schoß, okay, und er war beschäftigt genug, um nicht zu bemerken, wie ich durch die Tür schlüpfte, um mir das aus der Nähe anzusehen, und dann wieder hinausschlüpfte. Ich ging auf die gegenüberliegende Straßenseite, wo ich mir einen alkoholfreien Margarita in einem Becher zum Mitnehmen bestellte und dann so tat, als würde ich mir die Schaufenster ansehen, während ich wartete. Ich hatte erst einen Schluck getrunken, da klingelte mein Handy.

Ich warf einen Blick auf die Rufnummernanzeige. Luther. Mein Herz führte einen kleinen, panischen Tanz auf, als ich das Handy aufklappte. »Hey, Junge ...«

»Du musst kommen, Liz. Schnell.« Seine Stimme klang erstickt, entweder von Tränen oder weil ihn jemand würgte. Beide Möglichkeiten gefielen mir nicht.

»Was ist los?«

»Faith«, begann er und rang dann nach Luft, entweder vor Schmerzen oder weil er weinte.

»Luther!« Die Angst in seinem letzten Wort machte es mir fast unmöglich, überhaupt zu sprechen. »Ist … ist jemand bei dir?«

»Ja.« Meine Finger krampften sich um das Telefon, bis das Plastik knackte. Ich zwang mich dazu, den Griff zu lockern. »Summer«, sagte er. »Summer ist hier.«

»Sonst niemand? Niemand … Böses?«

»Nicht mehr.«

O Gott. Erst als mich jemand beschimpfte, bemerkte ich, dass ich die Margarita über den Gehweg verschüttet hatte.

»Wo ist Faith?«, schrie ich. Dass mich selbst hier auf der Bourbon Street die Leute anstarrten, ignorierte ich jetzt einfach.

»Sie haben sie mitgenommen.«

33

»Jimmy«, brachte ich mühsam hervor.

»Er ist hinter ihr her.«

Ach, verflucht! Der Traum. Ich konnte wohl davon ausgehen, dass es doch eine Vision gewesen war.

»Wer war es?«

»Ich weiß es nicht. Ich konnte nichts sehen.«

»Verdammt!« Ich hatte meinen Dämon hinter den Mond verbannt, deshalb war Ruthie zu mir zurückgekehrt und hatte Luther allein gelassen. Ich war nicht einmal auf die Idee gekommen, dem Jungen Bescheid zu sagen. Mich traf ebenso die Schuld an dieser Sache wie alle anderen.

Ich schob mich in den schmalen Spalt zwischen der Bar und einem T-Shirt-Laden, von wo aus ich zwar weiterhin die Vordertür des Striplokals beobachten konnte, aber nicht länger im Weg stand. »Was zur Hölle ist denn bloß passiert, Luther?«

Im Telefon donnerte und knackte es. »Schrei ihn nicht an!« Summer.

»Ich habe nicht geschrien.« Andererseits wäre jetzt, da ich sie in der Leitung hatte, ein guter Zeitpunkt dafür. »Was ist passiert?«, fragte ich wieder.

»Keine Ahnung.«

»Du bist doch eine Fee!«

Jetzt schrie ich wirklich und erntete dafür einige böse Blicke sowie ein Knurren von einem Passanten, das ziemlich übel klang.

»Du wohnst auf einer verzauberten Burg«, sagte ich ruhiger.

»Landhaus«, verbesserte sie mich.

»Ist mir scheißegal. Es hätte da niemand reinkommen dürfen.«

»Überraschung«, sagte sie. »Sie haben es trotzdem geschafft.«

»Ich werde dich umbringen.«

»Weißt du, je öfter du damit drohst, desto weniger Angst machst du mir.«

»Das ist diesmal keine Drohung, Glöckchen, sondern ein richtiges Versprechen.«

»Erspar mir deine Möchtegern-John-Wayne-Reden. Wir sollten lieber das Baby und Jimmy finden.«

»Meinst du?«

»Leck mich«, sagte sie, doch es lag kein Feuer in ihrer Stimme. Sie hatte Angst. Ich konnte es von hier aus riechen. Und sie hatte noch nicht einmal gesehen, was ich gesehen hatte.

»Sag mir ganz genau, was vorgefallen ist«, befahl ich. Ich nahm an, sie würde weiter rumzicken, doch sie tat es nicht. Das bewies, wie viel Angst sie hatte.

»Jimmy hat einen Ruf bekommen und ist fortgegangen. Ich wollte nach Faith sehen, und da war sie schon verschwunden.«

»Vielleicht hat Jimmy sie ja mitgenommen.«

»Ohne uns etwas zu sagen? Warum?«

Warum tat Jimmy die Dinge, die er tat?

»Keine Anzeichen für einen Einbruch? Keine Spur eines Zaubers?«

»Nichts«, antwortete Summer.

»Seltsam.«

»Ich erwarte schon ein bisschen mehr als lediglich ein kümmerliches *Seltsam* von der verdammten Anführerin des Lichts.«

»*Verdammt* trifft es ganz gut«, murmelte ich, während allmählich eine Idee Gestalt annahm.

»Ich werde alles tun, um ihn – ich meine, die beiden – zurückzubekommen«, sagte Summer.

Mait spazierte gerade aus dem Stripclub auf den Friedhof St. Louis Number One zu. »Ich ebenfalls«, flüsterte ich und folgte ihm.

Ruthie hatte gesagt, es würde eine Bezahlung fällig werden, und ich wusste, dass sie recht hatte. Sie hatte außerdem noch gesagt, dass man die Toten nicht ohne Konsequenzen auferwecken konnte.

Das war mir egal. Zwei der vier Menschen, die mir auf dieser Welt noch etwas bedeuteten, waren in Gefahr, und ich konnte sie retten. Ich musste nur die Dunkelheit in mich aufnehmen. Schon wieder mal.

Ich hatte es bereits einmal getan und war zum Vampir geworden. Ich fragte mich, was wohl diesmal aus mir werden würde.

Schlafe niemals mit einem Nephilim.

»Halt's Maul«, sagte ich zu Sawyer, obwohl ich wusste, dass er nicht wirklich da war. Um das zu ändern, musste ich alles tun, was nötig war, um ihn zurückzuholen.

Summer hatte mir vorgeworfen, ich wäre unfähig, jemanden tief genug zu lieben. Würde ich vielleicht ein Schicksal auf mich nehmen, das schlimmer war als der Tod, sogar das schlimmste, was ich mir vorstellen konnte, würde ich also die Ewigkeit in den Flammen auf mich nehmen, um jemanden zu retten, den ich liebte? Damals hatte ich die Antwort nicht gekannt, jetzt aber schon.

Wenn ich das hier tat, konnte ich sie alle retten. Theoretisch.

Ich schluckte. Ich konnte es tun. Ich musste nur die Augen schließen und …

»… an England denken«, flüsterte ich, als Mait in die Toulouse Street einbog.

Ich war bereit gewesen, Sawyer aufzugeben. Ich hatte geglaubt, das wäre das Richtige. Aber ich war nicht bereit, seine

Tochter verloren zu geben. Und Jimmy auch nicht. Das war zu viel verlangt. Wenn ich meinen Körper, meinen Geist oder mein Leben dafür opfern musste – sei's drum.

Nachdem ich diese Entscheidung getroffen hatte, war ich plötzlich ganz ruhig und superkonzentriert. Alles um mich herum – die Musik, die Lichter, die Menschen – trat in den Hintergrund. Da gab es nur noch Mait, in einen silbrig-grauen Schimmer gehüllt, der ihn von allen anderen abhob.

Ich musste ihn weglocken, an einen ruhigen und abgelegenen Ort, wo ich ihn erst verführen und dann töten konnte.

O doch, ich war eine von den Guten.

Nachdem ich in Gedanken verschiedene Versionen dessen durchgespielt hatte, was als Nächstes zu tun war – eine Verkleidung kaufen, ihn in einer dunklen Straße ansprechen, lügen –, begriff ich schließlich die Wahrheit. Ich musste einfach nur zulassen, dass er mich in die Finger bekam. Er war ein Nephilim. Die Natur würde schon ihren Lauf nehmen.

Ich versuchte nicht, leise zu sein oder mich zu verstecken, und ein paar Blocks vor St. Louis Number One konnte ich Mait nicht mehr vor mir sehen. Als ich an einer schmalen Gasse vorbeikam, fuhr plötzlich eine dunkle Hand daraus hervor und zerrte mich hinein.

»Was glaubst du, was du da tust?« Maits smaragdgrüne Augen leuchteten, obwohl kein Licht in die Gasse zwischen den Häusern drang.

»Ich verfolge dich.«

»Und warum, bitte? Du und dein Freund, ihr habt mir doch schon alles genommen, was ich hatte.«

Nicht ganz, dachte ich.

»Er war nicht mein Freund«, sagte ich. »Er war eine falsche Schlange.« Das stimmte wirklich, daher klangen meine Worte wohl auch glaubhaft.

Mait legte den Kopf schief, und der Mondschatten fiel auf sein Gesicht. Er sah wirklich ziemlich gut aus. Vielleicht würde das hier gar nicht so schlimm werden.

Mait verzog den Mund zu einem Lächeln. Mein Zurücklächeln fror ein, als er mich so fest gegen die nächstbeste Wand schleuderte, dass meine Zähne aufeinanderschlugen – und meine kleinen grauen Zellen kräftig durchgeschüttelt wurden.

Schon wieder.

»Hast du vielleicht das hier gesucht?« Er hielt mir Jimmys verzauberten Dolch an die Kehle. Kein Wunder, dass wir ihn nicht hatten finden können. »Du wolltest mich umbringen.«

Ich sah ihm in die Augen und antwortete nicht. Warum sollte ich lügen?

Seine Zähne blitzten auf. Er hob das Messer und strich mit der flachen Seite der Klinge zuerst über meine Wange, dann meinen Hals entlang. »Hast du jetzt Angst?«, flüsterte er.

Nicht vor dem Messer.

»Du hast etwas versprochen.« Die Waffe setzte ihren Weg fort, glitt über meine rechte Brust, meine Rippen, die Hüfte, dann über den Bauch und auf der anderen Seite wieder nach oben. »Etwas, das du nicht gehalten hast. Aber dem können wir gleich Abhilfe schaffen.«

Er trat näher an mich heran, sein Körper streifte meinen. Seine Abhilfe drückte gegen meinen Bauch. Ich wollte zurückweichen, doch das führte nur dazu, dass ich mit dem Steißbein gegen die Backsteinwand prallte.

Vor Schmerz stieß ich zischend den Atem aus, und Mait lachte. »Glaubst du, du wirst weinen? Ich mag es ja, wenn sie weinen.« Er beugte sich vor und leckte an meiner Wange. Sein Atem roch nach Bourbon Street – oder vielleicht war es auch nur Bourbon – und nach Verwesung. »Ich werde dich bekommen.«

Das hätte mich doch freuen sollen, schließlich hatte ich genau das die ganze Zeit geplant. Doch ich spürte, was für eine Stimmung in der Luft lag. Mait mochte es, Frauen dazu zu zwingen. Er mochte es, ihnen wehzutun, sie zum Weinen zu bringen. Das konnte ich mir vielleicht zunutze machen.

»Nein«, sagte ich, wobei meine Stimme an genau der richtigen Stelle brach. »Lass mich los.«

Ich wehrte mich, doch dadurch rieben sich unsere Körper nur noch fester und schneller aneinander. Er atmete heftiger, also tat ich das auch.

Mit seiner freien Hand packte er meine Handgelenke, führte sie über meinen Kopf und drückte sie gegen die Wand, wodurch sich unsere Körper noch enger aneinanderschmiegten. Er senkte den Kopf und schnupperte an meinem Hals. Begierig sog er die Luft ein, als wollte er sich meinen Geruch für immer einprägen. Dann nahm er eine Hautfalte in den Mund und bearbeitete sie mit Zunge und Zähnen, bis Schmerz und Vergnügen miteinander verschmolzen.

»Es wird dir gefallen«, flüsterte er. »Das verspreche ich dir.«

Ich wand mich wieder, als versuchte ich, ihm zu entkommen. In Wirklichkeit erregte mich das aber. Ich wollte es ja nicht, aber es musste doch sein. Um seine Magie zu stehlen, war mehr nötig als nur der reine Akt. Es musste erfüllend sein. Um seine Kräfte aufzunehmen, musste ich mich öffnen, ihn annehmen und …

Ach zum Teufel, ich musste einfach kommen.

Ich hielt den Atem an, als er mein Oberteil von oben nach unten aufschlitzte. Feuchte, muffige Luft traf auf die bloße Haut. Er setzte mir die Spitze des Messers zwischen die Brüste, schnitt mit einer Drehung aus dem Handgelenk meinen BH in zwei Teile und legte meine Brüste frei.

Mait murmelte etwas in einer fremden Sprache, sein Blick war von meinen Brüsten mit ihren kupferfarbenen Spitzen gefesselt. Die Waffe landete scheppernd auf dem Boden, und meine Arme fielen schlaff an den Seiten herab, als er mein weiches, zartes Fleisch mit beiden Händen umfasste.

Er war grob. Das musste er wohl auch sein. Er war einer von denen, die anderen Schmerzen zufügen mussten, vielleicht auch selbst welche erleiden wollten. Doch mir konnte er nichts anhaben.

Er reizte meine Brüste, abwechselnd sanft und beißend, mit Zunge und Zähnen. Als er meine Hand nahm und gegen seine Erektion drückte, fuhr ich hoch. Wann hatte er denn seine Hose geöffnet, die jetzt um seine Knöchel hing?

Er legte die Hand so auf meinen Handrücken, dass sich unsere Finger verschränkten und ich seine Eichel zwischen Daumen und Zeigefinger hielt. Dann bewegte er sich zurück und vor, zurück und vor. So tief wie er stöhnte, würde er gleich kommen.

Ich schüttelte den Kopf und versuchte, mich zu konzentrieren. Ich konnte ihn nicht abspritzen lassen, dann wäre ja nichts mehr für mich übrig gewesen. Wenn ich ihm allerdings sagte, was ich wollte, würde er es mir vermutlich nicht geben. Er war eben ein Nephilim. Ich musste immer genau um das Gegenteil bitten.

»Mach weiter«, drängte ich und bewegte meine Hand schneller. »Du weißt doch, dass du es willst.«

Er verlangsamte seine Bewegungen, hörte auf zu stöhnen und schlug die Augen auf. »Noch nicht«, knurrte er und zerrte am Knopf meiner Jeans.

Von da an ging alles sehr schnell, was mir nur recht war. Je schneller, desto besser. Ich wollte das hier hinter mich bringen.

Ich versuchte, die Augen zu schließen und an England zu denken, aber ich musste zum Höhepunkt kommen, und England … machte mich einfach nicht besonders scharf.

Ich wollte nicht an Jimmy oder Sawyer denken, denn ich könnte es nicht ertragen, unsere gemeinsamen Erlebnisse mit der Erinnerung an Mait zu vermischen. Auch wenn ich mich selbst dafür entschieden hatte, auch wenn ich es für sie tat, diese Nacht gehörte nicht zu denen, an die ich gerne zurückdenken würde.

Stattdessen ließ ich meinen Geist leer werden und meinen Körper die Kontrolle übernehmen. Wenn Mait kein fremder Halbdämon gewesen wäre, dem ich in eine dunkle Gasse gefolgt war, hätte ich ihn mir durchaus als Liebhaber vorstellen können. Im Bett. An eine Wand gepresst aber eher nicht. Trotzdem, wenn ich nicht nachdachte und mich dazu zwang, nur zu fühlen, dann geschahen die Dinge eben einfach.

Mait schob die Lenden vor und zurück, vor und zurück, drang in mich ein und glitt aus mir heraus, füllte mich aus und ließ mich leer zurück. Ich verlor jedes Zeitgefühl. Der Kerl hatte die Ausdauer eines Rennpferdes.

Minuten, Stunden, Tage später drückte er seine Stirn gegen meine. »Ich kann erst, wenn du kommst.«

Solchen Typen wie ihm war ich schon früher begegnet – in Handschellen.

Während die meisten Vergewaltiger ihren eigenen Schmerz lindern wollten, indem sie ihn anderen zufügten, ihrem Ärger Luft machten oder ihre Dominanz ausspielten – versuchten andere so zu tun, als wäre es gar keine Vergewaltigung, indem sie die Frau dazu brachten, mitzumachen. Manche konnten nicht kommen, bevor sie es geschafft hatten, das Objekt ihrer perversen Begierde zu *befriedigen*.

Ich hasste diese Typen. Die Frauen, die von ihnen überfallen wurden, waren schlimmer traumatisiert als diejenigen, die von anderen angegriffen worden waren. Vielleicht lag es daran, dass dieses Arschloch sie hatte glauben machen, sie hätten es doch gewollt, hätten *ihn* gewollt. Warum hätten sie denn sonst einen Orgasmus bekommen?

Mait leckte seine Daumenspitze an, sah mir fest in die Augen und schob seine Hand zwischen uns, wo er zielsicher die richtige Stelle fand. Er starrte mir ununterbrochen in die Augen, während er seinen Daumen weiter kreisend bewegte und die ganze Zeit in mich stieß, schneller und schneller, bis …

Ich kam.

Meine Muskeln zogen sich zusammen, schlossen sich eng um ihn. Er hielt den Atem an, seine Augen wurden ausdruckslos. Ich sah mich selbst in ihnen – mein Gesicht war starr, die blauen Augen aufgerissen, eingerahmt von den dunklen Steinen des Hauses – das Opfer, das ich gebracht hatte.

Ich ertrug den Anblick nicht. Während mein Körper noch bebte, verschloss ich die Augen vor der Nacht, und als der Orgasmus verebbte, schoss ein Blitz aus dem klaren Himmel und brachte einen nach Ozon riechenden Wind mit sich. Das Aufflammen der Kraft, die zwischen uns strömte, fühlte sich an, als hätte ich kochendes Öl im Blut – schmerzhaft zwar, aber auch berauschend. Wie Magie es so oft war.

Ich schob die Gedanken an das, was ich getan hatte, beiseite, dafür war später noch genug Zeit – oder auch nicht, so hoffte ich –, und konzentrierte mich auf das, was ich tun musste. Genau in dem Augenblick, als Mait mich losließ, öffnete ich die Augen, obwohl sie unbedingt geschlossen bleiben wollten.

Meine Beine glitten hinab, meine Füße berührten wieder den Boden. Ich biss mir auf die Lippe, bis sie blutete, und zwang mich, jetzt nicht schwach zu werden. Als er sich bückte, um seine Hosen hochzuziehen, griff ich in die Gürteltasche, die mir fast bis auf den Rücken gerutscht war, und nahm das verzauberte Messer heraus.

Als er sich aufrichtete, wollte ich ihm die Spitze ins Auge stechen. Meine Hand hatte noch nicht ganz die Deckung des Oberschenkels verlassen, als er mein Handgelenk packte und es verdrehte. Zwar war ich stark, sogar nahezu unbesiegbar, aber bei dieser Bewegung konnte ich die Hand nicht geschlossen halten. Das Messer fiel klirrend auf den Fußweg.

Zuerst bekam ich Panik. Ich dachte, ich wäre zu nah an ihm dran, um gegen ihn zu kämpfen, zumal meine Hose unten auf meinen Knöcheln hing. Dann aber machte meine freie Hand eine flinke, kleine Bewegung, und er flog durch die Luft und prallte gegen die gegenüberliegende Wand, bevor er auf dem Boden aufkam. Da er ein Nephilim war, stand er jedoch sofort wieder auf.

Ohne Zeit zu verschwenden, zog ich meine Jeans hoch und suchte nach der Waffe. Sie war verschwunden.

»Suchst du das hier?« Mait hielt mein Messer in der einen und den Dolch, den sich Jimmy besorgt hatte, in der anderen Hand. »Zu den Kräften eines Sosye gehört, dass Dinge zu uns kommen, wenn wir sie rufen.«

»Ist das wahr?« Ich streckte die Hand aus, und Jimmys Dolch flog über die kurze Entfernung zwischen ihm und mir. Ich pflückte ihn aus der Luft. »Etwa so?«

Er ließ einige französisch klingende Flüche vom Stapel und endete mit dem Wort »Empath«, das er ebenfalls wie einen Fluch ausspie.

Wenn ich nicht längst vorgehabt hätte, ihn zu töten, hätte ich es spätestens jetzt tun müssen. Die sexuelle Empathie war ein Geheimnis, das ich der dunklen Seite lieber vorenthalten wollte.

Erneut streckte ich die Hand aus und versuchte, auch das andere Messer zu bekommen, doch er war darauf vorbereitet und hielt es fest. Für einen Augenblick wünschte ich mir, dass ich nicht ohne Oberteil kämpfen müsste, aber ich hatte keine Wahl – und vielleicht würde es ihn ja ablenken. Also packte ich den Dolch fester und ging auf Mait zu.

Es war mein erster Messerkampf. Nahkämpfe waren sonst eher Jimmys Stil. Sanducci war der König der spitzen, glänzenden Dinge. Ich konnte besser mit Händen, Füßen, Knüppeln oder einem Gewehr umgehen. Nicht, dass ich nicht gewusst hätte, wie man ein Messer benutzt. Das war ja nicht besonders schwierig. Das spitze Ende in den bösen Buben rammen. Aber wenn beide Seiten Messer und übernatürliche Kräfte hatten, wurde es heikel.

Er versetzte mir einen Schnitt, ich versetzte ihm ebenfalls einen. Ich heilte meine Wunde, er heilte seine. Wir hätten tagelang so weitermachen können. Dann setzte ich zu einem coolen Roundhouse-Kick auf seine Brust an, und Mait sah mein Tattoo.

»Du bist ein …« Mein Fuß traf sein Brustbein, er wurde zurückgeschleudert. »Fellläufer«, sagte er noch, bevor er gegen die Wand schlug, sich den Schädel brach und auf dem Boden landete. Das Messer in seiner Hand schabte über den Gehsteig. »Du wirst nie sterben.«

»Sag niemals nie«, murmelte ich. »Aber sicher nicht heute.«

Ich sprang ihm auf die Brust und rammte die Spitze des Dolchs in sein linkes Auge.

Mein Problem mit Augen?

Wie sich herausstellte, hatte ich gar keins mehr.

34

»Was zum Teufel machen Sie da hinten?«

Die verlassene Straße war gar nicht mehr verlassen.

»Kümm're dich um dein' eigenen Kram«, rief ich, während ich versuchte, wie ein Cracksüchtiger zu wirken. Als Großstadtbulle hatte ich ja einige davon kennengelernt.

Der Kerl ging murrend weiter. Auch ich musste hier weg. Aber die Leiche war noch nicht zu Asche zerfallen, und ich traute mich nicht zu gehen, bevor es so weit war.

Eine Leiche zu verbrennen ist nicht so leicht, wie man denken könnte. Zum Glück hatte ich übernatürliches Feuer buchstäblich jederzeit zur …

»Klaue«, sagte ich.

Im nächsten Augenblick war ich ein Phönix und stieß einen kräftigen, mörderischen Feuerstrom aus, bis das Knistern der Flammen das einzige Geräusch in der Gasse war.

Als dann aber von Mait, dem ehemaligen Gott der Dämonen der Nacht, nur noch Asche übrig war, schlug ich so lange mit meinen riesigen bunten Flügeln, bis das letzte Teilchen davongeweht worden war. Dann packte ich den Dolch mit einer Klaue, das Messer mit der anderen und flog davon – ins verblassende Licht.

Der Sonnenaufgang lauerte am Horizont, als ich über dem Hotel kreiste und dann auf dem Balkon landete. Wie beim letzten Mal ging ich geradewegs ins Bad, um zu duschen. Es half aber nichts.

Ich konnte zwar den Geruch des Nephilim von meiner Haut

waschen, aber die Erinnerung an das, was ich getan hatte, würde ich niemals aus meinem Gehirn kratzen können.

Und ich würde noch dafür bezahlen müssen. Ich wusste es einfach.

Bis jetzt fühlte ich mich nicht böse. Das war doch schon mal ein Vorteil, oder? Vielleicht hatte ich Glück gehabt und nur Maits Magie aufgenommen, ohne die begleitenden Laster.

Ja, klar. Schön wär's.

Als ich aus dem Bad kam, klingelte mein Handy. Ich nahm es in die Hand und warf einen kurzen Blick auf die Rufnummernanzeige, bevor ich dranging.

Luther.

»Hast du sie gefunden?«

»Du hast deine Wahl getroffen«, sagte Ruthie.

Ich blinzelte. Warum rief Ruthie mich an?

Dann setzte ich die Puzzleteile zusammen und ließ mich schwer aufs Bett sinken. Ruthie sprach durch Luther, weil ich wieder das Böse in mich aufgenommen hatte.

»Dreck«, murmelte ich.

»O ja.«

»Ich musste es tun«, fing ich an. »Ich habe gesehen, wie …« Ich brach jedoch ab, wollte ihr nicht erzählen, was ich gesehen hatte. Mir war, als würde der Schrecken erst dadurch, dass ich ihn in Worte fasste, Wirklichkeit werden. »Ich habe etwas gesehen«, sagte ich.

»Das dachte ich mir. Sonst hättest du ja nicht getan, was du getan hast. Ich hatte dir gesagt, dass es Konsequenzen haben würde.«

»Ich werde jeden Preis zahlen, den ich zahlen muss.«

»Was das angeht, hast du wohl auch keine große Wahl«, sagte Ruthie, dann seufzte sie schwer und traurig. »Nach dem, was du getan hast, Lizbeth, habe ich Angst um dich.«

Ich hatte auch Angst um mich, aber noch mehr Angst hatte ich um Jimmy und Faith. Ich würde es wieder tun, wenn es sein müsste. Ich hoffte nur inständig, dass es nie wieder sein müsste.

»Du musst zurück nach Dinetah.«

»Was? Nein, ich muss …«

»Sawyer wird dir nicht weglaufen.«

Sie versuchte, mich davon abzuhalten, ihn aufzuerwecken. Sie musste wissen, dass ich es letztlich doch tun würde. Ich musste einfach.

»Der Junge hat Angst. Summer verliert den Verstand. Du musst zurückgehen und herausfinden, was los ist.«

Ich öffnete den Mund, um zu widersprechen, aber heraus kam lediglich ein: »Ja. Wie du willst.«

Ich nahm das erste Flugzeug nach Albuquerque, mietete einen Ford Bronco und fuhr zu Summers Haus. Im Grunde war es ein irisches Landhaus, und in manchen Zeiten sah die Umgebung wie die wogenden Hügel Irlands aus. In anderen Zeiten wurde das Landhaus zu einer richtigen Festung, komplett mit Burggraben.

Die Gargoyles blieben, egal welche Form das Haus gerade haben mochte. Ihre Aufgabe war es, das Haus vor dem Bösen zu beschützen. Wo waren sie also gewesen, als Faith verschwand? Ich hatte vor, das herauszufinden.

Als ich den Hügel hinauffuhr, begann das Landhaus zu schillern und sich zu verändern. Es wurde zu einem Farmhaus mit einer Holzveranda, die es rundum umgab. Ein paar Pferde wieherten in der Umzäunung. Bei näherem Hinsehen, da war ich sicher, würden sie sich als halb Pferd und halb irgendetwas anderes herausstellen – Gargoyles in Alarmbereitschaft.

Das alles war Zauber, die Gastfreundlichkeit der Fee.

Ich kletterte aus dem Geländewagen und beäugte die Statuen im Garten. Gargoyles können sich nach Belieben in Stein verwandeln. Und sie können sich ebenso wieder zurückverwandeln, sich in die Luft erheben und die Unschuldigen vor Dämonen beschützen.

Da ich nicht mehr unschuldig war, sondern tatsächlich ein paar Dämonen in mir hatte, ging ich vorsichtig zwischen den bizarr geformten Gestalten hindurch.

Halb Löwe, halb Adler, teils Mensch, teils Falke, Frau und Wolf. Einige von ihnen bewegten sich auf mich zu – und das Mondlicht blitzte auf ihren flachen, schwarzen Augen. Sie beobachteten mich. Konnte ich ihnen auch nicht verdenken.

Die Tür öffnete sich, Licht fiel heraus und warf die Schatten einer kleinen Frau und eines großen Mannes auf den Boden.

»Liz«, sagte Luther. »Gott sei Dank.«

Summer schnaubte. Schön, wieder hier zu sein.

Ich stapfte über die Veranda. Die verwitterten Bohlen, die gar nicht wirklich da waren, knarrten unter meinem Gewicht. »Keine Burg?« Ich hob die Hand zu dem prächtigen Abendhimmel empor, der alle Schattierungen von Orange und Rosa trug. »Türme, Burggraben, Wachpatrouillen?«

»Es ist nichts mehr hier, das beschützt werden müsste.« Luther wandte sich ab. Seine Jeans hingen wie üblich an seiner knochigen Kehrseite herab, und der Gummibund seiner Boxershorts spielte mit dem ausgefransten Rand seines UNLV-REBELS-T-Shirts Verstecken.

Ich war nahe genug gekommen, um zu sehen, wie Summer sich wand, und für einen Moment tat sie mir sogar leid. Dann öffnete sie den Mund. »Was hast du ihm diesmal angetan?«

»Wem, ihm?«, fragte ich, aber ich kannte schon die Antwort. Bei Summer ging es immer um Jimmy.

»Er war wütend und traurig.«

»So richtig fröhlich war Jimmy ja auch schon ziemlich lange nicht mehr.«

War er überhaupt jemals fröhlich gewesen? Ja, ebenso wie ich. Bevor wir die Wahrheit kannten.

»Deinetwegen«, sagte sie.

»Ganz was Neues.« Ich versuchte, mich an ihr vorbei ins Haus zu schieben, aber sie blieb einfach in der Tür stehen. Ich hätte sie zwingen können, mir Platz zu machen, aber das wäre nur in eine Art Zickenkrieg ausgeartet, und wenn Zicken mit übernatürlichen Kräften im Spiel waren, dann wurde es in der Regel ziemlich hässlich. Deshalb schlug ich ihr auch nicht auf ihr perfektes Stupsnäschen, selbst wenn ich es zu gerne getan hätte.

»Wir müssen zusammenarbeiten«, sagte ich. »Wir haben doch dasselbe Ziel. Das Baby finden und Jimmy finden.«

»In dieser Reihenfolge?«

Ich sah ihr in die Augen. »Ja. Sanducci kann für sich selbst sorgen. Faith …«

»… nicht«, brachte Summer den Satz zu Ende.

Luther, der immer noch im Flur stand, sagte halblaut ein Wort, das ich aus seinem Mund zwar überhaupt nicht gerne hörte, doch ich beschloss, ihm das jetzt mal durchgehen zu lassen. Ich hatte ganz andere Probleme als die Flüche eines Teenagers.

Summer ließ mich rein. Ich nickte ihr einen Dank zu. Es war wohl das Beste, vorläufig nett zueinander zu sein.

Zur Abwechslung trug sie nicht ihre alles abschnürenden engen Jeans und das nuttige, fransige Trägertop, doch die Alternative war leider auch nicht viel besser. Weiße Shorts, die so winzig wirkten, dass ich ihre Größe nicht mehr schätzen konnte, ließen ihre schlanken, glatten, perfekt geformten Beine länger erscheinen, als sie eigentlich sein konnten. Das rosa Shirt zeigte ihren flachen Bauch und offenbarte ein Bauchnabelpiercing, das ich ihr nur zu gern herausgerissen hätte.

Im Innenraum setzte sich das Westernmotiv von draußen noch fort. Die Wände hatten die Farbe des Himmels bei Sonnenaufgang, und die Fliesen waren erdfarben. Die Bilder sahen wie von Georgia O'Keeffe gemalt aus. Als Zimmerpflanzen dienten Kakteen – riesige, fette, prächtige Exemplare.

»Hübsch hier«, sagte ich.

»Ist mir egal«, gab sie zurück. So viel zum Nettsein.

»Sonst … irgendwelche Neuigkeiten?« Summer schüttelte den Kopf. »Hast du es auf Jimmys Handy versucht?« Ich hatte es getan, ging aber davon aus, dass er mich nicht sprechen wollte.

»Was glaubst du denn?«, fuhr sie mich an. »Jeder Anruf landet direkt auf der Mailbox.«

Ich seufzte. »Nettsein funktioniert nur, wenn beide Seiten mitmachen.«

»Ach, du hast versucht, nett zu sein?«

»Ich hab dir bis jetzt noch keine reingehauen.«

»Die Nacht ist noch jung«, sagte sie halblaut, und ich lachte.

Manchmal nahmen unsere Zankereien eine solche Wendung, und wir ertappten uns dabei, dass wir uns anlächelten. Dann fiel uns wieder ein, dass wir uns nicht mochten, und die verbalen und körperlichen Attacken fingen wieder von vorne an. Mir gefiel der Gedanke, dass Summer und ich unter anderen Umständen hätten Freundinnen werden können. Aber wie die Dinge nun mal lagen, würde Jimmy immer zwischen uns stehen.

»Was hast du vor?«, fragte Summer. »Wie willst du die beiden finden? Was glaubst du, wer sie geholt hat?«

»Wir wissen doch nicht, ob überhaupt irgendjemand Jimmy geholt hat.«

»Ich schon.« Sie hielt das Kinn schräg. »Wenn er könnte, würde er ans Telefon gehen.«

Ich war mir da nicht so sicher. Aber im Moment machte ich mir mehr Sorgen um Faith. Schon einmal hatte jemand versucht, sie umzubringen. Ich hatte furchtbare Angst, dass sie nicht entführt und versteckt, sondern entführt und umgebracht worden war. Der einzige Grund, warum ich nicht vor mich hin brabbelnd in einer Ecke saß – außer, dass ich selten vor mich hin brabbelte –, war die Erinnerung an meine Vision. Darin war Faith am Leben gewesen.

»Du glaubst, dass es dieselben Typen waren, die es beim letzten Mal schon auf sie abgesehen hatten?«, fragte Luther. Zwar klang seine Stimme fest, doch am Zittern seiner Lippen konnte ich ablesen, wie viel Angst er haben mochte.

»Nein«, sagte ich. »Das waren sie nicht.«

Ich wies nicht darauf hin, dass diese Kerle sie getötet hätten. Ich nahm an, das wusste er selbst.

Und ich wusste, dass ich mehr Hilfe brauchen würde, als ich bisher erhielt, um Jimmy und Faith lebend zurückzubekommen.

»Ich wäre gerne ein paar Minuten alleine«, sagte ich. Ich hatte nämlich nicht vor, meinen ersten Toten vor Publikum zu erwecken.

Summer sah zu Luther hinüber, der ins Wohnzimmer gegangen war, wo er auf einem sandfarbenen Ledersofa saß und so tat, als würde er sich MTV Cribs ansehen. »Ich beweg mich nicht.«

»Das habe ich nicht gemeint.« Ich wandte mich an Summer. »Kannst du mir mein Zimmer zeigen?«

»Du willst hier übernachten?«

»Ruthie hat gesagt, ich soll.« Das stimmte zwar nicht, aber das wusste Summer ja nicht.

»Also davon hat sie mir nichts gesagt«, maulte Summer. Dann stapfte sie, so laut es mit nackten Füßen eben ging, einen Flur entlang, der zur Rückseite des Hauses führte. Während wir gingen, wurde der Gang vor uns länger und länger, und zu beiden Seiten tauchten immer neue Türen auf.

Ich hatte das schon früher beobachtet. Mit einem Augenzwinkern konnte sie ein Landhaus in eine Burg verwandeln.

Sie konnte auch Zimmer und Flure hinzufügen, ohne nur einen Finger zu rühren.

Wir bogen in einen weiteren langen Gang ein, wo sie stehen blieb und eine Tür auf der rechten Seite aufstieß. Das Zimmer sah wie eine Gefängniszelle aus.

Ich nahm an, dass Summers Vorstellungskraft auch für die Deko zuständig war. Das erklärte jedenfalls die kalten, grauen Wände und das Feldbett aus Metall mit der superdünnen, fleckigen Matratze und einer armeegrünen Decke, die so weich wie ein AKO-Pad aussah.

»Danke.« Ich konnte nicht verhindern, dass eine Spur Sarkasmus in meiner Stimme lag.

Sie grinste hämisch und wandte sich ab. Ich ging ins Zimmer, das eine unangenehme Kälte ausstrahlte, und schloss die Tür. Dann streckte ich die Hand nach einem nicht vorhandenen Türschloss aus.

»Schloss«, rief ich, und im nächsten Augenblick tauchte eines auf.

Summer konnte die Tür zweifelsfrei ebenso leicht öffnen. Aber gut, das hier würde nicht lange dauern. Jedenfalls hatte es bei Mait nicht lange gedauert.

Nachdem ich seine Kräfte aufgenommen hatte, fühlte ich mich nicht anders als vorher. Gut, ich konnte die Hand ausstrecken und Dinge zu mir kommen lassen, aber ich fühlte mich dabei nicht auf irgendeine mystische, geisterbeschwörende Weise stärker. Hätte das nicht anders sein müssen?

Was, wenn sie nur eine Erfindung war – die Fähigkeit, Tote aufzuerwecken? Ich hatte Mait lediglich in einem Traum dabei gesehen. Sicher, Ruthie hatte seine Gabe bestätigt, aber Ruthie konnte auch nicht immer und in allem recht haben, oder? Hatte ich meine Seele denn für nichts aufs Spiel gesetzt?

Ich drohte, panisch zu werden, und da Panik niemandem half,

atmete ich tief ein, schloss die Augen und versuchte, mich zu beruhigen. Allein das vertraute, meditative Ritual aktivierte die Fähigkeiten, die ich in meiner Ausbildung erlernt hatte. Mein Geist öffnete sich. Ich streckte mich der Kraft entgegen – und sie gehörte mir. Energie durchströmte mich und mit ihr das Wissen. Mit einem Mal wusste ich nämlich ganz genau, was ich zu tun hatte – und wie.

So einfach war das. Was für eine Kraft! Ich konnte alle wiedererwecken, die wir verloren hatten. Ruthie, Xander. Was sollte mich aufhalten? Wer könnte mich überhaupt aufhalten? Wer würde es wagen?

Ich versetzte mir selbst eine Ohrfeige. Das Brennen holte mich wieder zurück.

»Konzentrier dich«, sagte ich. »Du brauchst das hier für Sawyer, und zwar nur für Sawyer.«

Und wenn es funktionierte?

Ich schob den verlockenden Gedanken beiseite und tat, wofür ich so viel geopfert hatte.

Mait hatte die Gräber berührt, aber das lag daran, dass er diejenigen, die er erweckt hatte, nicht kannte. Ich kannte Sawyer – wahrscheinlich kannte ich ihn besser als irgendjemand sonst. Alles, was ich tun musste, war, an ihn zu denken und ihn nach Hause zu rufen.

»Komm zurück«, flüsterte ich, und dann wartete ich.

Auf seine Berührung, seine Stimme, seinen Geruch. Nichts geschah.

Ich versuchte es erneut. Öffnen, entgegenstrecken, bitten. »Bitte komm zu mir zurück.«

Ich blieb allein in dem leeren Zimmer.

Doch ich tat das Richtige, das war sicher. Im Unterschied zu der Zeit, als ich versucht hatte, seinen Geist zu beschwören – mithilfe eines Zaubers, der mit Magie funktionierte und deshalb allzu leicht durch ein falsches Fingerzucken oder ein falsches Wort verdorben werden konnte –, war die Macht, die Toten auferstehen zu lassen, ein Teil von mir. Ich konnte die Fähigkeit, Sawyer von den Toten wieder unter die Lebenden zu holen, in meinem Geist, meinem Herzen und meiner Seele spüren.

Irgendwo im Haus hörte ich ein wütendes Knurren, gefolgt von einigen heftigen, dumpfen Schlägen und dem Splittern von Glas.

Im nächsten Augenblick schon war ich an der Tür. Erst nach dem dritten vergeblichen Versuch, sie aufzureißen, fiel mir das Schloss wieder ein. Dann rannte ich den Flur entlang und schlitterte ins Wohnzimmer, wo jetzt statt zwei drei Menschen standen.

»Ich wusste, dass ich es kann«, murmelte ich.

»Bist du irre?«, fragte Summer in einem fast normalen Tonfall.

Ich achtete jedoch gar nicht auf sie. Ich war so verdammt froh, Sawyer zu sehen, dass mir die Knie zitterten.

»Gott sei Dank«, flüsterte ich und lief auf ihn zu.

»Warte«, sagte Luther halblaut. Etwas in seiner Stimme ließ mich anhalten. Luthers leuchtend bernsteinfarbene Augen waren fest auf Sawyer gerichtet, er blähte die Nüstern und spannte jeden einzelnen Muskel an. Die widerspenstigen Locken wurden von einem unmöglichen Windhauch bewegt. »Ruthie sagt *Fellläufer.*«

»Das wissen wir.« Ich nahm mir nicht die Zeit, mich zu fragen, warum Ruthie uns etwas zweimal sagte – das tat sie sonst nie –, sondern ging wieder auf Sawyer zu. Ich blieb gut einen Meter von ihm entfernt stehen, als der Hauch, den es nicht gab, seinen Geruch zu mir herübertrug.

Keine Bäume und Gräser, kein Wind und Wasser mit einem Hauch von Rauch, sondern Asche, Glut, heiße Kohlen und Flammen.

»Sawyer?«, flüsterte ich.

Er neigte den Kopf, als hätte er den Namen wiedererkannt, vielleicht auch meine Stimme – und dann sah ich ihn von oben bis unten an. Er hatte Tattoos an den richtigen Stellen, und ich konnte sie alle sehen, da er – wie gewöhnlich – nackt war. Aber seine Haut war blass, seine Augen dunkel – die grauen Iris verschwanden unter seinen geweiteten, ebenholzschwarzen Pupillen. Sein Haar, normalerweise glatt und geschmeidig, war jetzt schweißnass und wirr. Er wirkte fast wie ein Wilder, sogar schon bevor das tiefe, primitive Knurren aus seiner Kehle polterte.

So schnell wie eine Schlange schlug er zu, packte mich an der Kehle und schleuderte mich gegen die nächste Wand. Mein Schädel brach. Ich sah Sterne. Meine Füße baumelten einige Zentimeter über dem Boden, denn Sawyer hielt mich mit nur einer Hand in die Höhe. Er war schon immer wahnwitzig stark gewesen.

»Lass sie runter«, befahl Summer.

Ein Wink aus seinem freien Handgelenk schleuderte sie aus dem Fenster.

Ich wurde auf eine Bewegung aufmerksam. Luther. Er schlich sich von hinten an und hielt ein Silbermesser in der Hand, das nichts bewirken würde, mit der einen Ausnahme, Sawyer wütend zu machen. Der wirkte aber ohnehin schon wütend genug.

»Nein«, krächzte ich, woraufhin Sawyer seine Finger fester um meinen Hals schloss, bis ich leuchtende, schwarze Punkte sah. Luther erstarrte.

»Wer …«, Sawyer stieß meinen Kopf wie zur Bekräftigung gegen die Wand, »… bist du?«

Seine Stimme klang so heiser, als hätte er tagelang geschrien und gerade eben erst seine Sprache wiedergewonnen.

»Liz«, antwortete Luther. »Sie ist Liz Phoenix. Erinnerst du dich nicht mehr?«

Luther sprach, wie man mit einem wilden, reißenden Tier spricht, und bei dem Eindruck, den Sawyer gerade machte, war das wohl auch eine verdammt gute Idee.

Sawyer starrte mir ins Gesicht, und eine Art Erkennen flackerte in seinen gespenstisch schwarzen Augen auf. Ich versuchte zu lächeln, etwas zu sagen, doch beides war unmöglich. Was ich wirklich dringend tun musste, war zu atmen.

»Ich erinnere mich an dich«, murmelte er.

Dann riss er mir die Kehle heraus.

35

Ich hatte es wohl verdient. Auge um Auge. Ich bring dich um, du bringst mich um. Rache. Vergeltung. Was auch immer.

Nicht, dass ich hätte sterben können. Noch nicht. Ich hatte noch zu viel zu erledigen.

Der Blutstrahl aus meiner Arterie traf Sawyer genau zwischen die Augen. Keine Ahnung, ob er mich sonst losgelassen hätte.

Ich sackte auf dem Boden zusammen und war für ein oder zwei Sekunden völlig weg. Ein Donnerschlag wie von einer Kanone holte mich schließlich zurück. Ich nahm den Geruch von Ozon und eine Bewegung wahr, dann wurde die Totenstille vom Brüllen eines Löwen unterbrochen. Ich versuchte, aufzustehen und Luther davon abzuhalten, Sawyer zu folgen. Sawyer war nicht er selbst. Vorher war er gefährlich gewesen, jetzt war er geradezu tödlich.

Und ich hatte ihn zum Leben erweckt.

Bei dem Versuch, auf die Füße zu kommen, blutete meine Halswunde nur noch stärker, und diesmal wurde ich erst richtig ohnmächtig.

Ich weiß nicht, wie lange ich besinnungslos war. Ich hatte erwartet, dass ich traumwandern würde, um Antworten auf meine verzweifeltsten Fragen zu finden – und davon hatte ich ja eine ganze Menge. Aber in dieser Dunkelheit gab es nur noch mehr Dunkelheit, und als ich aufwachte, zeigten sich da nur noch mehr Fragen.

»Was hast du getan, Liz?« Luther und Summer sahen von oben auf mich herab.

Ich war so froh, den Jungen in einem Stück zu sehen, dass ich nach seiner Hand griff. Er versteckte beide Hände hinter dem Rücken.

Ich schluckte. Meine Kehle schien ganz gut zu funktionieren. »Was ich tun musste.«

Ich betastete meinen Hals. Die Wunde war zwar noch da, aber ich hatte mich schon genug geheilt, um mich bewegen zu können, auch wenn das Blut noch immer reichlich floss. Ich musste dringend duschen und mich umziehen, und wenn Summer keine Fee gewesen wäre, hätte sie einen Nasssauger und neue Tapeten gebraucht.

»Du hast deine Seele verkauft, um ihn zu erwecken«, sagte Summer. Sie hatte Glassplitter im Haar, ihre Shorts waren zerrissen. Sonst aber … hatte sie keinen Kratzer. Miststück.

»Ich habe überhaupt nichts verkauft.« Ich setzte mich auf und hielt mir mit beiden Händen den Kopf, in dem ein Trommelwirbel dröhnte. »Ich habe etwas genommen.«

Eine Art Verstehen flackerte in Summers Augen auf. »Du hast einen Nephilim gevögelt.«

Ich sparte mir die Antwort. Ich wollte einfach nicht antworten. Echt nicht.

»Du bist verrückt.«

»Wir brauchen ihn.«

»Aber bestimmt nicht so«, murmelte Summer.

Ich antwortete nicht, weil ich fürchtete, sie könnte recht haben.

»Ich hätte dich nie für eine Hure gehalten«, sagte sie.

»Nicht? Ich habe sofort eine in dir gesehen.«

Summer bleckte die Zähne, und hinter dem hübschen Gesicht wurde ihre *Andersartigkeit* sichtbar. Luther trat zwischen uns.

»Aufhören«, sagte er, und seine Stimme war jetzt die von Ruthie.

»Du willst mich wohl verarschen?« Summer schob Luthers Schulter beiseite, sah aber mich an. »Du und Jimmy, ihr steigt zusammen in die Kiste, verbannt eure Dämonen hinter den Mond, und im nächsten Augenblick drehst du dich um und schnappst dir einen andern? Warum zum Teufel hast du dir überhaupt die Mühe gemacht? Musstest du es einfach mit ihm treiben, um dir zu beweisen, dass du es noch draufhast?«

Allmählich verstand ich ihre Feindseligkeit. Wirklich nett war sie zwar nie zu mir gewesen, aber heute Abend schien sie besonders gut in Form zu sein. Sanducci musste ihr gesagt haben, dass wir unsere Dämonen eingesperrt hatten.

»Vollidiot«, murmelte ich.

»Pass bloß auf.« Summer ballte die Fäuste.

Ich wollte gerade *Nicht du* sagen, doch dann dachte ich mir: *Wozu die Mühe*?

»Als Jimmy und ich den Zauber angewendet haben, hatte ich noch keine Ahnung, wie ich Sawyer zurückholen könnte.«

»Du hast die Nerven, mich für das zu verurteilen, was ich für Jimmy getan habe, dabei hast du selbst etwas wesentlich Schlimmeres gemacht.«

»Schlimmer?« Ich hielt eine Hand mit der Handfläche nach oben etwa in Höhe meines Gesichts. »Meine Seele verkaufen?« Ich hielt die andere Hand, ebenfalls mit der Innenfläche nach oben, auf Hüfthöhe. »Einen Nephilim vögeln?« Dann wechselte ich die Positionen ein paarmal. »Genau. Was ich getan habe, ist definitiv schlimmer als das, was du getan hast.«

Das war zwar sarkastisch gemeint, aber Summer nickte zufrieden.

»Es reicht«, fuhr Ruthie uns an. »Wir tun alle das, was wir im jeweiligen Moment für das Beste halten.«

Luther sah mich an, seine Augen waren jetzt nicht mehr haselnussfarben, sondern tiefbraun. Ich wusste, dass Ruthie an die Dinge dachte, die sie selbst getan hatte, Dinge, die mich und andere verletzt hatten. Ich verstand sie jetzt so viel besser. Verdammt, ich fühlte mich sogar auf unerfreuliche Weise mit Summer verbunden – nämlich durch das, was wir aus Liebe getan hatten.

Auch wenn ich jetzt Mitgefühl mit der Fee empfand, konnte ich mir doch nicht verkneifen, darauf hinzuweisen: »Ich kann meinen neuen Dämon wieder einsperren. Du schuldest Satan für immer einen Gefallen.«

Summer machte große Augen. Luther seufzte, schüttelte den Kopf und warf mir einen enttäuschten Blick zu. »Lizbeth.«

»Stimmt doch«, sagte ich. »Oder etwa nicht?«

»Ich fürchte schon«, stimmte Ruthie zu.

»Nur, dass du jemanden brauchst, der dich liebt, um ihn einzusperren. Und Jimmy ist verschwunden.« Summer grinste höhnisch.

Ich erstarrte. »Was?«

Summer sah so aus, als hätte sie ein faules Ei verschluckt. »Nichts«, sagte sie, aber ihre Stimme klang erstickt.

»Ich dachte, der Plenus-luna-malum-Zauber ist ein Sexzauber.«

»Nein, mein Kind«, sagte Ruthie. »Da geht es nur um Liebe.«

»Wusste Jimmy, dass es ein Liebeszauber ist?«

Summer presste die Lippen aufeinander. Sie würde es mir sicher nicht sagen.

»Natürlich«, murmelte Ruthie.

Ich dachte an jene Nacht, an die Kerzen und das Räucherwerk, wie seltsam es gewesen war, dass Jimmy sie benutzt hatte.

»Rosa Kerzen«, platzte ich heraus.

Summer starrte vor sich hin; Luthers Augenbrauen schossen in die Höhe.

»Beschwören Erinnerungen herauf«, sagte Ruthie.

Jimmy hatte versucht, die Erinnerungen an unsere Liebe

zurückzuholen. War er sich seiner oder meiner Gefühle nicht sicher gewesen?

»Liebe ist stärker als Hass«, sagte Ruthie. Sie glaubte zwar unerschütterlich daran, doch ich hatte immer noch starke Zweifel. »Und Sex mit Liebe«, fuhr Ruthie fort, »ist die mächtigste Art der Magie.«

Ich schluckte gegen die plötzliche Enge in meinem Hals an. Jimmy liebte mich noch.

Kein Wunder, dass Summer mich tot sehen wollte.

Diesem Gedanken folgte ein anderer auf den Fersen. Summer und Jimmy hatten diesen Zauber ebenfalls zusammen benutzt. Offenbar liebte er sie auch.

Ich konnte nicht allzu wütend sein. Dass wir alle überhaupt noch am Leben waren, lag doch nur daran, dass auch ich noch einen anderen liebte, nämlich …

»Sawyer.«

»Er wird bei einem Liebeszauber keine große Hilfe sein«, gab Summer zu bedenken. »Wenn man bedenkt, dass er versucht hat, dich zu töten.«

Mit einem übertrieben nachdenklichen Gesichtsausdruck legte sie den Kopf schief. »Aber hat er dich jemals geliebt? Oder hast nur du ihn geliebt?«

In diesem Punkt war ich mir selbst nie sicher gewesen. In diesem Augenblick gab es allerdings wichtigere Fragen für mich. »Wo ist er?«

»Hat sich in einen Wolf verwandelt und …«, Luthers riesige Hände wurden auf sehr Ruthie-artige Weise nach oben geworfen, »… ist in die Berge verschwunden.«

»So ein Mist«, murmelte ich. Dort würden wir ihn niemals finden.

»Ich hatte ja versucht, dich zu warnen«, sagte Ruthie.

»Konsequenzen.« Ich holte tief Luft. »Er ist nicht derselbe.«

»Er ist genau das, was er immer war.«

Ich sah auf. »Du hast ihn gesehen. Er ist …«

»Ein Fellläufer, mein Kind. Er war immer hart an der Grenze. Das Einzige, was ihn von der dunklen Seite ferngehalten hat, warst du.«

»Und jetzt ist er hinübergewechselt?«

Luthers langer Finger glitt sanft an meinem Hals hinab und tauchte dann, mit Blut bedeckt, vor meinem Gesicht auf. »Was glaubst du?«

»Dass er sauer auf mich ist, muss nicht heißen, dass er auf die dunkle Seite gegangen ist«, murmelte ich.

»Ich würde sagen, dir die Kehle rauszureißen und dich dann zum Sterben zurückzulassen, geht über bloßes *Sauersein* ein ganzes Stück hinaus«, gab Ruthie zurück.

Da musste ich ihr zustimmen.

»Hast du von ganz oben irgendetwas dazu gehört?«, fragte ich.

In Luthers intelligentem, jungem Gesicht zog Ruthie die Brauen über ihren alten, weisen Augen zusammen. »Was glaubst du denn, warum ich dem Jungen *Fellläufer* zugeflüstert habe? Sawyer ist jetzt mehr ein Nephilim als ein Mensch.«

»Gute Arbeit, Ace«, sagte Summer halblaut.

»Darf ich sie treten?«, fragte ich.

Niemand antwortete. Es war sowieso eine rhetorische Frage gewesen.

Luther wandte den Kopf zum vorderen Fenster, als dort Scheinwerfer aufleuchteten.

»Was ist das?«, fragte ich.

Ruthie atmete tief ein und ließ die Luft langsam wieder ausströmen. »Keine bösen Schwingungen.« Sie presste die Lippen zusammen. »Aber es gefällt mir trotzdem nicht.«

Mir gefiel es ebenso wenig. Es war schon spät. Und wir befanden uns mitten im Nirgendwo.

Steine knirschten unter den Reifen. Erst gingen die Lichter aus, dann der Motor.

»Ich geh hin.« Luther war wieder da.

»Von wegen.« Ich streckte die Hand nach ihm aus. Sein Löwe knurrte.

»Wir gehen alle zusammen oder gar nicht«, sagte er.

»Okay«, schnappte ich.

Ich folgte ihm in den Flur, Summer hinter mir. Dort stellten wir fest, dass die Vordertür aus ihren Angeln gerissen worden war.

Sawyer. Er hatte schon immer eine Schwäche für große Abgänge gehabt.

Ich stand zwischen den beiden, Schulter an Schulter, auf der Veranda, als zwei Männer aus einem Pick-up kletterten. Es waren Weiße, keine Navajo.

Das wurde ja immer merkwürdiger. Wir waren tief im Navajo-Gebiet, und – wie schon gesagt – es war spät.

»'n Abend.« Der Mann, der uns am nächsten stand, schob die Krempe seines Hutes zurück. Er war um die dreißig und hatte nichts Besonderes an sich, es sei denn, man betrachtete seine völlige Unscheinbarkeit als so etwas. Er war dunkelhaarig, der andere war blond und genauso unscheinbar.

Der Blonde sah zwischen mir und Summer hin und her, um dann mich anzusprechen. »Sie sind Liz Phoenix?«

»Wer will das wissen?«

»Wir sind nur Boten.«

»Und dafür mussten Sie zu zweit kommen?«

»Wir haben schon gehört, Sie wären womöglich …« Dem Blonden versagte die Stimme.

»Nicht sonderlich erfreut«, beendete der Dunkelhaarige den Satz.

»Wer hat Sie geschickt?«

»Keine Ahnung. Die Anweisungen und das Paket kamen mit der Post.«

»Und Sie tun einfach nur, was Ihnen gesagt wird?«

Der Blonde wirkte verwirrt. »Das ist unser Job.«

Es hatte keinen Zweck, das hier fortzusetzen. Sie hatten gesagt, sie seien Boten. Außerdem spürten weder Luther noch ich das Dämonen-Summen, und auch Ruthie äußerte sich nicht dazu. Also glaubte ich ihnen.

»Geben Sie her«, sagte ich.

Der Blonde kam mit einer Kiste auf mich zu, die in braunes Papier gewickelt war. Als er den Fuß der Treppe erreichte, stellte sich Luther vor mich. Nach einem Blick in das Gesicht des Jungen warf der Kerl das Paket über die restliche Distanz. Ich hoffte nur, dass der Inhalt nicht zerbrechlich war.

Als ich mich bückte, um das Paket aufzuheben, stiegen die beiden Männer wieder in ihren Wagen.

»Es waren Menschen.« Luther beobachtete, wie sie wegfuhren. »Hundert Prozent.«

»Auf diese Weise spüren wir sie nicht kommen.«

»Aber sie haben nur etwas abgeliefert« – er machte eine vage Handbewegung in meine Richtung – »was auch immer das sein mag.«

»Wenn es Nephilim gewesen wären, hätten wir sie umgebracht.«

Luther nickte. »Glaubst du …« Sein Blick wanderte wieder zu den Rücklichtern des Pick-ups. »Glaubst du, sie haben auch diesmal Menschen geschickt, um Faith zu holen?«

»Vielleicht«, sagte ich.

Wahrscheinlich, dachte ich. Die Nephilim lernten dazu. Sie wussten, dass es uns schwerfiel, kaltblütig Menschen umzubringen. Im Gegensatz zu ihnen.

Zu dritt gingen wir ins Wohnzimmer, wo ich die Kiste auf

den Kaffeetisch stellte. Ich wollte sie nicht öffnen. Wenigstens war der Behälter zu klein für einen Kopf, wenn es kein wirklich kleiner Kopf war.

Ein seltsames Geräusch entfuhr mir – halb ein Weinen, halb ein Kampfschrei –, und ich riss den Deckel ab. In der Kiste lag Faiths Schmusedecke.

Ich nahm sie heraus und schmiegte den rosa Flanellstoff an meine Wange – Babypuder, Babyschweiß, Babytränen und …

»Faith«, flüsterte ich.

»Da ist eine Nachricht.« Luthers Stimme klang ebenso wie meine – erstickt vor Wut und Angst.

Summer nahm den Zettel, warf einen Blick darauf und reichte ihn an mich weiter.

»Du im Tausch gegen sie«, las ich.

Genau wie in meinem Traum. Bis auf eines.

»Und bring auch ihren Papi mit.«

EPILOG

Fassen wir also zusammen …

Faith wurde entführt.

Jimmy ist verschwunden.

Ich habe einen neuen Dämon in mir.

Luther ist Ruthie. Schon wieder.

Summer schuldet dem Teufel immer noch ihre Seele.

Und ich brauche Sawyer, um Faith zu retten. Aber der scheint seine eigene Dunkelheit in sich aufgenommen zu haben.

War es das in etwa?

Braucht noch jemand Chaos?

Wenigstens weiß ich, was ich zu tun habe. Das, was ich immer tue. Alles, was nötig ist.

Ich werde Faith zurückholen, und Jimmy auch. Und unterdessen knöpfe ich mir Sawyer vor.

Ich habe eine Wahl getroffen, eine dumme Entscheidung aufgrund von Liebe und einem Traum. Ich bin nicht die erste Frau, die so etwas tut, und ich werde definitiv auch nicht die letzte sein. Nur gibt es in meinem Fall einen wichtigen Unterschied.

Da, wo ich hingehe, werden mich Dämonen an den Toren empfangen.